María Jeunet
Das Mädchen aus der Metro

PIPER

Zu diesem Buch

Während Nicolas Cambrils, ein ehemals erfolgreicher Kinderbuchautor Anfang dreißig, versucht, das Leben seiner Freunde in Ordnung zu bringen, geht sein eigenes den Bach runter: Seit Jahren hat er nichts Brauchbares mehr geschrieben, und er zieht mit seiner alten Olivetti Lettera in eine staubige Mansarde, die immerhin einen wunderbaren Blick über Paris bietet. Inzwischen muss er sich mit einem Job beim Sicherheitsdienst der Pariser Metro über Wasser halten. Eines Tages fällt ihm auf dem Monitor am Bahnsteig der Haltestelle La Concorde eine junge blonde Frau auf, die ihn sofort verzaubert. Sie hinterlässt rätselhafte handgemalte Zettel in den Papierkörben der Metro. Nachdem Nicolas die erste Botschaft gelesen hat, weiß er, dass er diese Frau unbedingt wiederfinden muss. Denn ihre märchenhaften Zeichnungen inspirieren ihn zum Schreiben. Und er hat sich hoffnungslos in sie verliebt …

María Jeunet wurde 1983 in Salamanca geboren. Seit 2013 ist sie nicht nur Geschäftsführerin ihres eigenen Unternehmens, sondern auch Autorin. Ihre ersten beiden Romane waren so erfolgreich, dass María Jeunet von Lesern und Kritikern zur »Literarischen Neuentdeckung« gewählt wurde. Seit 2016 hat sie eine eigene Zeitungskolumne, in der sie über Bücher, Literatur und ihre Erfahrungen in der Verlagswelt schreibt.

María Jeunet

Das Mädchen aus der Metro

Roman

Aus dem Spanischen
von Anja Rüdiger

PIPER

Mehr über unsere Autoren und Bücher:
www.piper.de
www.thiele-verlag.com

Wenn Ihnen dieser Roman gefallen hat, schreiben Sie uns unter Nennung des Titels »Das Mädchen aus der Metro« an *empfehlungen@piper.de*, und wir empfehlen Ihnen gerne vergleichbare Bücher.

MIX
Papier aus verantwortungsvollen Quellen
FSC® C083411
www.fsc.org

Ungekürzte Taschenbuchausgabe
ISBN 978-3-492-31544-9
Januar 2020

Titel der spanischen Originalausgabe:
»El nombre propio de la felicidad«

Umschlaggestaltung: Guter Punkt, München
Umschlagabbildung: Chika-Ptchik/Shutterstock
Satz: Christine Paxmann • text • konzept • grafik, München
Gesetzt aus der Goudy
Druck und Bindung: CPI books GmbH, Leck
Printed in the EU

Für die Seelen, die mich begleiten, mich begleitet haben und mich im Leben begleiten werden.
Heute für Indi und Misca, aber auch für alle möglichen anderen.
Und für Roberto, für alles, was mich zum Lachen bringt.

»[…] Woraus auch unsere Seelen gemacht sein mögen, seine und meine gleichen sich […]«

EMILY BRONTË, STURMHÖHE (1847)

»Ein Gemüt wie das Eure kann aus Sorgen Gutes machen. Der ganze Kummer wird Euch Kraft geben und Euch einen höheren Weg weisen. Ihr müsst an einen Baum denken. Wie er um seine Wunden herumwächst: Wenn ein Ast abbricht, hört er nicht auf zu wachsen, sondern reckt sich weiter zum Licht. Wir müssen dem Unglück mutig entgegentreten und dürfen nicht dulden, dass es uns Angst macht. Wir müssen die Komödie zu Ende spielen und das Unglück müde machen, Mylady.«

TERRENCE MALICK, THE NEW WORLD (2005)

I

SO WAR MEIN LEBEN. BIS JETZT.

1

»Es war einmal in einer unglaublichen Stadt voller Licht. Dort lebte ein sehr unglücklicher junger Mann. Er wohnte in einer kleinen Wohnung in friedlicher Nachbarschaft mit einer Mäusefamilie und verdiente gerade so viel, dass er zweimal am Tag etwas essen und einmal im Monat ins Kino gehen konnte. Doch eines Tages sorgte das Schicksal dafür, dass sich all dies änderte.«

So beginnt meine Geschichte, liebe Freunde. Nur dass es sich dabei nicht um ein Märchen handelt, sondern dass alles wirklich geschehen ist, und wenn ihr es mir erlaubt, würde ich euch meine Geschichte gern erzählen.

Ich bin zweiunddreißig Jahre alt und schreibe Kinderbücher. Also, um die Wahrheit zu sagen, habe ich nur eines geschrieben, und das ist schon einige Jahre her. Es ist gut möglich, dass ihr schon mal davon gehört oder die Geschichte euren Kindern vorgelesen habt. In den letzten Jahren habe ich leider nichts Gutes mehr zustande gebracht oder zumindest nichts, was gut genug war, dass mein Verleger es veröffentlichen wollte. Wobei ich ihm das nicht vorwerfen kann, denn jede Seite, die ich seit meiner wunderbaren Geschichte geschrieben habe, ist großer Mist, wie ich leider zugeben muss. Aber was soll ich machen, …

Manchmal ist die Inspiration da, und dann verlässt sie einen wieder. Und wenn das Leben einem Zitronen gibt, kann man nicht immer Limonade daraus machen, stimmt's? In den letzten Jahren habe ich mein Leben hauptsächlich mit tränengetränkten Taschentüchern, Ärzten und Krankenschwestern verbracht. Aber ich will euch nicht deprimieren, indem ich euch etwas vorjammere. Ich werde euch lieber meine ganz eigene Geschichte erzählen.

Ich bin ein Einzelkind, dabei hätte ich immer gern einen Bruder oder eine Schwester gehabt, doch meine Eltern waren schon ziemlich alt, als ich geboren wurde, so alt, dass ihr Arzt damals meinte, dass meine Geburt schon mehr als ein Wunder gewesen sei.

»Monsieur und Madame Cambril, ich weiß nicht, wie ich es Ihnen sagen soll …«

»Kommen Sie, Sie brauchen nichts zu beschönigen, wir können die Wahrheit ertragen. Was ist es, was da wächst? Ein Tumor? Bitte sagen Sie es uns, denn der Bauch meiner Frau wird immer dicker.«

»Aber nicht doch, Monsieur und Madame Cambril, Sie werden Eltern.«

»Wie bitte? Aber … das kann nicht sein!«

»Herr Doktor, ich bin dreiundfünfzig Jahre alt und mein Mann ist sechzig. Entschuldigen Sie, dass ich das so frank und frei sage, aber das ist unmöglich.«

»Ich bin mir absolut sicher. Ich habe sogar einen Kollegen hinzugezogen, und wir sind beide der Meinung, dass es … Na ja, wie soll ich es sagen … Es ist wirklich … ein Wunder. Herzlichen Glückwunsch, meine Herrschaften.«

An jenem Tag beschlossen meine Eltern, Paris zu verlassen, weil »das Leben dort sehr gefährlich ist«, und ließen sich in einem kleinen Ort nieder, der etwa hundertfünfzig Kilometer von der Hauptstadt entfernt liegt. Dort waren die Straßen unregelmäßig mit grauen und sandfarbenen Steinen gepflastert. Der Name dieses Ortes ist Mont des Fleurs. Wenn man sich dort fortbewegen wollte, musste man einen steilen Hügel nach dem anderen überwinden, die alle mit Töpfen voller Blumen geschmückt waren, die die Einwohner vor ihren Häusern hegten und pflegten. Und es gab etwas, was diesen Ort zu einem ganz besonderen machte und was ich, dumm wie ich damals war, genau so in allen anderen Orten der Welt vermutete: Die Fensterläden und die Türen eines jeden Hauses waren in einer jeweils anderen leuchtenden Farbe gestrichen – indigoblau, lachs- oder senffarben, kirschrot, lindgrün … In Mont des Fleurs brauchte man keine Adresse, man sagte einfach: »Ich wohne in dem Haus mit den smaragdgrünen Fensterläden.«

Mein Irrtum wurde mir schlagartig bewusst, als ich zum ersten Mal den Nachbarort besuchte und feststellte, dass man dort tatsächlich eine korrekte Adresse wissen musste – und nicht einfach nur die Farbe der Fensterläden –, wenn man ein bestimmtes Geschäft oder ein Haus finden wollte. Meine Eltern erstanden in jenem Ort mit den steilen Hügeln, den leuchtenden Blumen und den bunten Fensterläden eine kleine Bäckerei mit einem alten Holzofen, wo die Einwohner der umliegenden Ortschaften schon seit vielen, vielen Jahren ihr Brot kauften. Über dem Geschäft befand sich eine hübsche Wohnung mit gemauerten Wänden und Fensterläden aus Holz (farbig gestrichen natürlich, in diesem Fall in Veroneser Grün), die über zwei Etagen ging und über eine Mansarde verfügte, in der ich lesen, malen und zu träumen lernte. Meine erste Geschichte, die, die so unglaublich erfolgreich wurde, habe ich genau dort geschrieben. Hinter dem Haus gab es einen kleinen Garten mit der größten Sammlung an seltenen (und wunderschönen) Pflanzen und Blumen, die ich je gesehen habe. Dort fand ich einen alten, vergessenen Tisch, den ich in meine Mansarde stellte. Er war schon ein wenig abgenutzt und das Holz hatte ein paar Kerben, aber er schien mir absolut perfekt zu meiner alten Schreibmaschine zu passen. Denn, meine lieben Freunde, bis vor Kurzem habe ich tatsächlich noch zu den Menschen gehört, die auf einer Schreibmaschine schreiben. Ich bin unglaublich altmodisch, was soll ich machen …

Jeden Morgen drang der Duft nach frisch gebackenem Brot, Milchbrötchen und knusprigen Zimtschnecken mit Schokolade durch die Ritzen im Holzboden zu mir herauf, und die trällernden Stimmen der Dorfbewohnerinnen waren in jenen Monaten meine akustische Begleitung. Wenn ich heute an diese Zeit zurückdenke, scheint es mir, als wären seitdem tausend Jahre vergangen, als wären es fremde Erinnerungen, die mir irgendjemand erzählt hat.

Das einzig Handfeste, was ich aus jenen Tagen aufbewahrt habe, ist meine Schreibmaschine. Eine alte Olivetti Lettera 35, die mein Vater mir eines Tages schenkte, als ich noch klein war. Und am selben Tag noch schrieb ich darauf. Es wird euch sicher überraschen, wenn ich euch erzähle, dass ich damals gerade erst vier Jahre alt war. Mein Vater hatte die Maschine einem alten Buchhalter im Ruhestand abgekauft, der sich freudigen Herzens in einem gemütlichen Haus in der Nähe unserer Bäckerei niederließ, als er fünfundsechzig Jahre alt geworden war. Der Mann meinte, dass er von dem hektischen Lebensrhythmus in der Großstadt genug habe, den er vierzig Jahre lang gezwungenermaßen ertragen habe, weil er nun mal ein Zahlenmensch sei, was einem auf dem Land nicht viel brachte, in den großen Firmen in der Stadt jedoch gebraucht wurde. Die Tasten dieser Schreibmaschine wurden damals zur Verlängerung meiner

Gedanken und sind es heute noch. Die alte Olivetti ist das Einzige, was ich mitnehme, wenn ich eine Wohnung verlasse und in eine andere ziehe. Sie ist mein Anker, der mich mit den glücklichen Erinnerungen an die Farben, Düfte, Geschmäcker und Geräusche verbindet …

Nun lebe ich in einer Wohnung, die einmal das Heim von superreichen Leuten gewesen sein muss, von solchen Leuten, die eine kleine Glocke läuten, damit man ihnen das Essen bringt oder was auch immer sie wollen. Aber ich möchte euch nicht an der Nase herumführen: Es ist ein herrschaftliches Haus, das inzwischen ziemlich heruntergekommen ist und in sechs Einzel-Appartements umgebaut wurde. Na ja, sieben, wenn man die winzige Wohnung mitzählt, in der ich wohne, gleich unter dem Dach, wie könnte es anders sein. Die Hauseigentümerin, eine mollige ältere Dame, die raucht wie ein Schlot und furchtbar nach Anis riecht, hatte mir zunächst ein paar der anderen schmuddeligen Appartements gezeigt, die unterhalb meiner Mansarde liegen, doch als ich die zweite davon verließ und die enge Treppe mit den Holzstufen entdeckte, wusste ich gleich, dass sich dort oben ein ganz besonderer Ort verbirgt.

»Da oben? Bist du verrückt? Da gibt es nichts als Mäuse!«

Doch ich konnte meinen Blick nicht von der Treppe abwenden.

»Aber … Ist die Mansarde denn noch frei? Würden Sie sie mir vermieten?«

»Jungchen, du musst ziemlich verrückt sein. Jetzt schau dir doch noch mal das wunderbare Appartement hier an.« Sie wies auf das Loch, das wir gerade besichtigt hatten.

»Dürfte ich mir die Mansarde wenigstens mal ansehen?«

Das Einzige, was fehlte, war der Duft nach frischen, noch warmen Brötchen. Und ein paar Töpfe mit roten, blauen und gelben Blumen. Hier würde ich mein nächstes Meisterwerk verfassen, dafür kam kein anderer Ort infrage.

Wir stiegen also die Treppe hinauf, die Vermieterin voran, gefolgt von mir. Ein paarmal gab das Holz unter ihren Füßen nach, und ich musste sie von unten stützen, damit sie nicht auf mich fiel. Was ihr durchaus zu gefallen schien.

Schließlich, nachdem wir die dreizehn heimtückischen Stufen überwunden hatten, kamen wir oben an, und sie drehte den Schlüssel in der Tür um. Diese quietschte beim Öffnen wie in einem Horrorfilm, und die Vermieterin erschauderte, bevor sie in den dahinterliegenden Raum blickte und mich dann erneut ansah, als frage sie sich, ob ich noch alle Tassen im Schrank hätte.

»Madame, das ist wie geschaffen für mich. Wie viel verlangen Sie dafür?«

»Bist du dir sicher?«

»Bitte nennen Sie mir den Preis.«

Der Raum war etwa dreißig oder fünfunddreißig Quadratmeter groß, verfügte über zwei Fenster und ein paar Möbel, die mit staubigen Laken bedeckt waren. Das Bad, das es zu meiner Überraschung tatsächlich gab, nahm eine Ecke des Raumes ein und war durch eine Holzwand abgetrennt, hinter der sich eine alte Toilette und eine Duschwanne verbargen. Die Küche bestand aus einem orangefarbenen, ziemlich lädierten Möbelstück, das in drei Bereiche aufgeteilt war: eine kleine, schmutzige Arbeitsfläche, eine elektrische Kochplatte, die mindestens hundert Jahre alt zu sein schien, und ein Spülbecken aus verblichenem Porzellan mit einem unvermeidlich tropfenden Wasserhahn, über dem ein runder Spiegel ohne Rahmen hing. Ich nahm an, dass das Spülbecken gleichzeitig auch als Waschbecken dienen sollte.

»Gut ... Lass mich einen Moment nachdenken, Jungchen ... Also meinetwegen, wenn du darauf bestehst, sechshundertfünfzig Euro.«

»Was? Aber für das Appartement unten wollten Sie doch nur fünfhundert haben!«

»Ja, aber das hat kein eigenes Badezimmer und nur ein winziges Fenster, das auf den Innenhof hinausgeht. Von hier oben hingegen hat man eine schöne Aussicht.«

»Die will ich erst einmal sehen.«

Ich machte drei Schritte zum ersten Fenster hinüber, zog die Gardine zur Seite (der Staub, der dabei aufwirbelte, ließ die Vermieterin lautstark niesen), öffnete das Fenster und stieß die dahinterliegenden Läden auf. Und vor meinen Augen bot sich mir tatsächlich die schönste Aussicht, die Paris zu bieten hat. Ich konnte die Rückseite der Oper sehen, deren Fenster das Sonnenlicht reflektierten, sowie einen Teil der Madeleine mit ihren beeindruckenden korinthischen Säulen, die das Gewicht des Dachs trugen, und im Hintergrund, ganz in der Ferne, war sogar die Spitze des Eiffelturms zu erkennen. Es war wunderbar!

»Na? Was hab ich dir gesagt?« Die Vermieterin reinigte sich zufrieden ihre Zähne mit einem Zahnstocher. »Das wären dann also sechshundertfünfzig Euro warm plus drei Monatsmieten Kaution. Ich brauche eine Kopie deines Arbeitsvertrags, deiner letzten drei Gehaltsabrechnungen und deines Ausweises.« Ich antwortete nicht, da ich noch immer bewundernd auf die in der Nachmittagssonne badenden hellen Gebäude blickte. »Ach, und beeil dich bitte, denn die Leute reißen sich um dieses Schmuckstück, weißt du?«

Zwei Tage später hatte ich ein neues Zuhause. Und ehrlich gesagt hoffte ich inständig, dass es mein endgültiges Zuhause sein würde. Zumindest das, was mich erneut zum Erfolg führen würde. Denn ich träumte von einem guten Buchvertrag, einem eigenen Haus, einem Auto und davon, jeden Tag frisches Obst und köstlich duftendes Brot zum Frühstück zu essen.

Mein neuer bester Freund Karim half mir beim Umzug. Karim ist sehr stark. Wenn er im Winter einen Mantel trägt, erscheint er noch größer, und von hinten betrachtet könnte man schwören, dass er ein Riese ist. Er trug also meine paar Habseligkeiten hinauf, aber vor allem half er mir, das hinunterzutragen, was ich nicht brauchte.

Mit vereinten Kräften machten wir die kleine Mansarde … bewohnbar – belassen wir es dabei, denn keiner von uns beiden ist ein Perfektionist, wenn es um Ordnung und Sauberkeit geht, aber zumindest entfernten wir den Staub und die Mäuseköttel, wischten den Boden und bezogen das Bett und das Sofa mit frischen Laken.

Als wir fertig waren, konnte ich meinem Freund leider nichts anbieten, weil ich noch gar nicht zum Einkaufen gekommen war.

»Komm, lass uns zu Carol gehen, Karim. Das Bistro, in dem sie arbeitet, ist ganz in der Nähe, und sie ist eine gute Freundin von mir.«

»Ich kann nicht, mein Lieber. Ich bin mit der hübschen Rothaarigen verabredet …« Er grinste vielsagend.

»Der Rothaarigen? Du meinst die von heute Morgen?«

»Ja klar, was glaubst du denn, wie viele Rothaarige in der Welt rumlaufen. Die sind selten. Das macht sie ja so besonders.« Mit einer ausladenden Geste zeichnete er eine weibliche Silhouette in die Luft.

»He, pass ein bisschen auf mit deinem Herumgefuchtel, ja?« Ich wich seinen Pranken aus. »Wenn du mir den Kopf einschlägst, kann ich mich nachher nicht mehr konzentrieren.«

»Genau: Setz du dich hin und schreib!« Er fasste mich an den Schultern und schob mich zu dem Tisch hinüber, an dem ich essen und arbeiten würde, um mich dort auf den Stuhl zu drücken, der vor meiner Schreibmaschine stand. »Wenn du erst mal Millionär bist, lädst du uns alle in deine noble Hütte ein, okay?«

»Ganz bestimmt. Danke, Karim.«

»Keine Ursache!« Er klopfte mir noch einmal auf die Schulter und eilte lachend davon.

Als er die Tür hinter sich schloss, sah ich mehrere Staubpartikel, die über den Boden tanzten.

»Er wackelt. Dieser Stuhl wackelt, Mist …«

Ihr müsst wissen, dass ich, wenn ich allein bin, fast immer mit mir selbst rede.

Ich hatte mir für den Einzug in meine Mansarde mehrere Tage freigenommen, doch weil der Umzug schneller ging, als ich gedacht hatte, hatte ich am nächsten Tag nichts zu tun. Also beschloss ich, mit meinem neuen großen Meisterwerk zu beginnen. Ich setzte mich auf den wackligen Stuhl, legte ein Blatt Papier in meiner Olivetti Lettera 35 ein und stellte mir eine Flasche Wasser auf den Tisch.

Mal sehen … Worum könnte es in meiner Geschichte gehen … Was könnte den Kindern gefallen? Denk nach, Nico, denk nach! Spielzeug, Süßigkeiten, Ferien … Brüste … Brüste???

Ja, sie mögen Brüste, aber nur wenn sie Babys sind, du Idiot! Dann vergessen sie Brüste, bis sie zwölf oder dreizehn Jahre alt sind.

Wobei mir, ehrlich gesagt, bereits als ich acht Jahre alt war, die Brüste der Frau des Schusters aufgefallen waren. Sie waren wie zwei Wassermelonen, unglaublich! So was bekommt man heutzutage gar nicht mehr zu sehen.

O Gott! Aber was tue ich denn da? Ich muss völlig bescheuert sein!

Konzentrier dich, Nicolas, sonst wird das nichts!

Ein melodisches Geräusch riss mich aus meinen verrückten Grübeleien.

Gerade noch mal davongekommen!

Mein Handy klingelte genau in dem Moment, als die Angst, die aus winzigen bösen Zwergen zu bestehen schien, bereits meine Beine heraufkletterte.

»Hallo, Karim, mein Freund! Was gibt's? Klar, ich komme runter und lade dich zu dem Bier ein, das ich dir gestern versprochen habe.«

Ich lief die Treppen hinunter und setzte mich auf die Stufen am Eingang, und zehn Minuten später tauchte Karim am Steuer seines dreißig Jahre alten roten BMW Z1 Roadster auf. Ein Klassiker, dem kein Mann widerstehen kann! Und beinahe keine Frau, zumindest wenn Karim drin sitzt.

»Steig ein! Verschieben wir das mit dem Bier auf einen anderen Tag, einverstanden?«

»Na schön. Wie war's denn gestern?«

»Der Wahnsinn!« Er verdrehte die Augen. »Erinnerst du dich noch an die kleine Dunkelhaarige letztens? Also, die Rothaarige hatte da schon ein paar Größen mehr zu bieten, so wie ich es liebe, richtig was zum Anfassen!« Er lachte dröhnend.

»Du bist ein Ferkel, Karim, könnte das sein? Und? Wirst du sie wiedersehen?«

»Die kleine Dunkelhaarige?«

»Welche auch immer, Karim, eine von den beiden.«

»Mal sehen.« Er grinste schelmisch.

»Warst du eigentlich noch nie richtig verliebt?«

»Was? Jetzt werd mal nicht kitschig!«

»Im Ernst, Karim, hast du noch nie etwas Besonderes empfunden bei einer Frau?«

»Hör mal, mein Freund, wenn du jetzt einen auf sensibel machst, fahr ich lieber mit meiner Kollegin Charlotte; die hat immer was zu erzählen, und das dürfte durchaus interessanter sein.«

»Wohin fahren wir denn überhaupt?« Mir fiel auf, dass wir das Stadtzentrum verlassen hatten und Richtung Norden unterwgs waren.

»Was? Ach, weißt du … Pauline hat heute Geburtstag …«

»Und da schleppst du mich mit?« Es überraschte mich nicht wirklich. Karim war zwar ein großer Aufreißer, aber wenn es um seine Ex ging, zog er ziemlich schnell den Schwanz ein. Erst recht seit er sie mit einem anderen Mann gesehen hatte.

»Na ja, ich kenne so gut wie keinen auf dieser Party.«

»Party? Du nimmst mich mit zum Kindergeburtstag deiner Tochter? Junge, Junge, ich hab nicht mal ein Geschenk!«

»Keine Panik! Schau mal nach hinten.« Ich tat wie geheißen und entdeckte zwei gleich große Pakete. »Das sind die Pipi-Schwestern, zwei Babypuppen, mit denen sie mir seit Weihnachten in den Ohren liegt.«

Eine halbe Stunde später parkten wir in einer Straße am nördlichen Stadtrand von Paris. Diese Vororte sehen alle gleich aus. Irgendwer musste sich einen Riesenspaß daraus gemacht haben, ausschließlich absolut identische Häuser zu bauen, um sich dann kaputtzulachen, wenn die Leute versuchten, ihre Wohnung zu finden.

Ich könnte eine Geschichte über ein Kind schreiben, das sich in einem solchen Vorort verirrt und seine Mama nicht mehr findet … Es setzt sich in eine Ecke, bis es verhungert und verdurstet ist …

Oh Gott! Wie komme ich denn darauf? Das ist keine Geschichte für Kinder, sondern traumatisierender Horror!

»Papa!« Der freudige Schrei eines kleinen Mädchens holte mich wieder in die Wirklichkeit zurück. Pauline stürzte sich auf ihren Vater, der sie sozusagen im Flug auffing, während er mir beinahe gleichzeitig die beiden Pakete zuwarf. Natürlich fielen sie dabei auf den Boden und bekamen ein paar Beulen, was die Kleine jedoch nicht zu bemerken schien.

Wir aßen rosafarbenen Geburtstagskuchen und Berge von bunten Süßigkeiten, tranken Coca-Cola, bliesen Luftballons auf, zündeten Wunderkerzen an, pusteten alle zusammen die Geburtstagskerzen aus, und ich half Pauline, ihre Geschenke auszupacken, während Karim und seine Ex sich in der Küche stritten. Ich hatte sie, seit ich Karim kannte, erst ein paarmal gesehen, und immer hatte sie ihn angeschrien. Karim hatte das Gewitter jedes Mal mit hängendem Kopf über sich ergehen lassen. Er musste wirklich irgendetwas Schlimmes angestellt haben, aber ich hatte ihn nie danach gefragt. Er ist nicht der Typ, der einem solche Dinge anvertraut, sondern einer, der beim Umzug hilft, im Notfall deine Schicht übernimmt, mit dem man einen draufmachen kann und der wahrscheinlich sogar lieber mit dir zum Blutspenden geht, wenn es nötig ist, als sich so weit zu öffnen, dass du etwas von seinen Gefühlen mitbekommst. Wir alle wissen, dass es so ist. Und es macht uns nichts aus, weil er ein feiner Kerl ist. Ein guter Freund.

Als das Gewitter vorüber war, bedankte sich Zoe, die Ex, bei mir dafür, dass ich auf die Kleine aufgepasst hatte.

»Keine Ursache, hat Spaß gemacht. Und vielen Dank für den Kuchen.«

»Tut mir leid, dass du mal wieder mitgekriegt hast, wie ich ausgerastet bin.«

»Nein, nein … Das macht doch nichts, Zoe.«

»Gib dir keine Mühe. Ich weiß, dass es so ist, und es stimmt. Jedes Mal, wenn wir uns gesehen haben, habe ich Karim eine Abreibung verpasst. Wahrscheinlich hältst du mich für streitsüchtig oder vollkommen hysterisch.«

»Nein, nein, wirklich nicht.«

Freunde, ich kann nicht lügen. Das ist auch eine meiner Eigenschaften: Ich kann nicht lügen, man merkt es mir sofort an.

»Ha, ha, ha! Du wirst rot wie ein Feuermelder!« Sie lachte und wurde dabei selbst rot wie eine Tomate. »Entschuldige!« Sie versuchte sich zusammenzureißen, hielt sich die Hand vor den Mund, um nicht wieder loszulachen, und dabei fiel mir auf, dass sie noch ihren Ehering am Finger trug. »Hast du wirklich dieses Buch geschrieben?« Sie wies auf mein Buch, das neben dem Bett der Kleinen lag.

»Ja, aber das ist schon sehr lange her. Man könnte fast sagen, das war in einem anderen Leben.«

»Na ja, du musst wissen, dass es das Lieblingsbuch meiner Tochter und aller ihrer Freunde ist. Sie lesen im Kindergarten darin, so oft es nur geht. Ich glaube, sie haben fünf oder sechs Exemplare in der Bibliothek, weil es das begehrteste Buch ist.«

»Danke.« Erneut wurde ich rot. Und das ist eine weitere Eigenschaft von mir: Ich kann nicht mit Komplimenten umgehen. Sie sind mir peinlich.

»Keine Ursache! Sag mal, Nicolas …«

»Nenn mich Nico, das machen alle, schon immer.«

»Gut, Nico. Hast du keine Freundin?«

»Mhm … Ehrlich gesagt, nein …«

»Aha. Gibt es denn … jemand Besonderen?«

»Äh, nein, wirklich nicht … Niemanden.«

Karim unterbrach uns. Wir waren die letzten Gäste, und es war schon ziemlich spät, sodass wir uns zum Aufbruch entschieden. Die beiden verabschiedeten sich deutlich friedlicher voneinander, wobei die Verlegenheit im Blick meines Freundes nicht zu übersehen war. *Er muss wirklich etwas Übles angestellt haben*. Zoe umarmte mich, und mir fiel plötzlich auf, dass dies seit Beginn des Jahres das erste Mal war, dass mich jemand umarmte. Dabei war es bereits April.

Liebe Freunde, genau so war es leider: Es gab niemanden. Niemand Erwähnenswerten in meinem Liebesleben. Die Frauen finden mich nett und gutaussehend. Ich bin ziemlich groß, habe volles Haar (wenn es morgens auch manchmal recht widerspenstig ist), ein sympathisches Lächeln und bringe sie zum Lachen. Ich hatte einige gute Freundinnen, und natürlich gab es schon ein paar Beziehungen in meinem Leben. Sogar eine, die beinahe zwei Jahre gehalten hat, aber nie hätten wir von uns behauptet, ein »Paar« zu sein. Wir sind miteinander gegangen, und das war's. Weil wir beide nicht mehr erwartet haben. Eines Tages hat dann einer von uns den anderen nicht mehr angerufen, und wir haben uns vergessen. So ist das Leben.

Zumindest meins. (Oder besser: Es war so.)

Ich habe ja schon erzählt, dass ich zu jener Zeit möglichst einmal im Monat ins Kino gegangen bin (ehrlich gesagt, hätte ich lieber öfter die Gelegenheit gehabt, aber das konnte ich mir finanziell nicht erlauben), weshalb ich mir immer ganz genau überlegt habe, welchen Film ich mir ansehen wollte. Unter den zehn oder zwölf Filmen im Jahr war nie ein Liebesfilm. Das heißt nicht, dass ich nicht an die Liebe glaube. Zumal meine Eltern, was das angeht, das beste Vorbild waren. Ihre Liebe reicht garantiert bis ins Jenseits. Ich habe mir keine romantischen Filme angesehen, weil ich mich nicht in sie hineinversetzen konnte. Ich konnte diese Magie nicht nachvollziehen, die die Protagonisten empfanden, sodass sie, wenn es sein musste, bis ans Ende der Welt reisten, um mit dem anderen zusammen zu sein. Ich fand das absolut übertrieben, ehrlich. Und ich hatte keine Angst davor, allein zu sterben, denn letztendlich sind wir im Tod alle allein. Was macht dann schon ein wenig mehr Einsamkeit zu Lebzeiten? Die Liebe war mir einfach nicht wichtig, genauso wenig wie eine feste Freundin zu haben, und ich sehnte mich auch nicht danach, verheiratet zu sein. Das Einzige, worauf ich meine Energie konzentrieren wollte, war, mein neues Buch fertigzuschreiben (besser gesagt: damit anzufangen). Mein nächstes Meisterwerk. Das war erst einmal das Wichtigste.

Nur dass das Leben einem nicht immer nur Steine in den Weg legt, sondern manchmal auch für eine schöne Überraschung gut ist. Glücklicherweise.

2

Mein Vater meinte immer, dass ich seiner Schwester ähnlich sei, die ums Leben gekommen war, weil sie einen Hund aus einem Fluss retten wollte. Mein Vater war damals noch sehr klein.

»Junge, wenn du nicht auch mal an dich selbst denkst, hast du irgendwann das Nachsehen«, pflegte er zu sagen. »Es ist ja schön und gut, dass du anderen Leuten helfen willst, aber vergiss nicht, dass die wichtigste Person in deinem Leben du selbst bist.«

Ehrlich gesagt, habe ich das niemals verstanden. Ich habe mir immer gesagt, dass ich alles ertragen könne außer einem: zuzusehen, wie es jemandem, der mir nahesteht, schlecht geht.

Nur, um ein Beispiel zu geben: Als ich sieben Jahre alt war, bekam der Junge im Haus nebenan, dessen Fensterläden und Türen feuerrot gestrichen waren, die Windpocken. Er war mein Freund, und es ging ihm wirklich nicht gut. In meiner kindlichen Vorstellung bildete ich mir ein, dass ich ihm die Krankheit abnehmen könnte, wenn ich zu ihm ginge, weil er mich dann »anstecken« würde, so hatte es jedenfalls seine Mutter gesagt, als ich ihn nach der Schule besuchen wollte.

»Nicolas, sei nicht dumm. Deine Mutter hat mir gesagt, dass du die Windpocken noch nicht hattest. Wenn du jetzt mit meinem Jungen spielst, wird er dich anstecken.«

Da ich also davon überzeugt war, dass er die Krankheit mir übertragen würde, wenn ich nur nahe genug an ihn herankam, zog ich mir, sobald seine Mutter nicht mehr in der Nähe war, die Kleider aus und lief nackt zu seinem Bett, damit es meinem Freund bald wieder bessergehen würde.

»Ich bin stark genug, das zu ertragen, Arnaud, du nicht. Sieh mal, wie heiß du bist! Gib mir deine Windpocken, denn ich bin ruckzuck wieder gesund, du wirst schon sehen.«

Am nächsten Tag blieben in der Schule dann zwei Plätze leer: der von Arnaud und meiner. Wobei ein Teil von dem, was ich gesagt hatte, sich bewahrheitete: Ich war tatsächlich sehr schnell wieder gesund.

Dazu fällt mir noch etwas ein. Erlaubt mir, dass ich es euch auch noch kurz erzähle: Eines Abends, als in Mont des Fleurs ein Fest gefeiert wurde, bat mich mein Freund Pierre, der ein Jahr älter war als ich und sehr viel weiter, um einen Gefallen:

»Hör mal, Nico, dieses Mädchen dahinten, die steht doch auf dich, oder? Kannst du uns nicht mal miteinander bekannt machen? Ich fahre nämlich morgen in die Ferien und komme erst im Oktober zurück. Gleich ist das Fest hier vorbei, und ich werde keine Gelegenheit mehr haben, mit einem so hübschen Mädchen zusammen zu sein.«

»Schon möglich, Pierre, aber es ist nun mal so, dass *ich* ihr gefalle und dass sie mit mir tanzen will – ihre Freundin hat es mir eben gesagt.«

Pierre machte ein unglückliches Gesicht. »Ach, komm, Nico! Verstehst du denn nicht? Wenn ich heute Abend nicht zum Zug komme, weiß ich nicht, was aus mir werden wird. Dann sehe ich sie vielleicht nie mehr wieder, und das würde mir das Herz brechen.«

Und damit hatte er mich schon, mit diesem mitleiderregenden Ton und dem treuherzigen Blick.

»Ich weiß nicht, Pierre … Was ist, wenn sie nicht will?«

»Frag sie doch wenigstens mal! Sag ihr, dass du einen Freund hast, der ein bisschen älter ist als du und sie wahnsinnig gern kennenlernen würde. Komm … Los, versuch's!«

Also bin ich losgezogen und habe die beiden verkuppelt, meinen Freund Pierre und das hübscheste Mädchen auf dem Fest. Sie war sofort einverstanden, als sie erfuhr, dass Pierre schon sechzehn Jahre alt war, und stürzte sich gleich auf ihn.

Sicher denkt ihr jetzt, dass ich ziemlich dämlich bin. Aber tatsächlich sehe ich das anders. Vielleicht könnt ihr das nicht verstehen, aber es macht mich glücklich, wenn es den Leuten in meiner Umgebung gut geht. Das ist nicht leicht zu erklären, aber so ist es nun mal. Ich muss sicher sein, dass die Menschen, die mir etwas bedeuten, glücklich sind. Und wenn ich etwas für sie tun kann, zögere ich nicht, mich einzumischen und mir die Hände schmutzig zu machen – wenn es sein muss, bis zu den Ellbogen.

Wenn ich jetzt so darüber nachdenke, wisst ihr schon eine ganze Menge über mich: dass ich in einer »entzückenden« Mansarde in Paris wohne (ja, ich weiß, dass das eine Art Selbstbetrug ist, aber ich liebe nun mal diesen Ausblick!), dass ich Schriftsteller bin (gut, ich habe nur ein gutes Buch geschrieben, aber ich hoffe, dass ich bald meinen zweiten großen Wurf landen werde), dass ich manchmal mit mir selbst rede, wenn ich allein bin, dass mir Komplimente unangenehm sind, dass ich nicht lügen kann, dass ich einige gute Freunde habe und dass ich noch nie eine Beziehung hatte, über die man einen Liebesroman hätte schreiben können.

Bis zu diesem Zeitpunkt.

3

Es gibt da noch etwas Wichtiges, was ich bisher nicht erwähnt habe, nämlich, womit ich mir momentan meinen Lebensunterhalt verdiene.

Da es mir vor einigen Jahren gelungen ist, ein außergewöhnlich gutes Buch zu schreiben (ich habe einige Preise dafür bekommen, zwei davon sogar im Ausland.), habe ich auch ganz gut daran verdient. Meine Eltern haben das mächtig gefeiert: mit einem Tag der offenen Tür in ihrer Bäckerei und einem Riesenberg an Milchbrötchen, Zimtschnecken, kleinen Windbeuteln mit Schokofüllung und Sahne-Éclairs, die sie an sämtliche Dorfbewohnter umsonst verteilten. Der köstliche Duft hing noch Tage später über dem kleinen Ort mit den bunten Fensterläden. Alle gratulierten mir, küssten und umarmten mich. Es war ein großartiger Tag.

Dank dieses großen Erfolgs war es mir möglich, in den folgenden zehn Jahren ein recht angenehmes Leben zu führen. Doch als vor ein paar Jahren mein erster Vertrag auslief, war mein Verleger nicht mehr ganz so großzügig.

»Sieh mal, mein Junge, wenn du in der Zwischenzeit noch ein paar gute Bücher geschrieben hättest, könnte ich dir bessere Konditionen anbieten. Aber so musst du verstehen, dass ich nicht darauf setzen kann, dass du diesen Erfolg irgendwann noch einmal wiederholen wirst.«

»Okay, aber … In meiner derzeitigen Lage bräuchte ich eine höhere Verkaufsbeteiligung.«

»Das geht leider nicht, Nicolas. Wir können über andere Details noch mal reden, aber die Beteiligung bleibt, wie sie ist«, erklärte er und tippte so heftig mit dem Zeigefinger auf die entsprechende Zahl, dass ein Becher mit Stiften umfiel. Ich hob sie sofort wieder auf.

»Könnten wir dann über die Laufzeit des Vertrags reden?«

Ich ging zu fünf anderen Verlagen, um einen besseren Vertrag auszuhandeln. Denn angesichts der Lage, in der ich mich gerade befand – ich werde euch gleich davon erzählen –, war es nicht möglich, mein Sparbuch zu plündern. Doch alle fünf Verleger schlugen mir, zwar höflich, aber entschieden, die Tür vor der Nase zu. Schließlich blieb ich bei meinem alten Verlag und unterschrieb den mir angebotenen Vertrag.

Das einzig Positive ist, dass der Verkauf meines Buches seit der Veröffentlichung nicht zurückgegangen ist, da immer wieder neue Kinder auf die Welt kommen und älter werden. Daher gab es ständig eine Horde an Sechs- und Siebenjährigen, die sich mein Buch zum Geburtstag oder zu Weihnachten wünschten. Darauf zumindest konnte ich zählen.

Doch angesichts der Umstände, die seinerzeit mein Leben bestimmten, war das nicht genug. Auf den ersten Seiten dieses Buches habe ich erwähnt, dass mein Leben damals ziemlich tränenreich war und ich viel Zeit mit Ärzten und Krankenschwestern verbracht habe. Das muss ich wohl erklären, in der Hoffnung, euch nicht in Depressionen zu stürzen: Drei Jahre nach der Veröffentlichung meines ersten Kinderbuchs wurde meine Mutter sehr, sehr krank. Sie konnte sich an vieles nicht mehr erinnern und begann Menschen miteinander zu verwechseln. Zunächst waren es nur kleine Dinge, so unbedeutend, dass wir alle drei über ihre »Zerstreutheit« gelacht haben. Doch schon bald wurde es schlimmer. So stand sie einmal mitten in der Nacht auf und ging nach draußen, um im Garten zu arbeiten. Und zwar mitten im Winter, als alles von einer zentimeterdicken Schneeschicht bedeckt war. Mein Vater fand sie dann ein paar Stunden später, zitternd vor Kälte, unter einem kahlen Baum. Ich war damals gerade mit meinem Buch auf Lesereise im Ausland, und meine Eltern sagten mir nichts davon, bis ich zurückkam und meine Mutter mit einer schlimmen Lungenentzündung im Bett vorfand.

Mein Vater und ich versuchten so gut wie möglich mit der neuen Situation klarzukommen. Ich ging seltener auf Lesereise und verbrachte mehr Zeit im Haus meiner Eltern. Zum Glück war mein Vater ein rüstiger Mann, dem man seine zweiundachtzig Jahre nicht ansah. Doch am Tag nach seinem vierundachtzigsten Geburtstag, als er von einer Routineuntersuchung zurückkehrte, kam die nächste Hiobsbotschaft. Es war der Hausarzt, der mir die schlimmen Neuigkeiten eröffnete:

»Nicolas, es tut mir leid, dir das mitteilen zu müssen. Doch dein Vater hat mich darum gebeten. Dieser Husten, mit dem er sich seit ein paar Wochen herumquält ... Der Grund dafür ist Lungenkrebs, und zwar im fortgeschrittenen Stadium.«

Ich hörte jedes seiner Worte ganz genau, und doch konnte ich nichts davon begreifen. Ich starrte unseren Hausarzt mit glasigen Augen an, während das Gesagte in meinem Kopf herumwirbelte wie Schneeflocken.

»Nicolas? Hast du mich verstanden, Nicolas? Hörst du, was ich sage?« Er nahm meine Hand, und ich fuhr auf meinem Stuhl zusammen.

»Ja. Ja, natürlich.« Ich versuchte, die Fassung wiederzuerlangen. »Kann man denn noch operieren?«

»Ich fürchte, dazu ist es zu spät. Dein Vater hat nur noch ein paar Monate.«

Am Ende waren es dann nur noch ein paar Wochen. Zweieinhalb Monate später war mein Vater tot. Das einzig Gute war, dass meine Mutter es nicht mitbekam. Sogar viele Monate später noch glaubte sie, dass mein Vater in der Bäckerei stünde, um Brot und Zimtschnecken zu backen.

Nach dem Tod meines Vaters lebte ich noch zwei Jahre mit meiner Mutter zusammen in unserem Haus. Es waren die beiden schwersten Jahre meines Lebens. Mit jedem Tag verschlechterte sich ihr Zustand, und ich konnte nichts tun, um ihr zu helfen. Stellt euch meine Hilflosigkeit vor: ich, der ich lieber selbst litt, als jemandem, den ich liebte, dabei zuzusehen. Aber es gibt Dinge, die nicht zu ändern sind. So ist es nun mal.

Wie ich schon gesagt habe: Wenn das Leben einem Zitronen gibt, kann man nicht immer Limonade daraus machen. Ich hasse diesen Satz.

Nachdem ich lange hin- und herüberlegt hatte, sorgte ich schließlich dafür, dass meine Mutter in das Seniorenheim in Mont des Fleurs umziehen konnte. Zunächst hatte ich überlegt, sie mit nach Paris zu nehmen, wo es ein großes Zentrum für Alzheimer-Patienten gibt, doch als ich ihr davon erzählte – denn ich redete mit meiner Mutter immer so, als ob sie noch gesund wäre –, richtete sie sich plötzlich auf und sagte ganz entschieden:

»Nein, Nicolas, ich möchte hier im Ort bleiben. In Mont des Fleurs. Bei Papa.«

»Mama, hast du überhaupt verstanden, was ich gesagt habe?«

»Natürlich habe ich es verstanden, mein Junge.« Sie nickte. »Aber ich muss bei Papa bleiben.«

Also vergaß ich das mit dem Umzug nach Paris und erkundigte mich nach einem Platz im Seniorenheim von Mont des Fleurs. Zum Glück gab es keine Probleme, denn es waren genügend Zimmer frei. In dem kleinen Ort lebten zu dieser Zeit nicht viele alte Leute. Weil Anfang des neuen Jahrtausends viele junge Familien nach Mont de Fleurs gezogen sind, wurden neue Schulen gebaut und eine Arztpraxis. Das Seniorenheim jedoch war nicht ausgelastet und deshalb ziemlich teuer, sodass ich jeden Monat einen recht hohen Betrag zahlen musste – was ich gern tat, weil es das war, was Mama sich gewünscht hat. Das war meine Art, meine vergessliche Mutter glücklich zu machen.

Jedoch ließ sich ein Problem nicht leugnen: Ich konnte es mir nicht leisten. Das Geld, das ich mit meinem Buch verdiente, reichte nicht mehr aus, seit meine Mutter im Altersheim war, und deswegen musste ich mir Arbeit suchen.

Ich erzähle das nicht, um Mitleid zu erregen, sondern nur, weil ich erklären will, wie es zu diesem Punkt in meinem Leben gekommen ist. Denn alles hat seinen Grund.

Ich war Zeitungsausträger, habe Zeitschriften in einem Kiosk verkauft, habe in Restaurants gekellnert und mich sogar als Yogalehrer versucht (na ja, da ich nicht viel Ahnung von Yoga hatte, hat man mich gleich wieder entlassen).

Und dann habe ich für den Sicherheitsdienst in der Pariser Metro gearbeitet – was der beste Job war, den ich jemals hatte.

Vielleicht fragt ihr euch, wie das möglich ist. Ganz einfach. Dank dieses Jobs habe ich meine besten Freunde und die Liebe meines Lebens kennengelernt. Denn, meine Freunde, am Ende hat sich herausgestellt, dass ich für die Liebe doch wie geschaffen bin.

Aber eins nach dem anderen, Kapitel für Kapitel, denn so schreibt man doch Romane, oder?

4

Vor acht Monaten, kurz vor Weihnachten, habe ich Karim kennengelernt. Sein Auto war mitten auf der Straße liegen geblieben (zumindest dachte ich das), und ich ging zu ihm, um ihm zu helfen.

»Na, brauchst du ein Überbrückungskabel? Vielleicht kann ich dir helfen.« Unter anderem hatte ich auch in einer Autowerkstatt gearbeitet, deswegen hatte ich ein wenig Ahnung.

»He, was willst du? Verschwinde! Mach dich vom Acker!«

»Wie bitte?« Ich sah ihn verblüfft an.

»Du hast mich doch gehört, Idiot, zieh Leine, ich warte auf ein Mädchen.« Ich blickte mich um und entdeckte Rosanna, die in meinem Viertel im horizontalen Gewerbe tätig ist.

»Meinst du etwa Rosanna?«

»Was? Du kennst sie? Hör mal … wenn sie deine Freundin ist, tut es mir leid. Das konnte ich ja nicht wissen.«

»Nun ja … Sie ist die Freundin von allen, wenn du verstehst, was ich meine.«

»Was? Willst du mich auf den Arm nehmen?«

»Nein. Wenn du mit einem Geldschein winkst, ist sie für eine Weile auch deine Freundin. Tut mir leid.« Ich zuckte mit den Schultern. »Ich heiße übrigens Nico und wohne gleich gegenüber, deswegen kenne ich sie.«

Karim, von dem ich damals noch nicht wusste, dass er Karim heißt, war sichtlich verlegen. »Okay, dann hat sich die Sache erledigt. Bitte sag ihr nichts.«

»Hallo, Nico …« Rosanna kam zu uns herübergeschlendert und sah Karim voller Neugier an. »Und wer bist du, mein Süßer?«

»Bemüh dich nicht, Rosanna … Mein Freund wollte gerade gehen.«

»Dann vielleicht ein andermal.« Sie zwinkerte Karim zu. »Außerdem ist heute mein freier Tag. Bis bald mal, ihr beiden Hübschen.«

Karim schloss die Motorhaube seines Autos und zog den Schlüssel aus der Hosentasche.

»Meinst du, er springt an?«

»Natürlich springt er an. Das war nur ein Trick.«

»Ein Trick? Wie meinst du das?«

»Manchmal, wenn ich ein hübsches Mädchen sehe, halte ich in ihrer Nähe an, tue so, als ob ich eine Panne hätte und nach dem Wagen sehe, und wenn sie kommt, frage ich, ob ich mit ihrem Handy einen Abschleppwagen rufen darf.«

»Wie? Du leistest dir einen Abschleppwagen, um eine Frau anzumachen?« Ich dachte, dass der Typ ein Millionär sein musste, wenn er einfach mal so einen Abschleppwagen bezahlte.

»Nein, du geistiger Tiefflieger, ich breche das Telefonat natürlich vorher ab und sage: ›Verdammt! Jetzt weiß ich, woran es liegt!‹ Dann tue ich so, als ob ich irgendein Teil reinige und starte meinen Schatz. Das macht die Frauen total an. Ist ein bisschen primitiv, aber ich hab mal gelesen, dass das fast immer funktioniert.« Er tätschelte die glänzende Motorhaube seines Wagens und grinste. Ich fand ihn witzig.

»Und wie heißt du, du Frauenversteher?«

»Karim.« Er gab mir die Hand. »Danke für die Warnung, Alter. Ein anderer hätte mich ins offene Messer laufen lassen, um sich einen Spaß daraus zu machen.«

»Ach, vergiss es. Ich geh jetzt ein Bier trinken, kommst du mit?«

»Klar, warum nicht. Kein schlechter Tausch: eine Frau gegen einen neuen Freund.« Das war das erste Mal, dass er mir seinen Arm um die Schulter legte. Er war mir sofort sympathisch, und ich habe mich nicht in ihm getäuscht. Zusammen gingen wir zur nächsten Bar hinüber. Und ich bestellte zwei Bier.

»Was machst du denn so, wenn du nicht gerade versuchst, ein Mädchen abzuschleppen?«

»Ich arbeite beim Sicherheitsdienst in der Metro.«

Das überraschte mich nicht. Mir hatte mal jemand gesagt, dass das Äußere dabei die halbe Miete sei, und Karim schien der Job wie auf den Leib geschrieben. Wahrscheinlich hätte er mit fünf Jahren schon seine Schule bewachen können. Karim ist riesengroß, das imponiert jedem. Und seine tiefe Stimme passt perfekt dazu. Das beinahe kindliche Glitzern in seinen Augen, das einem jede Angst nimmt, dagegen weniger. Sein Lächeln und sein offener Blick wirken sogar ziemlich vertrauenerweckend.

»Und was machst du so?«

»Ich bin Schriftsteller.« Er zog die Augenbrauen hoch. Sicher war ich der erste Schriftsteller, den er kennenlernte. »Aber täusch dich nicht, ich suche gerade einen Job, von dem ich leben kann. Was auch immer.«

»Hast du etwas geschrieben, das ich kenne?«

»Du vielleicht nicht, weil du etwa in meinem Alter bist. Aber wenn du Kinder oder Nichten und Neffen hast …«

»Ich habe eine Tochter.« Er lächelte, und seine Augen leuchteten, als hätte jemand darin eine Lampe angemacht.

»Mein Buch heißt *Warum das Maul der Katzen nach Sardinen riecht.*«

»Mach keinen Quatsch! Das habe ich meiner Tochter jeden Abend vor dem Einschlafen vorgelesen …« Während er das sagte, wurde sein Blick auf einmal traurig. Das mit dem Vorlesen war wohl Vergangenheit. Er trug keinen Ehering, aber an der hellen Stelle an seinem Ringfinger war zu sehen, dass das vor Kurzem noch anders gewesen war. »Das hast du geschrieben?«, fragte er ungläubig.

»Ja … Aber jetzt brauche ich einen anderen Job. Eine Geschichte reicht eben nicht.«

»Hör mal, das passt perfekt. Beim Sicherheitsdienst in der Metro wird gerade eine Stelle frei. Wenn du willst, kann ich dich empfehlen. Wenn ich sage, dass du mein Freund bist, stellen sie dich gleich ein.«

»Mensch, Karim … Ich weiß nicht, was ich sagen soll. Das wäre super! Ich brauche nämlich wirklich dringend einen Job.« Doch so dringend ich diesen Job auch brauchte, hatte ich in diesem Moment doch noch keine Ahnung, wohin diese Entscheidung führen sollte.

»Klar, gib mir deine Nummer.« Er speicherte sie in seinem Handy. »Morgen früh rufen sie dich an. Du musst dann noch zu einem Vorstellungsgespräch kommen, aber keine Sorge, das ist nicht schlimm. Sie wollen nur wissen, ob du wirklich der bist, der du zu sein behauptest. Und wenn du keine Vorstrafen hast … Hast du doch nicht, oder?«

»Nein! Ich habe eine absolut weiße Weste.« Ich lächelte. Karim wurde mir immer sympathischer.

»Dann ist die Sache so gut wie fix! Sie werden dir zeigen, was du tun musst. Es ist ganz einfach. Der einzige Nachteil ist, dass es nur ein Halbtagsjob ist.«

»Karim, das ist perfekt für mich.« Denn so blieb mir noch genug Zeit, mein zweites Meisterwerk zu schreiben (beziehungsweise anzufangen).

5

Am nächsten Tag erhielt ich nicht nur den von Karim angekündigten Anruf, sondern der Chef fragte mich gleich, ob ich vielleicht am selben Nachmittag noch anfangen könne, weil der Angestellte, den ich ersetzen sollte, wie es aussah, von einem Tag auf den anderen gegangen war und sie ein größeres Problem hatten, wenn die Stelle nicht besetzt war. Sie mussten so schnell wie möglich für Ersatz sorgen. Daher machte ich mich nach dem Essen auf den Weg zum Kontrollzentrum in der Rue Sainte-Anne, ganz in der Nähe meiner Pariser Mansarde.

»Also, Nico, die Arbeit ist nicht besonders anspruchsvoll, aber du musst extrem aufmerksam sein. Deswegen lassen wir auch niemanden acht Stunden am Stück arbeiten. Ihr müsst euch während der Arbeitszeit hundertprozentig auf eure Aufgabe konzentrieren.« Dies erklärte mir Monsieur Briand, mit Vornamen Corentin, der für seine Angestellten aber immer Monsieur Briand sein würde.

»Und was genau muss ich also tun, Monsieur Briand?«

»Als Erstes musst du mal deine Arbeitskleidung anziehen!«, ließ sich hinter mir eine laute Frauenstimme vernehmen.

Ich wandte mich zu der Frau um, die gerade zur Tür des Büros hereinkam. Eigentlich sah sie ganz normal aus, wären da nicht zwei Dinge gewesen: Das Erste war das Kopftuch, mit dem sie ihren kahlen Schädel verbarg, das Zweite ihre Stimme, die so gewaltig war, wie ich zuvor noch nie eine gehört hatte. Sie klang eher wie das Gebrüll einer Löwin. Die Frau mit der Stimme einer Löwin hielt einen marineblauen Anzug mit dem gelben Logo der Pariser Metro in den Händen.

»Guten Tag, Charlotte. Nico, darf ich dir deine Kollegin vorstellen. Sie wird die Kameras im Auge behalten, die du nicht sehen kannst.«

Charlotte legte meine neue Arbeitskleidung auf einem Drehstuhl ab und schüttelte mir zur Begrüßung gleich beide Hände. Auch ihr Händedruck war kraftvoll und energisch.

»Freut mich, ich heiße Nico.« Sie lächelte mir zu.

»Dein Gesicht kommt mir irgendwie bekannt vor.«

»Keine Ahnung.«

»Doch, lass mich nachdenken … Ich hab dich schon mal gesehen.«

Ich nahm an, dass sie mein Buch zu Hause hatte und mich vom Autorenfoto her kannte.

»Mensch, du warst doch mal Yogalehrer in meinem Fitnesscenter!«, rief sie dann. »Aber nicht lange, oder?« Am liebsten wäre ich vor Scham im Boden versunken. Also musste Charlottes Hintern einer von denen gewesen sein, die ich wie hypnotisiert angestarrt hatte, als sie sich mir in den zwei Tagen meiner Karriere als Yogalehrer entgegengereckt hatten.

»Äh … Ja, das ist möglich …«

»So, Leute, ab jetzt werden alle persönlichen Gespräche auf die Freizeit verschoben. Charlotte, ich muss zu einem Termin und lasse euch jetzt allein.« Charlotte nickte, als wisse sie, was nun kommen würde. »Die Papiere habe ich schon vorbereitet.« Monsieur Briand musterte mich von oben bis unten, als könne er nicht fassen, dass ich mal Yogalehrer gewesen war. »Aber du musst ihm noch zeigen, wie das hier funktioniert«, fuhr er fort und wies auf die große Kontrollfläche vor uns.

Als ich mir all die Bildschirme, die Tasten, die Kabel, die Lautsprecher, die Kameras und die ganzen Knöpfe und Schalter zum ersten Mal genauer ansah, wurde ich beinahe ohnmächtig. Es war ausgeschlossen, dass ich so viele Geräte ohne Erfahrung jemals würde bedienen können! Karim musste ihnen gesagt haben, dass ich so etwas schon einmal gemacht hatte, denn, das kann ich euch versichern, es war eine ziemlich anspruchsvolle

Aufgabe, die mir jeden Tag meine volle Konzentration abnötigte.

Mithilfe der Videokameras, die in den Metrogängen von Paris installiert waren, musste ich alle Leute im Auge behalten, die kamen und gingen. Und sobald mir etwas Verdächtiges auffiel, musste ich dies an die Wachleute weitergeben, die im Dienst waren. Karim war einer von ihnen. Dann waren da noch Didier und Fanny. Didier, der auf die fünfzig zuging, war der älteste Kollege. Und Fanny, die nicht mehr als ein Meter fünfzig maß, war eine Meisterin der Kampfkünste.

Im Kontrollzentrum leistete mir fast immer Charlotte Gesellschaft, manchmal aber auch Céline, Didiers Frau. Charlotte erzählte mir, dass die beiden sich über die Direktleitung zwischen dem Kontrollzentrum und den Head-Sets der Wachleute kennengelernt hatten. Anscheinend hatten sie sich jedes Mal etwas länger unterhalten, bis er sie schließlich gefragt hatte, ob sie nicht auch ihre Freizeit mit ihm verbringen wolle, und seitdem hatten sie sich nicht mehr getrennt. Inzwischen hatten sie zwei Kinder, und es kam vor, dass Céline im Kontrollzentrum arbeitete und gleichzeitig über Telefon ihre beiden Söhne überwachte. Denn sie waren elf und dreizehn Jahre alt, und wie man weiß, suchen Jungen in diesem Alter die Gefahr.

Mein Job gefiel mir, genauso wie meine Kollegen, die nach und nach zu meiner Familie wurden.

Jeden Tag sah ich über die Kameras an die zweihundertfünfzigtausend Personen. Und so unglaublich es auch scheint, erkannte ich schon bald einige von ihnen wieder. Da gab es beispielsweise eine Familie mit sechs Kindern, und es war komisch anzusehen, wie der Vater und die Mutter verzweifelt versuchten, die ganze Schar in den Metrogängen zusammenzuhalten. Wenn sie spät dran waren, was nicht selten vorkam, griff Karim ihnen dabei unter die Arme. Er trug die vier Kleinsten auf einmal in seinen muskulösen Armen und brachte sie zum Bahnsteig der Linie Eins. Wie ich feststellte, stieg die Familie an der Haltestelle Saint-Paul im Marais-Viertel aus. Dort gab es mehrere Schulen, und da auch die Eltern nicht weiterfuhren, mussten sie wohl in der Nähe arbeiten.

Aber es gab noch andere Leute, die mich während meiner Schicht regelmäßig begleiteten. Da war zum Beispiel ein Pärchen, das immer an der Haltestelle Opéra einstieg und sich so lautstark stritt, dass alle, die in der Nähe waren, den beiden beunruhigte Blicke zuwarfen. Ich selbst hätte am ersten Tag beinahe Didier alarmiert, wenn Céline mich nicht davon abgehalten hätte, die meinte, ich solle die Streithähne über die Monitore auf dem Weg bis zum Bahnsteig erst mal im Auge behalten.

»Pass auf. Wir wissen nicht, wie es kommt, und keiner kann es sich erklären, aber je tiefer die Menschen in die Metro-Schächte kommen, desto ruhiger werden sie.«

»Ruhig? Aber sie hat ihn gerade noch geschubst! Wir müssen Didier Bescheid geben, damit er in der Nähe ist, falls sie sich doch nicht beruhigen.«

»Warte … Sieh mal.«

Und nachdem ich die beiden fünf Minuten lang über die Kameras in den Gängen beobachtet hatte, ohne sie auch nur für eine Sekunde aus den Augen zu verlieren, konnte ich feststellen, dass sie, als sie am Bahnsteig ankamen, tatsächlich ganz friedlich Arm in Arm warteten, bis die Metro einlief. Ob es das Geräusch des Zuges war, das sie beruhigte, oder die stickige Luft ihren Kampfgeist ermatten ließ? Niemand würde es je wissen.

Von da an verbrachte ich also eine Hälfte des Tages damit, die Bewohner von Paris in der Metro zu observieren, und die andere Hälfte, auf meinem wackligen Stuhl sitzend, in dem Bemühen, mit meinem nächsten Buch voranzukommen. Wobei

Letzteres der schwierigere Teil war. Denn sosehr ich mich auch bemühte, fiel mir einfach nichts ein, worüber ich hätte schreiben können. Mir kam nur irgendein dämliches Zeug in den Sinn, traurige oder erschreckende Dinge, die kein Vater und keine Mutter ihrem Kind jemals hätten vorlesen wollen. Ich saß da und zermarterte mir das Hirn, um mir eine hübsche Geschichte auszudenken, die jeder Siebenjährige voller Begeisterung immer wieder von Neuem hören oder lesen wollte.

Vielleicht wäre ich weniger gestresst gewesen, wenn mein Verleger mich nicht kurze Zeit, nachdem ich den Job in der Metro angenommen hatte, angerufen hätte. Doch dieser Schuft (in Wirklichkeit kann ich ihm das nicht vorwerfen, wirklich nicht) setzte mir die Pistole auf die Brust.

»Nico, jetzt reicht es. Seit zwei Jahren hältst du mich nun hin. Entweder schreibst du jetzt etwas Brauchbares, oder wir lösen den Vertrag auf. Und mach dir nichts vor, mein Lieber, es gibt auch sonst niemanden, der mit dir arbeiten will. Es hat sich inzwischen herumgesprochen, dass du ausgebrannt bist.«

»Wieso ausgebrannt?«, fragte ich aufsässig.

»Seit deinem wunderbaren ersten Buch hast du nichts Gutes mehr zustande gebracht, Junge. Es tut mir leid, dass ich das so deutlich sage, aber es ist die Wahrheit. Entweder krempelst du jetzt mal endlich die Ärmel hoch, oder du kannst deine Schriftstellerkarriere vergessen. Wir waren bisher sehr großzügig und sehr geduldig.«

»Sicher, aber wohl nicht mir zuliebe, sondern weil mein Buch sich so gut verkauft. Sind wir doch mal ehrlich.«

»Ja, das stimmt. Wir haben dich geschont, weil dein Buch sich gut verkauft hat. Aber glaub mir, das wird nicht immer so sein. In diesem Jahr haben die Verkäufe ziemlich nachgelassen. Hast du schon von der Gewinnerin des diesjährigen französischen Kinderbuchpreises gehört?« Ich hatte keine Ahnung, wovon er sprach, denn auf solche Dinge achtete ich schon lange nicht mehr. Stattdessen fiel ich immer tiefer in das Loch, in das ich mich irgendwann selbst hineinmanövriert hatte. »Nun, die Autorin hat noch drei weitere Geschichten auf Lager, die jederzeit veröffentlicht werden können, und ihr Agent meinte, dass sie sogar noch besser sind als das Buch, das bereits auf dem Markt ist. Es ist gut möglich, dass sie dich ablösen wird, Nico ...« Die Angstzwerge kletterten ruckzuck an meinen Beinen herauf und ließen sich auf meiner Brust nieder. »Und wenn nicht sie, dann wird es ein anderer Autor sein, machen wir uns nichts vor.«

»Und was soll ich deiner Meinung nach tun? Worüber könnte ich denn schreiben? Was ist gerade angesagt?« Das waren die schlimmsten drei Fragen, die ich meinem Verleger stellen konnte, denn damit war nun eindeutig klar, dass ich absolut keine Ahnung hatte, wie ich die Sache angehen sollte.

»Nicolas, es tut mir wirklich leid, aber du bist der Autor, und du musst bis Ende des Jahres etwas zustande bringen, ansonsten ist die Sache gelaufen. Dann musst du dir einen anderen Job suchen, denn ich versichere dir, dass du, wenn der Vertrag im Dezember ausläuft, von deinem Buch nicht mehr leben kannst.«

Damit blieb mir nur wenig mehr als ein halbes Jahr. Wenn ich mich zusammenriss, konnte ich bis zum Sommer vielleicht eine gute Geschichte schreiben. Dachte ich zumindest.

II

WAS SOLL ICH TUN?

1

Inzwischen arbeitete ich bereits etwas mehr als vier Monate im Kontrollzentrum der Metro, und auch wenn mir meine Aufgabe zunächst äußerst kompliziert zu sein schien, beherrschte ich all die Tasten und Kameras, die bunten Metallkabel mit den Metallsteckern und die Monitore tatsächlich wesentlich schneller, als ich gedacht hatte.

Ich übernahm die Spätschicht, was ich mir selbst so ausgesucht hatte, weil ich dachte, so jeden Tag den Morgen nutzen zu können, um mit meinem Buch voranzukommen. Ich war der Meinung, dass ich mich gleich nach dem Aufwachen frisch und munter ans Werk machen könnte. Doch die Realität sah anders aus. Vor elf kam ich in der Regel nicht aus dem Bett. Dabei stellte ich jeden Abend meinen Wecker auf sieben Uhr, nur wenn er dann klingelte, hatte ich das Gefühl, dass jemand mit Gewalt meine Lider zudrückte, und mein Körper schien mindestens zweihundert Kilo zu wiegen, sodass ich nicht auf die Beine kam. Wenn der Wecker mich zum ersten Mal aus dem Schlaf riss, drehte ich mich im Bett herum und schwor mir, fünf Minuten später aufzustehen und mich an die Arbeit zu machen. Doch wenn ich dann tatsächlich die Augen öffnete, war es immer schon nach elf. Beim Kaffeetrinken sagte ich mir dann jeden Tag das Gleiche: Heute Abend gehe ich früher ins Bett, stelle den Wecker auf sieben, und morgen fange ich mit dem Buch an. Ab morgen wird alles anders. Ehrenwort!

Aber, meine Freunde, Worte sind Schall und Rauch, wie ihr wisst.

Doch eines Tages im April änderte sich plötzlich und völlig unerwartet meine Lage. Aber eins nach dem anderen.

An jenem Nachmittag begleitete Karim mich auf dem Weg zum Kontrollzentrum. Céline hatte um einen freien Tag gebeten, weil, wie sie uns erzählte, ihr jüngerer Sohn in die Trommel der Waschmaschine geklettert war, wie auch immer er dies angestellt hatte. Das Problem war, dass er nicht mehr herauskam. Sie mussten die Feuerwehr rufen, einen Schlosser, einen Krankenwagen und den Großvater des Jungen, der Hausgerätetechniker war und die Waschmaschine auseinandernehmen konnte, ohne sie kaputtzumachen, denn logischerweise sollte nicht nur das Kind, sondern auch die Waschmaschine gerettet werden. Wegen dieser absurden Situation hatte Karim sich bereit erklärt, Céline zu vertreten, und durch ihn erfuhr ich von der ganzen Geschichte.

Wie ich schon erwähnt habe, ist Karim ein unterhaltsamer, netter Typ, auf den man immer zählen kann, wenn man ihn braucht. Er ist stets gut gelaunt, singt vor sich hin, macht manchmal sogar ein paar Tanzschritte und flirtet gern. Doch an diesem Tag ließ er den Kopf hängen. Ich stellte keine Fragen, denn aus Erfahrung wusste ich bereits, dass er dann entweder sofort das Thema wechselte oder sich umdrehte und den Gesprächspartner stehen ließ.

An diesem Tag jedoch redete er auf einmal von sich aus.

»Nico, weißt du, warum Zoe mich verlassen hat?« Ich sah ihn an und machte den Mund fest zu, damit mir kein Wort entwich, das seine Beichte hätte stören können. »Sie meinte, dass sie nicht länger mit einem Kind zusammen sein wolle. Dass sie einen richtigen Mann brauche.« Ich schwieg weiter. »Wie findest du das? Sie behauptet, dass ich kein Mann bin! Warum sagst du nichts?«

»Na ja, Karim ... Ich weiß nicht ... Ich bin mir durchaus sicher, dass du ein Mann bist.«

»Ich auch!«

»Aber was genau hat sie damit gemeint?«

»Wie? Was sie damit gemeint hat? Sie hat nach einem Grund gesucht, mich zu verlassen!«

»Aber es muss doch irgendetwas zwischen euch passiert sein, oder?«

Der Blick, den er mir daraufhin zuwarf, ließ mich meine Frage sofort bereuen. Doch an jenem Apriltag ließ Karim mich nicht stehen oder wechselte das Thema. Er redete.

»Sie wollte wieder arbeiten gehen und meinte, dass sie nicht ihr Leben lang in einem Vorort leben könne. Sie wollte wieder nach Paris ziehen, dorthin, wo ihre Eltern wohnen, um näher bei ihnen zu sein. Ihre Mutter ist krank, weißt du?« Das kam mir bekannt vor. »Aber meiner Meinung nach wäre das zu teuer für uns! Ehrlich, Nico, das könnten wir uns nicht leisten.« Sein Blick war traurig.

»Das tut mir leid. Aber ich verstehe nicht, was das damit zu tun hat, dass sie wieder arbeiten wollte. Wieso hat sie dich deswegen verlassen?«

»Mensch, bist du begriffsstutzig! Pass auf: Ich wollte nicht, dass sie irgendwo arbeiten geht, weil sie dann einen anderen kennenlernen und mich verlassen könnte. Und darüber haben wir dauernd gestritten.«

»Aber wieso sollte sie dich für einen anderen verlassen? Sieh dich doch mal an!«

»Genau, Nico, sieh mich doch mal an! Außer meinem Auto habe ich nicht viel zu bieten; und wenn ich ein Problem habe, rufe ich noch immer meine Mutter an …« Aha, deshalb redete er mit keinem anderen darüber! »Und ich hatte einfach Angst, dass Zoe jemand Besseren findet. Deshalb hat sie gesagt, dass ich mich wie ein Kind aufführe.«

»Das tut mir sehr leid. Und? Hat sie bei der Arbeit einen anderen kennengelernt?«

»Ach was! Sie hat mich viel früher verlassen! Sie hat Schluss gemacht, weil ich ihr verboten habe, arbeiten zu gehen. Sie meinte, wenn ich sie nicht unterstütze, müsse ich ausziehen, damit sie und die Kleine eine bessere Zukunft haben. Ohne mich. Ohne ihren Vater. Ohne ihren Mann …« Er schlug die Hände vors Gesicht und schluchzte. Nur ein kleines bisschen, aber er schluchzte tatsächlich.

»Und warum hast du gedacht, dass sie dich verlassen würde, wenn sie arbeiten geht? Sie liebt dich doch.«

»Sie hat mich geliebt, jetzt nicht mehr. Jetzt ist sie mit einem anderen zusammen.«

»Na ja, Karim, das weißt du doch gar nicht sicher. Du hast sie mit einem anderen Mann auf der Straße gesehen, aber das könnte doch auch ein Kollege gewesen sein oder ein Bekannter.«

»Könnte … Aber was soll's? Sie will eh nichts mehr von mir wissen.«

»Liebst du sie denn noch?«

»Natürlich! Wir sind zusammen, seit wir fünfzehn waren, verdammt! Natürlich liebe ich sie, aber da ist nichts mehr zu machen.«

»Ich denke, dass sie dich auch noch liebt.« Er sah mich hoffnungsvoll an, denn er hielt mich für intelligent und glaubte mir jedes Wort. »Letztens auf dem Kindergeburtstag ist mir aufgefallen, dass sie ihren Ehering noch trägt.«

»Mach keine Witze!« Er fasste mich an den Schultern und schüttelte mich ein wenig.

»Doch, ehrlich. Sie hatte ihn am Finger. Und ich nehme an, dass das durchaus seine Bedeutung hat.«

In diesem für Karim hoffnungsvollen Moment betrat Monsieur Briand das Kontrollzentrum. Er bat Karim, Didier zu unterstützen, der ein paar Taschendiebe auf frischer Tat ertappt hatte und Hilfe brauchte, bis die Polizei eintraf.

Karim küsste mich auf den Kopf und machte sich deutlich munterer auf den Weg. Es gibt Momente, in denen wir einfach an etwas Gutes glauben müssen, was auch immer das ist. Dann klammern wir uns an diese Vorstellung und können weitermachen. Wir fühlen uns glücklicher, trauen uns mehr zu. Ich glaube, man nennt das »Selbsttäuschung«. Aber manchmal funktioniert es.

Monsieur Briand fragte mich, ob ich mich ein paar Minuten lang allein um die Kameras kümmern könne, weil er von seinem Büro aus noch einen Anruf tätigen müsse. Und so blieb ich mit den dreißig Monitoren zurück, auf denen Hunderte von Menschen wie Ameisen von einer Seite zur anderen liefen. Ich dachte an Karim und die Lage, in der er sich befand. Wenn er und Zoe miteinander reden würden, ließ sich die Sache sicher klären, davon war ich überzeugt. Denn es bestand kein Zweifel, dass sie sich noch liebten.

Ich weiß nicht mehr, wann mir bewusst wurde, dass ich einen der Monitore völlig außer Acht gelassen hatte.

Dieser Monitor, der meiner Aufmerksamkeit entgangen war, sandte mir das Bild einer Kamera an einem Bahnsteig der Linie Zwölf, genauer gesagt einem Bahnsteig der Metrostation Concorde. Dies ist eine besonders schöne Haltestelle, deren Wände mit weißen Kacheln verkleidet sind, von denen jede einen marineblauen Großbuchstaben trägt, sodass sie zusammen mitten in Paris eine riesige Buchstabensuppe bilden. Aneinandergereiht stellen diese Buchstaben übrigens den Text der Erklärung der Menschen- und Bürgerrechte dar. Auf dem Bahnsteig war gerade alles in Bewegung. Jeder suchte nach einem guten Platz, um auf die einfahrende Metro zu warten und bequem einsteigen zu können. Vorher verließen jedoch erst einmal viele Menschen den Zug, die in eine andere Linie umsteigen oder der frischen Brise auf der Place de la Concorde entgegengehen wollten. Alle bewegten sich fort bis auf eine einzige Person.

Eine junge Frau saß schon eine ganze Weile auf einem der Sitze am Bahnsteig. Und ich konnte den Blick nicht von ihr wenden. Sie saß einfach nur da, und ich begann mir Sorgen zu machen. Was war mit dieser Frau los? Vielleicht war sie verletzt und konnte nicht laufen. Oder sie hatte die Orientierung verloren. Was auch immer der Grund war, es war meine Pflicht, dem nachzugehen. Daher zoomte ich das Bild heran, so weit es ging, und sah sie mir genauer an.

Die Züge kamen und fuhren wieder ab, doch die junge Frau im safrangelben Mantel blieb sitzen. Sie hatte schulterlanges Haar, war blond und sehr schlank, was man ihr sogar im Sitzen ansah. Der gelbe Mantel war ihr ein bisschen zu weit, verlieh ihr jedoch etwas entzückend Altmodisches. Ihre Augen waren groß und dunkel und bildeten einen deutlichen Gegensatz zu ihrem blonden Haar und der hellen Haut. Sie saß dort, und vielleicht wartete sie ja auch nur auf jemanden. Doch sie achtete nicht auf die Menschen um sich herum. Sie saß einfach nur da und blickte ins Nichts. Ein paar Minuten später brachte irgendwas sie dazu, ein zerknittertes Stück Papier vom Boden aufzuheben. Sie strich es glatt und nahm einen Stift aus ihrer grünen Tasche. Dann begann sie, etwas zu schreiben oder zu zeichnen, und als sie fertig war, zerknüllte sie den Zettel wieder und warf ihn in den nächsten Mülleimer. Als sie aufstand, fiel mir auf, dass sie nicht sehr groß war, ganz im Gegensatz zu den Frauen, die Karim gefielen. Sie war sehr zierlich und bleich und wirkte irgendwie hilfsbedürftig. Aber sie gefiel mir. Ich weiß nicht, warum, aber sie gefiel mir sogar sehr. Neben einem Getränkeautomaten blieb sie stehen, und ich ging davon aus, dass sie in die nächste Metro einsteigen würde. Noch immer gelang es mir nicht, den Blick von ihr abzuwenden, und ich fragte mich, was ihr wohl durch den Kopf ging, was sich hinter diesen traurigen Augen verbarg.

»Nico, es tut mir leid, aber Karim und ich sind noch eine Weile beschäftigt.« Monsieur Briand riss mich aus meinen Gedanken, als er jetzt plötzlich den Kopf durch die Tür der Zentrale steckte. »Kommst du zurecht?«

»Ja, klar, Chef.«

»Bitte nenn mich nicht so.« Er schloss die Tür, und ich war wieder allein mit dem Mädchen aus der Metro.

Nur dass die junge Frau nicht mehr da war. In den wenigen Sekunden, in denen ich mit Monsieur Briand gesprochen hatte, musste sie in einen Zug gestiegen sein. Oder sie hatte es sich anders überlegt und war nach oben zum Ausgang gegangen. Ich folgte der Linie Zwölf und sah an jeder Haltestelle nach, bis hin zur letzten. Doch sie stieg nirgendwo aus. Ich überlegte, dass sie vielleicht, in Gedanken vertieft, vergessen hatte, den Zug zu verlassen, und in entgegengesetzter Richtung zurückfahren würde. Also hoffte ich, sie an einer der Haltestellen auf der gegenüberliegenden Seite zu finden. Jedoch vergeblich. Das Mädchen im safrangelben Mantel war verschwunden. Die Zeit verging, und irgendwann kam Charlotte in Begleitung von Monsieur Briand, um die nächste Schicht im Kontrollzentrum zu übernehmen.

Wie ihr bereits wisst, wohne ich nicht weit vom Kontrollzentrum der Metro entfernt, weshalb ich wie jeden Abend zu Fuß zurück zu meiner kleinen Dachwohnung ging. Jedoch mit einem kleinen Unterschied, der mein Leben tatsächlich in eine andere Richtung lenken sollte. An jenem Abend ging ich an der Haltestelle Concorde vorbei und, ohne großartig darüber nachzudenken, auf den Mülleimer am Bahnsteig zu, in den das Mädchen mit dem gelben Mantel und der grünen Tasche den Zettel geworfen hatte. Insgeheim betete ich, dass weder Charlotte noch Monsieur Briand in diesem Moment auf dem Monitor zusahen, wie ich, Nicolas Cambril, zweiunddreißig Jahre alt, ehemals erfolgreicher Kinderbuchautor und jetzt Mülleimerdurchsucher in der Metro, einen transparenten grünen Beutel voller Abfall durchwühlte, der sich im Laufe des Tages dort angesammelt hatte. Schließlich fand ich den Zettel, den ich suchte, in Form einer von ihren Händen zusammengeknüllten Papierkugel. Ich steckte sie in die Jackentasche und ging wieder hinauf an die Oberfläche.

Die Place de la Concorde war voller Touristen, die Schlange standen, um in ihre Busse einzusteigen. Ich erinnere mich noch daran, dass die abendliche Brise den Duft der Linden und Kastanien aus dem Jardin des Tuileries zu mir herüberwehte und mir in diesem Moment klar wurde, dass dieser Platz voller Menschen nicht der geeignete Ort war, um meinen Schatz zu enthüllen (denn auch wenn es sich für jeden anderen Menschen nur um eine zerknitterte Papierkugel handelte, barg diese für mich doch ein Geheimnis, das nur ich entdecken konnte), und so beschloss ich, über den Hauptweg, der zu dem achteckigen Medici-Brunnen führte, in den Park zu gehen. Ich suchte mir eine freie Bank, setzte mich und nahm die Papierkugel aus der Tasche. Vorsichtig faltete ich sie auseinander, um auch nicht einen Millimeter des Papiers zu zerreißen. Auf der einen Seite war das Foto einer jungen Frau voller Tätowierungen zu sehen, und der Text daneben kündigte die Neueröffnung eines Tattoo-Studios mit Sonderpreisen an. Ich drehte das Blatt um und blickte plötzlich auf ein paar mit blauem Kugelschreiber gezeichnete Buchstaben, die mit Blumen, Ästen, Schmetterlingen und anderen Insekten, Vögeln und Bäumen verziert waren. Das ganze Gebilde sah aus wie ein Märchenwald aus einem Traum, wobei die verschlungenen Buchstaben sich zu einem Satz formierten, der mir wie eine Botschaft erschien:

Was soll ich tun?

2

Als ich nach Hause kam, steckte ich die Zeichnung der jungen Frau in eine Plastikhülle und pinnte diese mit einer Heftzwecke an die Wand oberhalb des Tischs, an dem ich aß und schrieb. So konnte ich sie immer sehen.

An diesem Abend ging ich erst spät zu Bett. Ich konnte nicht einschlafen und stand gegen zwei Uhr morgens schließlich auf, um ein Glas Milch zu trinken. Dabei stellte ich überrascht fest, dass ich für mich immer wieder die Worte »Was soll ich tun?« wiederholte.

Diese einfache Frage fasste all die Unsicherheiten meines Lebens zusammen, und ich ertappte mich dabei, wie ich halblaut in den dunklen Raum sprach:

»Es ist, als hätte sie diese Botschaft für mich zurückgelassen. Als ob sie gewusst hätte, dass ich den Zettel finden würde.«

So ein Blödsinn, Nicolas, überlegte ich einen Moment später, wahrscheinlich handelt es sich nur um ein armes verwirrtes Mädchen, das nicht weiß, was es im Leben anfangen soll.

Na ja … und damit war sie mehr oder weniger wie ich selbst. Gibt es tatsächlich Menschen auf der Welt, die nicht wissen, was sie im Leben machen sollen? Ich habe noch nie jemanden kennengelernt, der sich dies offen eingestanden hätte. Im Allgemeinen geht das Leben einfach weiter, ohne dass man sich großartige Gedanken macht, wo es hinführen wird, aber ich nehme an, dass es tatsächlich Leute gibt, die sich derartige Fragen stellen …

Was soll ich tun …?

Also los, Nicolas, es ist an der Zeit, dass du darüber nachdenkst, was du mit deinem Leben anfangen willst! So kannst du nicht weitermachen! Die Zeit vergeht, und deinen Vertrag kannst du bald die Toilette runterspülen. Du musst die Ärmel hochkrempeln!

Ob sie vielleicht auch Schriftstellerin ist?

Mensch! Sei nicht blöd, hör auf, so einen Unsinn zu denken! Starr nicht dauernd auf diese Zeichnung!

Aber sie ist so schön! Wie ein Zauberwald. Darin könnten Wesen leben, die nur von Kindern gesehen werden, weil Magie nur für unschuldige Augen sichtbar ist … He, das klingt interessant …

Ich griff nach einem leeren Blatt Papier und begann mir ein paar Notizen zu machen.

Idee: ein Wald mit Wesen, die nur von Kindern gesehen werden können.

Das war der Ausgangspunkt. Danach schrieb ich einige Gedanken auf, die mir beim Betrachten der Zeichnung wie Lichtblitze in den Sinn kamen, um sich dann wie die Äste eines Baumes auf dem Papier fortzusetzen. Irgendwann bemerkte ich, dass die Sonne bereits durch die Fenster schien.

Ich habe sechs Seiten geschrieben! Ich kann es nicht glauben. Sechs Seiten! Und ich glaube, sie sind gut!

Mit einem breiten Lächeln auf dem Gesicht legte ich mich aufs Sofa und war kurz darauf eingeschlafen. Ich träumte von den Wesen in dem Wald. Unter ihnen gab es ein ganz bestimmtes, kleines, zerbrechliches, das jedoch wunderschön war. Und es lächelte mir zu.

3

Am nächsten Tag fühlte ich mich äußerst motiviert. Zum ersten Mal seit gefühlten hundert Jahren hatte ich Lust weiterzuschreiben. Ich wollte herausfinden, was der verzauberte Wald barg, welche Geheimnisse die Wesen in sich trugen, die in ihm lebten. Ich erreichte meinen Arbeitsplatz schneller als sonst, und da meine Schicht noch nicht begann, beschloss ich, ein wenig durch die Metro-Gänge zu spazieren. Meine Füße wussten genau, wo sie hingehen wollten, und sie trugen mich zu dem Bahnsteig an der Haltestelle Concorde, wo ich mich nach der jungen Frau umsah. Aber es war noch zu früh. Am Vortag hatte ich sie erst am Abend entdeckt, und jetzt war es noch Nachmittag. Ich schlenderte den Weg zurück, als ich jemanden bemerkte: Es war Monsieur Briand, der mit hängendem Kopf zu seinem Büro ging. Er wirkte traurig.

Als ich jetzt darüber nachdachte, fiel mir zum ersten Mal auf, dass dieser Mann eigentlich immer so aussah, wenn er sich unbeobachtet glaubte. Er machte stets diesen traurigen Eindruck. Niemals wirkte er glücklich oder hoffnungsvoll.

Nachdem ich ein paar Stunden schweigend neben Charlotte gearbeitet hatte, sprach ich plötzlich die Worte aus, die mir durch den Kopf gingen, seit Monsieur Briand mir so unerwartet begegnet war, ohne dass er mich gesehen hatte.

»Weißt du, ob Monsieur Briand Familie hat?«

»Hoppla! Was ist das denn für eine Frage?«

»Mhm … Na ja, er wirkt immer so einsam, oder? Er hat noch nie jemanden erwähnt, der nicht zum Team des Sicherheitsdienstes gehört. Hat er keine Kinder?«

»Doch, aber sie haben kein sehr enges Verhältnis. Sie sind ausgezogen, um zu studieren, als ihre Mutter starb.«

»Dann ist er also Witwer?«

»Ja, allerdings schon seit langer Zeit. Seine Kinder haben nach dem Studium Jobs im Ausland gefunden und sind dort geblieben. Wie das Leben eben so spielt.«

»Aha. Und hat er keine neue Lebenspartnerin gefunden?«

»Na, komm! Nachher heißt es wieder, dass ich eine Klatschtante bin!«

»Nein, nein. Ich will nicht tratschen, es interessiert mich wirklich.«

»Na gut, in Ordnung. Also, soweit wir wissen …« Sie senkte die Stimme, richtete das Kopftuch und blickte vorsichtig zur Tür. »… hat er es nicht mehr mit Frauen.«

»Er ist schwul?«

»Psst! Nicht dieses Wort!« Sie sah noch einmal zur Tür, als fürchte sie, dass Monsieur Briand jeden Moment hereinkommen könne.

»Okay, okay, ich sage es nicht. Aber das heißt, dass er nun auf Männer steht?«, fragte ich erstaunt.

»Warum wundert dich das so? Schließlich ist es ein großes Glück, dass die Menschen auf dieser Welt alle unterschiedlich sind. Oder etwa nicht?«, fragte sie drohend mit ihrer durchdringenden Stimme.

»Sicher, sicher. Kein Problem, ich bin nur etwas überrascht. Schließlich hast du mir eben gesagt, dass er Kinder hat und verheiratet war.«

»Ja, aber das eine schließt das andere doch nicht aus. Dennoch haben gerade ältere Menschen offenbar ein Problem damit, sich das einzugestehen, und verschließen sich vor der Welt.«

»Hat er denn schon mal eine Beziehung mit einem Mann gehabt?«

»Nein, nein. Soweit ich weiß, nicht.«

»Aber, Charlotte, woher weißt du dann, dass er schwul ist?«

»Du sollst dieses Wort nicht sagen!« Sie sah mich mit erhobenem Zeigefinger an, und ich nickte. »Meine Eltern kennen ihn seit vielen Jahren, deshalb habe ich auch diese Stelle bekommen. Denn auch wenn er immer etwas brummig wirkt, ist er eigentlich ein herzensguter Mensch. Kannst du dir zum Beispiel vorstellen, dass er es war, der mir den Arzt empfohlen hat, bei dem ich meine Chemo mache?« Es war das erste Mal, dass Charlotte mir gegenüber ihre Krankheit erwähnte.

Als ich angefangen hatte, im Kontrollzentrum zu arbeiten, hatte Céline mir einmal erzählt, dass Charlotte, als sie von ihrer Krebserkrankung erfuhr, nicht geweint hat oder deprimiert war, sondern sogar die Krankenschwestern aufgebaut hat, die an jenem Septembermorgen bei ihr waren. Sie hatte sich dem Problem mit einem Mut gestellt und es bekämpft wie kaum ein anderer in dieser schwierigen Situation. Sie hat nicht aufgehört zu arbeiten, ist weiterhin am Wochenende mit ihren Freundinnen ausgegangen und hat zweimal in der Woche ihre Eltern besucht, um ihnen zu beweisen, dass sie, auch wenn sie ihr Haar verloren hatte, noch immer das gleiche kämpferische Mädchen war.

»Aber ich weiche vom Thema ab. Jedenfalls haben meine Eltern mir gesagt, dass der Arme sich niemals wirklich eingestanden hat, dass er auf Männer steht. Fast sein gesamter Bekanntenkreis weiß es, doch er selbst will sich dem einfach nicht stellen. Ich nehme an, dass er sich schämt.«

»Aber warum? Damit tut er doch niemandem weh, im Gegenteil.«

»Genauso denke ich auch, aber er hat noch andere Zeiten miterlebt. Als man Homosexuelle noch ›Schwuchteln‹ nannte oder mit anderen schlimmen Worten beschimpfte.«

»Oje, der arme Monsieur Briand! Er scheint sehr einsam zu sein. Er müsste jemanden finden, mit dem er seine Zeit verbringen kann.«

»Stimmt. Aber es ist sein Leben. Und vergiss nicht, dass er dein Chef ist. Unser Chef. Verlier bloß kein Wort darüber, ja!«

»Natürlich nicht, Charlotte.« Doch ich hatte bereits etwas im Sinn. Eine Idee, die mir gekommen war, nachdem ich ihn so allein an der Metrostation gesehen hatte.

Ich konnte nicht ertragen, dass ein Mensch, der so großzügig zu mir und meinen Freunden war, in Einsamkeit versauerte, nur weil er sich schämte, so zu sein, wie er war. Heutzutage waren diese Dinge viel einfacher als zu der Zeit, als er jung war und auf dem Land lebte. Dies war Paris, um Himmels willen! Die Stadt der Liebe!

Während mir diese Gedanken durch den Kopf gingen, ertappte ich mich dabei, dass ich auf den Monitor der Linie Zwölf blickte, in der Hoffnung, einen gelben Mantel zu entdecken.

4

Als meine Schicht zu Ende war, beschloss ich, in dem Bistro, in dem meine Freundin Carol arbeitete, noch etwas zu trinken. Noch immer schwirrten mir alle möglichen Gedanken durch den Kopf, und ich überlegte, ob man Monsieur Briand nicht irgendwie helfen konnte.

»Na, so schweigsam, Nico?«

Carol kam an meinen Tisch. Außer uns beiden war niemand in dem Bistro.

»Wenn du möchtest, können wir uns ein bisschen unterhalten, denn für heute bin ich fertig«, meinte sie und ließ sich auf einem Stuhl an der Bar nieder. Ich nahm mein Glas und setzte mich zu ihr.

»Was beschäftigt dich denn so? Du scheinst die ganze Zeit über mit deinen Gedanken woanders zu sein.«

»Es tut mir leid, aber ich fürchte, dass ich nicht darüber reden kann.«

»Ach so, geht es um dein neues Buch?«

»Nein, nein.« Meine Grübeleien über Monsieur Briand hatten mich ganz von meiner neuen Geschichte abgelenkt. »Das ist es nicht. Es geht um einen Bekannten. Er hat eine schwere Zeit, und ich weiß nicht, wie ich ihm helfen kann.«

»Dann erzähl es mir doch. Du brauchst ja keinen Namen zu nennen. Vielleicht fällt uns zu zweit etwas ein.« Sie lächelte so hilfsbereit, dass ich mich überzeugen ließ.

Nachdem ich ihr alles berichtet hatte, schwieg sie nachdenklich.

»Und? Irgendeine Idee?«

»Ganz einfach: Wir suchen ihm einen Partner.«

»Was meinst du mit: Wir suchen ihm einen Partner?«

»Schau mal, Nico, hier ins Bistro kommen alle möglichen Männer. Männer jeden Alters mit unterschiedlichen Geschmäckern, Vorlieben und Jobs. Da kann es doch nicht allzu schwer sein, einen zu finden, der zu deinem Freund passen könnte. Ich könnte mich doch mal nach einem geeigneten Kandidaten umschauen …«

»Aber hast du es nicht verstanden? Er selbst gesteht es sich nicht ein.«

»Gut, aber wenn ihm ein bestimmter Mann besonders gut gefällt, wird er es wohl akzeptieren, oder?«

»Ja. Das nehme ich an.«

»Also werde ich gleich morgen mögliche Kandidaten in Augenschein nehmen. Du wirst sehen, dieser Laden wird das Leben deines armen Freundes für immer verändern. Und natürlich geht dein Getränk aufs Haus! Ach, und nimm ein paar von diesen Madeleines mit, die ich heute Morgen gebacken habe. Wir hatten heute nicht besonders viele Gäste, und bevor ich sie wegwerfen muss ...«

So war Carol: entschieden und tatkräftig, wenn es um andere ging, aber in sich gekehrt und unentschieden, was ihr eigenes Leben betraf. Vielleicht lag es daran, dass wir, seit wir Kinder waren, befreundet sind. Womöglich hatte ich sie irgendwann mit meiner Unentschiedenheit angesteckt. Carol kam nach Mont des Fleurs, als sie drei Jahre alt war. Damals war ich fünf und lag meinen Eltern jeden Tag damit in den Ohren, dass ich einen Bruder oder eine Schwester haben wollte. Ich verbrachte die Sommertage in den steilen Straßen mit eingebildeten Geschwistern, doch am Ende fiel mir dann immer wieder ein, dass nur ich sie sehen konnte, und dann begann ich zu weinen.

Eines Abends verließ ich in der Dämmerung das Haus, um für meine Mutter einen Strauß rote Tulpen – ihre Lieblingsblumen – zu pflücken. Jahr für Jahr pflanzte sie Tulpenzwiebeln in unseren Garten, aber aus irgendeinem unerfindlichen Grund wurden niemals blühende Pflanzen daraus. Daher ging ich manchmal zu dem großen Steingarten neben der Kirche und pflückte dort ein paar Tulpen für sie. Gerade ging die Sonne unter und tauchte die grauen Steinstufen in ein warmes Licht, als ich plötzlich ein Schluchzen hörte. Ich blieb abrupt stehen und merkte, dass hinter dem Rosenlorbeer, der seinen süßen Duft verströmte, ein kleines Mädchen hockte.

»Wer bist du? Ich habe dich noch nie hier gesehen.« Das Mädchen sah mich ängstlich an, während die Tränen ihre rundlichen geröteten Wangen hinunterliefen.

»Ich heiße Carol.«

»Aha. Und was machst du hier? Weißt du denn nicht, dass Kinder abends zu Hause sein müssen?«

»Aber ich habe mich verlaufen!« Die kleine Carol begann untröstlich zu weinen, und da kam mir in meinem fünfjährigen Kopf ein Gedanke: Da saß dieses hübsche, verängstigte kleine Mädchen vor mir und wusste nicht, wohin es gehen sollte. Und ich wollte eine kleine Schwester. Also nahm ich sie an der Hand und lächelte sie an.

»Hör auf zu weinen, ich werde auf dich aufpassen. Ich habe Schokoladenplätzchen und Zimtschnecken zu Hause.«

Ohne ein Geräusch zu machen, kletterten wir durch das Küchenfenster ins Haus. Ich holte ein paar Kekse, ein paar Scheiben Brot und Milch, und wir gingen leise die Treppe hinauf in mein Zimmer. Dort schlief sie, kurz nachdem sie alles gegessen hatte, was ich aus der Küche stibitzen konnte, in meinem Bett ein. Ich starrte sie unentwegt an, so glücklich war ich. Meine ganze Welt wollte ich mit ihr teilen: mein Zimmer, meine Spielsachen, meine Bücher. Ich wollte ihr das ganze Dorf zeigen, jede Blume und jeden der bunten Fensterläden.

Doch mein Plan sollte nicht aufgehen. Gerade als ich begonnen hatte, mir ein glückliches Leben an der Seite meiner neuen Schwester vorzustellen, klingelte es an der Tür der Bäckerei. Wenige Sekunden später hörte ich aufgeregte Stimmen und die Schritte meiner Mutter, die auf mein Zimmer zukamen.

Sie öffnete die Tür, ohne anzuklopfen, und als sie Carol sah, die von der ganzen Aufregung nichts mitbekommen hatte, rief sie zu den anderen nach unten:

»Sie ist hier! Ganz ruhig! Ich komme gleich mit ihr runter!«

»Mama, nein, bitte nimm sie mir nicht weg, sie ist meine kleine Schwester!«

»Liebling, so geht das nicht! Du kannst nicht einfach ein Mädchen von der Straße mitnehmen und behalten, mein Schatz.«

Da wurde mir klar, dass ich heimlich mit ihr durchs Küchenfenster ins Haus gekommen war, weil ich im Grunde wusste, dass ich eine Dummheit machte. Ich musste Carol ihren Eltern zurückgeben. Nur mühsam die Tränen zurückhaltend, fragte ich meine Mutter:

»Aber ... Können wir denn Freunde sein?«

»Natürlich, mein Schatz. Ihr könnt die besten Freunde auf der Welt sein.« Meine Mutter wischte mir mit der Schürze, die sie immer trug und die nach Schokolade roch, die Tränen ab. »Und außerdem musst du als ihr bester Freund nun auf sie aufpassen und sie sehr lieb haben, weil sie keine Eltern mehr hat.«

»Aber bei wem wohnt sie dann?«

»Bei ihrem Onkel Marín und seiner Frau, die hier im Ort eine Gärtnerei haben.«

Ich nickte. »Aha ...« Die Vorstellung, gute Freunde zu sein, war gar nicht so übel. »Und kann sie auch mal hier schlafen?«

»Das müssen wir ihren Onkel und ihre Tante fragen, meinst du nicht?«

Daraufhin nahm meine Mutter die schlafende Carol auf den Arm und trug sie die Treppe hinunter, während ich ihr beschämt folgte. Meine Mutter erklärte, was geschehen war, und zu meiner Überraschung war niemand böse auf mich. Sie küssten mich sogar und nahmen mir das Versprechen ab, dass ich Carol am nächsten Tag abholen und mit zum Spielen an den See auf der anderen Seite des Dorfs nehmen würde.

Einige Zeit später erfuhren wir, dass die arme Carol farbenblind war. Und weil sie die hellgrünen Fensterläden am Haus ihres Onkels und ihrer Tante an jenem Sommerabend nicht von den anderen hatte unterscheiden können, hatte sie sich verlaufen, als ich sie gefunden hatte.

Auf diese Weise hatte ich zwar keine Schwester bekommen, dafür aber die beste Freundin, die ich je hatte.

Als wir älter wurden, trennte das Leben uns für ein paar Jahre, doch irgendwann im letzten Frühjahr hatte ich ein ziemlich heruntergekommenes Bistro betreten, weil ihm ein wunderbarer Duft nach Buttergebäck entströmte. Und als sich die junge Frau an der Theke zu mir umdrehte und ich in ihr meine Kindheitsfreundin erkannte, hatte ich mich vor Überraschung beinahe auf den Hosenboden gesetzt. Die Freude war derart groß, dass sie uns beide darin bestärkte, diese riesige Stadt zu erobern, in der ständig Lärm herrschte, deren Einwohner rastlos von einem Ort zum anderen unterwegs waren und in der wir uns nach einem Lächeln und einer liebevollen Umarmung sehnten. Carol erzählte mir, dass sie bereits seit fast drei Jahren in diesem Bistro arbeitete. Am Anfang hatte sie den Gästen Bier, Wein und, wenn's hochkam, ein wenig Käse serviert. Es war ein vernachlässigtes Lokal, das eher in die 1970-er Jahre als in das Paris des einundzwanzigsten Jahrhunderts passte, das sich jedoch mit seinen abgenutzten schwarzen Metallstühlen, den runden Holztischen mit den vielen Lackschichten und dem Spiegel mit den kirschroten Streifen und den Goldverzierungen hinter der Theke einen gewissen Charme bewahrt hatte.

Mit der Zeit hatte Carol ihren Chef davon überzeugt, auch Kaffee und Tee anzubieten, und dazu eine kleine Auswahl an Gebäck, das herzustellen meine Eltern sie, als sie noch ein Kind war, gelehrt hatten, nachdem sie mehrere Jahre neben dem Ofen meines Vaters verbracht und zugesehen hatte, wie meine Mutter Windbeutel, Blätterteig, herzhafte Kekse mit Koriander und Fenchel, süßes Gebäck mit Schokosplittern und Orangenschale und Zimtschnecken zubereitete, wie nur sie es konnte. Schon nach wenigen Wochen hatte sich der Ruf von den köstlichen Leckereien herumgesprochen, und das Bistro, das nun nicht weniger heruntergekommen war, erlebte eine Art Wiedergeburt.

Als ich an diesem Abend, nachdem mir Carol erklärt hatte, was sie im Fall von Monsieur Briand zu unternehmen gedachte, in meine Mansarde zurückkehrte, setzte ich mich voller Vorfreude an meine Olivetti. Neben mir eine Flasche Wasser und ein Stapel Papier. Natürlich durften auch die Madeleines meiner Freundin nicht fehlen, denn ich wusste, dass der vertraute Geruch mir das Schreiben erleichtern würde. Ich las noch einmal die sechs bereits beschriebenen Seiten und atmete tief durch, um mit dem Schreiben zu beginnen.

Nur dass ich in dieser Nacht kein einziges Wort zustande brachte. All das, was mir die Zeichnung der jungen Frau ins Ohr geflüstert hatte, hatte ich bereits auf Papier gebannt. Mehr war nicht zu machen.

Völlig erschöpft fiel ich schließlich aufs Bett und schlief ein.

5

Eine Woche nachdem ich mit Carol über Monsieur Briands Problem gesprochen hatte, wartete meine Freundin eines Abends vor der Kontrollzentrale der Metro auf mich und erklärte mir, dass sie, nachdem sie die männlichen Gäste des Bistros ausführlich studiert hatte, nun eine Auswahl von drei Kandidaten getroffen habe, die ihr geeignet erschienen, um Monsieur Briand aus seinem Unglück zu befreien.

In den folgenden Tagen arbeitete ich einen gut überlegten Plan aus. Dieser setzte sich aus drei Phasen zusammen: Die erste bestand darin, aus den dreien einen einzigen Kandidaten auszuwählen. Dabei durften wir keinen Fehler machen, es musste der perfekte Mann für Monsieur Briand sein, sodass die beiden wie Topf und Deckel zusammenpassten. Da ich meinen Chef nicht so gut kannte wie Charlotte, wollte ich sie ins Vertrauen ziehen, damit sie uns half, den idealen Mann zu finden.

Wäre dies erledigt, kam die zweite Phase, in der es darum ging, diesen Kandidaten davon zu überzeugen, dass Monsieur Briand die Mühe wert war. Es ging darum, für die beiden eine »zufällige« Begegnung zu arrangieren, bei der unser Kandidat allerdings so tun müsste, als ob er nichts wüsste. So würde ein erstes Treffen stattfinden, und dann, wer weiß, würde vielleicht ihre ganz eigene Geschichte beginnen.

Als Letztes, und das war das Schwierigste, würden wir Monsieur Briand irgendwie in das Bistro lotsen müssen, damit er auf diesen Mann traf, mit dem er dann später glücklich sein könnte.

Ich weiß, dass es ein total verrückter Plan war. Aber wenn wir es nicht versuchten, würde sich im Leben unseres Chefs nichts verändern und er würde weiterhin jeden Abend in seine leere Wohnung zurückkehren. Niemand würde in dem Hotel, in dem er seine Sommerferien verbrachte, mit ihm zusammen essen, an Weihnachten würde er sich irgendein deprimierendes altes Fernsehprogramm ansehen und allein durch die wunderschönen Pariser Parks spazieren, ohne sich mit jemandem unterhalten zu können.

Und genau deshalb musste ich es versuchen.

Am Morgen nach meinem Gespräch mit Carol rief ich Charlotte an. Sie war gerade auf dem Markt in der Rue Mouffetard, sodass ich anbot, sie bei ihrem Einkauf zu begleiten.

»Hallo, meine Hübsche!«

»Au weia! Welcher Floh hat dich denn gestochen?«

»He, ein bisschen mehr Respekt bitte! Ich bin heute Morgen einfach gut gelaunt, und außerdem war ich schon immer der Meinung, dass du sehr hübsch bist.«

»Was willst du?«

»Komm, gehen wir einkaufen. Dann erkläre ich es dir.« Ich dachte, dass Charlotte mich mitten auf der Straße vielleicht nicht anschreien würde. Was für ein Irrtum!

Wir gingen an den Lebensmittelständen vorbei, und es war noch so früh, dass viele von ihnen noch gar nicht fertig bestückt waren.

Doch die Händler waren schon da, und auch wenn noch nicht alle Produkte auf den Tischen angeboten wurden, empfingen sie uns mit einem freundlichen Lächeln. Diese Leute scheinen immer gut gelaunt zu sein. Ist euch das auch schon aufgefallen? Vielleicht sind es die frischen Waren, die sie so glücklich machen, ich weiß es nicht.

Während wir an einem Stand warteten, an dem frisches Baguette verkauft wurde, erklärte ich Charlotte den ersten Teil meines Plans.

»Was? Bist du verrückt geworden, Nico?« Alle Leute, die in der Schlange standen, drehten sich zu uns um oder stellten sich auf die Zehenspitzen, um zu sehen, wer da so aus vollem Hals schrie, – oder um den bedauernswerten Menschen zu begaffen, der gerade so angeschrien wurde.

Mit eingezogenem Kopf ließ ich eine weitere Salve an Fragen und Verwünschungen über mich ergehen, während wir den Brotstand verließen und zu einem Käsestand weitergingen. Hier wurde der Käse angeboten, wie er aus der Käserei kam, und der Geruch war abartig – oder himmlisch, je nach dem individuellen Geschmack.

»Charlotte, bitte, reg dich nicht so auf. Ich glaube, dass mein Plan funktionieren könnte. Zumindest, wenn du uns hilfst. Du kennst Monsieur Briand besser als jeder andere von uns.«

Abgesehen davon, dass Charlotte eine äußerst tapferere Person ist, hat sie außerdem ihr Herz am rechten Fleck. Genau wie ich kann auch sie niemanden, den sie mag, leiden sehen und versucht, wenn es irgendwie in ihrer Macht liegt, zu helfen. Wobei mein Vorhaben – wie jeder ihrer Schreie bewies – zunächst nicht auf ihre Zustimmung stieß. Dennoch wusste ich, dass sie schließlich darauf eingehen würde. Zumal es sich bisher nur um den ersten Teil unseres Plans handelte, der noch der einfachste war. Sie musste einfach mitmachen. Und es funktionierte.

»In Ordnung, Nicolas. Ich mache es. Aber nur, wenn du mir versprichst, ihm niemals zu verraten, dass ich in die Sache verwickelt war. Ich hab nämlich keine Lust, gefeuert zu werden, klar?«

»Klar wie Kloßbrühe. Danke!« Ich umarmte Charlotte, die mindestens zwanzig Zentimeter kleiner ist als ich, und gab ihr einen Kuss auf ihr violettes Kopftuch.

»Gut. Und jetzt? Was soll ich tun?«

In der folgenden Woche hatten Charlotte und ich dieselbe Schicht, sodass wir vereinbarten, während der gemeinsamen Arbeit über das Ganze zu reden.

Carol hatte drei Männer ausgewählt, die wir uns, nach Alter und Beruf geordnet, vornahmen. Einer von ihnen fiel sofort durchs Raster – ein Holländer, der laut Carol sehr gut aussah, einundsiebzig Jahre alt war und gern ausging, um sich zu amüsieren.

Unser Chef hingegen war eher ein häuslicher Typ, der zwei Hunde und zwei Katzen hatte. Daher mussten wir jemanden für ihn finden, der in Paris lebte und abends lieber zu Hause blieb, um ein Buch zu lesen, als auf einen Drink in eine angesagte Bar für ältere Semester zu gehen.

Die anderen beiden Kandidaten gefielen uns dagegen auf den ersten Blick beide sehr gut. Der eine war Zahnarzt und genau wie Monsieur Briand zweiundsiebzig Jahre alt. Wie wir dank Carols Recherchen wussten, ging er in seiner Freizeit gern ins Kino oder spazierte über den Montmartre. Allerdings gab es einen großen Nachteil: Er hatte gerade eine lange Beziehung hinter sich und trauerte noch sehr seinem ehemaligen Partner hinterher. So sehr, dass Carol ihm mehrfach versichern musste, nicht im Auftrag seines Exfreundes zu handeln, der feststellen wollte, ob er in der Lage sei, sein Leben neu zu organisieren.

Und dann war da noch der dritte Kandidat, der sechzig Jahre alt war und an einer öffentlichen Schule unterrichtete. Seine Hobbys: lesen, Kreuzworträtsel lösen und Dokumentarfilme zum Thema Natur ansehen. Das Problem: Er gab nicht offen zu, dass er homosexuell war. Genau wie unser Chef.

Trotz dieser Schwierigkeit entschieden wir uns für den Lehrer, dem sein Coming-out noch bevorstand. Unserer Meinung nach passte er am besten zu Monsieur Briand. Es war auf jeden Fall einen Versuch wert. Und wenn es in der zweiten Phase nicht klappte, konnten wir immer noch auf den beziehungsgeschädigten Zahnarzt zurückkommen.

»Es ist zwar schwierig, aber ich glaube, es besteht eine Chance«, erklärte Charlotte aufgeregt, als wir den Lehrer auswählten, dessen Name Alois Le Brun war.

»Das denke ich auch.« Lächelnd legte ich die Notizen zur Seite, die Carol sich zu den drei Kandidaten gemacht und uns gegeben hatte. »Jetzt müssen wir die zweite Phase planen.« Und genau in dem Moment, als ich das sagte, sah ich sie wieder. Bevor sie an der Metrostation Concorde in die Linie Zwölf einstieg, entdeckte ich ihr blondes Haar und den gelben Mantel, der sich im Fahrtwind des einlaufenden Zuges aufbauschte. Diesmal würde ich sie nicht wieder aus den Augen verlieren.

»Ich weiß aber noch nicht, ob ich dir auch dabei helfe. Ich mag mir gar nicht vorstellen, was los ist, wenn die Sache auffliegt.« Charlottes Worte drangen gar nicht zu mir vor, da ich meine volle Aufmerksamkeit auf die Monitore gerichtet hatte, die die Bahnsteige der Linie Zwölf in nördlicher Richtung zeigten.

»Okay«, war das Einzige, was ich herausbrachte.

»Wie ›okay‹? Ist es dir auf einmal egal, ob ich dir helfe oder nicht?« Ich blieb ihr eine Antwort schuldig, denn an der nächsten Haltestelle öffneten sich die Türen des Zuges, und ich wandte den Blick nicht von den Bildschirmen. Schließlich konnte sie jeden Moment aussteigen, und ich wollte sie nicht wieder verlieren. »Was schaust du dir da eigentlich an?«

Charlotte hatte bemerkt, dass ich wie gebannt auf die Bildschirme starrte. »Hast du etwas Ungewöhnliches gesehen?«

»Nein … Keine Sorge, es ist eher … etwas Persönliches.«

»Manchmal bist du ziemlich seltsam, Nico. Ich gehe jetzt mal auf die Toilette, und danach reden wir weiter.«

»In Ordnung.«

Auch an der nächsten Haltestelle – Madeleine – stieg sie nicht aus, weshalb ich die Aufnahmen der Kameras weiterhin aufmerksam verfolgte. Dabei betete ich, dass sie den Waggon nicht in Saint-Lazare verlassen würde, denn an dieser Haltestelle würde ich sie garantiert aus den Augen verlieren, da das Netz der sie umgebenden U-Bahn-Tunnel riesig war. Doch zum Glück blieb sie im Zug. Zumindest konnte ich sie unter den Aussteigenden nicht entdecken.

Die Linie Zwölf führt in den Pariser Norden bis ins Herz von Montmartre und noch weiter.

Die junge Frau war an der Haltestelle Concorde eingestiegen, und sieben Stationen später, genauer gesagt an der Haltestelle, die unterhalb der Place des Abbesses liegt, sah ich sie wieder. Ihr langes Haar wehte im Durchzug des Metroschachts, und sie trug dieselbe grüne Tasche wie beim letzten Mal, wirkte diesmal aber nicht so traurig. Ich blickte auf die Uhr, wobei ich mir das Handgelenk vor die Augen hielt, um sie nicht aus dem Blick zu verlieren. Dann notierte ich, ohne hinzuschauen, in mein kleines Notizbuch: *Concorde-Abbesses 19:15/Donnerstag*. Und als die junge Frau die Oberfläche erreichte, verschwand sie aus meinem Blickfeld.

Charlotte kam zurück, und wir sprachen weiter über unseren heimlichen Plan für Monsieur Briand, wobei ich euch versichern kann, dass ich die Kamera an der Haltestelle Abbesses nicht einen Moment aus den Augen ließ.

Die Minuten und die Stunden vergingen, und etwa um neun Uhr sah ich ihr Gesicht wieder. Die Kamera an der Treppe des Eingangs zur Metrostation Abbesses hatte es für eine Sekunde groß im Bild. Vielleicht auch für zwei Sekunden. Ich hatte sie mir schon hübsch vorgestellt, doch diese Großaufnahme übertraf meine Vorstellung bei Weitem. Ich träumte die ganze Nacht von ihr. Und am nächsten Tag schrieb ich über eine wunderschöne Fee mit magischen Kräften, die in meinem Zauberwald lebte. Und diese Fee hatte ihr Gesicht.

6

Freitag, sieben Uhr abends. Mein Blick ruhte auf demselben Monitor wie am Vortag. Den ganzen Nachmittag über hatte ich darauf gehofft, dass die schöne Unbekannte vielleicht zur gleichen

Stunde am selben Ort erscheinen würde, falls sie am Montmartre arbeitete oder dort irgendeinen täglich stattfindenden Kurs besuchte. Schließlich war das durchaus möglich. Nur leider war die bittere Wahrheit, dass es auch ebenso gut ein Zufall gewesen sein konnte. Dennoch – sah ich nicht immer wieder dieselben Gesichter, obwohl Millionen Menschen in Paris täglich mit der Metro fuhren? Die Familie mit den sechs Kindern, das streitende Pärchen, den alten Mann mit dem Stock, die Frau, die jeden Monat eine andere Haarfarbe hatte, den schwarzen Rosenverkäufer, das Kind, das nie von einem Erwachsenen begleitet wurde, dafür aber von einem braunen, ständig bellenden Chihuahua …

Es vergingen weitere fünfzehn Minuten, in denen nichts passierte, schließlich war es eine ganze Stunde. Wenn es sich um einen Kurs handelte, fand er an diesem Tag entweder nicht statt oder sie hatte ihn ausfallen lassen.

»Nico! Nicolas! Hörst du mich?« Karims Stimme am anderen Ende unserer internen Leitung holte mich in die wirkliche Welt zurück.

»Ja, was ist?«

»Ich bin hier bei einer alten Dame, die gestürzt ist. Du siehst uns über die Kamera 7G der Linie Neun an der Haltestelle Trocadéro.«

»Was kann ich tun?«

»Ruf den Notarzt an. Es ist nichts Schlimmes, glaube ich, aber sie hat sich den Knöchel verstaucht.«

»In fünf Minuten ist jemand bei euch, halte solange die Stellung.«

»Oh Mann, diese Frau quasselt unaufhörlich auf Italienisch. Sie ist eine Touristin, Rentnerin, und kriegt sich gar nicht mehr ein.«

»Na ja, sie hat sich sicher sehr erschreckt. Nun nimm sie mal in den Arm.«

»Was redest du denn da, du Blödmann?« Er beendete das Gespräch, während ich mir ein Lachen nicht verkneifen konnte.

Wenige Minuten später meldete Karim sich zurück.

»Es hat funktioniert, Alter, ich hab sie in den Arm genommen, und sie hat sich echt beruhigt.«

Charlotte und ich prusteten los, als wir uns vorstellten, wie der riesige Karim die arme Frau umarmte. Aber wie er ja selbst gesagt hatte, hatte es funktioniert. Eine spontane Umarmung tut eben jedem gut.

An diesem Tag verließ Charlotte ihren Arbeitsplatz ein wenig früher, weil sie zu einer ihrer Kontrolluntersuchungen gehen musste, sodass ich eine halbe Stunde allein vor den Monitoren saß und darauf wartete, dass die Nachtschicht mich ablösen würde.

Um 21:34 Uhr blickte ich wieder einmal auf den Monitor, der den Eingang der Station Abbesses zeigte, als ich sie die Treppe herunterkommen sah. Mein Herz machte einen Satz.

Ich wünschte mir inständig, sie würde den Aufzug nehmen, was sie jedoch nicht tat. Sie ging die Treppe hinunter, und ich verlor sie aus den Augen. Falls ihr es nicht wissen solltet: In dieser Station führen mehr als zweihundert Stufen zu den Bahnsteigen hinunter, sie ist eine der tiefsten, die es in Paris gibt. Mein Herz raste, während ich hoffte, das Mädchen jeden Moment wiederzusehen, genauso strahlend wie die Fee aus meinen Träumen. Und ein paar Minuten später tauchte sie tatsächlich auf, wenn auch gehend und nicht fliegend. Sie war ein Mensch, genau wie ich. Doch dieser Mensch gefiel mir mehr als alle, die ich bis dahin kennengelernt hatte.

Ich vergrößerte das Bild auf dem Monitor. Sie hatte ein blaues Heft dabei. Wieder einmal setzte sie sich, um auf die Metro zu warten. Zu meinem Glück kam der nächste Zug erst acht Minuten später. Ein etwa sechsjähriges Kind stolperte an der Hand seiner Mutter zu ihr herüber. Meine Traumfrau überließ den beiden ihren Platz, und der Junge lächelte dankbar und kuschelte sich auf den Schoß seiner Mutter. Das Mädchen mit dem blauen Heft lächelte zurück, und auch wenn ihr mich jetzt für einen romantischen Trottel haltet: Dieses Lächeln war ungelogen das schönste, das ich je gesehen hatte. Ich hatte das Gefühl, dass es die ganze Station mit Licht überflutete. Okay, ich gebe zu, ich übertreibe ein wenig, aber es war wirklich wunderschön. Sie zeichnete in wenigen Sekunden etwas in ihr Heft, riss das Blatt dann entschlossen heraus und gab es dem Kind. Der Junge freute sich sehr über das Geschenk. Und ich hätte mein gesamtes Monatsgehalt dafür gegeben, zu sehen, was sie gezeichnet hatte.

Schließlich stiegen alle drei in die Metro ein, sie in einen anderen Wagen, da der, den Mutter und Kind wählten, bereits sehr voll war. Aufmerksam verfolgte ich die Fahrt des Zuges, wobei ich mir selbst meine Besessenheit nicht erklären konnte. Diesmal stieg sie an der Haltestelle Madeleine aus, und ich verlor sie aus den Augen. Doch wenig später ging ich in dem Bewusstsein nach Hause, dass ich etwas Wichtiges über sie erfahren hatte: Sie mochte Kinder genauso sehr wie ich.

7

Die folgenden Tage verbrachte ich mit den Kameras der Metro, Gesprächen mit meinen Kollegen und unauffälligen Blicken auf die Monitore, auf denen ich meine Traumfrau gesehen hatte. Und zu Hause … Zu Hause gab es nur die leere Seite in meiner Schreibmaschine.

Doch unter allem, womit ich mich befasste, gab es eine Sache, die mich besonders beschäftigte: Ich hatte jede Menge Einfälle, wie wir unseren Plan umsetzen konnten, Monsieur Briand das Leben zu verschönern. Charlotte und ich hatten den idealen Mann für ihn ausgesucht. Ursprünglich hatte ich vorgehabt, nun mit Monsieur Le Brun zu reden und ihn von einem Treffen mit unserem Chef zu überzeugen. Allerdings hatte unsere Wahl Phase zwei insofern kompliziert, dass auch Monsieur Le Brun bisher nicht offen zu seiner Neigung stand. Es war sogar möglich, dass Carol sich irrte und unser Kandidat gar nicht homosexuell war. Das war ein großes Risiko und eine enorme Herausforderung, die wir irgendwie bewältigen mussten, um zum nächsten Schritt zu gelangen: dafür zu sorgen, dass Monsieur Briand diesen Mann kennenlernte und wiedersehen wollte. Doch zunächst mussten wir uns mit Alois Le Brun beschäftigen.

Charlotte und ich verabredeten uns an einem der seltenen Tage, an denen wir beide den Nachmittag und den Abend frei hatten. Wir hatten mit Carol vereinbart, uns bei ihr im Bistro zu treffen, denn sie hatte uns gesagt, dass der Lehrer dort jeden Nachmittag einen Kaffee trank und dazu eine der köstlichen Zimtschnecken aß, während er in einem Buch las. Daher saßen Charlotte und ich nun an einem der kleinen Tische und warteten, während Carol hinter der Theke stand und aufpasste.

Eine Viertelstunde später gab sie uns ein Zeichen. Alois Le Brun war gerade eingetreten und steuerte auf seinen Stammtisch am Fenster zu, der sich, genau wie Carol gesagt hatte, direkt neben dem unseren befand. Während er wie jeden Tag seinen Kaffee trank und in seinem Buch las, diskutierten Charlotte und ich flüsternd, wie wir am besten mit ihm ins Gespräch kommen könnten. Doch alles, was uns einfiel, erschien uns zu aufgesetzt. So verging die Zeit, ohne dass wir einen Schritt weiterkamen, und am Ende bezahlte Monsieur Le Brun, spazierte zum Bistro hinaus und ließ uns drei frustriert zurück.

»Ich habe dir doch gesagt, dass du ihn etwas fragen sollst«, warf Charlotte mir vor.

»Du bist gut, meine Liebe! Und was hätte ich sagen sollen? ›Entschuldigen Sie, Monsieur, aber sind Sie zufällig allein und unglücklich? Weil wir nämlich einen Freund haben, mit dem Sie wunderbar Ihre Zeit verbringen könnten …‹«

Charlotte sah ein, dass sie mir keinen Vorwurf machen konnte. Wir waren aufgetaucht, ohne einen konkreten Plan zu haben, da wir geglaubt hatten, einfach so mit ihm ins Gespräch zu kommen. Doch die Wahrheit war, dass genau das eine ziemlich heikle Angelegenheit war. Carol gesellte sich zu uns, machte uns Mut und versicherte, dass es Dinge gab, die sehr viel schwieriger durchzuführen waren als das, was wir uns vorgenommen hatten.

»Hört auf zu jammern! Es wird genauso ausgehen, wie ihr es euch wünscht, ihr müsst die Sache nur anders angehen. Also, mein lieber Schriftsteller, du hast doch jede Menge Phantasie, oder?« Das sollte man meinen. »Also überleg doch mal, wie man zwei sich völlig unbekannte Menschen zusammenbringen kann.«

Wir tauschten weitere Ideen aus, von denen einige absurd, andere durchaus plausibel waren, doch es war keine darunter, die uns überzeugte. Als wir uns zu vorgerückter Stunde voneinander verabschiedeten, schworen wir uns, dass uns etwas einfallen würde, und zwar sehr bald.

Wenig später saß ich zu Hause auf meinem Wackelstuhl und war in Gedanken immer noch im Bistro und bei Alois Le Brun, während mein Blick über die Zeichnung an der Wand schweifte.

Nun komm schon, Nicolas, jetzt konzentrier dich, du hast seit Tagen nichts mehr geschrieben! Du musst vorankommen! Nach dem vielversprechenden Anfang darfst du die Sache nicht vermasseln!

Ich weiß, ich weiß, aber mir fällt einfach nichts mehr ein. Ich bin vollkommen leer. Dieser blöde Verleger, diese verdammten Worte!

Du bist nicht leer, Nicolas, es ist alles in deinem Kopf, du musst dich nur konzentrieren, dir selbst mehr Zeit widmen. Erinnere dich an die Worte deines Vaters: Denk zuerst an dich.

Natürlich, an mich, als ob das so einfach wäre! Dabei bin ich gerade dabei, das Leben meines Chefs umzukrempeln. Und, Moment mal, was ist eigentlich mit Karim? Ich habe ihn seit Tagen nicht mehr gesprochen. Ob er mit seiner Exfrau geredet hat? Am besten rufe ich ihn gleich mal an!

Ich griff nach meinem Handy und gab Karims Nummer ein. Er hatte sich vier Tage freigenommen, um mit seiner Tochter zusammen zu sein, daher hoffte ich, ihn nicht im falschen Moment zu erwischen. Wie sich herausstellte, waren die beiden gerade im Jardin des Tuileries bei einem Kinderkonzert. Daher nahm ich meine Jacke, noch bevor das Telefongespräch beendet war, und verließ meine Wohnung, wobei ich einmal mehr den Staub aufwirbeln ließ.

»Hallo, Karim! Wie geht's?«

»Uff! Ich bin völlig fertig, Alter! Seit sieben Uhr bin ich schon auf den Beinen, weil dieses Kind nicht mehr schlafen wollte …«

Die kleine Pauline tanzte unermüdlich mit einigen anderen Mädchen ihres Alters in der Nähe der Bühne, auf der ein paar Prinzessinnen sangen und hüpften. Karim seufzte in komischer Verzweiflung. Dann sah er mich an.

»Ist alles in Ordnung?«

»Ja, ja.« Ich nickte. »Weißt du, ich habe über Zoe und dich nachgedacht …«

»Pffft … Ich hab keine Lust, darüber zu reden, also nerv mich nicht!«

»Nein, warte, lass mich dir eins sagen. Seit wir darüber gesprochen haben, ist mir die Sache nicht aus dem Kopf gegangen.« Karim lächelte ergeben. »Ich habe dir ja erzählt, dass sie ihren Ehering noch trägt und dass der Typ, mit dem du sie gesehen hast, vielleicht gar nicht mit ihr zusammen ist. Und möglicherweise habe ich dir damit Hoffnungen gemacht, ohne zu wissen, wie die Sache wirklich steht.«

»Deswegen machst du dir Sorgen? Vergiss es! Ich hab doch schon gesagt, da ist nichts mehr zu machen.«

»Wieso bist du dir da so sicher?«

»Verdammt, du bist wirklich eine Nervensäge, Nico! Nach unserem Gespräch hab ich sie angerufen und ihr gesagt, was du mir erzählt hast. Daraufhin ist sie furchtbar wütend geworden.«

»Aber Karim, wie konntest du ihr das nur erzählen?«

»Ich weiß nicht, Alter, nach unserem Gespräch habe ich irgendwie geglaubt, dass ich es vielleicht doch wieder hinbiegen könnte. Dass alles wieder wie früher sein könnte. Doch ich fürchte, dass ich jetzt alles noch schlimmer gemacht habe.« Er senkte den Kopf. »Aber immerhin hatte es ein Gutes.«

»Ach ja?« Ich schämte mich, dass ich ihn ermuntert hatte, die Sache anzugehen, ohne Genaues zu wissen.

»Ich weiß jetzt zumindest, dass der Typ, mit dem ich sie gesehen habe, ihr nichts bedeutet. Sie arbeitet für ihn, mehr nicht, genau wie du gesagt hast.« Er lächelte mich traurig an und packte mich an den Schultern, wenn auch nicht so fest wie sonst.

Und damit legte er den Grundstein für einen weiteren Plan, der mir in den Sinn kam. Ich musste ihm helfen. Es bestand kein Zweifel, dass die beiden sich noch liebten, aber irgendetwas stand zwischen ihnen. Ich musste herausfinden, wie sich dieses Hindernis beseitigen ließ, dann würden die beiden wieder zueinander finden.

»Papa! Da ist ja Nico!« Pauline umarmte meine Beine und ihre kleinen Freundinnen taten es ihr nach.

»Stimmt es, dass du *Warum das Maul der Katzen nach Sardinen riecht* geschrieben hast?«, fragte eine kleine Schwarze mit toupiertem Haar.

»Ja, das habe ich geschrieben. Und jetzt schreibe ich gerade an einer Geschichte, die noch besser ist«, erklärte ich und zog sie an den Zöpfen.

»Suuuper!«, schrien die kleinen Monster im Chor, und Karim zwinkerte mir zu.

8

An dem Tag, an dem mir einfiel, wie man Monsieur Briand und Alois Le Brun zusammenbringen könnte, geschah etwas Wunderbares. Schon eine Weile hatte ich meine blonde Traumfrau nicht mehr gesehen, was aber nicht hieß, dass ich sie vergessen hatte, ganz im Gegenteil. Ich dachte oft, sehr oft an das Mädchen aus der Metro. Es war ein Dienstagabend, kurz nach halb zehn. Und wie üblich verfolgte ich aufmerksam die Bilder, die die Kameras in der Metrostation Abbesses auf den Monitor schickten. An diesem Abend teilte ich mir die Schicht mit Céline, und wir hatten uns über die Sommerferien unterhalten, die sie mit ihrer Familie in Valencia verbringen wollte. Céline ging gerade an ihr Handy, als ich meine Traumfrau auf dem obersten Treppenabsatz in der Metrostation Abbesses entdeckte. Und wie ich bereits sagte, geschah in diesem Moment etwas Wunderbares. Ohne ersichtlichen Grund blieb sie auf der vierten oder fünften Stufe stehen, während die anderen Passanten an ihr vorbeihasteten. Sie verharrte auf der Stelle und blickte zu Boden. Und dann hob sie ganz langsam den Kopf und blickte direkt in die Linse der Kamera und lächelte mich an. Oh Gott … Ich wäre fast vom Stuhl gefallen. Mein Herz schlug plötzlich wie wild und jeder Pulsschlag ließ meine Haut vibrieren. Ich hatte das Gefühl, dass ich explodieren würde, wenn ich weiterhin auf den Monitor starrte. Und wisst ihr, was einen Augenblick später geschah? Ich explodierte tatsächlich. Ich explodierte vor Glück, weil sie in die Kamera lächelte.

III

DORT UNTEN SIND WIR DIE KÖNIGE

1

»Oh mein Gott! Heilige Mutter Gottes! Sie hat mir zugelächelt! Sie hat mir gerade zugelächelt!«

»Einen Moment, mein Schatz ...« Céline nahm ihr Handy vom Ohr und blickte mich mit hochgezogenen Augenbrauen an. »Was hast du gesagt, Nico?«

»Sie hat mir gerade zugelächelt! Sie hat in meine Kamera geguckt und gelächelt!«

Céline hob die Hand und nickte, ohne zu verstehen. »Einen Moment noch.« Sie führte ihr Telefongespräch zu Ende, während ich kaum erwarten konnte, es ihr zu erzählen. »Ich mache euch etwas zu essen, wenn ich gleich nach Hause komme, keine Sorge. Kümmere du dich nur um die Kinder. Ich liebe dich.«

»Céline, hast du es auch gesehen? Sie hat *gelächelt*!«

»Also, mein Lieber, eins nach dem anderen. Von wem oder was sprichst du?«

Bis zu diesem Zeitpunkt hatte ich noch keinem meiner Kollegen von der Existenz der jungen Frau im safrangelben Mantel erzählt. Keiner wusste, dass ich, seit ich sie sah, wieder angefangen hatte zu schreiben und dass mir dank ihr eine wirklich gute

Geschichte eingefallen war. Céline war also die Erste, der ich von meinem Geheimnis erzählte.

»Also … Wie soll ich anfangen? Gut, ich weiß schon. Schau dir mal aufmerksam das Bild von Kamera 5T an.«

»Aha. Und was soll es dort zu sehen geben?«

»Siehst du sie denn nicht?« Sofort war ich davon überzeugt, dass ich verrückt war, Visionen hatte, dass die junge Frau vielleicht nur in meiner Phantasie existierte.

»Nico, da sind mindestens hundertfünfzig Leute.«

»Sicher, stimmt. Warte. Da, pass auf!« Mein Schrei ließ sie zusammenzucken. »Die junge Frau in dem gelben Mantel, die mit der grünen Tasche. Siehst du sie denn nicht?«

»Ach so … Doch, die sehe ich. Was ist mit ihr? Kennst du sie?«

Diese Frage war nicht leicht zu beantworten.

»Sozusagen.«

»Sozusagen? Man kann jemanden doch nicht ›sozusagen‹ kennen. Entweder man kennt ihn oder man kennt ihn nicht.«

Ich merkte, dass sie allmählich die Geduld verlor.

»Ich will damit sagen, dass ich sie schon mehrmals über die Kameras gesehen habe. Und sie hilft mir, mein neues Buch zu schreiben. Sozusagen.«

Céline sah mich verwirrt an.

»Nico, was redest du da für einen Unsinn? Oder bin ich vielleicht zu begriffsstutzig? Wie kann dir eine Frau, die du gar nicht kennst, dabei helfen, ein Buch zu schreiben?«

»Keine Ahnung, Céline. Ich weiß nur, dass ich jedes Mal, wenn ich sie gesehen habe, meine Geschichte weiterschreiben konnte. Und außerdem …«

»Außerdem?«

»Finde ich sie wunderhübsch.« Nachdem ich das gesagt hatte, verbannte ich Céline vorübergehend aus meinen Gedanken und konzentrierte meine Aufmerksamkeit wieder auf den Bildschirm und das gewellte blonde Haar der jungen Frau. Sie war gerade dabei, in den Zug zu steigen … Und einmal mehr verlor ich sie aus den Augen.

»Also … Ich fürchte, dass ich es nicht so ganz verstanden habe. Und … Du hast gesagt, dass sie dir zugelächelt hat?«

»Ja! Sie ist für einen Moment auf der Treppe stehen geblieben und hat mich dann über die Kamera angesehen. Sie hat direkt in die Kamera geguckt und … gelächelt.« Als ich es nun aussprach, erschien es mir selbst etwas verrückt.

»Also, Nico, ich weiß nicht. Vielleicht hat sie einfach an irgendetwas Schönes gedacht, was sie heute erlebt hat, meinst du nicht?«

»Na ja … Schon möglich …« Es war mir peinlich zuzugeben, dass ich im Grunde meines Herzens hoffte, dass sie irgendwie von mir wusste und dass dieses Lächeln nur mir gegolten hatte.

Nach diesem seltsamen Gespräch mit Céline ging alles ganz schnell. Einer nach dem anderen erfuhren meine Kollegen von der Existenz der geheimnisvollen Frau, die sie bald nur noch »die Muse aus der Metro« nannten. Die Erste, die mich nach ihr fragte, war Charlotte. Seit Monsieur Briand uns an meinem ersten Arbeitstag einander vorgestellt hatte, hatte sie immer mal wieder versucht, mich mit der einen oder anderen Freundin von ihr zu verkuppeln. Jedes Mal behauptete sie, dass die Betreffende sehr hübsch und intelligent sei, doch ich hatte immer abgewinkt und wollte mich nicht verabreden. Als Céline ihr nun von der jungen Frau aus der Metro erzählte, rief sie mich gleich an, um mehr darüber zu erfahren.

»Wolltest du dich deswegen mit keiner meiner Freundinnen verabreden?«

»Nein, Charlotte, diese Frau kenne ich erst seit Kurzem.«

»Also … Céline meinte, dass du sie gar nicht persönlich kennst. Oder hast du ihr nicht die ganze Wahrheit erzählt?«

»Doch. Und ja, es stimmt. Ich bin ihr noch nie persönlich begegnet und habe bisher kein Wort mit ihr gewechselt.«

»Und woher willst du dann wissen, ob sie wirklich so toll ist? Vielleicht ist sie todlangweilig. Oder dumm. Oder verrückt? Vielleicht ist sie eine Psychopathin?«

Charlotte hatte recht. Es war durchaus möglich, dass ich mir selbst etwas vormachte, dass diese junge Frau nur eine von den vielen war, die jeden Tag durch die Gänge der Pariser Metro gingen. Vielleicht nutzte mein Hirn sie nur als Projektion, um meine Phantasie zu beflügeln und besser schreiben zu können. Was ja immerhin funktioniert hatte. Und dennoch war nicht auszuschließen, dass diese junge Frau ein ganz besonderer Mensch war. Zumindest für mich.

»Eines Tages werde ich es herausfinden«, entschied ich. Eines Tages würde ich ihr begegnen und sie kennenlernen. Doch bis dahin hatte ich noch einige wichtige Dinge zu erledigen.

Wie ich bereits erwähnt habe, kam mir an dem Tag, als die Unbekannte mir zulächelte, eine hervorragende Idee, wie ich Alois Le Brun und Monsieur Briand zusammenführen konnte. Dem ging ein im Grunde unbedeutender Zufall voraus. Über eine der Kameras, die einen Aufzug im Bild hatte, beobachtete ich, wie zwei Menschen, die sich völlig ungeplant am selben Ort befanden, ganz selbstverständlich miteinander ins Gespräch kamen. Und dieses absolut gewöhnliche Bild löste in meinem Gehirn die Vorstellung einer Folge von Ereignissen aus, an deren Ende die Begegnung der beiden Männer stehen würde. Ich fasste einen neuen Plan, der den Vorteil hatte, dass er in nur einer Phase bestand. Aber ich will euch nichts vormachen: So einfach war die Sache nicht, und ich war auf die Hilfe mehrerer Leute angewiesen.

Als ich meinen Mitverschwörerinnen davon erzählte, erklärte Carol sich bereit, in dem Unternehmen der Spion zu sein. Das bedeutete, dass sie Monsieur Le Brun mehrere Tage beschatten musste. Das Ziel war, seine Gewohnheiten, seinen Tagesablauf und seine regelmäßigen Aufenthaltsorte zu ergründen. Und dafür reichte ein einziger Tag nicht aus. Wir mussten uns davon überzeugen, dass diese Dinge tatsächlich zu seiner täglichen Routine gehörten. Und da Carol ein paar Tage frei hatte, entschied sie sich, diese Aufgabe zu erledigen.

Nachdem wir eine Weile hin und her überlegt hatten, wählten wir einen Mittwoch, um unseren Plan in die Tat umzusetzen, da dies Monsieur Briands freier Tag war. So konnten wir mit einem einzigen Anruf dafür sorgen, dass er sich an den von uns gewünschten Ort begab. Der Umstand, dass er weder Familie noch Freunde hatte, bewirkte, dass er sich voll auf die Arbeit konzentrierte, und alle in unserer Zentrale wussten, dass wir auch an seinen freien Tagen stets auf ihn zählen konnten. Und das würden wir nutzen.

Nachdem Carol Alois Le Brun mehrere Tage lang heimlich beschattet hatte, erzählte sie uns, dass er einem ziemlich einfachen Tagesablauf nachging: Er unterrichtete an einer öffentlichen Schule in der Nähe des Jardin du Luxembourg, die er immer um 15:05 Uhr verließ. Er verabschiedete sich von seinen Kollegen und unterhielt sich vor dem Haupteingang mit ein paar Eltern. Gegen 15:30 Uhr machte er sich dann auf den Weg zur Seine, wobei er stets ein paar schmale Straßen mit vielen Buchhandlungen entlangspazierte.

Üblicherweise suchte Alois eine oder zwei der alten Buchhandlungen auf, bevor er schließlich zum Pont Neuf gelangte. Wenn er die Brücke überquert hatte, ließ er sich auf der Île de la Cité im Schatten der vielen Maulbeerfeigenbäume für etwa eine Viertelstunde auf einer der glänzenden Steinbänke nieder.

Dieses Ritual, das ihm erlaubte, in Ruhe und nur in Gesellschaft der von der Seine herüberwehenden frischen Brise seine Neuerwerbungen durchzublättern, schien er sehr zu lieben. Anschließend stand er auf, um zu seiner Wohnung zu gehen, die sich auch auf der Insel befand. Wie Carol ja bereits wusste, suchte er wenig später dann das Bistro auf, um dort seinen Kaffee zu trinken. Was sie jedoch erst herausfand, als sie ihm zum ersten Mal folgte, war, dass er, um zu dem Bistro zu gelangen, an der Haltestelle Cité die Metro nahm, am Bahnhof Châtelet umstieg und an der Station Madeleine die Metro wieder verließ. Und das war der entscheidende Punkt unseres Plans: Er fuhr mit der Metro. Und hier unten waren wir die Könige.

Inzwischen waren alle meine Kollegen über unseren Plan für Monsieur Briand informiert. Charlotte hatte Céline davon erzählt, und diese hatte ihren Mann eingeweiht. Didier war sofort dabei und überlegte sogar, auf ähnliche Art seine Mutter wieder an den Mann zu bringen, die seit mehr als zwanzig Jahren geschieden war und keinen Partner hatte.

Ich selbst holte Karim und Fanny, die kleine Sicherheitsfrau mit den Kampfkünsten, ins Boot. Die Ausführung unseres wunderbaren Plans – denn seit alle davon erfahren hatten, war das Ganze zu einem gemeinsamen Projekt geworden – musste dann allerdings um zwei Wochen verschoben werden, da Monsieur Briand unerwartet Urlaub nahm. Er war schon eine ganze Weile über nicht mehr länger als zwei Tage am Stück verreist, doch nun hatte er ein Häuschen an der Mittelmeerküste entdeckt, in dem das Mitbringen von vier Haustieren erlaubt war. Daraufhin hatte er nicht lange gezögert und war ein paar Tage, nachdem er uns darüber informiert hatte, mit seinen beiden Hunden und seinen Katzen für zwei Wochen ans Meer gefahren.

In diesen vierzehn Tagen geschah so einiges. Zunächst überredete ich Karim, öfter mit mir etwas trinken zu gehen, um ihm die wahren Gründe der Trennung zu entlocken. Ich stellte mir die absurdesten Dinge vor: Vielleicht war der Frauenheld Karim in Wirklichkeit impotent und Zoe sexsüchtig und ständig gezwungen, sich zurückzuhalten. Oder Zoe nörgelte ununterbrochen an ihm herum, und Karim war der Geduldsfaden gerissen. Möglicherweise brachte jeder der beiden im anderen die schlechtesten Eigenschaften zum Vorschein und sie waren zusammen unausstehlich … Doch nachdem wir ein paar Stunden miteinander geredet hatten, war ich schließlich davon überzeugt, dass die Wahrheit genauso simpel war, wie Karim von Anfang an gesagt hatte: Zoe brauchte einen Mann, der sich jeden Tag genauso ins Zeug legte wie sie selbst. Und Karim war nicht bereit, nachzugeben. Er arbeitete lediglich vier Stunden am Tag und verdiente nur die Hälfte von dem, was ihm eine Vollzeitstelle einbringen würde.

»Und warum suchst du dir nicht noch einen Halbtagsjob? Dann kommst du auf acht Stunden und verdienst ein gutes Gehalt.«

»Mensch, Alter … Ich habe doch schon gesagt, dass ich einfach auch Zeit für mich brauche. Ich treffe mich gern mit meinen Freunden, gehe mit ihnen etwas trinken, hin und wieder zu einem Konzert, hänge ein bisschen ab … Du weißt schon.«

Doch tatsächlich wusste ich es nicht. Karim war mit seiner Familie glücklich gewesen, doch anstatt seine Freizeit mit seiner Frau und seiner Tochter zu verbringen, hatte er sie lieber ohne sie verschwendet.

»Ich weiß nicht, Karim, irgendwie verstehe ich das nicht. Denkst du nicht, dass ihr, wenn du noch einen Zusatzjob hättest, in eine Wohnung im Zentrum hättet umziehen können?«

»Dafür hätte ich mir gar nicht erst einen zweiten Job suchen müssen. Schon vor Monaten hat Monsieur Briand mich gefragt, ob ich nicht Vollzeit arbeiten will, weil er nicht genug Leute hat, aber … Ich fürchte, das ist nichts für mich. Außerdem glaube ich, dass es im Grunde viel simpler ist: Sie will einfach, dass ich öfter zu Hause bin. Nur das. Vielleicht, wenn ich verspreche, dass sie auf mich zählen kann …«

»Ich bezweifle, dass es wirklich nur das ist. Außerdem reichen solche Versprechungen nicht, Karim. Was zählt, sind Taten.«

2

Am Tag nach meinem ergebnislosen Gespräch mit Karim hatte ich frei. Ich musste nicht jeden Tag arbeiten und nutzte mindestens einmal pro Woche die freie Zeit, um meine Mutter in Mont des Fleurs zu besuchen. Also nahm ich den Zug und betrat zwei Stunden, nachdem ich meine Wohnung in Paris verlassen hatte, das Seniorenheim, das nun das Zuhause meiner Mutter war. In den kleinen Ort mit den bunten Fensterläden und den Straßen voller Blumen zurückzukehren löste bei mir jedes Mal seltsame Gefühle aus. Einerseits fühlte ich mich plötzlich jünger, als ob mein früheres idealistischeres und unschuldigeres Ich von mir Besitz ergriffen hätte. Doch gleichzeitig überkam mich eine gewisse Müdigkeit, und ich wurde traurig, da ich unvermeidlich daran erinnert wurde, wie sehr sich in den letzten Jahren alles verändert hatte.

»Hallo Suzanne, wie geht es dir?«

»Sehr gut, Nico! Vielen Dank!« Die Pflegerin sprach immer sehr deutlich und laut. Wahrscheinlich hatte sie sich das in den Jahren im Seniorenheim angewöhnt, da dort die Mehrheit der Bewohner schwerhörig war, und wenn man nicht schrie, verstanden sie wahrscheinlich »Ich will Sie etwas schlagen«, anstatt »Ich will Sie etwas fragen«.

»Deine Mutter ist im Garten«, sagte sie in voller Lautstärke.

»Danke.« Das Lustige an der Sache war, dass sie mich jedes Mal mit ihrer Schreierei ansteckte.

Der Weg zum Garten führte durch einen verglasten Gang, in dem die Hausbewohner bei schlechtem Wetter spazieren gingen. Er war mit Blumentöpfen dekoriert, in denen Pflanzen unterschiedlichster Art, Farbe und Größe wuchsen, um die sich die alten Leute jeden Tag kümmerten. Doch zu dieser Jahreszeit schien die Sonne, und die meisten Hausbewohner saßen draußen auf den Steinbänken oder auf Stühlen, die die Pflegerinnen für sie aufgestellt hatten. Auf einem solchen entdeckte ich meine Mutter, die gerade einen kleinen Blumenstrauß zusammenstellte.

»Hallo, Mama.« Ich umarmte sie und roch ihren zarten Lavendelduft, der mich sofort zurück nach Hause brachte. »Was machst du da?«

»Einen Blumenstrauß, den Gabriela und ich gepflückt haben.« Sie lächelte wie ein kleines Mädchen, während sie bunte Tulpen und weißen Oleander sortierte.

»Er ist wunderschön. Ist er für Papa?«

»Nein, mein Junge, dein Vater mag diese Blumen nicht so gern. Ich will ihn auf die Verkaufstheke in die Bäckerei stellen, dort sieht er sicher sehr hübsch aus, meinst du nicht? Dann kommen mehr Leute.« Sie lächelte erfreut.

So unterhielten wir uns ein paar Stunden. Manchmal führte uns das Gespräch in die Zeit zurück, als ich zehn Jahre alt war, dann wieder feierten wir den Erfolg meines Buches. Doch bevor ich mich verabschiedete, hatte Mama einen lichten Moment.

»Mein Junge, irgendwie kommst du mir verändert vor. Du wirkst viel fröhlicher. Läuft es gut bei dir? Hast du ein Mädchen kennengelernt?«

»Du merkst auch alles, Mama. Ich schreibe gerade ein neues Buch, das vielleicht sogar noch besser sein wird als das erste, du wirst sehen.« Sanft nahm ich ihre Hand und gab ihr einen Kuss auf die Wange.

»Und wie heißt sie?«

Ich lachte. »Mama, es gibt keine ›sie‹«, log ich und wurde rot.

»Gut, aber wenn es eine gibt, möchte ich sie kennenlernen, hörst du? Dann backen wir einen Kuchen und essen ihn gemeinsam. Den Lieblingskuchen deines Vaters, mit Butter und kandierten Orangenstückchen. Er konnte gar nicht genug davon bekommen, aber es gab ihn nicht allzu oft, weil ich nicht wollte, dass er dick wird.«

3

Zurück in der realen Welt, rief mich an meinem nächsten freien Tag Fanny, die Kampfkünstlerin, von der Arbeit aus an. Ich hatte den ganzen Tag über versucht, mit meinem Buch voranzukommen, musste jedoch immer wieder an Karim und Zoe denken. Und manchmal dachte ich auch an meine blonde Traumfrau. Doch der Gedanke an das Mädchen aus der Metro machte mich derart nervös, dass ich dem Thema auf die ungewöhnlichsten Arten aus dem Weg ging.

»Nico, ich habe heute in den Metrogängen unter dem Montmartre Dienst. Wenn du mir sagst, zu welcher Zeit sie normalerweise den Zug nimmt, versuche ich sie zu finden und etwas über sie in Erfahrung zu bringen.«

»Aber … Was sagst du denn da? Was willst du tun?« Für einen Moment geriet ich in Panik. Ich wollte nichts überstürzen.

»Nichts, Nico, ganz ruhig. Ich will mich ihr nur ein wenig nähern und mal schauen, ob sich etwas ergibt.«

»Wie ›ob sich etwas ergibt‹? Mach bitte keine Dummheiten, Fanny! Mach am besten gar nichts! Hörst du: nichts!«

»Schon gut, jetzt werd nicht nervös. Ich will sie mir nur mal aus der Nähe ansehen, in Ordnung? Ich verspreche es dir: Ich will sie mir nur ansehen«, wiederholte sie langsam.

Ich gab nach. Und nachdem ich meiner Kollegin alle Informationen gegeben hatte, die sie brauchte, verbrachte ich die längsten drei Stunden meines Lebens, wobei ich mir alle möglichen Katastrophen ausmalte. Wir hatten verabredet, dass Fanny mich gleich nach der Arbeit anrufen würde.

Habt ihr schon mal erlebt, dass Minuten zu Stunden werden? Dann wisst ihr, was ich meine.

Endlich klingelte mein Telefon, wobei ich vor Schreck von meinem Wackelstuhl fiel.

»Nun sag schon, Fanny!«, meldete ich mich, auf dem Boden liegend.

»Boah, bist du aber nervös! Beruhige dich, Nico. Es ist nichts passiert.«

»Hast du sie nicht gefunden?« Ich versuchte mich wie ein normaler Mensch wieder hinzusetzen; auf dem Boden, aber aufrecht, wie ein normaler Mensch eben.

»Doch, doch. Ich habe sie gefunden und bin mit ihr ›zusammengestoßen‹, aber sie war abgelenkt und hat gar nichts gemerkt.«

»Und wie findest du sie?«

»Sie ist hübsch. Nicht in der Art eines Models, aber hübsch. Sie hat ein Gesicht wie eine Puppe, sehr blass und mit großen dunklen Augen.«

Ich sah die beiden vor mir und musste lächeln.

»Hast du ihre Stimme gehört?«

»Nein, ich habe dir ja schon gesagt, dass sie nicht mal mitgekriegt hat, dass wir zusammengestoßen sind. Aber, Nico, eins musst du wissen.«

»Was?« Mein Herz raste.

»Sie riecht wunderbar!«

Das Lächeln auf meinem Gesicht wurde breiter. Ich muss ziemlich dämlich ausgesehen haben.

»Nach was?«

»Mhm … Ich weiß nicht, einfach gut, ich kann es irgendwie nicht beschreiben. Ganz wunderbar.« Da ich nichts darauf sagte, fuhr sie fort: »Irgendwie süß. Aber auch frisch, nicht aufdringlich, du weißt schon. Ich kann es einfach nicht erklären. Du musst es selbst riechen, mein Lieber!«

4

Es war nun anderthalb Monate her, seit ich meine Muse zum ersten Mal gesehen hatte. Und jedes Mal, wenn ich sie erneut in der Menge entdeckt hatte, hatte dies auf unerklärliche Weise die Batterien meiner Kreativität neu aufgeladen und ich war wie nie zuvor mit meiner Geschichte vorangekommen. Für mein erstes Buch hatte ich damals deutlich mehr Zeit gebraucht, allerdings hatte ich es ja auch ohne Eile und ohne Druck geschrieben, einfach nur, weil ich Lust hatte und es mir guttat. Doch seit ich meine Traumfrau gesehen hatte, schossen mir Dutzende Einfälle durch den Kopf, die ich unbedingt zu Papier bringen musste. An diesem Abend jedoch war ich zu aufgeregt, um zu schreiben, regelrecht euphorisch und voller Adrenalin. Ich glaube, ich hätte ein ganzes Flugzeug hochheben können, wenn eines vor mir gestanden hätte. Da ich, aufgedreht wie ich war, irgendetwas tun musste, beschloss ich, Karim anzurufen, der an dem Tag, an dem ich meine Mutter besucht hatte, mit seiner Exfrau verabredet gewesen war. Ich war neugierig, wie es bei ihm gelaufen war.

Er kam pünktlich in seinem BMW angebraust, sah jedoch ungepflegter aus als üblicherweise. Ich ging davon aus, dass er entweder keine Zeit oder keine Lust gehabt hatte, sich zurechtzumachen. Seit der Geburtstagsfeier seiner Tochter wirkte er deprimiert und kraftlos. Er lachte nicht mehr so oft wie früher mit seinen Kollegen und scherzte nicht mehr mit den Frauen in der Metrostation, die ihm begegneten. Niemand wagte zu fragen, was mit ihm los war, aber ich wusste es sehr gut. Karim wollte in sein altes Leben zurück. Ihm war nach und nach bewusst geworden, dass er viel mehr verloren hatte, als er anfangs meinte. Nachdem Zoe ihn verlassen hatte, hatte er erst mal richtig einen draufgemacht, war jeden Abend ausgegangen, hatte jedes Wochenende eine andere Frau aufgerissen, war unternehmungslustig und voller Energie. Doch Charlotte, die ein kluges Mädchen war, meinte, dass dieses Verhalten auch eine Art Schutzschild gewesen sein konnte. Dass er irgendwann in die Realität zurückkehren und bedauern würde, dass es ihm nicht gelungen war, die Sache mit Zoe noch rechtzeitig wieder hinzubiegen. Charlotte hatte recht gehabt, denn inzwischen war Karim klar geworden, dass er einen großen Fehler gemacht hatte. Allerdings war es meiner Meinung nach noch nicht zu spät, die Sache wieder zu kitten.

Wir hatten beide noch nicht zu Abend gegessen und beschlossen, zum Montmartre zu fahren und dort in der Trattoria eines Freundes von Karims Familie Pizza essen zu gehen.

»Wie war denn dein Besuch bei Zoe?«

Er warf mir einen Blick zu, als überlege er, ob er nicht besser gleich wieder nach Hause fahren sollte, doch dann antwortete er resigniert:

»Nico, ich will mal ehrlich zu dir sein. Ich halte dich für ein schlaues Kerlchen. Tatsächlich glaube ich, dass du der intelligenteste Mensch bist, den ich kenne, und manchmal frage ich mich, warum du überhaupt mit mir befreundet bist.« Er wurde rot. »Wie gesagt, du bist wirklich klug, aber ich muss dir sagen, dass du von Frauen keine Ahnung hast. Zoe hat mich beinahe rausgeschmissen, als ich ihr vorgeschlagen habe, es noch mal miteinander zu versuchen. Sie hat mit der Sache abgeschlossen.«

»Das tut mir leid, Karim, das tut mir wirklich leid.« Ich dachte kurz darüber nach und schüttelte dann den Kopf. »Aber das ändert nichts an meinem Gefühl, dass da immer noch etwas zwischen euch ist. Vielleicht bin ich der Einzige, dem das auffällt, vielleicht ist sich Zoe dessen nicht mal selbst bewusst, weil sie noch unter der Trennung leidet, aber ich bin mir sicher. Ich weiß, dass jedes Mal ein Funke überspringt, wenn ihr beide zusammen seid.«

»Ja, ein Funke, der sie vor Wut explodieren lässt.«

»Wirklich, Karim, ich meine das absolut ernst.«

»Dann irrst du dich eben, mein Freund. Es ist nicht mehr, wie es einmal war.«

Trotz seiner resignierten Worte wurde mir in diesem Moment klar, dass es noch eine Möglichkeit gab. Es war nur eine kleine Chance, aber sie war da. Direkt vor unserer Nase.

»Karim, ich habe eine Idee: Wie wäre es, wenn du dir eine Wohnung im Stadtzentrum suchst?« Er sah mich mit großen Augen an. »Gib deine Wohnung in Saint-Denis auf, und such dir hier etwas zur Miete. Zoes Eltern wohnen doch ganz in der Nähe, oder?«

»Ja, gleich hier um die Ecke. Aber wieso sollte das die Lage verbessern?«

»Wenn Zoe sieht, dass sie dir vertrauen kann und du dich für sie einsetzt – mit Taten, nicht mit Worten –, kannst du sicher sein, dass sie irgendwann zu dir zurückkehrt. Ihr seid füreinander bestimmt! Ich habe noch kein Paar erlebt, dass sich so anschaut, wie ihr es tut. Selbst wenn sie wütend ist und dich anschreit, sehe ich ihr an, dass sie dich am liebsten küssen würde. Und du bist immer noch verrückt nach ihr, das kannst du nicht abstreiten. Ich denke, dass ihr zusammengehört und dass du nur ein paar falsche Entscheidungen getroffen hast.« Seine Augen begannen wie früher zu glänzen. Noch etwas schwach, aber der alte Glanz war wieder da.

»Mhm … Ich weiß nicht. Aber aus meiner Wohnung ausziehen …«

»Was willst du denn mit deiner Wohnung? In dem Viertel, in dem du jetzt lebst, kennst du niemanden! Stell dir mal vor, deine Tochter wäre hier bei dir, um an diesem Ort zu spielen.« Ich wies auf die gepflasterte, mit bunten Lichtern geschmückte Straße, in der sich das Restaurant befand. »Außerdem hast du Verwandtschaft hier, oder? Deine Familie könnte dich unterstützen, wenn Pauline bei dir ist.«

»Ich weiß nicht. Lass mich darüber nachdenken.«

»Karim, du darfst keine Zeit mehr verlieren, das geht schon viel zu lange so.«

Er nickte und blickte zu Boden. »Lass uns morgen früh mal zu dem Immobilienbüro dort gehen.« Er zeigte auf ein Ladenlokal, in dem Wohnungen in dieser Gegend zur Miete und zum Kauf angeboten wurden.

Ich war mir sicher: Wenn Zoe mit eigenen Augen sehen würde, dass Karim sein Leben auf sie und seine Tochter einstellte, anstatt seine Freiheit vorzuziehen, könnte alles wieder wie früher werden.

»In Ordnung. Das machen wir. Schließlich bist du der schlauste Kerl, den ich kenne.«

Am nächsten Tag verließ ich meine Wohnung, um wie verabredet zum Montmartre zu fahren. Ich nahm die Metro, und unvermeidlich dachte ich dabei an meine Traumfrau. Ich wünschte mir, dass ich ihr begegnen würde. Wobei sie ja immer erst am Nachmittag mit der Metro fuhr, was bedeutete, dass sie entweder ihren Zeitplan geändert haben musste oder ich mir vergebliche Hoffnungen machte.

In den fünfzehn Minuten, in denen ich mit der Metro unterwegs war, sah ich jeder blonden Frau, die ich entdeckte, ins Gesicht, in der Hoffnung, dass es sich um meine Muse handeln könnte, und gleichzeitig versuchte ich mein Herz im Zaum zu halten, damit es meine Brust nicht sprengte. Doch ich hatte kein Glück, sie war nirgends zu finden.

Kurz nachdem ich die Metro verlassen hatte, beruhigte sich mein Pulsschlag wieder, während in dem Immobilienbüro eine junge Frau Karim und mir ein paar Wohnungen auf dem Montmartre zeigte.

»Also, fassen wir noch mal zusammen: Sie suchen eine Wohnung mit zwei Zimmern …«

»Besser mit dreien«, wandte Karim ein, »wenn das möglich ist, natürlich.«

»Gut, mit drei Zimmern, die nicht so weit oben am Berg liegt, dafür in der Nähe einer Schule, und sie sollte renoviert sein.«

Karim nickte jedes Mal. »Und die nicht mehr als sechshundert Euro im Monat kostet.«

Die junge Frau sah ihn an wie einen Außerirdischen.

»Ja, Mademoiselle, das ist genau das, was ich suche.«

»Na ja, dann muss ich Ihnen leider sagen, dass eine Wohnung mit diesen Kriterien nicht unter zweitausend Euro im Monat zu haben ist.«

»Was?«, riefen Karim und ich gleichzeitig aus.

»Jawohl, meine Herren, so ist die Lage. Dieses Viertel ist sehr begehrt, und es gibt unzählige Interessenten. Dreizimmerwohnungen sind selten und deshalb sehr teuer.«

Karim blickte mit hängendem Kopf aus dem Fenster, wo ein paar Kinder Ball spielten, sodass ich das Wort ergriff.

»Mademoiselle, was könnten Sie uns denn für sechshundert Euro im Monat anbieten?«

»Einen Moment, ich schaue nach.« Sie ging zu ihrem Computer hinüber und gab mit ihren perfekt manikürten Fingern etwas ein. Gleich darauf verkündete sie: »Das war einfach: Derzeit gibt es für fünfhundertachtzig Euro eine Wohnung mit einem Zimmer im siebten Stock ohne Aufzug.« Karim sank auf seinem Stuhl noch ein wenig mehr zusammen.

»Und sie ist möbliert, mit IKEA-Möbeln«, fügte die junge Frau hinzu.

Völlig demoralisiert verließen wir die Agentur. Bevor wir sie betreten hatten, hatten wir gehofft, dort eine Wohnung in gutem Zustand zu finden, in der eine kleine Familie leben konnte, doch offenbar war das unmöglich. Schweigend gingen wir Stufe für Stufe bis zur Spitze des Montmartre hinauf, um uns dann auf einer der breiten Treppen zu Füßen der Basilika Sacré-Cœur niederzulassen. Von dort aus lag uns ganz Paris zu Füßen, und wir ließen den Blick bis zum Horizont schweifen, während wir das Gespräch bei der Maklerin Revue passieren ließen. Es schien, dass Karim sich nach und nach der Tatsachen bewusst wurde.

»Tja. Da werde ich wohl auf den Luxus eines Halbtagsjobs verzichten müssen, was?« Ich nickte, wobei ich ihm in die Augen sah. »Oje … Ich habe noch nie ganztags gearbeitet.« Er schaute mich etwas hilflos an, während er sich wohl fragte, wie das sein würde. »Aber irgendwann muss ich ja mal damit anfangen. Sobald Monsieur Briand aus dem Urlaub zurückkommt, werde ich ihn bitten, meine Arbeitszeit aufzustocken.« Ich lächelte. »Danke, Alter. Du bist ein wahrer Freund und hilfst mir sehr.« Zum ersten Mal seit Wochen packte er mich mit festem Griff an den Schultern und schüttelte mich zärtlich durch.

5

Obwohl ich es bisher noch nicht geschafft hatte, Zoe und Karim wieder zusammenzubringen, war ich guten Mutes. Nach außen hin hatte sich nicht viel verändert, doch ich wusste, dass Karim gerade einen tiefen Graben überwunden hatte: Ihm war endlich klargeworden, dass er, wenn er eine Familie haben wollte, sich auch so verhalten musste. Es war nicht mehr nötig, dass es ihm jemand erklärte, denn er war nun von selbst darauf gekommen.

An diesem Nachmittag teilte ich mir die Schicht im Kontrollzentrum mit Charlotte. Wir plauderten wie so oft über irgendwelche belanglosen Dinge, feilten aber auch an unserem Plan für Monsieur Briand. Obwohl wir wussten, dass er sich weit weg von Paris befand, wandte jeder von uns immer mal wieder den Blick zur Tür, als könnte unser Chef jeden Moment dort auftauchen. Etwa gegen acht überraschte Charlotte mich mit einem Aufschrei und begann mit dem Blick auf einen der Monitore zu lachen.

»Was ist? Was gibt's da zu sehen?«

»Schau doch hin, Dummkopf! Da ist deine Muse! Oder wer ist die Blondine, die dort sitzt?« Ich ging die Gesichter auf dem Monitor durch und entdeckte die junge Frau auf einer der Sitzbänke, genau wie beim ersten Mal, als ich sie gesehen hatte.

»Stimmt, das ist sie. Wie hast du sie erkannt?«

»An ihrem Mantel. Fanny hat mir von ihrem safrangelben Mantel erzählt. Sie hat wohl keinen anderen, denn sie trägt immer nur diesen, oder?«

»Wahrscheinlich, damit ich sie leichter finde«, murmelte ich, ohne sie aus den Augen zu lassen.

»Was hast du gesagt?«

»Nichts, gar nichts.«

»Sieh mal, sie zeichnet wieder etwas, genau wie du gesagt hast. Und sie wirkt traurig, findest du nicht? Vielleicht ist sie manisch-depressiv: An einem Tag lächelt sie, und am nächsten weint sie.«

»Aber sie weint doch nicht. Sie ist nur nachdenklich.«

Meine Traumfrau tat das Gleiche wie beim ersten Mal: Sie zeichnete konzentriert etwas, wenn auch diesmal in ihr blaues Heft und nicht auf ein loses Stück Papier. Ein paar Minuten später riss sie das Blatt heraus und zerknüllte es. Dann stand sie auf, warf es in den nächsten Mülleimer, drehte sich um und verließ die Metrostation. Ich beschloss sofort, dass ich unbedingt zu diesem Mülleimer gehen musste, um das der Vernichtung anheimgegebene Stück Papier zu retten und um zu sehen, was sie diesmal gezeichnet hatte.

Ungeduldig zählte ich die Minuten, bis meine Schicht zu Ende war. Doch exakt fünf Minuten, bevor ich das Kontrollzentrum verlassen konnte, tauchte eine Reinigungskraft auf dem Bahnsteig auf und tauschte den vollen Müllsack, der meinen Schatz enthielt, gegen einen neuen, glänzenden, leeren Müllsack aus.

»Nein! Das gibt's doch nicht!«

»Was ist denn jetzt schon wieder? Heute ist wohl der Tag der Schreie! Lass mal sehen ...«

»Sie nimmt den Müllsack mit!« Ich sprang auf und umfasste den Bildschirm mit beiden Händen, als ob ich so verhindern könnte, dass der Inhalt des Müllsacks zerstört wurde. Als ich die

Arme ausstreckte, drohte das weiße Hemd, das zu meiner Arbeitskleidung gehörte, in meinem Rücken zu zerreißen, aber das war mir egal, ich dachte nur noch daran, wie ich noch rechtzeitig an das zerknüllte Stück Papier kommen könnte.

»Natürlich, das ist ihr Job, der Müll wird entsorgt. Nico, geht es dir gut?«

»Aber sie … sie hat ihre Zeichnung dort hineingeworfen, und ich … Ich muss sie unbedingt haben.«

Charlotte schien von meinem Geschrei völlig unbeeindruckt. »Mensch, Nico, jetzt komm mal runter, du hast mich vielleicht erschreckt.« Ich wandte den Blick nicht von den Monitoren ab, auf denen man die Reinigungsfrau jetzt mit dem Müllsack den Bahnsteig entlanggehen sah.

»Na schön«, sagte Charlotte. »Ich fürchte, Didier wird mich umbringen …« Dann rief sie Didier über die interne Leitung an. »Hallo, mein Süßer. Hör mal, ich muss dich um etwas bitten …« Ich hörte mit einem Ohr hin, während ich den Weg der sich entfernenden Reinigungsfrau weiter am Monitor verfolgte. »Du wirst mich für völlig verrückt halten, aber du musst unbedingt die Putzfrau finden, die für deinen Bereich zuständig ist. Super, du kannst sie sehen?« Sie sah mich aufgeregt an. »Also, na ja … Du müsstest ein zerknülltes Blatt Papier aus dem Müll retten.« Es folgten ein paar nicht enden wollende Sekunden der Stille. »Bitte, Didier, es ist wichtig … Es geht um Nicos Muse. Ja, ja, ich verspreche es dir: Dafür ist Nico dir einiges schuldig. Ja, und ich auch. Danke, du bist ein Schatz, es wundert mich nicht, dass Céline verrückt nach dir ist. Bis gleich. Danke!«

»Was hat er gesagt?«

»Du hast es ja gehört: Du bist ihm was schuldig.«

Ich stürzte mich auf Charlotte und überschüttete sie mit Küssen, während ich ihr immer wieder für diesen genialen Einfall dankte.

Dann starrten wir beide auf den Monitor, auf dem der arme Didier zu sehen war, der in dem Müllsack nach einem zusammengeknüllten Blatt Papier suchte, um eine Zeichnung zu finden, die, wieso auch immer, für mich lebenswichtig war.

Etwa zwanzig Minuten später erschien Didier mit der Papierkugel im Kontrollzentrum. Er drückte mir den zerknüllten Zettel in die Hand und ließ mich schwören, dass sich die Mühe lohnen würde.

Diesmal ging ich direkt nach Hause. Denn die Ruhe unter dem Sternenhimmel in einem öffentlichen Park reichte mir nicht mehr aus. Ich brauchte die Intimität meiner vertrauten Umgebung, weil ich mich fühlte, als ob ich jemandem die Kleider auszöge, was für alle Beteiligten ein intimer Akt ist, der größtes Vertrauen voraussetzt. Langsam entfaltete ich das Papier auf meinem Schreibtisch und sah mich einer neuen Botschaft gegenüber, die mit den Ästen eines vertrockneten Baumes geformt war, in einem toten Wald in der nächtlichen Dunkelheit:

Warum nur bin ich auf dieser Welt?

Als ich diesen Satz las, wurde ich von einer Welle der Angst erfasst. War die letzte Botschaft noch eine Frage gewesen, die nach einer Lösung zu streben schien, schien die Frau im gelben Mantel nun an einem Punkt angekommen zu sein, wo es keinen Ausweg mehr gab. Ich sank auf mein Sofa, was ein wenig Staub aufwirbeln ließ, der gleich darauf wieder auf den Boden zurücksank.

Verdammt, Nico, du hast es mit der traurigsten Frau auf der Welt zu tun. Wenn du sie tatsächlich kennenlernst, wird sie dir nur Probleme bringen. Und dein Leben ist doch schon kompliziert genug!

Aber das arme Mädchen! Warum fühlt sie sich wohl so? Ihr muss etwas Schlimmes passiert sein. Vielleicht hat sie ihre Familie verloren. Na ja, etwa so wie ich. Oder sie ist todkrank …

Das wäre noch schlimmer! Wenn du sie kennenlernen würdest und sie kurz darauf stirbt, würde dir das nur Leid bringen.

Aber ich könnte sie bis zu ihrem letzten Tag auf dieser Welt glücklich machen …

Diese Gedanken ließen mich spüren, was es hieß, gemischte Gefühle zu haben: Einerseits freute mich die Vorstellung, sie bis zum Ende ihres Lebens glücklich zu machen, und andererseits machte es mich furchtbar traurig, wenn ich daran dachte, dass ich sie schon bald wieder verlieren könnte.

Jetzt hör mit dem Blödsinn auf! Genug damit! Schließlich kennst du sie doch gar nicht. Vielleicht ist es wirklich eine Verrückte, also: Vergiss! Sie! Und konzentriere dich endlich auf das, was du zu tun hast!

Nach diesem letzten Gedanken schlief ich auf dem Sofa ein, bis die Sonne mich weckte.

6

Die halbe Nacht über kamen mir jede Menge Ideen für mein Buch, sodass ich mich am Morgen, ohne auch nur einen Bissen zu mir genommen zu haben, auf meinen Wackelstuhl setzte und zehn Seiten am Stück in die Maschine hackte. Als ich die erste Pause einlegte, war es bereits mittags, und wenig später musste ich zur Arbeit gehen. Also legte ich mein Werk zur Seite – ganz vorsichtig auf einen ordentlichen Stapel (ich hatte das Gefühl, die Blätter könnten sich auflösen, wenn ich sie nicht umsichtig genug behandelte) – und machte mich auf den Weg zu Carols Bistro. Dort wollte ich etwas essen und ein wenig mit ihr plaudern.

In dem Bistro war nicht viel los, sodass Carol mir bereits nach zehn Minuten auf einem der alten runden Holztische das Essen servierte und sich einen Moment zu mir setzte, um über den Kandidaten unserer Wahl zu sprechen: Alois Le Brun. Sie erzählte mir, dass ihr auf seiner Kleidung ein paar feine weiße Haare aufgefallen waren, die von einer Katze stammen könnten. Wir stießen darauf an, den richtigen Mann ausgewählt zu haben, denn wenn er wirklich ein Haustier hatte, war das ein weiterer Punkt, den er mit Monsieur Briand gemeinsam hatte. Der musste jetzt nur noch aus dem Urlaub wiederkommen, damit wir endlich loslegen und sein Leben mit dem des Lehrers vereinen konnten.

Aber wie ich bereits erwähnt hatte, liebe Freunde, ereigneten sich in der Zeit, in der mein Chef verreist war, eine Menge Dinge.

An diesem Tag musste ich mich beeilen, um pünktlich zu meinem Arbeitsplatz im Kontrollzentrum der Metro zu gelangen. Doch das Gespräch mit Carol hatte sich wie immer gelohnt – genau wie das Essen: Sie hatte eines ihrer begehrten Gewürzbrote gebacken und in einen köstlichen Hamburger mit Ziegenkäse und Tomaten verwandelt. Und zum Nachtisch gab es Teegebäck mit Kardamom. Diese Köstlichkeiten waren unvergleichlich. In ganz Paris gab es kein Lokal (weder bei Angelina, noch bei Ladurée noch bei dem berühmten Pierre Hermé), das an die Qualität dieser Plätzchen herankam.

Céline wartete bereits ungeduldig darauf, dass ich sie ablöste, da sie mit einem ihrer Söhne zum Kieferorthopäden musste.

Charlotte hingegen würde erst eine Stunde später eintreffen, da sie einen Termin im Krankenhaus hatte, sodass ich die erste

Zeit die Kameras allein überwachen musste. Genauso eilig wie ich hereinstürzte, verließ Céline die Zentrale und ließ mich allein mit den Monitoren zurück. Ich war gerade dabei, ein paar Kameras an der Gare du Nord zu überprüfen, da Céline mich informiert hatte, dass es dort am Morgen ein paar Ausfälle gegeben hatte, als die interne Leitung blinkte. Es war Didier, der genau wie ich gerade die Nachmittagsschicht begonnen hatte.

»Hallo, Didier, was gibt's?«

»Ich glaube, dass ich direkt vor mir soeben deine Muse entdeckt habe.«

Nachdem mein Herz nach dem Spurt zum Kontrollzentrum schon heftig ins Klopfen geraten war, brachten Didiers Worte meinen nicht gerade häufig geforderten Herzmuskel ans Limit.

»Wo bist du?«, brachte ich heraus, während ich die Monitore absuchte. »Ich sehe dich nicht.«

»Kamera 6H. Ich winke dir gerade.«

Genau in diesem Moment entdeckte ich seine winkende Hand. Und tatsächlich befand sich meine Muse direkt in seiner Nähe.

»Bitte, Didier, tu nichts Unüberlegtes!«

»Keine Sorge, ich will sie mir nur mal aus der Nähe anschauen. Außerdem hat sie, wie du siehst, gerade ihr Handy herausgenommen. Sie hat wohl einen Anruf bekommen.«

Und so war es: Ich konnte sehen, wie meine Traumfrau das Handy, das sie aus der üblichen grünen Tasche gezogen hatte, mit fragendem Gesicht ans Ohr hielt.

»Didier, könnte ich dich um einen Gefallen bitten?«

»Oh Gott! Bitte sag jetzt nicht, dass ich wieder im Müll wühlen muss!«

»Nein, nein, etwas ganz anderes. Ich möchte nur, dass du zu ihr hinübergehst und zuhörst, was sie sagt. Aber ganz unauffällig, hörst du?« Einen Moment fürchtete ich, dass Didier Nein sagen könnte, weil ich mich wie ein Stalker verhielt, der einer fremden Frau nachstellte.

»Ach so. Ja. Kein Problem.« Er beendete unsere Verbindung und ging in ihre Richtung. Jemandem, der einfach nur auf den Monitor geschaut hätte, wäre dabei sicher nichts Ungewöhnliches aufgefallen, schließlich interessierte sich niemand für die beiden, doch ich hätte Millionen dafür gezahlt, um an Didiers Stelle zu sein und ihre Stimme zu hören.

Sie hatte sich nicht von der Stelle bewegt, und mein Freund ging hinter ihr auf und ab wie irgendein Wachmann, der sich an seinem Arbeitsplatz aufhält. Ich jedoch wusste, dass er aufmerksam auf jedes Wort lauschte, das aus ihrem Mund kam.

Der Zug fuhr ein, und sie ging leichten Schritts darauf zu, ohne etwas von Didiers Gegenwart zu bemerken.

Kaum war sie weg, meldete sich Didier wieder.

»Und? Was hat sie gesagt? Wer hat angerufen?« Ich bombardierte meinen Freund mit Fragen.

»Ganz ruhig, mein Junge. Atme tief durch, dann erzähle ich es dir.«

»Okay, ich atme. Aber bitte fang schon mal an zu erzählen.«

»Also gut: Ich habe kein Wort verstanden.«

»Was?«

»Du hast richtig gehört: Ich habe absolut nichts verstanden. Kein Wort.«

Er nahm mich auf den Arm. Anders konnte es nicht sein.

»Jetzt mal im Ernst, Didier. Das ist wirklich wichtig für mich. Was hast du gehört?« Ich bemühte mich, meine Erregung in den Griff zu kriegen.

»Sie hat Englisch gesprochen, Nico. Ich glaube, sie ist Amerikanerin.«

»Englisch?« Konnte sie eine Touristin sein? Das würde zu dem Umstand passen, dass sie nur eine Tasche und einen Mantel hatte. Aber wenn sie Amerikanerin war, würde sie irgendwann wieder in ihre weit entfernte Heimat zurückreisen.

»Ja, Englisch, wie in den Liedern von Michael Jackson.«

»Und denkst du nicht, sie könnte auch Engländerin sein?«

»Oder Australierin, das wär's noch.« Noch schlimmer!

»Und du hast gar nichts verstanden? Nicht ein Wort?«

»Nein, du Nervensäge! Hab ich doch schon gesagt. Aber mir ist aufgefallen, dass sie am Anfang ziemlich verwundert war, so als hätte sie den Anruf nicht erwartet. Das hat sich dann gelegt.«

»Schön ... Und wie war ihre Stimme?«

»Wie, wie war ihre Stimme? Eine weibliche Stimme, du Dummkopf, die einer Frau, würde ich sagen.«

Manchmal vergaß ich, dass Didier aus einer anderen Generation stammte, in der solche Details bei den Männern eher weiter hinten auf der Prioritätenliste standen.

»Ist schon gut, vielen Dank, Didier. Jetzt schulde ich dir noch etwas, notier es dir.«

Inzwischen wusste ich schon eine ganze Menge über meine Muse: Sie konnte wunderbar zeichnen, sie fragte sich nach dem Sinn des Lebens und wie es weitergehen sollte, sie mochte Kinder, sie duftete süß und frisch, aber nicht aufdringlich, und sie war möglicherweise Amerikanerin.

Auch wenn mir der Grund unerklärlich war, machte es mich jedes Mal, wenn ich etwas Neues über sie erfuhr, ausgesprochen glücklich. So ist das eben, wenn man sich verliebt: Jede Einzelheit, so winzig sie auch ist, scheint einem die beste und außergewöhnlichste Besonderheit der ganzen Welt zu sein.

Dabei betete ich – und zwar in jeder Minute, wenn ich an sie dachte –, dass sie genauso über die Besonderheiten, die mich, Nicolas Cambril, ausmachten, denken würde, wenn wir uns eines Tages kennenlernen würden – falls dieser Moment überhaupt kommen sollte.

7

Am nächsten Tag war nachmittags in der Kontrollzentrale und in den Gängen der Metrostation Ópera der Teufel los. Wenn jemand mitbekommen hätte, was wir anstellten, hätte er gedacht, sich in einer Komödie von Woody Allen zu befinden. Und nun werdet ihr, meine lieben Leser, zu stummen Zeugen dessen werden, was passierte.

Nachdem ich die letzte Botschaft gelesen hatte, die meine Traumfrau in den Abfalleimer geworfen hatte, zog ich Hunderte von Schlüssen, grübelte darüber nach und konnte nicht aufhören, davon zu reden. Ich überzeugte mich selbst und meine Kollegen, dass die arme Frau sich in einer sehr heiklen Lage befinden musste und wir sie früher oder später in Tränen aufgelöst auf einem der Bahnsteige, die sie üblicherweise nutzte, vorfinden würden. Daher waren wir alle ein wenig … Wie soll ich sagen … *übersensibilisiert*. Kurz gesagt: Wir fürchteten, dass die junge Frau irgendeine Dummheit machen könnte.

Der Nachmittag begann ohne irgendwelche ungewöhnlichen Vorfälle. Karim war zur Morgenschicht eingeteilt gewesen, sodass Fanny, die Kampfkünstlerin, diesen Tag auf der anderen Seite der internen Leitung mit mir verbrachte. Im Kontrollzentrum war Charlotte an meiner Seite, leicht erkältet, nachdem sie das Wochenende mit ein paar Freundinnen im Gebirge verbracht hatte. So gegen sechs betrat die Frau mit dem gelben Mantel unerwartet die Metrostation Opéra. Ich wartete voller Hoffnung darauf, dass sie mir erneut über die Kamera am Eingang ein Lächeln schenken würde, doch stattdessen wurde mir, als ich ihr Gesicht sah, sofort klar, dass sie sehr traurig war. Sie hatte rot verweinte Augen und dunkle Schatten darunter.

Ich folgte ihr über die Monitore bis zum Bahnsteig. Der nächste Zug ließ noch auf sich warten. Auf dem Bahnsteig gegenüber warteten drei Leute auf den Zug aus der anderen Richtung, während sie ganz allein auf ihrer Seite war.

Mit einem Mal fiel mir auf, dass sie sich Schritt für Schritt der Bahnsteigkante näherte. Dabei ließ jeder Zentimeter, den sie vorankam, mein Herz heftiger schlagen, während gleichzeitig das Gift der Angst durch meine Adern kroch. Ich fürchtete, dass sie etwas Unüberlegtes tun könnte. Und diese Furcht wurde schließlich so stark, dass ich kaum noch atmen konnte.

Charlotte merkte es sofort.

»Ist sie das?« Es war eher eine Feststellung als eine Frage.

»Ja … Was, glaubst du, macht sie da?«

»Mhm … Ich weiß es nicht, aber sie geht verdammt nah an die Bahnsteigkante heran, oder?« Ihr Kommentar verstärkte meine Angst: Wollte diese Frau etwa auf die Gleise springen? Sich vor den Zug stürzen? Wäre sie dazu fähig?

»Verdammt! Wenn außer ihr noch jemand da wäre … Aber sie ist ganz allein … Sie starrt auf die Gleise, oder? Schaut die ganze Zeit nach unten. Vielleicht ist sie nicht ganz bei sich.«

»Nico, ich an deiner Stelle würde Fanny anrufen. Sie steht wirklich extrem nah an der Bahnsteigkante.«

Gesagt, getan: Ich meldete mich über die interne Leitung, und unsere Kampfkünstlerin antwortete auf der Stelle.

»Fanny! Ich glaube, meine Muse will sich umbringen!«

»Was sagst du da? Bist du verrückt geworden?«

»Hör auf ihn, Fanny, geh schnell zum Haupteingang!« Charlotte, die inzwischen nervöser war als ich, riss mir das Telefon aus der Hand und befahl Fanny lautstark, dass sie die junge Frau sofort retten solle.

Fanny lief also los, um das Schlimmste zu verhindern. Ihr könnt euch nicht vorstellen, wie schnell sie rennen kann. Man glaubt es nicht, wenn man sie sieht, zierlich, wie sie ist. Sie ist schnell wie der Blitz und äußerst geschickt. Und kräftig. Denn das, was eine Minute später geschehen sollte, bewies uns allen, dass sich in Fannys kleinem, nur vierzig Kilo schwerem Körper unglaubliche Kräfte verbargen.

Es lief ab wie in Zeitlupe: Fanny stürzte in die Gänge der Metrostation und brachte die Muskeln ihrer kurzen Beine auf Hochtouren, sodass sie schon nach wenigen Sekunden bei meiner suizidgefährdeten Muse war. Jeder andere hätte sich vorsichtig genähert, doch Fanny, von unserer Angst angesteckt, stürzte sich auf sie, riss sie zurück und hielt sie im Klammergriff, sodass sie sich keinen Millimeter mehr bewegen konnte.

Über die Kameras sahen wir, dass meine Muse wütend versuchte, sich von Fanny zu befreien, und wie diese sie ein paar Sekunden später mit zerknirschter Miene losließ, sich aufrichtete und immer wieder entschuldigte und schließlich aus dem Bild verschwand. Meine Traumfrau zog sich den Mantel zurecht, hob ihre Tasche auf und sagte etwas zu den Leuten auf dem gegenüberliegenden Bahnsteig, die das Ganze beobachtet hatten.

Ein paar Sekunden später klingelte es auf der internen Leitung.

»Du bist ein Vollidiot, Nico! Wegen dir habe ich mich zum Affen gemacht! Sie hat sich ein Buch angesehen! Ein Kinderbuch, das auf den Gleisen lag! Sie hatte überhaupt nicht vor, sich umzubringen, du Rindvieh!«

Nun wusste ich noch etwas über sie. Eigentlich waren es sogar zwei Dinge. Erstens: Sie hatte nicht vor, Selbstmord zu begehen. Zweitens: Sie mochte Kinderbücher. Genau wie ich.

8

Ich musste zugeben, dass ich mich unvorstellbar lächerlich gemacht hatte. Außerdem fühlte ich mich schuldig – was hatte ich der armen Fanny angetan! –, sodass ich sie, bevor ich an diesem Abend das Kontrollzentrum verließ, zu einem Bier einlud. Charlotte schloss sich uns an, und zu dritt setzten wir uns im Marais-Viertel auf die Terrasse einer Bar.

Kaum dass Fanny uns sah, begann sie zu lachen und versetzte mir einen kameradschaftlichen Stoß. Zumindest war sie nicht mehr wütend.

Unterwegs entschuldigten Charlotte und ich uns bei ihr dafür, dass wir sie so aufgelöst angerufen hatten. Wir mussten zugeben, dass wir, hätte es sich um jemand anderen gehandelt, wahrscheinlich gar nicht auf den Gedanken gekommen wären, dass derjenige sich vor den Zug werfen wollte. Doch wenn Gefühle im Spiel sind, trifft der Kopf nicht immer die besten Entscheidungen.

»Sie ist stärker, als ich gedacht habe«, meinte Fanny nach einer Weile plötzlich. »Sie ist größer als ich, nicht viel, glaub das nicht«, sagte sie, an mich gewandt, »doch so schlank, wie sie ist, hätte ich nicht gedacht, dass sie eine solche Kraft aufbringen kann. Und sie ist Amerikanerin.«

»Und woher willst du wissen, dass sie nicht aus England kommt? Oder aus Australien?«, fragte Charlotte.

»Weil mein Freund aus Philadelphia stammt, und dieses Mädchen hat den gleichen Akzent. Deswegen glaube ich, dass sie Amerikanerin ist.« Wir nickten. »Nico, vielleicht ist die Frage, die mir auf der Zunge brennt, indiskret, aber nach dem Vorfall heute Abend denke ich, dass ich das Recht habe, sie zu stellen.«

»Sicher, nur raus mit der Sprache.« Ich wusste, dass ich bei Fanny etwas wiedergutzumachen hatte, und ein paar persönliche Fragen zu beantworten schien mir ein angemessener Preis zu sein.

»Warum hast du eigentlich noch nicht versucht, sie kennenzulernen?«

Die Frage traf mich völlig unvorbereitet. Außerdem sorgte Charlottes durchdringender Blick von der anderen Seite des Tisches her dafür, dass ich mich ein wenig unwohl fühlte.

»Na ja … Ich weiß nicht … Ich habe noch so viele andere Dinge im Kopf.«

Die beiden sahen mich an, als erwarteten sie, dass ich ihnen ein Geheimnis anvertraue. »Ich weiß nicht, was ich sagen soll … Da ist zunächst mal meine Mutter, die im Altersheim ist. Dann die Arbeit, die viel Aufmerksamkeit fordert.« Als ich das sagte, nickte ich eilig, als müsste ich mich selbst davon überzeugen. »Dazu die Sache mit Monsieur Briand … Und das mit Karim.«

»Was ist mit Karim?«

»Ah … ihr habt keine Ahnung. Sprecht ihn nicht darauf an, ihr wisst ja, wie er ist.« Die beiden nickten, diesmal jedoch sah man ihnen an, dass sie gespannt waren, den neuesten Klatsch zu erfahren. »Karim versucht gerade Zoe zurückzuerobern; er liebt sie nämlich noch immer …«

»Ich wusste es!«, rief Charlotte mit einem Blick auf Fanny aus. »Ich hab es euch gesagt, oder nicht? Hm?«

»Bitte, sprecht ihn wirklich nicht darauf an. Ich habe ihm vorgeschlagen, dass er ins Stadtzentrum ziehen könnte, damit Zoe sieht, dass sie auf ihn zählen kann. Und nun ist er davon überzeugt, dass er ihr genau das beweisen muss.«

»Guter Junge, besser spät als gar nicht.« Fanny hob ihr Glas und stieß mit Charlotte an. Dann trank sie ein paar Schlucke und kam auf das ursprüngliche Thema zurück. »Aber, Nico, all das, was du aufgezählt hat, hindert dich doch nicht daran, jemanden kennenzulernen.«

»Doch, das tut es. Denn es nimmt mich die ganze Zeit über in Anspruch, und es ist wichtig. Zumindest für mich.«

»Ich weiß nicht, Nico … Wenn jeder so denken würde wie du, gäbe es weder Paare noch Kinder. Und wenn dem wirklich so wäre, würden wir aussterben, oder nicht?«

»Ganz genau, Fanny.« Charlotte ergriff das Wort, um sie zu unterstützen. »Wenn alle Leute sich von ihren täglichen Plichten erdrücken ließen, hätte niemand mehr ein eigenes Leben. Nico, hör auf, dich nur mit anderen zu beschäftigen, und denk auch mal an dich.«

»Du hörst dich an wie mein Vater.«

»Ich bin mir sicher, dass dein Vater ein sehr weiser Mann war. Er hätte mir sicher gefallen«, sagte Charlotte, wobei sie mir zulächelte.

»Und du ihm ganz sicher auch.«

»Übrigens«, Fanny führte uns einmal mehr zum eigentlichen Thema des Gesprächs zurück, »habe ich sie ein paarmal auf dem Montmartre gesehen.«

»Wen?«, fragte Charlotte.

»Wen glaubst du wohl, Sherlock? Seine Muse, du Trantüte.«

»Auf dem Montmartre, sagst du?« Das schien mir logisch, denn schließlich stieg sie dort immer aus dem Zug.

»Ja. Mein Freund wohnt dort oben, und, na ja, ich bin bis heute noch nicht dazu gekommen, es dir zu sagen, aber ich habe sie schon mehrfach am Square Jehan-Rictus sitzen sehen.«

»Wo?«

»Stimmt, den Namen kennt keiner … Ich meine, in der Grünanlage, wo sich die ›Ich-liebe-dich-Mauer‹ befindet.«

»Oh, wie schön …«, sagte Charlotte sarkastisch. »Es konnte ja nur da sein: an der ›Ich-liebe-dich-Mauer‹! Vielleicht wartet sie dort auf dich, Nico«, brachte sie noch heraus, bevor sie in Gelächter ausbrach.

Ich lief durch die dunklen Straßen der Stadt nach Hause, wobei mir das Gespräch mit meinen beiden Kolleginnen nicht aus dem Kopf ging. Dabei ließ ich keine Pfütze aus und trat hinein, sodass das Wasser über den Gehsteig spritzte. Alle Leute, mit denen ich zu tun hatte, waren sich stets über eines einig: »Du musst öfter mal an dein eigenes Glück denken, Nico.«

Aber was hieß das schon – eigenes Glück? Merkte den keiner, dass ich glücklich war, wenn ich andere glücklich machen konnte? Außerdem war ich mit sehr wichtigen Dingen beschäftigt, wie sollte ich mich da auf diese Frau konzentrieren?

Ich schlenderte weiter und kam an einer Buchhandlung vorbei, deren Schaufenster im Dunkeln lag, dennoch konnte ich erkennen, dass dort jede Menge Kinderbücher auf einem Stapel lagen, um den herum ein paar Stofftiere platziert worden waren. Ich sah genauer hin und stellte fest, dass es nur ein einziges Buch war, das dort im Stapel lag, und zwar genau das, was mein Verleger neulich erwähnt hatte. Ich ging weiter, äußerst verwirrt, und ärgerte mich über mich selbst, dass ich so durch den Wind war.

Mensch, Nicolas, jetzt reiß dich zusammen! Denk einfach mal nach! Was ist jetzt das Wichtigste?

Das Wichtigste? Mein Buch zu beenden. Ansonsten bin ich verloren. Und nicht nur ich, sondern auch meine Mutter. Ohne das Buch kann ich ihren Platz im Seniorenheim nicht mehr bezahlen. Das darf nicht passieren!

Mein Buch und meine Mutter kommen für mich an erster Stelle. Dann meine Freunde und dass es ihnen gut geht. Und dann ich. Oder diese junge Frau. Was das angeht, bin ich mir nicht sicher.

Direkt vor mir trat ein Paar eng umschlungen aus einem Hauseingang. Die beiden bemerkten mich gar nicht. Sie gingen dicht aneinandergeschmiegt, küssten sich und lachten unter dem milden Licht der Sterne. Ich sah zu, wie sie die Straße überquerten, und blickte ihnen nach, bis sie hinter der nächsten Ecke verschwanden. Dann setzte ich meinen Weg fort und ließ meinen Gedanken freien Lauf.

Ich weiß nicht … Aber da ist noch etwas … Was ich irgendwie nicht in Worte fassen kann. Da ist etwas, was mir sagt, dass diese Frau mein Leben verändern könnte.

Und wenn ich sie kennenlerne und wir uns nicht mögen? Abgesehen davon, dass ich zu Tode enttäuscht wäre, hätte ich jede Menge Zeit verloren und den Elan, endlich mein Buch zu schreiben.

Andererseits könnte es auch sein, dass sie mir so sehr gefällt und mich so glücklich macht, dass wir gemeinsam ein neues Leben beginnen könnten.

Uff … Aber gibt es so etwas überhaupt? Ist die Liebe nicht nur eine Erfindung der Menschen, um das Leben zu ertragen? Scheint es nicht völlig absurd, dass jemand, den man bisher nicht kannte, plötzlich deine Welt verändert, dein Leben, deine Art zu denken, das, was dir wichtig ist und dich glücklich macht?

Ich atmete tief durch und seufzte.

Nicolas Cambril … Du bist völlig durcheinander. Das ist das Einzige, was du sicher weißt.

Nein, das ist nicht das Einzige, was ich weiß. Ich weiß auch, dass diese Frau mir gefällt. Sehr. Mehr als jede andere, die ich bisher kennengelernt habe. Und ich weiß noch etwas: dass ich Angst habe. Dass ich Angst habe, meine Inspiration zu verlieren, meiner Mutter zu schaden, Angst, die Zeit zu vergeuden und meinen Freunden nicht helfen zu können. Ich habe Angst, mein Leben auf den Kopf zu stellen.

Oje, vielleicht geht es mir genau wie Karim, vielleicht brauche auch ich meinen Freiraum.

Aber welchen Freiraum denn, du Dummkopf? Du hast doch gar nichts im Leben. Selbst wenn sie dein Leben auf den Kopf stellen würde, woran solltest du es bemerken?

Was ich tatsächlich nicht bemerkt hatte, war, dass ich in meiner Straße angekommen war und auf dem Gehsteig gegenüber dem Haus stand, in dem sich meine Mansarde befand. Ich betrachtete die Fassade von unten nach oben, sah schließlich über das Vordach hinweg. Mein Blick verlor sich zwischen Millionen Sternen, die in dieser Nacht die Stadt Paris schmückten und zum Strahlen brachten, und ich stellte mir eine letzte Frage:

Gut, Nicolas, entscheide dich: Willst du sie nun kennenlernen oder nicht?

Ich dachte nicht einmal eine Sekunde über die Antwort nach, denn ich war mir ganz sicher:

Ja, ich will sie kennenlernen. Und zwar so schnell wie möglich!

IV

GESEGNET SEI DER SCHMERZ, DEN DAS GLÜCK MIT SICH BRINGT.

1

Also, meine Freunde, in dieser mondlosen Nacht, die jedoch voller Sterne war, kam ich zu dem Schluss, dass ich es wagen sollte. Ich setzte mir endgültig zum Ziel, diese Frau kennenzulernen und uns – natürlich nur, wenn sie wollte – eine Chance zu geben. Letztendlich schien alles darauf hinzuweisen, dass sie und ich auf besondere Art miteinander verbunden waren, denn wie groß wäre ansonsten die Wahrscheinlichkeit, dass sie an jenem Tag genau in dem Moment in die Kamera lächelte, als ich es sah? Oder dass sie mir immer wieder über die Kameras in der Metro ins Auge fiel?

Die Freude über meine Entscheidung trug dazu bei, dass meine Geschichte in jener Nacht noch konkrete Gestalt annahm. Bisher hatte ich viele gute Einfälle gehabt. Allerdings waren einige davon zwar hervorragend, passten aber nicht zur eigentlichen Handlung. Und in dieser Nacht gelang es mir, motiviert und hoffnungsvoll wie ich war, jeden Satz, den ich geschrieben hatte, an der richtigen Stelle einzufügen. Ich begann mit etwa zwanzig Seiten, auf denen ich die Einfälle notiert hatte, die mir gekommen waren, nachdem ich die Zeichnungen der jungen Frau gesehen hatte, und am Ende blickte ich stolz auf fünf wunderschöne Seiten, die den ersten Teil von den vieren einleitete, in die ich meine Geschichte zu unterteilen gedachte. Ich war auf dem richtigen Weg. Hochzufrieden und glücklich darüber, dass ich beschlossen hatte, die junge Frau zu einem Kaffee einzuladen, legte ich mich selig ins Bett und schlief tief und fest bis zum späten Morgen.

Am nächsten Tag verließ ich die Wohnung, ohne zu frühstücken, und kaufte eine Fahrkarte, um meine Mutter in Mont des Fleurs zu besuchen. Der Unterschied zu meinen vorherigen Besuchen bestand darin, dass ich diesmal beschloss, bereits vor dem Essen zu ihr zu fahren, damit ich am späten Nachmittag wieder in Paris sein konnte, um an der Metrohaltestelle Abbesses nach meiner Muse zu suchen.

Im Zug überlegte ich, wie ich vorgehen wollte: Ich würde einfach von sieben bis acht Uhr am Ausgang der Metrostation auf sie warten. Und wenn ich sie dort auf dem Hinweg nicht antraf, würde ich einen Spaziergang durchs Viertel machen, bis sie gegen halb zehn für den Rückweg wieder die Metro nahm.

Mont des Fleurs war wunderschön mit all den Töpfen voller bunter blühender Blumen: Lilien, Oleander, Margeriten, Kamelien … Der Duft in den frühlingshaften Straßen war neben den bunten Fensterläden das Markenzeichen des Ortes. Die Einwohner waren immer sehr stolz, ihre Pflanzen vorzeigen zu können, und erklärten jedem, der es hören wollte, wie sie begonnen hatten, ihre Fensterläden in allen Farben zu streichen, um sie für jeden Besucher, der durch die Straßen ging, zu etwas Besonderem zu machen. Es gab ein altes Sprichwort, das in etwa so lautete: »Wer einmal in diesen Ort kommt, der kommt in weniger als einem halben Jahr wieder. Und nach weniger als einem halben Leben kommt er zurück, um für immer zu bleiben.«

Diese ganze Schönheit, die mir jedes Mal ein Lächeln entlockte, stand im krassen Gegensatz zu dem, was ich kurz darauf vorfand. Suzanne, die am Empfang im Seniorenheim saß, erzählte mir niedergeschlagen, dass es meiner Mutter die ganze Woche über schon nicht gut gegangen sei. Zunächst hatten sie gedacht, sie hätte sich nur ein wenig erkältet, weshalb sie beschlossen hatte, mich nicht anzurufen, doch die Tage vergingen, ohne dass ihr Zustand sich veränderte, sodass sie sie an diesem Morgen gefragt hatten, ob es ihr gut gehe.

»Natürlich geht es mir nicht gut! Ich habe viel zu lange meinen Mann schon nicht mehr gesehen! Könnte mir jetzt vielleicht endlich mal einer sagen, wo er ist?«

Meine Mutter vermischte ihre Erinnerungen mit der Wirklichkeit, und wenn beides nicht zusammenpasste, war sie verwirrt, verletzbar und sehr unglücklich. Das war das schlimmste Stadium der Krankheit. Eigentlich war sie ein sehr freundlicher und dankbarer Mensch und hatte immer ein Lächeln und ein paar nette Worte für jeden in ihrer Umgebung. Doch an diesem Morgen war ihre unendlich scheinende Geduld erschöpft, weil sie so vieles nicht mehr verstand, und sie beschimpfte die Pflegerinnen, die ihr sagen sollten, wo ihr Mann sei.

»Bitte beruhigen Sie sich, ich erkläre es Ihnen«, hatte eine der Pflegerinnen gesagt.

»Gut, dann los, ich mache mir langsam Sorgen, denn ich habe ihn schon lange nicht mehr gesehen.«

»Wissen Sie, meine Liebe, Ihr Mann ist schon vor Jahren gestorben. Erinnern Sie sich? Wenn Ihr Sohn kommt, gehen Sie doch immer mit ihm zum Friedhof, um Ihrem Mann Blumen zu bringen. Fällt es Ihnen wieder ein?«

Meine Mutter nickte nicht wirklich überzeugt, doch die Erklärung schien sie zu beruhigen.

Als ich am Mittag kam, war die Krise bereits vorüber. Ich traf meine Mutter in der Bibliothek des Seniorenheims an, wo sie an einem Tischchen saß und sich ein paar Bücher ansah, die speziell für ältere Menschen mit Gedächtnisproblemen gedacht waren.

»Hallo, Mama, wie schön, dich zu sehen.« Vorsichtig umarmte ich sie.

»Hallo. Entschuldigen Sie, Herr Doktor, aber ich erinnere mich nicht an Ihren Namen.« Neugierig sah sie mich an.

»Mama, ich bin es, Nico, dein Sohn. Der, der dir geholfen hat, Schokoladenkekse zu backen und die Vanillesauce zu kochen, die keiner so gut macht wie du …«

Sie schien das Interesse an mir zu verlieren und blätterte wieder in ihrem Buch.

Da sie noch nichts gegessen hatte, gingen wir nach einer Weile gemeinsam zum Speisesaal des Heims hinüber. Nach dem Essen nahm ich ihre Hand.

»Weißt du was, Mama?« Sie sah mich mit ihrem hübschen Lächeln an. »Ich habe jemanden kennengelernt. Na ja, ich werde sie heute Abend kennenlernen. Und ich glaube, sie wird dir gefallen.«

»Ich mag lieber Apfelkuchen und du?«, sagte sie.

Auf dem Rückweg nach Paris war ich ziemlich bedrückt. In den drei Stunden, die ich mit meiner Mutter verbracht hatte, hatte sie nicht einen klaren Moment gehabt. Und das machte mich unglaublich traurig, ohne dass ich etwas dagegen tun konnte. Zumindest hatte sie mich umarmt, als ich mich verabschiedete, und mir gesagt:

»Herr Doktor, bitte kommen Sie bald wieder, ich bin so gern mit Ihnen zusammen. Sie sind ein lieber Mensch, sehen so gut aus und sind sympathisch. Kommen Sie bald wieder.« Das war immerhin etwas.

Da ich sehr müde war und noch ein wenig Zeit hatte, beschloss ich, erst einmal nach Hause zurückzukehren und mich ein bisschen hinzulegen, bevor ich mich auf den Weg zum Montmartre machte. Außerdem wollte ich mich auf den großen Moment vorbereiten. Ich hatte mich seit mehreren Tagen nicht mehr rasiert und wollte saubere Kleidung anziehen, damit meine Traumfrau mich im allerbesten Zustand sah.

Dummerweise vergaß ich jedoch, meinen Wecker zu stellen. Und schlief tief und fest ein.

Als ich die Augen öffnete, wusste ich im ersten Moment gar nicht, wo ich war, noch was ich vorhatte – bis ich auf mein Handy schaute und feststellte, dass es bereits fünf nach sieben war.

»Mist!«, schrie ich und sprang aus dem Bett.

Ich warf mir die erstbesten Kleidungsstücke über, die mir in die Finger kamen, und hatte weder die Zeit zu duschen, noch mich zu rasieren oder darüber nachzudenken, in welchen Klamotten ich wohl am attraktivsten aussah. Dann stürzte ich aus der Wohnung und knallte die Tür hinter mir zu, und erst als diese ins Schloss fiel, wurde mir klar, dass ich den Schlüssel und mein Handy drinnen auf dem Tisch hatte liegen lassen.

»Gut, darum kümmere ich mich später …«

Ich lief die Treppen hinunter, immer drei Stufen auf einmal nehmend, wich der alten Madame Comélier aus, die drei Einkaufstaschen heraufschleppte und beinahe die gesamte Breite der Treppe einnahm, und bevor ich nach draußen hechtete, wäre ich fast gegen die schwere hölzerne Eingangstür geknallt.

So schnell ich konnte, rannte ich die Straße zum Eingang der Metrostation entlang und durch die Gänge bis zum Bahnsteig. Die Leute sahen mir nach, doch das war mir egal; der einzige Gedanke, der mich beschäftigte, war, früh genug da zu sein, um mit ihr reden zu können. Auf dem letzten Treppenabsatz der Metro spürte ich bereits den Wind, der dem einfahrenden Zug vorausging. Also nahm ich die letzten sechs oder sieben Stufen in einem Satz und schaffte es gerade noch, in den Zug zu springen, der sich eine Sekunde später in Bewegung setzte. Ich ließ mich auf dem letzten freien Platz nieder und konnte ein Lächeln nicht unterdrücken. Tatsächlich: Die Liebe konnte Berge versetzen.

Als mir bewusst wurde, dass die Leute, die mir mit stumpfsinnigen Gesichtern gegenübersaßen, mich angesichts meines seligen Grinsens seltsam anstarrten, riss ich mich zusammen. Mit diesem für die Fahrt in der Metro völlig unangemessenen Gesichtsausdruck hatte ich sie wohl erschreckt. Also wischte ich mir den Schweiß von der Stirn und beruhigte mich. Äußerlich zumindest, denn in Wirklichkeit wurde ich jetzt erst richtig nervös. Nur ein paar Haltestellen trennten mich noch von meiner Traumfrau.

An diesem Abend strahlte die Sonne noch mit aller Kraft und blendete mich, kaum dass ich auf die Place des Abbesses hinaustrat.

Die Bäume auf dem Platz stellten ihre frischen Blätter zur Schau. Sie waren von einem derart intensiven, strahlenden Grün, dass ich für einen Moment die Augen schloss und den Geruch aufsog, der die Luft erfüllte. Die hellen Gebäude, die den Platz umstanden, bildeten einen malerischen Gegensatz zu diesem natürlichen Grün. Schon oft war ich an diesem Platz gewesen, doch niemals war er mir derart beschaulich und besonders erschienen. Ich beschloss, in der Nähe des Karussells zu warten, und richtete meine volle Aufmerksamkeit auf die Treppe am Ausgang der Metrostation. Es war bereits zwanzig vor acht und damit ziemlich sicher, dass meine Traumfrau die Metro schon vor einer Weile verlassen hatte, dennoch gab ich die Hoffnung nicht auf, sie noch am Ausgang zu entdecken. Nach acht entschied ich dann, an der Stelle auf sie zu warten, wo Fanny sie angeblich gesehen hatte. Ich überquerte den Platz und ging, mit jedem Schritt den Frühling genießend, zu der kleinen Grünanlage hinüber, in der sich die »Ich-liebe-dich-Mauer« befand. Dort suchte ich mir jenseits der von einem niedrigen grünen Zaun umgebenen Büsche eine freie Bank.

In der Grünanlage waren jede Menge Kinder mit ihren Kindermädchen. Die Frauen bildeten kleine Gruppen, in denen alle gleichzeitig redeten, und die Kinder rannten hin und her, als ob jeder Lauf ihre Energie nur noch steigerte. Ich sah auf die Uhr. Meine Traumfrau machte sich üblicherweise etwa nach einer Stunde wieder auf den Rückweg, doch nach all der Hektik, die ich hinter mir hatte, schien es mir das Beste, noch eine Weile sitzen zu bleiben und zu warten. So konnte ich mich ein wenig erholen und in Ruhe überlegen, wie ich sie ansprechen wollte, falls sie doch noch auftauchte.

Die Sonne versteckte sich immer tiefer hinter den Gebäuden, und einige Geschäfte schlossen bereits. Die Kindermädchen brachten ihre kleinen Schützlinge nach Hause. Inzwischen waren kaum noch Kinder in der Grünanlage, während der Strom der Paare, die auf der Mauer die Worte »Ich liebe dich« in ihrer Sprache suchten, nicht nachließ. Tatsächlich wurden es immer mehr. Einige machten Fotos, um den Augenblick festzuhalten, andere hielten sich nur fest umarmt und bewahrten die Erinnerung daran in ihren Herzen.

Als es bereits nach neun war, starrte ich noch immer gedankenverloren vor mich hin, während ich überlegte, wie ich sie am besten ansprechen sollte, falls sie doch noch auftauchte.

»Entschuldigung, ist der Platz noch frei?« Eine Frauenstimme mit leichtem Akzent holte mich in die Wirklichkeit zurück. Ich blickte hoch und bekam kein Wort heraus. Das war SIE! Ich starrte sie an wie ein Geistesgestörter.

»Verzeihung. Ich wollte nicht stören und nur wissen, ob der Platz neben Ihnen noch frei ist.« Die junge Frau in dem safrangelben Mantel sah mich etwas ratlos an.

Es war tatsächlich meine Muse, die zu mir gekommen war. Unter all den Bänken, die nicht voll besetzt waren, hatte sie ausgerechnet meine ausgewählt. Sie lächelte mich mit ihrem wunderhübschen Mund an, und ich verlor mich in ihren Augen.

»Äh … Sprechen Sie Französisch?«

»Oh, natürlich. Natürlich! Entschuldigen Sie, ich war in Gedanken …« Dabei hatte ich in Wirklichkeit nur an sie gedacht.

»Dürfte ich mich also setzen?«

»Sicher!« Ich rutschte so weit zur Seite, dass ich beinahe von der Bank fiel. Als ich mich wieder einigermaßen im Griff hatte, bemerkte ich, wie hübsch ihr amerikanischer Akzent klang.

»Vielen Dank«, sagte sie mit einem erneuten Lächeln, das mir jedes Denken unmöglich machte.

Noch nie hatte jemand derartige Reaktionen bei mir ausgelöst. Schlicht gesagt, waren meine Stimmbänder vollkommen blockiert, und meine Lunge streikte, sodass ich kaum atmen konnte. Meine Beine zitterten und wären kaum in der Lage gewesen, mich zu tragen.

Ich war derart überwältigt, dass der Teil meines Gehirns, der für das Sprechen zuständig ist, kein Wort mehr zustande brachte. Also blieb ich stumm am anderen Ende der Bank sitzen und versuchte irgendwie meinen Normalzustand wiederherzustellen und den Mut aufzubringen, sie zu einem Kaffee einzuladen.

Los, du Dummkopf, sag etwas!

Aber was?

Na, irgendetwas, du Idiot! Das Erstbeste, was dir einfällt!

»Äh, Entschuldigung …«

»Ja?«

Natürlich: Ihre wunderschönen, riesengroßen dunklen Augen sandten Röntgenstrahlen aus, die direkt in mein Hirn drangen und mir das Denken unmöglich machten.

»Äh, wissen Sie, wie spät es ist?«

»Zwanzig nach neun.« Sie lächelte erneut, und ich war nicht einmal in der Lage, mich zu bedanken.

Ich wandte mich ab, nachdem ich gerade noch ein lächerliches Grinsen zustande gebracht hatte, und fixierte wieder den Sand auf dem Boden der Grünanlage.

Du bist so blöd, Nicolas Cambril! Wenn dein Vater dich sehen könnte, würde er dir eine runterhauen. Los, du Schwachkopf, das ist doch nicht das erste Mal, dass du mit einer Frau sprichst!

Aber es ist das erste Mal, dass ich neben der Frau meines Lebens sitze!

Nach diesem stummen Zwiegespräch ging auf einmal alles ganz schnell: Eine blonde und zwei dunkelhaarige junge Frauen betraten gemeinsam die Grünanlage und blickten sich suchend um. Meine Traumfrau stand auf und rief:

»Hey, Julia! I'm here!«

In diesem Moment glaubte ich, dass ich sterben müsste. Sie war mit ihren Freundinnen verabredet, und ich würde sie wieder verlieren. Ich hatte die wertvollen Minuten, die ich allein mit ihr gewesen war, nicht genutzt und würde nun zutiefst beschämt zurückbleiben und zusehen, wie sie mit ihren Freundinnen verschwand. Eilig kamen die drei jungen Frauen zu uns herüber.

»Judith, oh my God! Is it really you?«

Die junge Frau, die offenbar Julia hieß, stürzte sich auf die Frau im safrangelben Mantel. Die von diesem Moment an einen Namen hatte. Denn diese Julia hatte sie gerade Judith genannt. Was mir der schönste Name in der Geschichte der Menschheit zu sein schien. Wenn ich eine Tochter hätte, würde ich sie Judith nennen. Wenn ich ein Opernkomponist wäre, würde ich meinem Meisterwerk den Titel *Judith* geben. Für mich, Nicolas Cambril, wurde der Name *Judith* in diesem Moment zum Inbegriff des Glücks.

Die jungen Damen setzten unterdessen die Feier ihres Wiedersehens fort, zuerst auf Englisch (dem Himmel sei Dank, dass mein Vater zu meinen Schulzeiten darauf bestanden hatte, dass ich diese Sprache vernünftig lernte) und dann auf Französisch, da eine der jungen Frauen, die dabei waren, kein Englisch sprach.

»Gut, Julia, es geht mir gut.« Sie lösten die Umarmung, und noch im Stehen stellte Julia ihr beiden Begleiterinnen vor.

»Also, das ist meine Freundin Chloë.« Die beiden gaben sich die Hand und umarmten sich kurz. »Sie kommt aus Lyon, und wir haben uns kennengelernt, als wir beide in Paris studiert haben. Und die andere, ich weiß nicht, ob du dich erinnerst, aber diese Bohnenstange ist meine kleine Schwester Nora.«

»Natürlich erinnere ich mich an dich, Nora! Als wir uns zum letzten Mal gesehen haben, musst du zwei oder drei Jahre alt gewesen sein, beinahe noch ein Baby.« Auch Nora umarmte meine Judith. Ich denke, dass jeder Mensch sie gern umarmt hätte.

»Etwa vor einem Jahr haben wir deinen Bruder James getroffen. Er war in Washington und ist zu meiner Geburtstagsfeier gekommen«, erzählte Julia, die damit, nachdem sie schon den Namen meiner großen Liebe verraten hatte, zusätzlich preisgab, dass sie in Washington wohnte. Also war Judith wohl tatsächlich Amerikanerin. »Ich meine mich zu erinnern, dass er sagte, du würdest in New York leben, oder?«

»Ja, genau … Aber es haben sich ein paar Veränderungen ergeben … Und jetzt bin ich hier«, erklärte Judith lachend. »Aber wie habt ihr erfahren, dass ich in Paris bin?«

»Ach kommt, wollen wir nicht irgendwo was essen gehen und uns dort weiterunterhalten?«, schlug Nora jetzt vor.

Mist! Nun würden sie gehen, und ich konnte nichts machen.

»Wenn ihr nichts dagegen habt, lasst uns noch eine Weile hierbleiben. Ich habe in einem süßen italienischen Restaurant ganz hier in der Nähe einen Tisch reserviert, der aber erst um zehn Uhr frei wird.« Diejenige, die dies sagte, war Julia, die mir, ohne es zu ahnen, ein Geschenk nach dem anderen gemacht hatte. Erwartungsvoll sah ich die anderen Frauen an.

»Natürlich! Wir können uns genauso gut hierhersetzen.«

Ich schlug erleichtert die Augen nieder, was ausreichte, um festzustellen, dass der Platz auf der Bank für alle nicht ausreichen würde. Ich schoss in die Höhe und war glücklicherweise auch wieder in der Lage, ein paar Worte zu sagen.

»Ich überlasse euch gern die Bank.«

Nachdem sie sich mehrfach bedankt hatten, suchte ich nach einem freien Sitzplatz, der möglichst in der Nähe lag. Ich fand einen direkt hinter ihnen, setzte mich mit entschuldigendem Lächeln zu einem Pärchen und stellte meine Ohren in Lauschposition.

Wenn es möglich gewesen wäre, hätte ich es wie die Katzen gemacht und sie in die entsprechende Richtung gedreht, aber auch so konnte ich jedes Wort verstehen, das sie im Garten der »Ich-liebe-dich-Mauer« von sich gaben.

»Also, Judith, dann erzähl mal: Wie kommt es, dass du jetzt in Paris bist?«

»Das ist eine lange, langweilige und deprimierende Geschichte, doch um es kurz zu machen, kann ich sagen, dass ich in New York beinahe erstickt bin. Mein Job hat mich völlig fertiggemacht. Ihr wisst, ich jammere wirklich nicht über jede Kleinigkeit, aber meine Chefin hat mich sechzig Stunden pro Woche auf Trab gehalten. Und das schon seit Langem; ich war nur noch im Stress …«

»Oh weh. Das klingt ja so, also ob du ganz schön ausgenutzt wurdest«, meinte Chloë. Die Jüngste, Nora, wirkte ein wenig abwesend und schien nicht besonders an dem Gespräch interessiert zu sein.

»Ich weiß, aber manchmal hat man keine andere Wahl, als weiterzumachen. Aber dann konnte ich irgendwann nicht mehr. Und so habe ich ihr vor ein paar Wochen gesagt, dass ich das Unternehmen verlassen werde. Meine Chefin hat mir Verbesserungen angeboten, ein höheres Gehalt, ein eigenes Büro, zusätzliche Urlaubstage … Sie wollte, dass ich bleibe. Aber ich konnte so nicht weitermachen.« Sie atmete tief durch. »Julia, erinnerst du dich noch daran, wie wir als Kinder darüber geredet haben, was wir einmal werden wollen?«

»Ja klar! Ich wollte um die ganze Welt reisen und du wolltest den ganzen Tag zeichnen.«

»Genau. Und nun war ich gerade dabei, das Gegenteil von dem zu werden, was ich sein wollte. Ich wollte kreativ sein, wollte malen und meiner Phantasie freien Lauf lassen. Und dabei hing ich in einem Hamsterrad fest, das sich immer schneller drehte … Ich hatte das Gefühl, keine Luft mehr zu bekommen.«

»Und jetzt geht es dir wieder besser?«

»Na ja, ehrlich gesagt, weiß ich es nicht so recht. Denn ich habe noch keine Ahnung, was ich jetzt machen soll. Ich habe in New York alles zurückgelassen. Ich weiß schon, dass meine Chefin mich, wenn ich dringend einen Job bräuchte, wieder einstellen würde. Aber das wäre natürlich auch keine Lösung. Also muss ich darüber nachdenken, was ich von nun mit meinem Leben machen will.«

Mein Herz klopfte mit jeder Erklärung, die Judith abgab. Ich war mir sicher, dass ich, wenn ich sie an diesem Abend zu einem Kaffee eingeladen hätte, nicht so viel über sie erfahren hätte, wie sie nun ihren Kindheitsfreundinnen erzählte. Ich lauschte und hatte das Gefühl, sie immer besser zu kennen.

»Na ja, du bist noch jung, Judith, und hast noch viel Zeit, darüber nachzudenken, was du im Leben machen willst«, sagte Judith jetzt. »Lass es ruhig angehen, erhol dich und genieße Paris. Oder ist es vielleicht nicht die schönste Stadt der Welt?«

Sie lachte und breitete die Arme aus.

Diese Julia gefiel mir immer besser.

»Tja, da hast du wohl recht«, meinte Judith und lachte auch. »Ich weiß noch nicht, wie lange ich bleiben werde. Ich nehme an, noch ein paar Wochen, mal sehen. Aber jetzt erzählt mal von euch! Wie habt ihr erfahren, dass ich in Paris bin? Und was macht ihr beiden hier?«

»Ganz einfach«, meinte diesmal Nora, »dein Bruder James hat es meiner Schwester erzählt, denn die beiden sind seit dem letzten Jahr in Kontakt geblieben. Und als bei Julia eine Dienstreise nach Paris anstand, hat sie dieses Treffen organisiert. Chloë lebt hier, und ich nehme gerade an einem Kurs über Kriminalpsychologie teil.«

»Wie schön, dann bin ich hier also nicht allein.«

»Na ja … Nur heute Abend nicht, denn morgen fliegt Nora nach Brüssel, und ich muss weiter nach München. Aus dienstlichen Gründen, du weißt schon.« Julia zog eine kleine Grimasse. Ihr gefiel es augenscheinlich gar nicht, dass sie nicht mehr Zeit mit Judith in Paris verbringen konnte. Das konnte ich nur zu gut nachfühlen: mit der schönsten Frau der Welt in der schönsten Stadt der Welt.

»Nicht schlimm, Mädels. Ich habe mich so gefreut, als ihr angerufen habt, und euch heute hier zu sehen … Das ist einfach genial, wirklich!«

Ich sah, dass Nora mit düsterer Mine aufstand und zur »Ich-liebe-dich-Mauer« hinüberging. Dort setzte sie sich auf eine andere Bank, und ihre Schwester Julia nutzte die Gelegenheit, um Judith etwas mitzuteilen.

»Judith, wenn du gerade solo bist, könnten wir heute Abend mal so richtig ausgehen. Ein bisschen Gesellschaft wird dir guttun. Und vielleicht kommt meine Schwester dann auch mal auf andere Gedanken. Ich würde mir so wüschen, dass sie endlich mal einen netten Mann kennenlernt. Seit mindestens einem Jahr ist sie ziemlich schlecht drauf. Sie war mit einem Typen zusammen, an dem sie sehr hing, und die Beziehung ging in die Brüche. Seither ergeht sie sich in Depressionen …«

»Was gehen dich meine Depressionen an, Julia! Du hast überhaupt keine Ahnung! Also lass mich in Ruhe! Ich hab keine Lust, jemanden kennenzulernen.« Nora hatte trotz der Entfernung mitbekommen, was ihre Schwester gesagt hatte.

»Mhm … Mir geht es da ähnlich wie Nora. Ehrlich gesagt, habe ich auch gerade eine schwierige Beziehung hinter mir. Also machen wir lieber einen Mädelsabend, oder?«

»Mensch, seid ihr langweilig! Habt ihr wirklich keine Lust, einen netten jungen Mann kennenzulernen?« Julia lachte.

»Julia, du nervst! Die ganze Zeit über sagst du immer das Gleiche.« Nora war wütend. »Dass ich mir diesen Typen ansehen soll oder jenen. Ich freue mich wirklich für dich, dass du den Richtigen gefunden hast, aber bitte, hör damit auf, für jede von uns Single-Frauen einen Kerl zu suchen, okay?«

»Ja, schon gut. Sei nicht sauer!«

»Ich bin nicht sauer, ich will nur, dass du endlich mit diesem Thema aufhörst. Ob ich deprimiert bin oder nicht, ist meine Sache. Das geht schon wieder vorbei. Ich brauche nur noch etwas Zeit.«

»Gut«, meine Judith in dem Versuch, die Lage zu entspannen, »dann sind wir uns also einig, dass wir heute Abend unter uns Frauen bleiben, oder?« Alle nickten. »Aber ich muss deine Schwester in Schutz nehmen, Nora. Die Frauen, die wie Julia den Mann fürs Leben gefunden haben, scheinen alle von einer Art Virus befallen zu werden, wenn sie sich verlieben. Denn ich kenne keine, die in diesem Zustand nicht versucht, ihre sämtlichen Single-Freundinnen unter die Haube zu bringen! Sie sind davon besessen.«

Alle vier lachten, und Julia ging zu ihrer Schwester hinüber und zog sie zu der Bank zurück, auf der die anderen saßen. »Also schön. Von heute an werde ich dir nicht mehr auf den Geist gehen. Es tut mir leid ... Aber nun ist es Zeit für unser Abendessen. Auf zum *Pomodoro*!«

Keine zehn Sekunden später verließen die vier jungen Frauen den Square Jehan-Rictus, während ich so unbeweglich wie die uns umgebenden Bananenstauden auf meiner Bank sitzen blieb. Ich hatte die ganze Zeit über gelächelt, ohne mir dessen bewusst zu sein. Jetzt merkte ich, wie mir das Gesicht wehtat. Gesegnet sei der Schmerz, der durch das Glück entsteht. Nur diejenigen unter euch, die schon einmal erfahren haben, was Liebe ist, ich meine, die wahre Liebe, die einen erfasst und den ganzen Körper überflutet, werden verstehen, wie beeindruckt und bewegt ich in diesem Moment war. Bereits als ich das Mädchen im gelben Mantel zum ersten Mal auf dem Monitor im Kontrollzentrum der Metro gesehen hatte, hatte das in mir etwas ausgelöst. Und je öfter ich sie sah (ohne dass ihr dies bewusst war), desto stärker wurde dieses Gefühl der Freude, der Hoffnung, der Erfüllung. Aber an diesem Abend veränderte sich mein Leben für immer. Seit sie leibhaftig vor mir gestanden und diese wenigen Worte an mich gerichtet hatte, war ich mir sicher, dass Judith und ich gemeinsam durchs Leben gehen würden. Bis zum Ende. Es konnte gar nicht anders sein. Es war so sicher wie die Schwerkraft, die mich auf dem Boden hielt, so sicher wie die Gewissheit, dass am nächsten Morgen wieder die Sonne aufgehen würde. Judith und ich. Ich und Judith. Von diesem Abend an war es das Wichtigste in meinem Leben, mit ihr zusammen zu sein. Das Wichtigste in *meinem* Leben.

Papa wäre sehr zufrieden gewesen.

2

Ich werde niemandem etwas vormachen und behaupten, dass meine Liebe eine rein platonische war. Absolut nicht. Der Wunsch, Judith zu berühren, mit ihr zusammen zu sein, brannte in mir. Niemals zuvor hatte ich etwas Ähnliches empfunden. Ich habe ja schon erzählt, dass ich einige Freundinnen hatte. Und auch bei diesen waren die körperliche Berührung, der Sex ein wichtiger und angenehmer Teil der Beziehung gewesen. Aber bei Judith … Bei Judith hatte das alles eine andere Intensität. Der Wunsch, mit ihr zu schlafen, bereitete mir beinahe Schmerzen. Die Sehnsucht ließ meinen Körper brennen wie mein Herz. Nachdem ich noch fast eine Stunde auf meiner Bank sitzen geblieben war und auf das leise Rauschen der Blätter gelauscht hatte, beschloss ich, zu Fuß nach Hause zu gehen.

Und mit jedem Schritt, den ich machte, nahm der Schmerz zu. Vielleicht wuchs er sogar mit jeder Sekunde, in der ich mich von ihr entfernte.

Bauchschmerzen, ein leichter Schwindel, Herzrasen, Appetitlosigkeit. Werde ich etwa krank, fragte ich mich? Doch ihr wisst sicher ebenso gut wie ich, dass ich an den typischen Symptomen der Liebe litt. Und nur das Mädchen in dem gelben Mantel konnte mich heilen.

Ich musste sie wiedersehen.

Ich musste sie kennenlernen, sie berühren, mit ihr reden, ihr sagen, dass sie für immer bei mir bleiben sollte, dass mit mir ihr Leben besser wäre, dass ich für sie lernen würde, Schokoladenkekse zu backen, Blätterteigschnitten mit Honig und Zitrone und Zimtplätzchen mit Himbeeren, dass ich ihr alles geben und alles tun würde, um sie glücklich zu machen. Und deswegen würde ich es am nächsten Tag noch einmal probieren. Und diesmal würde ich es nicht vermasseln.

3

Das Klingeln meines Handyweckers fischte mich wie ein Angelhaken aus meinen Träumen. Ich hatte eine äußerst unruhige Nacht verbracht, war zwischendurch immer wieder aufgewacht, ein paar Minuten durch die Wohnung geirrt und hatte mich dann aufs Sofa fallen lassen. Nachdem ich mich von dort wieder aufgerafft hatte, schleppte ich mich zurück zum Bett. Ich hatte mich sogar einmal an den Schreibtisch gesetzt und zu schreiben versucht. Beim letzten Mal, als ich auf die Uhr sah, war es fünf Uhr morgens gewesen, und ich war furchtbar müde. Und als ich dann endlich in einen erholsamen Schlaf gefallen war, begann mein Handy zu klingeln. Völlig verschlafen griff ich danach und erkannte Karims Namen auf dem Display.

»Hallo …«, murmelte ich.

»Hast du etwa noch geschlafen?«

»Nein«, log ich. Ich sah auf die Uhr und stellte fest, dass es schon fast Mittag war. »Ich habe gerade geduscht.«

»Und ich habe Neuigkeiten für dich. Essen wir etwas zusammen?«

»Sicher … Gib mir zwanzig Minuten. Dann treffen wir uns bei Carol.«

Auch ich hatte Karim einiges zu erzählen. Ich war in der Hoffnung ins Bett gegangen, dass meine Nervosität und diese seltsame Übelkeit über Nacht vergehen würden. Aber von wegen! An diesem Morgen ging es mir sogar noch schlechter. Ihr Porzellangesicht, ihre Stimme, ihr Akzent und ihre dunklen Augen waren wie ein Vorhang, der mein zentrales Sichtfeld verhüllte.

Eine halbe Stunde später betrat ich zusammen mit Karim das Bistro. Carol lächelte, als sie uns sah, und kam mit einem Lappen in der Hand hinter der Theke hervor, um einen der Tische für uns zu säubern.

Wir bestellten das Tagesmenü: mit Käse überbackene Champignons in Blätterteig und zum Nachtisch Birnen mit weißen Schokoladenstückchen. Ich aß genau zwei Bissen, dann drehte sich mir schon der Magen um. Karim, der mir ebenfalls sehr nervös erschien, aß dagegen nicht nur sein Menü, sondern vertilgte gleich auch noch das meine. Carol bot mir einen Orangensaft an, der mir besser bekam, als ich gedacht hatte, sodass ich schließlich in der Lage war, ein ordentliches Gespräch zu führen.

»Also, was hast du mir zu erzählen?« Ich hatte nicht allzu viel Zeit für Karim, denn ich musste mich unbedingt zu Hause noch etwas ausruhen und duschen, bevor ich am späten Nachmittag noch einmal zum Montmartre zurückkehren und nach Judith Ausschau halten würde.

»Nun ja, nichts weiter … Ich habe gestern mit Monsieur Briand gesprochen …«

»Oh. Ist er denn schon wieder aus dem Urlaub zurück?«

»Klar. Seit drei Tagen, und seit gestern arbeitet er wieder.« Karim sah mich erstaunt an, als ob es ihm seltsam erscheine, dass ich nicht auf dem Laufenden war. »Also, wie gesagt: Gestern habe ich mit ihm geredet und ihn gebeten, meine Arbeitszeit aufzustocken.«

»Na, das sind doch super Neuigkeiten.« Meine Stimme klang nicht gerade enthusiastisch, aber ich heuchelte Begeisterung.

»Nein, so super sind die Neuigkeiten leider nicht … Monsieur Briand hat mir nämlich erklärt, dass er sich, nachdem ich sein Angebot, voll zu arbeiten, damals abgelehnt hatte, nach jemand anderem umgesehen und sich an Fanny gewandt hat.« Karim wirkte niedergeschlagen. Er hatte fest mit einer Zusage gerechnet, und zu erfahren, dass diese Möglichkeit nicht mehr bestand, war für ihn wie eine kalte Dusche gewesen. »Er meinte, dass Fanny heiraten will und das Geld braucht. Hörst du mir überhaupt zu?«

»Sicher. Natürlich. Entschuldige, ich fühle mich heute ein wenig … Ich weiß nicht … seltsam. Gut, und was hast du dir überlegt?«

»Überlegt und schon erledigt, Alter. Ich habe gleich gestern ein bisschen herumtelefoniert und bei einer Fabrik angefragt, in der ein Freund von mir arbeitet, sowie in einem Hotel im Zentrum, wo mein Cousin angestellt ist.«

»Das ist ja ganz prima, Karim. Und hattest du Glück?«

»Das zu sagen ist noch ein wenig früh. Aber mein Cousin hat mir erzählt, dass bald die Hochsaison beginnt und dass sie im

Hotel sicher mehr Leute brauchen werden. Und was die Fabrik angeht, keine Ahnung. Das scheint nicht so leicht zu sein. Aber mein Freund hat gesagt, dass er ein gutes Wort für mich einlegen will, also … lassen wir uns einfach überraschen.«

4

Aufgewühlt, wie ich war, und so unwohl, wie ich mich fühlte, zog ich es vor, Karim von dem, was ich erlebt hatte, nichts zu erzählen. Außerdem war da noch Carol, die jedes Wort mitbekam, und das Letzte, was ich an diesem Tag ertragen konnte, war, von zwei Seiten ausgefragt zu werden. Ich kehrte also wieder nach Hause zurück und ließ mich aufs Sofa fallen, um ein wenig auszuruhen – nicht ohne vorher den Handywecker gestellt zu haben. Egal, wie müde ich war – diesmal würde ich nicht verschlafen.

So war ich eine Stunde, nachdem ich mich hingelegt hatte, schon wieder auf den Beinen und rasierte mich vorsichtig, um mich nicht zu schneiden, ich duschte, cremte und sprühte mich ein und wählte das neueste und am wenigsten zerknitterte Hemd aus, das ich besaß. Bevor ich die Wohnung verließ, diesmal alles andere als zu spät, warf ich einen Blick in den Spiegel und überzeugte mich davon, dass ich mich sehen lassen konnte.

Los, Nicolas! Du siehst richtig gut aus. Und keiner kann deinem Lächeln widerstehen. Atme tief durch und sorge dafür, dass Judith dich für den Rest ihres Lebens liebt!

Genau wie am Abend zuvor, aber diesmal deutlich besser gekleidet, nahm ich meine Position neben dem Karussell an der

Place des Abbesses ein. Ich wartete etwas mehr als eine Stunde, sah sie jedoch nicht die Metrostation verlassen. Also hoffte ich, dass ich sie später noch antreffen würde. Ich beschloss, ein wenig durchs Viertel zu spazieren, bis ich mich um neun in die Grünanlage an der »Ich-liebe-dich-Mauer« setzen und dort auf sie warten wollte.

Als ich das Haus verlassen hatte, war ich durchaus aufgeregt, das will ich nicht verhehlen, aber doch nicht allzu sehr, weil ich wusste, dass das, was ich nun tun würde, das war, was ich tun musste. Ich hatte keine andere Wahl, es war mein Schicksal. Mit fortschreitender Zeit stieg jedoch meine Nervosität wieder an, und ich wurde unsicherer und ungeschickter. Ich stolperte mehrmals über die losen Pflastersteine in der Straße und muss ausgesehen haben wie ein gerade gefällter Baum, der ins Wanken gerät. Schließlich kam ich an einem wunderschönen Blumengeschäft vorbei, einem von denen, die seit mehreren Generationen in der Hand derselben Familie sind, und war kurz davor, einen kleinen bunten Strauß zu kaufen, entschied dann jedoch, es besser zu lassen, um sie nicht gleich zu verschrecken. Wenn heute ein fremder Mann auf eine Frau zugeht und ihr als Erstes einen Strauß Blumen in die Hand drückt, muss sie ja denken, dass es sich um einen Verrückten handelt. Also verschob ich das mit den Blumen auf eine bessere Gelegenheit.

Nachdem eine Stunde vergangen war, ging ich schließlich den Weg zurück bis zum Square Jehan-Rictus. Ich ging zu derselben Bank wie am Vortag, die zum Glück noch frei war, und wartete mit dem Blick auf den Eingang zur Grünanlage. Diesmal würde sie mich nicht unvorbereitet antreffen. Ein paar Minuten später sah ich, dass sie sich dem Eingang näherte. Bevor sie den kleinen Park betrat, zog sie sich ihren gelben Mantel aus, und ich sah deutlich ihre Silhouette, da ihr leichtes Kleid sich im Wind eng an ihren Körper schmiegte. Sie war sehr schlank, fast wie eine

Ballerina. Der Wind spielte mit ihrem Haar, und sie band es mit einer raschen Bewegung zu einem Pferdeschwanz. Sie sah wunderschön aus. Gerade als sie in meine Richtung kam und sich suchend nach einer freien Bank umsah, begann mein Handy zu klingeln. Ich nahm es heraus und sah, dass es Karim war.

Es tut mir leid, mein Freund, aber sie ist jetzt wichtiger … Ich drückte den Anruf weg und sah, dass sie gerade auf einer Bank Platz nahm, die durch zwei weitere Bänke von der meinen getrennt war. Meine Anwesenheit war ihr nicht aufgefallen. Denn auch wenn ihr mich für naiv haltet, hatte ich tatsächlich darauf gehofft, dass sie mich sofort wiedererkennen würde, nachdem ich am Vortag ihr und ihren Freundinnen meinen Platz überlassen hatte. Ich wollte sie erneut nach der Uhrzeit fragen, woraufhin sie sich zu mir setzen würde, um ein Gespräch zu beginnen. So hatte ich mir das vorgestellt, aber es kam ganz anders. Sie setzte sich einfach nur auf die nächste freie Bank in der Nähe des Eingangs, legte ihren Mantel und die grüne Tasche neben sich und zog das blaue Heft hervor, das ich bereits kannte. Dann nahm sie einen Stift heraus und vertiefte sich in eine Zeichnung. Ich konnte gar nicht anders, als sie weiter zu betrachten, ohne dass sie es merkte, und genoss diesen kleinen heimlichen Moment, bevor es keine Judith und keinen Nicolas mehr geben würde, sondern nur noch uns beide. »Wir beide« – wie schön das klang.

Dann meldete sich mein Handy wieder. Diesmal war es eine SMS: *Nico, bitte ruf mich an! Es ist sehr wichtig! Bitte!*

Ich sah wieder einmal zu Judith hinüber. Sie war immer noch mit ihrer Zeichnung beschäftigt. Dann las ich noch einmal Karims flehentliche Nachricht und seufzte. Ich konnte ihn nicht hängen lassen. Also rief ich ihn an.

»Gott sei Dank, Nico! Gut, dass du anrufst! Ich habe ein Riesenproblem.«

»Was ist passiert? Geht's dir nicht gut?«

»Doch, doch. Mir geht es gut, keine Sorge. Der Personalchef des Hotels, in dem mein Cousin arbeitet, hat mich gerade angerufen und möchte, dass ich zu einem Bewerbungsgespräch vorbeikomme. Genial, oder?«

Ich verstand nicht, worin das Riesenproblem lag, und blickte erneut zu Judith hinüber. Sie saß unverändert dort, ohne zu ahnen, dass ihr Leben sich gleich von Grund auf ändern würde.

»Das ist mehr als genial. Eine tolle Nachricht. Na dann, viel Glück!« Letzteres sagte ich in der Hoffnung, das Gespräch beenden zu können. Doch leider kam es anders.

»Nico, du musst mir einen großen Gefallen tun.« Er ließ mir nicht einmal die Zeit, Ja oder Nein zu sagen. »Ich bringe meine Kleine bei dir vorbei, du musst auf sie aufpassen.«

»Aber … Wie? *Jetzt?*«

»Ja, jetzt, du Blitzmerker! Ich bin sowieso schon spät dran. Der Personalchef führt heute die ganzen Bewerbungsgespräche und wählt anschließend die Leute aus, die er einstellen will. Der Mann tut mir einen Gefallen, weißt du, weil die Sache eigentlich schon gelaufen ist. Also, Nico, jetzt sag mir nicht, dass es nicht geht.«

Ich sah Judith, deren Kleid sich im Sommerwind aufbauschte und mir so ein wenig mehr von ihren Beinen zeigte. Doch dann fiel mein Blick auf einen Vater, der mit seiner Tochter Ball spielte, und ich hatte das Gefühl, Karim und seine Kleine vor mir zu sehen. Ich konnte ihn nicht im Stich lassen. Das Projekt »Wir beide« musste warten.

»Doch, sicher, ich gehe gleich nach Hause«, erklärte ich lahm. »Bring sie mir in fünfzehn Minuten.«

Ohne dass Judith es auch nur ahnte, verabschiedete ich mich schweren Herzens von ihr. Ich ging hinter ihrer Bank vorbei und atmete so tief ein, wie ich nur konnte, um ihren süßen, aber frischen Duft wahrzunehmen. Der genauso war, wie ich ihn mir vorgestellt hatte.

5

Als ich zu Hause ankam, saßen Karim und die kleine Pauline bereits auf den Stufen vor der Eingangstür und warteten auf mich. Karim war eleganter gekleidet als sonst und hatte sogar eine bordeauxrote Krawatte umgebunden, um mich zu fragen, ob sie gut zu der restlichen Kleidung passte. Dabei wirkte er so nervös wie ein Teenager vor seinem ersten Date. Und Pauline sah aus wie eine kleine Prinzessin in ihrem rosafarbenen Kleid mit dem weiten Rock und der silbrigen Spielzeugkrone auf ihrem lockigen Haar. Karim verteilte ein paar Küsse, einen zärtlichen für seine Tochter und einen dicken Schmatzer inklusive Umarmung für mich.

»Fein, Süße, und was machen wir jetzt?«

Pauline antwortete nicht, sondern sah mich nur mit ihren großen Augen von unten herauf an. Angeblich sollen Mädchen in diesem Alter ja Phasen extremer Schüchternheit durchmachen. Ich betete, dass es sich nicht um eine solche handelte, denn dann hätte ich nicht gewusst, was ich in der ganzen Zeit mit ihr hätte machen sollen.

Schweigend gingen wir die Treppe hinauf. Und als wir oben vor meiner Tür ankamen, fiel mir ein, dass ich nichts im Haus hatte, was ich der Kleinen zum Abendessen hätte anbieten können.

»Hast du Hunger?«

Sie antwortete nicht.

»Hast du Durst?«

Sie antwortete wieder nicht. Sah mich nur weiter an.

»Kannst du sprechen?«

»Natürlich. Erinnerst du dich nicht daran, dass du schon mal mit mir geredet hast?«

»Natürlich erinnere ich mich, du Dummerchen. Hast du Hunger?«

»Nein. Papa hat mir ein Stück Kuchen gekauft, bevor du gekommen bist.«

»Und was ist mit Abendessen? War das nicht schon ein bisschen spät für ein Stück Kuchen?«

»Mensch, das Abendessen am Freitag …« Sie sprach sehr langsam, als wäre ich ein wenig zurückgeblieben, »… *ist* doch der Kuchen!«

»Aha«, entgegnete ich.

Wir betraten meine Mansarde, und die Kleine wirkte überrascht. Wahrscheinlich hatte sie noch nie eine so kleine Wohnung gesehen wie dieses eine Zimmer, das mein Zuhause war.

»Aber die Aussicht ist fantastisch«, erklärte ich ihr und ging mit ihr zum Fenster hinüber.

»Wow! Suuuuper! Wenn ich groß bin, will ich auch hier wohnen«, meinte sie schließlich lächelnd.

Während ich in den Küchenschränken nach etwas Essbarem suchte, was wir zubereiten konnten, um uns zu beschäftigen, stöberte sie in meinen Sachen herum.

»Nico, mein Papa sagt, dass du eine neue Geschichte schreibst, aber ich sehe sie nicht … Wo ist sie? Und wovon handelt sie?«

»Du bist wie ein sehr neugieriges Eichhörnchen, mein Fräulein. Danach darf man einen Schriftsteller niemals fragen. Sein Buch ist sein Schatz. Deshalb muss er sorgfältig aufbewahrt werden.«

»Ooooch, Nico … Dann sag mir wenigstens, was in der Geschichte passiert … Komm!« Sie hatte bittend die Handflächen zusammengelegt und sah mich mit aufgeregt funkelnden Augen flehend an.

»Na schön, ich werde es dir verraten.«

»Toll!«

»Aber du musst mir versprechen, es niemandem weiterzusagen, einverstanden?«

»Versprochen. Großes Ehrenwort.«

»Sehr gut. Der Protagonist in meiner Geschichte … Weißt du, was das ist? Ein Protagonist?«

»Natürlich! Was denkst du denn?«

Ich musste lachen, da ich genau diese Antwort erwartet hatte.

»Gut. Also: Der Protagonist meiner Geschichte ist ein Wald.«

»Ein Wald? Aber ein Wald ist doch keine Person.«

»Ich weiß, trotzdem ist der Wald das Wichtigste in meinem neuen Buch. Deshalb ist er der Protagonist.« Pauline sah mich etwas ratlos an. »Also … Der Wald macht gerade eine ziemlich schlechte Phase durch. Er ist sehr hässlich, traurig, ohne Blätter und Blumen. Und Tiere leben dort auch fast keine mehr. Er fühlt sich einsam, verloren und weiß nicht, was er machen soll.« Nun hatte ich ihre Neugier geweckt. Sie saß aufmerksam im Schneidersitz auf dem Boden und hielt eines meiner Kissen umarmt. »Doch eines Tages kommt eine ganz besondere Fee in den Wald, da sie sich verlaufen hat. Und die Fee zeigt dem Wald, dass es, wenn man sich Mühe gibt und auf die Hilfe der anderen Wesen, mit denen man zusammenlebt, zählen kann, möglich ist, wieder schön und stark zu werden.«

»Wow! Ist das der Wald?« Sie zeigte auf mich. Ich runzelte die Augenbrauen.

Doch gleich darauf verstand ich, dass sie Judiths Zeichnungen meinte, die direkt hinter mir hingen.

»Ja, das ist er. Das ist der Wald aus meiner Geschichte.«

V

AN DIESEN ERSTEN TAG IM JULI WERDE ICH MICH MEIN GANZES LEBEN LANG ERINNERN

1

Der kleine Wirbelwind mit dem lockigen Haar schloss nach mehreren Stunden unablässiger Aktivität endlich die Augen. Ich hatte schon gedacht, die Kleine würde niemals müde werden, doch zum Glück ist ein Kind eben ein Kind, was bedeutet, dass es die Nacht nutzt, um seine Batterien aufzuladen. Pauline schlief sozusagen von einer Sekunde auf die andere ein, halb auf dem Sofa, halb auf dem Boden liegend. Vorsichtig hob ich sie hoch und bettete sie in einer bequemen Position. Dann deckte ich sie mit einer Decke zu und wartete mit wachsender Ungeduld darauf, dass Karim kommen würde, um sie abzuholen.

Nach ein paar Stunden klingelte es endlich an der Tür.

»Mensch, Junge, wo warst du denn die ganze Zeit über? Und? Hast du den Job?«

Während ich wartete, hatte ich mir die unterschiedlichsten Dinge ausgemalt, die Karims lange Abwesenheit erklären könnten: Er hatte den Job bekommen und musste gleich anfangen; er war auf dem Weg zu dem Vorstellungsgespräch von einem Auto angefahren worden; Zoe hatte angerufen, und sie hatten sich wieder vertragen und feierten ihre Versöhnung; der Personalchef war eine Personalchefin mit üppigen Rundungen, und Karim hatte sich Hals über Kopf in sie verliebt …

»Nein, und kein Wort mehr darüber! Es bringt Unglück, wenn du weiter davon sprichst.«

»In Ordnung … Aber wo warst du dann die ganze Zeit?«

»Tut mir leid, Alter, wirklich, aber als ich von dem Vorstellungsgespräch kam, hab ich zufällig zwei Freunde getroffen, die ich seit einer Ewigkeit nicht mehr gesehen habe, und dann kam eins zum anderen …«

Das erklärte, warum sein Atem wie ein kleines Bierfass roch.

»Verdammt, Karim, ich habe mir Sorgen gemacht! Und du gehst einen saufen! Und was jetzt?«

»Tja. Fahren kann ich nicht mehr. Könnten wir denn heute Nacht hierbleiben?« Er sah zuerst auf seine schlafende Tochter und ließ den Blick dann durch meine Wohnung schweifen.

»Sicher.« Ich seufzte. »Ihr könnt in meinem Bett schlafen, und ich lege mich aufs Sofa.«

2

Die ersten Sonnenstrahlen weckten Pauline. Und sie weckte dann mich. Es konnte nicht später als sieben Uhr morgens sein. Karim bestand darauf, mich zum Frühstück einzuladen, um sich dafür zu bedanken, dass ich am Vorabend als Babysitter eingesprungen war. Und da ich so gut wie nichts Essbares mehr im Haus hatte, nahm ich das Angebot an, ohne lange darüber nachzudenken.

Meine Enttäuschung darüber, dass ich nicht mit Judith hatte reden können, war über Nacht nicht geringer geworden, im

Gegenteil! Es war, als schlügen zwei Herzen in meiner Brust: eines, in dem jene schmerzhafte Sehnsucht herrschte, die sich nicht erfüllte, und eines, das mir das positive Gefühl gab, Karim gegenüber ein guter Freund gewesen zu sein.

Wir verließen das Haus so früh, dass mein Viertel mir ganz leer vorkam. Es fehlten gewisse Dinge, die sonst immer da waren. Nur die Sonnenstrahlen, die vom Kopfsteinpflaster und den Fenstern reflektiert wurden, hüllten uns ein. Doch es fehlten der Lärm der Menschen und der Autos und die Leute, die auf dem Weg zur Arbeit waren oder zum Einkaufen gingen. Es war, als lege die Stadt gleich nach dem Sonnenaufgang eine Pause ein.

Wir gingen nur die kurze Strecke zu Carols Bistro hinüber. Pauline hüpfte und planschte in dem Wasser herum, das jeden Tag durch die Rinnsteine von Paris floss. Als die Kleine schließlich mit uns das Lokal betrat, war sie ziemlich nass.

Nach einem halben Dutzend frisch gebackener Croissants, einem zur Hälfte geleerten Glas Blaubeermarmelade und drei Gläsern Milch brachte Karim seine Tochter in den Kindergarten. Ohne weiter darüber nachzudenken, blieb ich noch ein wenig sitzen, und Carol gesellte sich zu mir.

»Ist in deiner Welt alles in Ordnung, Nico?«

»Sicher … Alles gut.«

Ihre Direktheit überraschte mich immer wieder.

»Na ja, entschuldige, dass ich das sage, aber ehrlich gesagt sieht es nicht so aus. Du wirkst … irgendwie abgelenkt. Als ob du mit den Gedanken ganz woanders wärst.« Sie sah mich fragend an. Doch gleich darauf konnte ich die sprichwörtlichen Ausrufezeichen in ihren Augen sehen: »Ach, du meine Güte! Geht es deiner Mutter gut?«

»Ja, ganz ruhig. Es geht ihr so wie immer, keine Sorge. Aber danke.«

»Gut … Wenn du reden willst, weißt du ja, wo du mich findest.« Bevor Carol sich wieder an die Arbeit machte, gab sie mir den üblichen Kuss auf den Kopf. Das war ihre Art, mich wissen zu lassen, dass, was auch im Leben geschah, unsere Freundschaft für immer bestehen würde.

Abgelenkt. Das war ich schon seit einer ganzen Weile. Aber nicht nur, weil ich die Frau kennengelernt hatte, mit der ich den Rest meines Lebens verbringen wollte. Allmählich wurde mir bewusst, dass ich von mir selbst abgelenkt war, von meinen Angelegenheiten, meinem Leben …

Bis dahin hatte ich die Worte meines Vaters nie so ganz verstanden: *Vergiss nicht, dass die wichtigste Person in deinem Leben du selbst bist.*

Dieser Satz hatte sich immer falsch angefühlt. Doch nun war es auf einmal so, als ob irgendetwas mich drängte, Entscheidungen zu treffen und den Verlauf meines Lebens endlich selbst zu bestimmen.

Nach und nach wurde mir klar, dass mein Leben sich bis zu diesem Moment aus einer Folge von Jahren zusammensetzte, in denen Nicolas Cambril nur ein Zuschauer gewesen war. Ich hatte das Leben der Menschen, die mir nahestanden, mitbestimmt. Ich hatte meinen Freunden in schwierigen Situationen geholfen und mich mit ihnen über die glücklichen Momente in ihrem Leben gefreut. Nur für mich selbst hatte ich nichts getan. Doch das Leben der anderen ging weiter. Sie gründeten Familien, waren beruflich erfolgreich, träumten von neuen Zielen, und ich blieb zurück. Ich hatte meine Familie verloren. Ich hatte keine eigene Familie gegründet. Und ich war kurz davor, auch den Beruf zu verlieren, der mir am meisten Spaß machte. Was war denn mit meinem eigenen Leben? Was wollte ich für mich?

3

In meinem ganzen Leben werde ich diesen ersten Tag im Juli nicht vergessen. Es war der Tag, an dem Judith und ich uns endlich zum ersten Mal die Hand gaben.

Aber lasst mich dies in allen Einzelheiten erzählen, denn es war eine völlig verrückte Begegnung – die tatsächlich beinahe in einer Katastrophe geendet hätte.

Fangen wir ganz von vorn an.

Nach dem Frühstück mit Karim und Pauline machte ich einen langen Spaziergang durch die prächtige Rue de Rivoli und wandelte ein wenig zwischen den Säulen entlang. Tatsache ist, dass sich zu dieser Jahreszeit die größte Anzahl an Touristen pro Quadratmeter in Paris aufhält. Aber ich kann euch garantieren, dass ich mich fühlte, als wäre ich völlig allein auf der Welt, als hätten alle anderen Menschen entschieden, mit einem Raumschiff den Planeten zu verlassen, während ich etwas traurig ein exquisites Croissant aß. Meine Schritte führten mich zur Place de la Bastille. Dort setzte ich mich hin und konnte stundenlang an nichts anderes denken als daran, wie einsam und leer mein Leben war. Ich fühlte mich, als hätte ich eine schwerere Last als alle anderen zu tragen, doch wenn ich mich in meinem Freundeskreis umsah, kam ich mir ziemlich albern vor: Carol, meine Freundin, das Waisenkind, kam seit Jahren allein zurecht und versuchte, sich in Paris eine Zukunft zu aufzubauen. Charlotte hatte sich nicht mal durch ihre Krebserkrankung die Freude am Leben verderben lassen. Karim, der alles verloren hatte, kämpfte weiter. Worüber also beklagte ich mich eigentlich? Darüber, dass ich selbst nichts getan hatte, um mein eigenes Leben zu leben? Ich kam mir lächerlich vor. Und dort mitten in Paris, direkt neben der Säule, die an die in der Revolution Gefallenen erinnert, fühlte ich mich so klein und dumm wie nie zuvor. Doch dann fasste ich einen Entschluss.

Ich, Nicolas Cambril, zweiunddreißig Jahre alt, Teilzeitschriftsteller, der das ganze Leben noch vor sich hatte, entschied in diesem Moment, dass ich selbst nun die Zügel meines kleinen Lebens in die Hand nehmen würde. Und mit ungeahnten Kräften ausgestattet, kehrte ich nach Hause zurück.

Weil ich keine Minute länger damit warten wollte, Judith kennenzulernen, beschloss ich, anstatt wie am Vortag um sieben Uhr abends an der Place des Abbesses auf sie zu warten, das Wagnis einzugehen, sie auf dem Bahnsteig an der Haltestelle Concorde zu treffen. Dort, wo sie immer in die Metro stieg, die sie jeden Tag zum Montmartre brachte. Dort, wo ich sie zum ersten Mal gesehen hatte.

Und hier war ich nun, ging aufgeregt von einem Bahnsteigende zum anderen und wartete darauf, dass sie auftauchte. Doch ausgerechnet an diesem Tag mussten einige der umliegenden Haltestellen wegen Bauarbeiten geschlossen werden, sodass alle Passagiere auf unseren Bahnsteig ausweichen mussten. Und das Ergebnis war, dass der Bahnsteig wahrscheinlich die größte Dichte an Menschen in der ganzen Stadt aufwies. Dabei darf man nicht vergessen, dass Paris die meistbesuchte Stadt der Welt ist. Und wenn es schon unter normalen Umständen schwierig genug war, Judith unter den üblichen Passagieren zu finden, schien es nun durch diese verdammten Bauarbeiten so gut wie unmöglich.

Mit jeder Minute, die auf meiner Uhr verging, wurde ich nervöser. Sie musste jeden Moment kommen. Ich lief den Bahnsteig auf und ab und hielt nach einem gelben Mantel Ausschau. Plötzlich sah ich eine Gruppe dunkel gewandeter Nonnen den Bahnsteig entlanggehen und dahinter blitzte etwas Gelbes auf. Da war sie, nicht ahnend, dass die Liebe ihres Lebens gerade auf sie zukam, um sich ihr vorzustellen. Wir waren nur noch etwa fünfzehn Meter voneinander entfernt. Ich atmete tief durch und steuerte auf sie zu. Sie schaute in meine Richtung, nahm mich jedoch nicht wahr. Der Zug lief ein, und die Masse rückte näher zu den Gleisen vor, sodass ich sie aus den Augen verlor. Schließlich hielt der Zug kreischend an, und die Türen öffneten sich. Dutzende Menschen stiegen aus. Als ich Judith das nächste Mal erspähte, schickte sie sich gerade an einzusteigen, und diesmal schaute sie mich direkt an. Mein Herz begann so wild zu klopfen wie niemals zuvor. Sie wich zur Seite, wandte den Blick von mir ab und stieg in die Metro. Ich machte das Gleiche, wählte aber einen anderen Waggon. Da die Wagen innen miteinander verbunden waren, würde ich zu ihr hinübergehen, sobald ein paar Leute ausstiegen und etwas mehr Platz vorhanden war.

Das Signal, das das Schließen der Türen ankündigte, ertönte. Doch es drängten sich so viele Menschen in den Zug, dass die Türen sich nicht schließen konnten. Einige Passagiere beschlossen, wieder auszusteigen, damit der Zug losfahren konnte. Judith war eine von ihnen. Sie verließ den Waggon genau eine Sekunde, bevor die Metro anfuhr. Als ich das sah, hechtete ich aus meinem Wagen, wofür ich nur den Bruchteil einer Sekunde Zeit hatte, und das Ergebnis war, dass wir uns beide, von der weiß-blauen Buchstabensuppe umgeben, auf dem Bahnsteig an der Haltestelle Concorde wiederfanden.

Während ich versuchte, in ihre Richtung vorzustoßen, und sie fest im Blick behielt, sah sie mich über eine Gruppe Passagiere hinweg plötzlich irritiert an. Mein Herz schlug so heftig, dass ich fürchtete, ohnmächtig zu werden, sodass ich, von ihrem kühlen Blick abgeschreckt, stehen blieb und mich dem Snack-Automaten zuwandte, um eine Flasche Wasser zu kaufen.

Ich öffnete den Verschluss der Flasche und hätte mir die Flüssigkeit am liebsten über den Kopf geschüttet, aber ich nahm nur ein paar Schlucke und sah aus dem Augenwinkel zu Judith hinüber.

Sie blickte mich immer noch an, nicht mehr ganz so irritiert wie zuvor, aber wachsam. Ihr Mantel war von oben bis unten zugeknöpft, und sie hielt ihre grüne Tasche fest an ihren Körper gepresst.

Plötzlich wurde mir klar, dass sie sich von mir verfolgt fühlte, wahrscheinlich hielt sie mich für einen Dieb oder einen verrückten Stalker. Und wenn ihr mir nicht glaubt, stellt euch die Szene mal vor, nicht wie ich sie erzähle, sondern wie jede junge Frau sie erlebt hätte: Ein fremder Mann um die dreißig und mit wirrem Haar (das sich an diesem Tag wirklich nicht bändigen ließ) starrt sie unablässig an. Er steigt zur gleichen Zeit wie sie in die Metro ein, und dann, als sie wieder aussteigt, springt auch er im letzten Moment aus dem Zug, um wieder mit ihr auf dem Bahnsteig zu sein. Was würde jede junge Frau tun? Na ja, den seltsamen Typen zumindest im Auge behalten. Eine andere Möglichkeit wäre, auf die andere Seite des Bahnsteigs zu wechseln und mit irgendjemandem ein Gespräch zu beginnen oder gar den Sicherheitsdienst zu Hilfe zu rufen.

Aber, Freunde, wenn sie Angst hatte, könnt ihr euch nicht vorstellen, wie es mir ging. Mir zitterten sogar die Zehen. Ich wollte sie ja kennenlernen und nicht zu Tode erschrecken oder ihr Angst einjagen. Daher drehte ich mich automatisch um und ging auf den nächsten Ausgang zu, wobei ich ihr erleichtertes Ausatmen beinahe hören konnte, als sie sich endlich wieder sicher fühlte.

Jeder Schritt tat mir weh. Ich versichere euch, dass ich wirklich körperliche Schmerzen empfand und dies nicht nur eine Redensart ist. Ich fühlte mich, als ob jemand in meinem Inneren bei jedem Meter, den ich mich von Judith entfernte, mit einer großen Keule gegen meine Brust schlüge.

Nicolas Cambril, was tust du da! Dreh dich sofort um und stell dich einfach vernünftig vor.

Ich hörte nicht auf meine innere Stimme und ging weiter.

Nicolas, tu das nicht, lass sie nicht einfach zurück! Du wirst niemals mehr jemanden wie sie kennenlernen.

Diese Vorstellung ließ mich langsamer gehen.

Im Grunde deines Herzens weißt du, dass du zu ihr gehen musst. Es gibt keine logische Erklärung dafür, genauso wenig wie für den Schmerz, den du gerade empfindest. Aber du weißt, dass dieser Schmerz, wenn du erst bei ihr bist, für immer verschwinden wird.

Und diese letzten Worte zeigten Wirkung: Ich drehte mich wieder um, atmete so tief durch, wie ich nur konnte, und ging schnellen Schrittes zurück in die andere Richtung. Ich würde jetzt zu ihr hinübergehen und mich ihr endlich vorstellen.

Als ich mich wieder auf dem Bahnsteig befand, hatte sie den Eingangsbereich bereits verlassen, sodass ich mich erneut nach ihr auf die Suche machte. Sobald Judith mich sah, drehte sie sich um und eilte davon. Ich legte einen Schritt zu, um sie einzuholen, doch als sie da noch einmal über die Schulter zurückblickte und sah, dass ich ihr folgte, lief sie noch schneller. Ein neuer Zug fuhr ein, und noch bevor die Passagiere aussteigen konnten, sprang Judith hinein. Ich tat es ihr nach und ging auf der Suche nach ihr von Wagen zu Wagen. Der Zug war brechend voll, sodass ich sie über mehrere Haltestellen aus den Augen verlor. Ein paar Minuten lang fürchtete ich, dass sie den Zug wieder verlassen hatte, doch schließlich entdeckte ich sie. Mit ihrem Zeichenheft auf dem Schoß saß sie in der Mitte des letzten Waggons. Bevor ich mich freuen konnte, sie wiedergefunden zu haben, sah sie mich. Und, meine Freunde, ihr Gesicht sprach Bände. Es schien deutlich zu sagen: »Lass mich in Ruhe, du kranker Typ!« Ich lächelte sie an, um die Lage zu entspannen, was sie offenbar jedoch noch mehr erschreckte, denn sie stand abrupt auf und sprang im letzten Moment wieder aus dem Wagen. Aufgeregt, wie ich war, hatte ich nicht mal bemerkt, dass der Zug erneut angehalten hatte. Judith nutzte die Gelegenheit, um mich abzuschütteln. Und ich blieb zurück. Wie ein dämlicher Idiot hämmerte ich an die Scheibe, während die Metro davonfuhr und sie auf dem Bahnsteig zurückblieb.

Da ich nur noch zwei Stationen von der Haltestelle Abbesses entfernt war, beschloss ich, mich zu setzen und dort auszusteigen. Dass das Ganze auf diese Art geendet hatte, hatte mich völlig entmutigt. Aber ich war fest entschlossen, meinen Plan bis zum glücklichen Ende durchzuführen, ohne mich von irgendetwas abhalten zu lassen.

An der nächsten Haltestelle stiegen zwei Kinder in Begleitung ihrer Mutter ein. Ich stand auf und überließ ihnen meinen Platz.

»Hallo, Monsieur …« Eines der Kinder berührte mich an der Hand.

»Ja?«

»Sie haben Ihr Heft vergessen. Bitte.« Das Kind hielt mir Judiths blaues Notizheft entgegen. Vor lauter Schreck musste sie es auf dem Metrositz liegen gelassen haben, und die Kinder dachten nun, es wäre meines.

»Danke, mein Junge, vielen Dank. Gut, dass du es gefunden hast.«

»Keine Ursache, Monsieur. Gute Fahrt noch.«

Ich nahm das Heft vorsichtig, aber mit festem Griff entgegen, um es ja nicht zu verlieren. Natürlich brannte ich darauf, es zu öffnen und die Geheimnisse darin zu entdecken. Doch bevor ich dies tat, überlegte ich, was ich nun machen sollte.

Ich hatte drei Möglichkeiten. Die erste: das Ganze zu vergessen, das Heft im Fundbüro abzugeben und einfach weiterzuleben. Die zweite: auf der Place des Abbesses auf sie zu warten, in der Hoffnung, dass sie gleich dort vorbeikommen würde, um ihr das Heft zu geben. Und dann war da noch die letzte Option, die mir am verlockendsten erschien. Ich beschloss, das Heft ein paar Stunden zu behalten, bevor ich es ihr am späten Abend zurückgeben würde. Denn ich wollte wissen, was es enthielt. Ich wollte mir jede Seite, jede Zeichnung, jedes von ihr geschriebene Wort ins Gedächtnis einprägen.

Also suchte ich mir, nachdem ich aus der Metro ausgestiegen war, einen schattigen Platz auf der Terrasse eines Cafés und bestellte ein kühles Bier. Nachdem die Kellnerin, die unentwegt mit mir flirten wollte, endlich abgezogen war, stellte ich das Bierglas zur Seite und legte das Heft vor mir auf den Tisch. Meine Hände zitterten, als ich es langsam aufschlug. Als Erstes stieß ich auf eine beinahe leere Seite. Das Einzige, was dort stand, waren ihr Name und ihre Telefonnummer: *Judith Arlington*. Der Inbegriff des Glücks.

Ich blätterte weiter und entdeckte einen von ihr erstellten Kalender. Darin hatte sie die vergangenen Tage durchgestrichen. Neben ein paar Zahlen standen einige Notizen, simple Dinge wie: *Zahnarzt* oder *Bibliothek* oder *Omas Geburtstag*, aber auch längere Sätze wie: *Endlich habe ich ihn verlassen* oder *So werde ich nie wieder sein* oder *Niemals mehr wird jemand anderes für mich entscheiden* oder *Er ist es nicht wert, wegen ihm auch nur eine Träne zu vergießen* oder *Warum bin ich auf der Welt?* Dies war der letzte Eintrag. Ich nickte. Das hatte sie ein paar Tage vor der Begegnung mit Fanny auf dem Bahnsteig an der Haltestelle Opéra geschrieben.

Ich blätterte weiter und sah mehrere unzusammenhängende Zeichnungen: Kinder, die in einem Park voller Rosen spielten, eine Mutter, die in einem dunklen Meer ihrem Kind die Brust gab, und einen alten Mann schlafend in der Metro, der ein Buch auf dem Schoß hielt. Sie waren alle mit dem blauen Kugelschreiber gemalt worden, den ich bereits kannte. Auf der nächsten Seite entdeckte ich eine kurze, aber erschreckende Notiz von ihr.

Seit meiner Geburt sind dreißig Jahre vergangen. Erst mit fünfzehn habe ich begonnen, eigenständig zu denken. Nach und nach lernte ich die Welt kennen, die Menschen, lernte, was Großzügigkeit bedeutet, Neid, Schmerz. Ich wusste, wo und wer ich war. Doch kurz darauf habe ich mich verloren. Ich ließ zu, dass andere für mich entschieden, und habe mich verloren. Ich bin nicht mehr Judith Arlington. Zumindest nicht mehr jene Judith, von der ich als Kind geträumt habe. Ich wollte jemand sein, ich wusste, wer ich sein wollte. Aber das Leben hat es nicht zugelassen. Oder war es vielleicht meine Schuld? Vielleicht wenn ich …

Ich hörte auf zu lesen, klappte langsam das Heft zu und blickte voller Scham, dass ich in ihre Intimsphäre eingedrungen war, vor mich hin. Ich fühlte mich schrecklich. Wie ein Dieb. Es tat mir aufrichtig leid, dass ich entschieden hatte, in ihr Heft zu sehen, anstatt es ihr so schnell wie möglich wiederzugeben. Es war ihr Notizbuch, und ich hatte kein Recht, es zu lesen.

Ich zog das Bierglas zu mir herüber und schob das Heft an den Rand des Tisches. Dann trank ich ein paar Schlucke, bis das Glas beinahe leer war. Ein Blick auf die Uhr verriet mir, dass Judith frühestens in anderthalb Stunden wie jeden Tag die Grünanlage an der »Ich-liebe-dich-Mauer« aufsuchen würde, um danach wie immer mit der Metro ins Stadtzentrum zurückzukehren.

Erneut litt ich unter den mir bereits bekannten Symptomen: Bauchschmerzen, Übelkeit, Schwindel … Zunächst versuchte ich mich selbst davon zu überzeugen, dass all das davon kam, dass ich mein Bier so schnell getrunken hatte, doch nach einer weiteren halben Stunde merkte ich, dass mein Zustand sich mit jeder Minute verschlimmerte, denn die Ursache dafür war Judith. Der Zeitpunkt, sie aufzusuchen, rückte näher, doch vorher wollte ich, genau wie bei meinem letzten Versuch, eine Runde durch das Viertel machen, und diesmal ging ich gezielt zu dem Blumenladen hinüber. Denn ich dachte, dass ein hübscher, dezenter Strauß nach dem Schrecken, den ich ihr in der Metro eingejagt hatte, angebracht wäre.

»Welche Blumen möchten Sie, Monsieur?«

»Mhm …« In diesem Augenblick erschienen mir alle gleich, und ich war von den vielen bunten Blüten völlig überfordert. »Ich nehme ein paar von denen.«

»Sind Sie sicher, Monsieur?«

»Ja, die werden ihr gefallen.«

»Aber diese weißen Blüten verwenden wir eigentlich nur, um große Sträuße zusätzlich ein wenig anzufüllen. Ehrlich gesagt, werden sie niemals einfach so gekauft.«

»Mhm …« Die Blüten waren anders als die anderen und wirkten wie weiße in der Luft tanzende Sterne, weil ihre Stiele so zart waren, dass man sie kaum sehen konnte. »Ich verstehe, aber ich möchte sie trotzdem. Könnten Sie mir einen Strauß davon zusammenstellen?«

»Natürlich.« Der Verkäufer sah mich verwundert an. »Ich nehme dafür den gleichen Preis wie für die Margeriten, in Ordnung?«

Der Mann band einen duftigen Strauß zusammen und umwickelte die Stiele mit einer beigefarbenen naturbelassenen Kordel. Ich nahm ihn beglückt entgegen und ging denselben Weg zurück, die lange, schmale Straße mit den grauen Pflastersteinen entlang, die von hohen weißen Gebäuden mit bläulichen Mansarden gesäumt wurde und über die vor mir bereits

Tausende Menschen mit ihren Freuden und Sorgen geschritten waren. Irgendwie fand ich diesen Gedanken beruhigend. Ich kam an mehreren Cafés vorbei, auf deren Terrassen die Bewohner des Viertels die letzten Sonnenstrahlen genossen, und an einigen Geschäften, die mediterranes Essen zum Mitnehmen anboten. Dabei dachte ich daran, dass Judith und ich in einer Sommernacht in den Laden des alten Monsieur Talos gehen könnten, um dort dessen berühmten Auberginensalat mit Fetakäse und frische Moussaka zu kaufen.

Als ich die Place des Abbesses erreichte, betrat ich, ohne auf die Uhrzeit zu achten, sogleich die Grünanlage am Square Jehan-Rictus. Ich hielt den Blumenstrauß in derselben Hand wie das Heft und fegte mit der freien Hand ein paar Blätter von der Bank. Mit einem Seufzer ließ ich mich anschließend darauf nieder.

»Was soll das eigentlich?« Die Stimme des Glücks sprach von der Bank direkt hinter mir. Es war Judith, die mit dem Rücken zu mir saß und die ich bis dahin nicht bemerkt hatte. Wie benommen drehte ich mich um und sah sie an.

»Entschuldigung, was haben Sie gesagt?« Ich stand auf und sah ihr ins Gesicht. Ein zarter frischer Duft wehte zu mir herüber.

»Was ich gesagt habe? Sie haben mich genau verstanden. Ich habe Sie gefragt, was das soll? Warum folgen Sie mir?«

»Äh … Das, das tut mir leid.«

»Das tut Ihnen leid?« Ihre Miene war undurchdringlich. »Sagen Sie …« Nun wirkte sie deutlich verärgert. »Ist das nicht mein Heft?« Sie zeigte auf das blaue Notizbuch, das noch immer auf meiner Bank unter dem Blumenstrauß lag.

»Ja, genau. Ich wollte es Ihnen geben.« Anstatt des Heftes gab ich ihr den Strauß mit den weißen Sternenblumen.

»Und jetzt schenken Sie mir Blumen?«

Sie begann zu lachen.

Ich hätte nie gedacht, dass ein Lachen eine derart angstlösende Wirkung haben kann. Der fröhliche Klang entspannte mich auf der Stelle, und endlich konnte ich mit ihr reden.

»Ja, Blumen, und hier ist auch Ihr Heft. Sie haben es vorhin in der Metro liegen gelassen.«

Sie nahm es entgegen und berührte dabei für einen Augenblick meine Hand. Für ein paar Sekunden blickten wir uns in die Augen, und diesen Moment werde ich mein ganzes Leben nicht vergessen.

»Danke. Ich dachte schon, ich würde es nie mehr wiedersehen. Es waren so viele Leute im Zug, und wer bringt einem schon ein Heft hinterher? Vielen Dank noch mal.«

Sie lächelte und wurde rot.

»Keine Ursache, Judith.« Ich lächelte ebenfalls – wahrscheinlich ziemlich dämlich. Und als ich ihr erneut ins Gesicht sah, merkte ich wieder diesen wachsamen Blick. »Aaah! Sie fragen sich, wieso ich Ihren Namen weiß, oder?« Sie zog die Augenbrauen hoch und nickte. »Das ist eine … eine lange und sehr schöne Geschichte. Wenn Sie einverstanden sind, mit mir einen Kaffee zu trinken, erzähle ich sie Ihnen.«

»Ich weiß nicht … Ehrlich gesagt, haben Sie mich in der Metro zu Tode erschreckt … Ich dachte schon, Sie wollten mich ausrauben.«

Ich lachte. »Ich bin zwar knapp bei Kasse, aber zum Glück ist es so weit noch nie gekommen.« Sie stimmte in mein Lachen ein. »Und? Ein Kaffee und ich erzähle Ihnen alles?«

»Dann sag mir vorher, wie du heißt.« Wie selbstverständlich war sie zum Du übergegangen.

»Nico … Nicolas Cambril.« Ich streckte ihr meine Hand entgegen, und sie schüttelte sie. Und in diesem Moment hätte ich vor Glück fliegen können.

»Wohin möchtest du gehen?«

»Dort oben gibt es ein kleines Café, in dem der Kaffee sehr gut ist. Gehen wir dorthin?«

»Sicher. Ich folge dir.«

Wir verließen die Grünanlage und ließen all die »Ich-liebedichs« an der Mauer zurück, die ich in diesem Moment am liebsten in allen Sprachen laut herausgeschrien hätte. Sie zu lieben? Einfach so? Ohne sie zu kennen? War das möglich? Ja! Zumindest spürte ich, dass ich unbedingt in ihrer Nähe sein, zu ihrem Leben gehören, sie zu einem Teil meines Lebens machen wollte. Ich spürte jetzt schon, dass sie meinem Leben Licht und Ruhe gab.

»Woher kommst du?«

»Äh … einen Moment, Nicolas … Nico.« Sie lächelte, und ich starrte gebannt auf ihren Mund. Der Schmerz in mir ließ nach, doch dafür brannte ich lichterloh. »Wolltest du mir nicht gerade erzählen, woher du meinen Namen weißt?«

»Stimmt. Entschuldige. Ich habe dein Heft aufgeschlagen, und dort stand er, gleich auf der ersten Seite«, log ich.

»So, so.« Sie sah mich mit hochgezogenen Augenbrauen an. Sie glaubte mir kein Wort.

»Bist du Amerikanerin?«, fragte ich schnell.

»Ja … Ich stamme aus Washington, meine Familie lebt noch immer dort.« Ich ging neben ihr her und blickte auf ihre Füße. Dabei stellte ich fest, dass sie den rechten Fuß weiter nach außen drehte als den linken. Sofort verliebte ich mich in diese kleine Besonderheit. »Aber gerechterweise bin ich jetzt dran mit Fragen.«

»Wie? Entschuldige!« Ich versuchte das Lächeln, das der vorwitzige nach außen blickende Fuß in mir hervorrief, zu unterdrücken.

»Ich will damit sagen, dass es, wenn wir uns jetzt kennenlernen, doch gerechter wäre, wenn jeder von uns gleich viele Fragen stellen könnte, oder?«

»Keine schlechte Idee. Das ist wirklich gerecht. Also schieß los.«

»Woher kennst du meinen Namen?«

»Woher weißt du, dass ich gelogen habe?«

»Nico, beantworte erst meine Frage. Dann bist du dran.«

»In Ordnung …« Am liebsten wäre ich vor Scham im Boden versunken. »Also: Du musst wissen, dass ich für die Pariser Metro arbeite. Ich überwache dort in der Kontrollzentrale die Monitore, über die wir die Passagiere im Auge behalten, um Zwischenfälle in der Metro gleich melden zu können …«

»Aha. Und was hat das mit mir zu tun?«

»Eines Tages habe ich dich gesehen. Und dann wieder. Und wieder.« Judith schaute mich verständnislos an, und ich blickte beschämt zu Boden, während wir den Montmartre hinaufgingen. »Und eines Tages … dachte ich, dass du dich vor einen Zug werfen wolltest, und habe eine Sicherheitsfrau zu dir geschickt, um dich zurückzuhalten.«

Sie blieb abrupt stehen, riss überrascht ihre großen dunklen Augen auf und stieß mich laut lachend in die Seite.

»Was? Du hast gedacht, dass ich mich umbringen wollte? Ich habe mich zu Tode erschreckt, als plötzlich diese Kampfsportlerin auf mich zuhechtete!«

Wir hatten das Café erreicht, und ich zog auf der Terrasse einen Stuhl für sie zurück, damit sie sich setzen konnte, bevor ich ihr gegenüber Platz nahm. Inzwischen war die Sonne untergegangen. Bald würden die Sterne uns Gesellschaft leisten.

»Du musst wissen … Wie ich schon gesagt habe, bist du mir mehrfach über die Kameras aufgefallen. Und, na ja … Ich weiß nicht, wie ich es erklären soll … Irgendwann habe ich mir eingebildet, dass du von meinen Beobachtungen weißt, und habe beschlossen, dass ich dich kennenlernen will.« Sie schwieg und sagte nichts darauf. Dann nickte sie und hörte mir weiter zu. »Ein Kollege hat dich reden hören und mir gesagt, dass du Amerikanerin bist. Eine andere Kollegin ist an dir vorbeigegangen und hat mir erzählt, dass du gut riechst.« Sie lächelte und zog eine Augenbraue hoch. Das steigerte meine Sehnsucht nach ihr noch und schürte mein brennendes Verlangen. »Und ich … Also, ich habe zwei Zeichnungen von dir gefunden, die mir beim Schreiben geholfen haben.« Sie sah mich erstaunt an.

»Okay … Mit dieser Geschichte hast du nun erreicht, dass mir noch mehr Fragen auf der Seele brennen. Wahrscheinlich würde jede andere Frau an meiner Stelle die Flucht ergreifen …« Ich hob den Blick und sah sie flehend an. »Aber … Irgendwie gefällst du mir. Ich mag es, dass du mir die Wahrheit sagst, Nico. Obwohl ich jetzt immer noch nicht weiß, wie du meinen Namen erfahren hast.« Sie biss nachdenklich auf ihre Unterlippe, und ich hatte das Gefühl, dass mich ein Stromstoß durchfuhr.

»Na ja … das war so: Eine Kollegin meinte, sie habe dich mehrfach in diesem Viertel gesehen. Daher kam ich auf den Gedanken, dass ich dir hier vielleicht begegnen würde. Ich wusste, dass du manchmal hierher gehst und habe in der Grünanlage auf dich gewartet und …«

»Du bist der junge Mann, der uns neulich abends die Bank überlassen hat!« Ich nickte lächelnd. »Deswegen kam mir dein Gesicht bekannt vor … Gut, Nico … Und jetzt, da diese Sache einigermaßen geklärt ist, bist du an der Reihe.«

»Möchtest du morgen mit mir frühstücken?«

Sie lachte. »Wäre das Übliche nicht eine Einladung zum Abendessen oder zum Mittagessen? Ein Frühstück?« Ich nickte lächelnd und merkte, dass sie mir auf den Mund sah. Und erneut an ihrer Unterlippe nagte. »In Ordnung. Frühstücken wir morgen zusammen. Aber vorher … essen wir zu Abend.«

Nachdem der Kellner uns den Kaffee serviert hatte, zündete er eine kleine, bereits halb heruntergebrannte Kerze in einem Glas an. Dann brachte er uns die Speisekarte. Nachdem wir bestellt hatten, meinte Judith plötzlich:

»Nico ... Da ist etwas, was ich nicht verstehe ...« Sie rührte langsam in ihrem Kaffee, in den sie den gesamten Inhalt des Zuckerpäckchens gestreut hatte. »Du hast mir eben erzählt, dass du einmal, als du mich auf dem Monitor gesehen hast, dachtest, dass ich dir zulächle. Aber wie kann das möglich sein? Nein, natürlich ist es nicht möglich ... Ich wusste ja gar nicht, dass du im Kontrollzentrum sitzt und mich siehst.« Sie zuckte die Achseln und lächelte. »Ehrlich gesagt, habe ich immer gedacht, dass diese Kameras von Robotern überwacht werden.«

»Von Robotern?« Beinahe hätte ich mich vor Lachen verschluckt. »Nein! Das machen meine Kollegen und ich. Wir achten auf alles, was uns ungewöhnlich erscheint, damit nichts passiert. Wir sind sozusagen die Augen der Sicherheitsleute in den Metrogängen.«

»Wann war denn das mit dem Lächeln?«

»Mhm ... Ich glaube, das war Mitte Juni.«

Judith starrte nachdenklich über meine Schulter. Sie war wirklich wunderhübsch, und noch nie hatte ich mich einem Gesicht gegenübergesehen, das ich so gern geküsst hätte.

»Jetzt weiß ich!«, rief sie plötzlich, und mein Herz machte einen kleinen Hüpfer. »Es könnte an dem Tag gewesen sein, an dem ich mit meinem Bruder telefoniert habe. Wochenlang hatte ich nichts von ihm gehört, und dann rief er mich plötzlich an, und ich habe mich so gefreut. Ich hatte das Gespräch gerade beendet, als ich in die Metro hinuntergegangen bin. Und ich war wohl sehr glücklich. Das muss es gewesen sein.«

Schön blöd war ich, dass ich mir eingebildet hatte, sie könnte etwas sagen wie: Oh, Nico, ich habe einfach gespürt, dass du mich von der anderen Seite der Kamera aus beobachtest, und wollte dir ein Zeichen geben …

Aber was machte das schon, wenn meine Traumfrau doch nun hier mit mir am Tisch saß, sich mit mir unterhielt, lachte, etwas fragte und das sehnsuchtsvolle Ziehen in meinem Unterleib von Minute zu Minute zunahm.

»Hast du vielleicht Lust, noch etwas spazieren zu gehen und den Nachtisch woanders zu essen?«, schlug sie schließlich vor.

Und ob ich Lust hatte!

»Warum nicht?«, sagte ich. »Weißt du, was wir machen? Hier ganz in der Nähe gibt es eine Patisserie, die bis Mitternacht geöffnet ist. Wir könnten dort etwas kaufen und es ganz oben auf dem Montmartre essen. Von dort hat man eine wunderbare Aussicht auf die Stadt, und zu dieser Zeit sind kaum noch Leute da.«

»Du willst mich wohl an einen einsamen Ort entführen, was?« Ich wusste nicht, was ich darauf sagen sollte. Die Wahrheit war, dass ich sie am liebsten am nächstliegenden einsamen Ort auf der Stelle vernascht hätte … »Nun guck nicht so, das war nur ein Scherz! Genau das machen wir, eine großartige Idee.«

Wir spazierten länger in den leeren Straßen des Montmarte, als wir gedacht hatten. Wie hätte es auch anders sein können! Erzählen diese Straßen denn nicht unzählige Geschichten aus der Vergangenheit von all den Menschen, die dort gelebt haben. Straßen, die mit vielen kleinen Lämpchen geschmückt sind und wie in einer Seifenblase über Paris zu schweben scheinen – eine magische Welt, fernab vom Lärm der Stadt. Mit Blumen an den Fenstern, die am Morgen ihren Duft verströmen, um ihn den wenigen mutigen Menschen zu schenken, die sich entscheiden, ihr Leben zu leben: Lilien, Rosen, Geranien, Jasmin, Primeln, Ringelblumen, Zinnien und Petunien. Mit Judith an meiner Seite war ich plötzlich empfänglich für alles Schöne, und wir waren ein Teil von diesem wunderbaren Bild, in dem wir nebeneinander her schlenderten und uns unterhielten. Das Leben schien ein anderes zu sein. Und auch die Zeit verlief in einem anderen Rhythmus.

Als wir die Patisserie erreichten, hatte diese zu unserem Erstaunen bereits geschlossen. Wir hatten gar nicht gemerkt, wie spät es geworden war. Dennoch entschieden wir uns, bis ganz nach oben auf den Montmartre zu gehen, um die Nacht mit dem Blick auf die funkelnde Stadt zu beschließen.

»Das sind wunderschöne Blumen, vielen Dank.« Judith berührte mich mit dem Strauß, den ich ihr geschenkt hatte, leicht an der Schulter.

»Der Blumenhändler wollte sie mir zuerst gar nicht verkaufen, weil es angeblich gar keine richtigen Blumen sind.«

Ich lachte.

»Mag sein, ich finde, es sind die schönsten überhaupt. Sie heißen ›Schleierkraut‹.« Sie hielt ihr Gesicht in den duftigen Strauß. »Pfingstrosen mag ich auch sehr gern. Meine Großmutter hatte ganz viele davon in ihrem Garten. Sie hatte eine wunderschöne Holzveranda mit weißen Säulen, die von rosafarbenen Blüten umgeben waren. Es war einzigartig, dort als Kind den Sommer zu verbringen.« Jedes ihrer Worte verriet tiefe Sehnsucht. »Fändest du es nicht auch manchmal schön, die Zeit zurückdrehen und wieder ein Kind sein zu können?«

»Sicher. In letzter Zeit denke ich beinahe täglich daran. Es wäre großartig, noch einmal jeden Tag genießen zu können. Zu wissen, dass alles gut geht. Oder dass es nicht gut geht. Aber das zu wissen und die Zeit vorher zu nutzen wäre auch nicht schlecht.«

»Ja. Die ganze Zukunft ist doch irgendwie Mist.«

Ich musste lachen.

»Was? Was habe ich denn so Witziges gesagt, Nicolas?«

»Entschuldige bitte … Aber das kannst du doch nicht ernst meinen. Das sind die Worte eines Selbstmordkandidaten.« Ich grinste. »Und das aus dem Mund einer so jungen Frau … Du hast doch dein ganzes Leben noch vor dir. Wie kannst du da sagen, dass die Zukunft Mist ist?«

»Ach, ich weiß nicht …« Sie lehnte sich gegen eine Straßenlaterne, und der Wind bauschte ihr gelbes Seidenkleid auf. »Manchmal wünsche ich mir, ich wäre niemals erwachsen geworden. Ich wäre gern noch ein kleines Mädchen.«

»Ich wäre lieber noch mal ein Teenager.«

»Ein Teenager? Mit fünfzehn oder sechzehn Jahren? Auf keinen Fall! Das war eine furchtbare Zeit!«

»Warum? Du warst doch sicher wunderhübsch!« Freunde, das musste ich einfach sagen. Wenn ihr sie in diesem Moment gesehen hättet, mit dem Kleid, das ihre Beine umspielte …

»Darauf kommt es überhaupt nicht an. Ich meine, die Zeit, wenn man allmählich erwachsen wird und merkt, dass das Leben kein Zuckerschlecken ist. Dass man furchtbar viel arbeiten muss, um einigermaßen gut leben zu können, dass die Menschen lügen und neidisch sind.« Ihre Stimme wurde lauter. »Sie machen dich krank, lassen dich leiden, lügen noch mehr … Das Leben ist einfach Mist.«

»War das nicht die Zukunft, die Mist ist?«

Wir setzten uns auf eine Treppenstufe unterhalb der Sacré-Cœur.

»Genauso ist es, Nico. Die Zukunft *und* das Leben sind Mist. Aber … Manchmal lohnt es sich auch.« Sie sah mich an und legte ihre Hand auf meine. Ich wusste, dass dies meine Chance war. Wenn ich sie für mich gewinnen wollte, für immer vielleicht, dann musste ich sie in diesem Moment küssen. Unter dem Sternenhimmel von Paris, der unseren Kuss millionenfach bezeugen würde. Doch ich wartete zwei Sekunden zu lang … und dann war der Augenblick vorbei. »Danke, Nico. Du bist wirklich nett. Wir werden sicher gute Freunde werden, das spüre ich.«

Gute Freunde?

Diese Vorstellung war nun wirklich *Mist.*

4

»Schon drei Uhr morgens«, sagte Judith mit einem Blick auf ihre Uhr. »So lange habe ich mich noch nie mit jemandem unterhalten, den ich gerade erst kennengelernt habe. Ich wohne im Zentrum, deshalb werde ich mir wohl ein Taxi nehmen.«

»He, einen Moment, Judith.« Sie machte Anstalten aufzustehen, doch ich zog sie an der Hand zurück auf die Stufen, diesmal jedoch deutlich näher zu mir hin. »Du hast versprochen, dass du mit mir frühstückst.«

»Ja, aber erst morgen früh.«

»Komm … Das sind doch nur noch ein paar Stunden. Es ist so eine schöne Nacht.«

»Willst du etwa die Geschichte von *Before Sunrise* wiederholen?«

»Ich habe keine Ahnung, wovon du sprichst.«

»Hast du den Film etwa nicht gesehen?«

»Bis gerade habe ich noch nicht mal gewusst, dass es sich um einen Film handelt. Worum geht es denn da?«

»Um die Liebe. Nein, warte. Es geht nicht um die Liebe. Zumindest nicht nur. Es geht um das Leben. Das gibt's ja nicht, dass du den Film nicht kennst!«

»Ich hab's nicht so mit Liebesfilmen.«

»Dieser würde dir gefallen.«

»Und worum geht es da? Nachdem du mich jetzt so neugierig gemacht hast, musst du es mir erzählen!« Ich legte den Arm um sie, rein freundschaftlich natürlich, doch sie stand auf und erzählte mir den Inhalt des Films, während sie vor mir auf und ab ging, die weißen Stufen hinunter und wieder hinauf, die mich von nun an für immer an ihre fröhlich umherspringenden Füße erinnern würden.

»Ein Mann und eine Frau lernen sich im Zug kennen. Sie beschließen, zusammen auszusteigen und die Nacht in Prag, nein, in Wien zu verbringen, bevor sie sich wieder trennen. Dabei verlieben sie sich ineinander und nehmen sich vor, sich sechs Monate später am selben Ort wiederzutreffen.« Sie blieb abrupt stehen. Lächelte mich an. Ich verschlang sie mit den Augen und brachte gerade noch die Worte heraus:

»Und das war's?«

»Nicolas Cambril, du musst diesen Film sehen!« Sie beugte sich zu mir herunter, legte mir die Hände auf die Schultern und sagte mit einem tiefen Bick in meine Augen:

»Wenn du ihn gesehen hast, sag mir, wie du ihn findest.«

»Das mache ich gern, aber dann musst du mir deine Telefonnummer geben.« Immerhin war ich so gewitzt, sie so ganz nebenbei nach ihrer Telefonnummer zu fragen …

Die Stadt schlief zu unseren Füßen. In der Ferne schimmerten die Laternen, die Straßen aus einer anderen Zeit zu beleuchten schienen, Straßen ohne Menschen, ohne Autos, ohne jegliche Bewegung, ohne irgendeine Farbe. Es wirkte wie die Kulisse eines Traums, in dem Judith und ich die Könige waren. Hin und wieder, wenn sie etwas sagte und ganz selbstvergessen ins Unendliche blickte, sah ich sie unauffällig von der Seite an, um mich davon zu überzeugen, dass es auf der ganzen Welt niemanden wie sie gab. Was war es, was mich derart gefangen hielt? Warum faszinierte sie mich so? Noch nie zuvor hatte ich mich derart von jemandem angezogen gefühlt.

Ich spürte, dass sie das Wasser war, das meinen Durst löschen konnte. Aber gleichzeitig war sie auch mein Durst. Es war ein Fluch und ein Segen. Noch nie hatte ich mich so ausgeglichen gefühlt. Und zugleich war ich noch nie so nervös. Ich wollte für immer an ihrer Seite sein, ich wollte ihren Duft riechen, ihre Wärme fühlen, ihre Stimme hören. Und zugleich erschreckte es mich, sie auf diese irrationale Art zu brauchen. Meine Güte, wir hatten uns doch gerade erst kennengelernt! Ich sah sie verstohlen an, während sie irgendetwas sagte, und fragte mich, wie es möglich war, dass ich mich so sehr nach ihr sehnte. Ohne sie konnte es kein Morgen geben.

Ich weiß, dass ihr es versteht, Freunde! Ich weiß es, weil ihr euch entschieden habt, meine Geschichte zu lesen. Ihr wisst, was es bedeutet, sich nach jemandem zu verzehren, egal, ob man ihn schon in den Armen hatte, oder nicht? Es ist nicht nötig, die Liebe bereits real erfahren zu haben, um zu wissen, was man empfindet. Ihr wisst, dass beinahe jeder Mensch eine Leere in seinem Innersten spürt, die sich nur mit Liebe füllen lässt.

Ob es stimmt, dass es für jeden von uns nur einen Menschen auf der Welt gibt, der der Richtige ist? Ich weiß es nicht. Und so wie die Dinge zwischen uns liefen, konnte ich nur hoffen, dass es nicht so war. Denn wenn sie in mir nur einen guten Freund sah, wäre ich dann ja für den Rest meiner Tage verloren gewesen.

Vor ein paar Jahren habe ich mal einen Chinesisch-Kurs belegt. Ein Freund, der aus beruflichen Gründen ein paar Brocken Chinesisch brauchte, hatte mich überredet mitzukommen. Ich muss gestehen, ich habe fast alles vergessen, aber an eine Sache erinnere ich mich genau: Der Lehrer erzählte uns einmal, dass man in Ostasien glaubt, dass jeder Mensch von Geburt an über einen roten Faden am kleinen Finger mit einem anderen Menschen verbunden ist. Von unserem Herzen aus würde eine Arterie in immer kleineren Verästelungen bis hin zu unseren kleinen Fingern führen. Na ja, und die Vorstellung besagt, dass von dort aus ein roter Faden bis zu dem kleinen Finger eines anderen führt. Das kann ein Lebenspartner sein, ein Freund oder das eigene Kind. Aber wer es auch ist, man ist ein Leben lang mit ihm verbunden. Der Faden kann sich zusammenziehen, sodass man sich einander nähert, oder sich spannen, sodass man sich voneinander entfernt, aber er wird niemals zerreißen. Vielleicht war Judith der Mensch am anderen Ende meines roten Fadens. Möglicherweise waren noch ein paar andere Menschen auf diese Weise mit mir verbunden, das will ich nicht abstreiten. Aber ich kann euch versichern, dass es für mich in dieser Nacht keinen anderen kleinen Finger mehr gab als den von Judith.

»Woran denkst du gerade?«, fragte sie plötzlich.

»Daran, dass wir bald runter in die Stadt gehen sollten, es wird gleich hell«, sagte ich schnell.

»Das trifft sich gut … Ich bekomme allmählich Hunger. Gilt das mit dem Frühstück noch, oder habe ich dich mit meinem Gerede gelangweilt oder erschreckt?«

Erschreckt schon, weil ich fürchtete, mich noch mehr in sie zu verlieben. Gelangweilt? Sie? Niemals!

»Überhaupt nicht, ich möchte noch ganz viel von dir wissen.«

»Wie schön, das geht mir genauso!« Wieder drückte sie meine Hand, und ich fürchtete, ohnmächtig zu werden.

»Gut, also … Wir können in das Bistro einer Freundin von mir gehen. Dort gibt es die besten Croissants der Stadt. Was süße Sachen angeht, ist sie unübertrefflich.«

»Ich bin dabei.«

Wir standen auf und spazierten durch die noch dunklen Straßen von Paris. Es würde noch mindestens eine Stunde dauern, bis die Sonne die Bürgersteige mit ihren Strahlen überflutete. Der Spaziergang war genauso anregend wie unser Gespräch auf den Stufen von Montmartre. Ich erzählte Judith von meinen Freunden, von Karims Problemen, von Monsieur Briand, von der Entschiedenheit, mit der Charlotte ihrer Krankheit begegnete. Geschichte für Geschichte erreichten wir schließlich Carols Bistro. Zu meiner Überraschung war es noch geschlossen, und in der Tür hing eine Nachricht, dass sie an diesem Tag erst um elf Uhr öffnen würden. Enttäuscht starrte ich auf das Schild, doch im nächsten Augenblick wurde mir klar, dass dies das Beste war, was mir hätte passieren können.

»Hoppla, Nico. Und was nun? Weißt du, wo man hier in der Nähe sonst noch hingehen könnte?«

»Ja.« Ich lächelte. »Zu mir. Ich wohne gleich um die Ecke. Wir könnten unterwegs etwas zu essen kaufen und es uns in meiner Mansarde schmecken lassen.«

»Du wohnst unterm Dach?!«, rief sie überrascht aus. »Das ist ja herrlich pariserisch! Einverstanden, gehen wir.«

In einer Bäckerei kauften wir ein frisches Baguette. Judith hakte sich bei mir ein. Als wir vor meinem Haus standen, trat ich zur Seite, nahm den Schlüssel aus der Hosentasche und versuchte ihn ins Schloss zu stecken. Allerdings war ich so aufgeregt, dass es mir kaum gelang. Ich hatte Visionen von Judith, die sich gleich im Treppenhaus auf mich stürzen würde, um auf den Steinstufen mit mir Liebe zu machen. Nachdem es mir endlich gelungen war, die Tür zu öffnen, drehte ich mich zu ihr um. Sie beobachtete ein paar Tauben, die in einer Pfütze herumtollten. Ich ließ ihr den Vortritt, und sie ging eine Treppe nach der anderen hinauf – ohne mir die Kleider vom Leib zu reißen. Sie ging nur immer weiter, bis wir oben angekommen waren. Dann erst fiel mir schlagartig ein, dass meine Wohnung ziemlich unaufgeräumt war.

»Ich fürchte, hier drin sieht's ziemlich chaotisch aus.« Ich öffnete die quietschende Tür und ließ sie eintreten.

»Na ja … Das ist doch gar nicht so übel. Sehr gemütlich. Mit ein paar … schöneren Möbeln …« Sie sah mich fragend an, um zu ergründen, ob sie mir auf den Schlips getreten war.

» … und etwas sauberer, aufgeräumter und besser mit Lebensmitteln ausgestattet …«

»… wäre es die ideale Wohnung.« Wir lachten.

Mit Judith war alles so einfach.

»Nico, ich möchte nicht, dass du schlecht von mir denkst«, sagte sie plötzlich, während ich den Frühstückstisch deckte.

»Wie? Warum sollte ich das tun?« Schließlich war sie das wunderbarste Wesen auf der Welt.

»Nun ja. Wir haben uns gerade erst kennengelernt.« Sie setzte sich aufs Sofa. »Du könntest denken, dass ich verrückt bin oder völlig naiv, weil ich einfach so mit in deine Wohnung gekommen bin … Aber das bin ich nicht, ehrlich. Ich finde es einfach schön mit dir.«

»Ich finde es auch schön mit dir. Und ich würde niemals schlecht von dir denken.«

Sie lächelte. »Ich helfe dir beim Tischdecken. Hast du Milch?«

»Nein. Aber ich könnte Tee machen.«

»Perfekt.« Sie stand auf und nahm zwei saubere Tassen aus dem Schrank, um darin den Tee aufzugießen. Dann stutzte sie plötzlich und starrte auf die Wand.

»Hey, Nico! Das sind ja meine Zeichnungen!«

Ich wurde rot. Eine Millisekunde lang überlegte ich, wie ich ihr erklären sollte, dass ich die erste aus dem Müll gekramt hatte und die zweite – schlimmer noch – von einem Kollegen aus dem Abfall hatte retten lassen.

»Ja. Ich habe dir doch schon gesagt, dass ich sie … äh … mitgenommen habe.« Ich sah sie verlegen an. Sie lächelte. Mit Judith war alles einfach.

»Du hast gesagt, dass sie dir beim Schreiben helfen, oder?« Sie stellte die Teetassen auf den Tisch.

»Ja. Es ist schwierig zu erklären. Als ich deine Zeichnungen gesehen habe, war das wie eine Erleuchtung. Plötzlich kamen mir jede Menge Ideen in den Sinn. Vor allem am Anfang.«

»Na, dann mache ich noch mehr für dich.«

Es klang wie ein Versprechen. Denn für mich hieß das: Dann mache ich noch mehr für dich, und zwar für den Rest meines Lebens, keine Sorge. Ich lächelte.

»Das klingt super.«

»Hm, so wie ich das sehe, haben wir nichts, womit wir das Baguette essen könnten.«

»Stimmt, weder Käse noch Marmelade. Ich gehe schnell nach unten in den Laden. Er öffnet um sieben, dürfte also kein Problem sein.«

»Wunderbar. Ich warte hier auf dich, wenn das für dich in Ordnung ist.«

Ob es für mich in Ordnung ist, wenn du in meiner Wohnung bleibst? Bleib doch für immer, Judith Arlington, ich flehe dich an …

5

So glücklich wie nie zuvor in meinem Leben sprang ich die Treppe hinunter. Ich schien regelrecht von Stufe zu Stufe zu schweben. Das Lächeln war nicht mehr von meinem Gesicht verschwunden, seit ich am Abend zuvor endlich die ersten Worte mit ihr gewechselt hatte. Jede Minute, in der ich ihr zuhörte, gefiel sie mir besser. Ständig summte ich das Lied *Walking on Sunshine* vor mich hin. In all meinem Glück gab es nur einen Wermutstropfen: Sah Judith wirklich nur einen guten Freund in mir? War es möglich, dass sie tatsächlich nicht merkte, wie sehr ich mich von ihr angezogen fühlte? Hätten wir uns unsere animalischen Instinkte bewahrt, wäre ihr bereits aufgefallen, dass ich mich niemals mehr von ihr trennen wollte, dass ich sie in jeder Sekunde, die ich mit ihr verbrachte, zu der meinen machen wollte, dass ich von ihr träumen, mit ihr leben, sie lieben und umarmen wollte. Ich liebte ihre unternehmungslustigen Füße. Ich liebte ihr blondes, zerzaustes Haar. Ich liebte ihre Stimme, wenn sie sagte: »Das ganze Leben ist Mist.« Ich liebte alles an ihr.

Nun musste ich nur noch erreichen, dass sie mich genauso liebte.

Wie erwartet, stand bei Antoine im Laden die Ware schon am frühen Morgen für seine Kunden bereit. Er führte seit Jahren im Viertel ein kleines Geschäft für regionale Produkte: Käse jeglicher Art – Emmentaler, Schweizer Käse, Käse mit Pfeffer, Dill und Rosinen, süßen Quark, Gruyère … Eier von Bauernhöfen in der Nähe, Schokolade, Pralinen, Kaffee- und Nuss-Bonbons, Schokoladenpulver … Pasteten, die unterschiedlichsten Wurstwaren, Gewürze aus aller Welt, Safran, Zimt, Fenchelsamen, Kardamom … Rotwein, trockenen Schaumwein, süßen

Wein und Liköre. Antoine führte das Familiengeschäft in der dritten Generation. Rein äußerlich war er ein Abbild seines Vaters und seines Großvaters: die fliehende Stirn, Pauspacken und ein wachsender Bauchumfang, der die Hose zu sprengen drohte. Seine etwas melodischere Stimme unterschied ihn jedoch von seinen Vorfahren, ernsten und rechtschaffenen Männern, die zwei Weltkriege hatten erleben müssen. Die Regale im Laden waren aus grobem Holz und an den Kanten mit rotkarierten Stoffstreifen verziert. Ein paar Familienfotos an den Wänden bezeugten, dass das Geschäft auch während der Jahre des Zweiten Weltkriegs durchgehend geöffnet gewesen war.

Als ich durch die Tür trat, sorgte das Klingeln der Glocke am Türrahmen dafür, dass Antoine sich auf der Leiter, auf der er gerade stand, umwandte, um zu sehen, wer an diesem Morgen sein erster Kunde war.

»Was gibt's Neues, Nico? Wie man sieht, hast du gute Laune«, sagte er, während er, bereits wieder mit den Füßen auf dem Boden, seine Schürze umband.

»Ja …« Meine Füße begannen vor der gläsernen Verkaufstheke beinahe zu tanzen. »Nicht ohne Grund.«

»Was darf es heute sein? Das Gleiche wie immer?«

»Ja, das Gleiche wie immer … Aber für zwei.«

»Aha! Deshalb das Lächeln in deinem Gesicht!«

Ich musste lachen.

»Wir sind nur Freunde.« Ich bemühte mich, die Fröhlichkeit zu bewahren.

»So, so. Gut, dann also heute nicht hundert, sondern zweihundert Gramm Livarot-Käse, ein großes Glas Kirschmarmelade und als Geschenk des Hauses …« Er bückte sich vorsichtig, um nicht mit dem Kopf an die Theke zu stoßen, und richtete sich gleich wieder auf, eine Glasflasche in der Hand, »… eine Flasche Milch vom Hof meiner Schwiegereltern. Na, was sagst du?«

»Wunderbar! Tausend Dank, Antoine.«

Noch besser gelaunt als auf dem Hinweg kehrte ich in meine Mansarde zurück. Zu wissen, dass Judith mich auf der anderen Seite der Tür erwartete, löste in mir ein unkontrollierbares Glücksgefühl aus. Noch immer summte ich das gleiche Lied vor mich hin: »I'm walking on sunshine, oho.« Doch als ich die Mansarde betrat, brach meine Stimme abrupt ab. Judith war nicht mehr da! Ich brauchte zwei Sekunden, um festzustellen, dass sie einfach nur auf meinem Bett eingeschlafen war. Erleichtert stellte ich die Einkaufstasche ganz leise auf den Tisch, wobei ich sie nicht aus den Augen ließ. Sie war so schön. Ihr Kleid war verknittert und ein Stück nach oben gerutscht, sodass ich ihre schlanken Beine sehen konnte. Eine Haarsträhne war ihr ins Gesicht gefallen, die sich bei jedem Atemzug leicht bewegte. Vorsichtig trat ich näher.

Was hätte ich in einer idealen Welt nun am liebsten getan? Ganz einfach, meine Freunde: Ich hätte mich neben sie gelegt und sie umarmt, damit sie sich an mich kuschelt. Am liebsten hätte ich Stunden so verbracht, ohne zu schlafen, nur ihre Wärme, ihren Atem und ihre Bewegungen im Schlaf spürend. Doch da wir nicht in einer idealen Welt leben, gab ich mich damit zufrieden, sie zu betrachten. Ich deckte sie mit ihrem Mantel zu und strich die Haarsträhnen zurück, die ihr schönes Gesicht verdeckten. Dann setzte ich mich und begann zu frühstücken.

Erst ein paar Minuten später fiel mir etwas auf, was vorher nicht auf dem Tisch gewesen war. Judith hatte in meiner Abwesenheit etwas auf ein Blatt Papier gezeichnet. Die Silhouette vom nächtlichen Paris und wir beide, wie wir im Licht einer Straßenlaterne spazieren gingen.

VI

ICH WERDE ALLES GANZ GENAU ERZÄHLEN

1

Der Weckton meines Handys holte mich in die Welt der Lebenden zurück. Nachdem ich Stunden zuvor gefrühstückt hatte, war ich todmüde aufs Sofa gesunken, ohne meine große Liebe aus den Augen zu lassen. Gegen meinen Willen gelangte ich zu der Überzeugung, dass auch ich ein wenig schlafen musste, wenn ich einigermaßen ausgeruht meinen Dienst am Nachmittag antreten wollte. Was die anderen wohl sagen würden, wenn ich ihnen erzählte, dass ich mehr als zwölf Stunden mit meiner Traumfrau verbracht hatte …

Als ich die Augen wieder öffnete, sah ich mich gleich nach Judith um, aber diesmal war sie wirklich nicht mehr da. Ich stand auf und suchte nach der Zeichnung, denn sie war der Beweis dafür, dass all das, was seit dem vergangenen Abend passiert war, wirklich passiert und nicht nur eine Ausgeburt meiner Phantasie war.

Die Zeichnung lag noch auf dem Tisch, und darauf fand ich eine kurze Nachricht: *Wenn du den Film gesehen hast, ruf mich an und sag mir, was du davon hältst. Es war sehr schön gestern. Gruß und Kuss, Judith.* Daneben hatte sie ihre Telefonnummer geschrieben.

Ich stellte fest, dass ein wenig von dem Käse und dem Brot fehlte, außerdem hatte sie ein Glas Milch getrunken, bevor sie gegangen war. Ich betete, dass ich nicht mit offenem Mund schnarchend auf dem Sofa gelegen hatte. Man konnte ja nie wissen ... Aber dass sie ihre Telefonnummer dagelassen hatte, war immerhin ein gutes Zeichen.

Es war bald Zeit, zur Arbeit zu gehen, und ich belegte den Rest des Baguettes mit dem, was noch von dem Käse übrig war, und verschlang es genüsslich. In der Zentrale wartete Charlotte bereits am Kontrollpult auf mich. Wie jeden Tag verbrachten wir die erste halbe Stunde unserer Arbeitszeit damit, alle Monitore zu überprüfen. Wir mussten uns versichern, dass jede Kamera in die richtige Richtung zeigte und das aufnahm, was sie sollte. Außerdem mussten wir kontrollieren, dass die Geräte für die Kommunikation mit den Sicherheitsleuten ordnungsgemäß funktionierten, und über jeden Ausfall, den wir gleich zu Beginn unserer Schicht feststellten, sofort Bericht erstatten. Ihr könnt euch also vorstellen, wie ungeduldig ich war. Ich wollte unbedingt jemandem von meiner Begegnung mit Judith berichten, denn wenn ich das alles erst einmal laut erzählt hätte, würde es mir selbst glaubhafter erscheinen. Doch erst vierzig Minuten später konnte ich die ersehnten Worte sagen:

»Charlotte, ich muss dir etwas erzählen.«

»Du wirst doch wohl nicht schwanger sein«, scherzte sie.

»Ich habe die letzte Nacht mit Judith verbracht.« Charlotte riss überrascht die Augen auf, sodass ich schon fürchtete, sie würden gleich aus den Höhlen fallen und wie Gummibälle über den Boden hüpfen. »Du sagst ja gar nichts.«

»Na, entschuldige mal! Natürlich bin ich sprachlos! Seit Monaten bist du hinter dieser Frau her, und dann knallst du mir das einfach so mit einem Satz vor den Latz! Schäm dich! Jetzt musst du mir alles haarklein berichten. Verstanden?«

»Ja, mein General. Ich werde in allen Einzelheiten Bericht erstatten.«

Ein paar Minuten später konnte ich nicht sagen, ob Charlottes überraschtes Gesicht daher rührte, dass sie die ganze Geschichte so toll oder so bescheuert fand. Denn schließlich hing alles davon ab, wie man es sah.

»Das heißt, ihr habt gar nicht miteinander geschlafen?«

»Nein, wir haben die ganze Nacht über geredet.«

»Na ja, nicht übel«, dämpfte sie meinen Enthusiasmus.

»Ich denke, dass das heutzutage noch viel intimer ist, als mit jemandem ins Bett zu gehen«, verteidigte ich mich.

»Wenn man es so sieht … Vor ein paar Monaten habe ich mit einem Typen gepennt, der, glaube ich, George hieß, und wir haben kaum zehn Worte miteinander gewechselt. Also hast du schon recht, wenn du sagst, dass mit jemandem zu reden intimer sein kann, als mit jemandem zu schlafen. Aber … Wolltest du denn nicht?«

»Natürlich wollte ich! Und wie ich es wollte, Charlotte! Aber ich glaube, dass sie im Moment keine Beziehung möchte; sie hat gesagt, dass wir gute Freunde sein könnten.« Ich betonte das Wort »gute«, um die Ironie deutlich zu machen.

»Na ja, Nico, dann hast du wohl nur zwei Möglichkeiten: Entweder du vergisst die ganze Geschichte, oder du sorgst so bald wie möglich dafür, dass sie nicht nur einen guten Freund in dir sieht. Aber eines musst du wissen: Eine Frau ändert in diesen Dingen selten ihre Meinung. Es tut mir leid, dir das zu sagen, aber wenn sie gleich nach dem Kennenlernen nur einen ›Freund‹ in dir sieht, wird das wahrscheinlich so bleiben. Sorry.«

»Das weiß man nicht …« Dabei fürchtete ich, dass es genau so war. Seit Judith dieses furchtbare, grässliche Wort ausgesprochen hatte.

»Nicolas Cambril, doch, das weiß ich! Ich weiß es, weil es so ist. Wenn eine meiner Freundinnen oder ich selbst einen Typen kennenlernen, der eindeutiges Interesse signalisiert, ist die einzige Möglichkeit, ihn höflich abzuweisen, dass man ihm lebenslange Freundschaft anbietet. Ich sag dir das nicht gern, aber ich glaube, du solltest dich so schnell wie möglich an den Gedanken gewöhnen.«

»Aber … Und wenn ich sie dazu bringe, ihre Meinung zu ändern?«

»Du willst versuchen, sie dazu zu bringen, dass sie sich in dich verliebt?«

»Genau.«

»Ich weiß nicht. So etwas gibt's doch nur in Liebesfilmen. Das echte Leben ist einfach Mist.«

»Das hat sie auch gesagt. Ihr Frauen seid viel zu pessimistisch, Charlotte. Das Leben ist nicht Mist, es ist wunderbar, voller Gefühle und Momente, die sich zu leben lohnen. Du hast Freunde, die dich nicht allein lassen, und Verwandte, die dich lieben, was auch geschieht. Köstliches Essen, warme Bäder im Winter, frisches Baguette mit Käse … Das Leben ist genial! Es ist nicht Mist. Ihr irrt euch. Und du irrst dich auch. Judith wird mich lieben, du wirst schon sehen.«

2

Liebe Freunde, an diesem Punkt angekommen, müsst ihr mich erst mal entschuldigen. Wie ihr wisst, habe ich seit dem Beginn meiner Geschichte mehrere Pläne entwickelt, um zweien meiner Freunde zu helfen: Karim sollte wieder mit seiner Exfrau Zoe zusammenkommen und Monsieur Briand sollte Monsieur

Le Brun kennenlernen. In den folgenden Tagen jedoch, von denen ich jetzt erzählen werde, hatten diese Dinge keinen Platz mehr in meinem Leben. Denn ich hatte nichts anderes mehr im Kopf als meine Liebe.

Nach dem Gespräch mit Charlotte war ich davon überzeugt, dass ich Judith dazu bringen musste, anders für mich zu empfinden. Ich wusste, ich spürte, dass wir füreinander geschaffen waren. Ich war mir sicher, dass ich ohne sie nicht mehr leben könnte und dass sie an meiner Seite viel glücklicher wäre. Und genau davon musste ich sie nun überzeugen.

Ich hatte ihre Telefonnummer. Und ich hatte eine Art Verabredung: *Wenn du den Film gesehen hast, ruf mich an …* Also hatte ich bereits einen Plan. Und wenn ich diesen verwirklicht haben würde, wäre ich meinem Ziel, Judith für immer in den Armen zu halten, ein gutes Stück näher gekommen.

Einen Tag nach dem Gespräch mit Charlotte nutzte ich den Vormittag, um im Viertel Montparnasse ein altes Kino aufzusuchen. Ein paar Jahre zuvor hatte ich dort mal als Platzanweiser gearbeitet und sauber gemacht, sodass ich den Ort gut kannte und über alles Bescheid wusste. Aber das Wichtigste war, dass ich mich gut mit dem Chef verstand und wusste, dass er mir bei dem, worum ich ihn bitten wollte, helfen würde. Er schuldete mir ein paar Gefälligkeiten aus der Zeit, als ich dort gearbeitet hatte, weshalb ich mich früh genug auf den Weg machte, um ihn anzutreffen.

In dieser Gegend gab es keine Touristen. Auch keine Studenten. Früher hatte das Gebäude ein Cabaret beherbergt, in dem die strammen Mädchen aus der Bretagne sich ihren Lebensunterhalt verdienten, nachdem sie auf der Suche nach einer besseren Zukunft in die Hauptstadt gekommen waren. Wenn sie in Paris eintrafen, waren sie voller Hoffnung mit ihrer rosigen, straffen Haut und den vollen Mägen. Doch ein paar Monate später mussten sie sich der harten Realität stellen, denn sich in den Dreißigerjahren in Paris über Wasser zu halten war nicht so leicht, wie sie gedacht hatten. Viele von ihnen landeten im besten Fall als Tänzerinnen in einem Cabaret oder kochten und servierten in einer der Pariser Crêperien. Doch so schwer das Leben dieser Mädchen in Montparnasse zu jener Zeit auch war, so war es wegen der vielen Künstler aus aller Welt, die dort wohnten und arbeiteten, auch ein buntes und aufregendes Stadtviertel gewesen.

Aber mit dem unbekümmerten Bohème-Leben war es längst vorbei. Viele der Lokale hatten aus Mangel an Gästen schließen müssen. Und andere hatten sich völlig verändert. Glücklicherweise war eines von denen, die erhalten geblieben waren, das eben erwähnte Kino. Und neben den typischen Eigenschaften eines jeden in den Fünfzigerjahren eröffneten Kinos hatte es sich etwas von der Cabaret-Atmosphäre bewahrt: Lange purpurrote Samtvorhänge bedeckten die wenigen vorhandenen Fenster; an den Rändern des großen Saales standen Tische, an denen Getränke serviert wurden, und die Bühne vorn war aus altem staubigem Holz. Darüber erhob sich eine große Leinwand, auf der die Filme gezeigt wurden und die inzwischen leicht vergilbt und an mehreren Stellen mit meiner Assistenz geflickt worden war.

Ich erschien dort bereits am frühen Morgen, da ich wusste, dass Seraphim, der Eigentümer, um diese Zeit normalerweise schon im Kino war, um den Tag vorzubereiten. Daher war meine Überraschung groß, als ich an der schwarzen Holztür ein Schild mit der Aufschrift *Bis auf Weiteres geschlossen* entdeckte.

Verdammt, Nico, damit kannst du deinen Plan vergessen!

Obwohl … Vielleicht gibt es noch eine Möglichkeit. Ich muss mit Seraphim reden.

Ich nahm mein Handy und rief ihn an. Nach dem fünften Klingeln ging er ran.

»Seraphim, ich bin's, Nico, Nicolas Cambril. Wie geht es dir, mein Freund?«

»Nico! Vor Kurzem hat meine Frau noch nach dir gefragt. Was für ein Zufall! Alles prima, und wie geht es dir?«

»Gut, vielen Dank. Hör mal …« Ich hatte nicht viel Zeit und kam direkt zum Thema, »… ich möchte dich um einen Gefallen bitten.«

»Nico, für dich tue ich alles. Das weißt du doch. Du hast noch was bei mir gut.«

»Danke, Seraphim. Das, worum ich dich bitten möchte, hat mit dem Kino zu tun.«

Ich erklärte meinem alten Freund, worum es ging und was der Grund dafür war. Daraufhin erlaubte er mir nicht nur, mir in seinem Kino den Film anzusehen, sondern er überließ mir gleich den ganzen Saal. Er hatte das Kino für ein paar Tage geschlossen, weil seine Frau krank war. Es war nichts Schlimmes, aber er wollte in jedem Fall bei ihr sein, und das Kino für kurze Zeit zu schließen wirkte sich nicht allzu sehr auf seine finanzielle Situation aus.

Ich ging also zu ihm nach Hause, um mir den Schlüssel für das Kino abzuholen und mir erklären zu lassen, wo ich den Film finden konnte, denn der Raum, wo er die Filme aufbewahrte, war riesig und lag im Keller. Dort roch es immer ein wenig muffig, und manchmal kam das ein oder andere Nagetier zu Besuch, dennoch war es ein ganz besonderer Ort, denn Seraphim bewahrte Hunderte Filme auf: von dem Klassiker *Citizen Kane* bis zu der Komödie *Zurück in die Zukunft*. Und zum Glück war auch der Film darunter, den Judith mir empfohlen hatte: *Before Sunrise*.

Mit dem ersehnten Anruf wartete ich dann bis zum nächsten Tag, an dem ich nicht arbeiten musste.

»Hallo, Judith, ich bin's, Nico.«

»Wer?«

»Nico …« Das Herz rutschte mir in die Hose. Erinnerte sie sich etwa schon nicht mehr an mich? Oder war das eine falsche Nummer? »Ich bin der Typ aus der Metro, wir waren nachts am Montmartre, ist noch nicht lange her …« Es vergingen ein paar unendlich scheinende Sekunden.

»Hallo, Nico! War nur ein Witz!« Völlig fertig sank ich aufs Sofa. »Ich habe auf deinen Anruf gewartet, du Dummkopf.«

»Uff … Gott sei Dank, du hast mir einen schönen Schrecken eingejagt. Ich dachte schon, du hättest vielleicht absichtlich die falsche Nummer aufgeschrieben.«

»Natürlich nicht! Es war schön mit dir, und ich würde dich gern irgendwann wiedersehen.«

»Prima, deswegen rufe ich an.« Mein Herz klopfte heftig, denn nun ging es darum, den ersten Schritt meines Plans auszuführen.

»Wirklich? Schieß los! Hast du den Film gesehen?«

»Besser. Ich habe eine Überraschung für dich. Bist du dabei?«

»Mhm … Lass mich überlegen. Nein, auf jeden Fall! Wenn es nur halb so gut wird wie beim letzten Mal, lohnt es sich.«

»Super!« Ich atmete möglichst geräuschlos auf, damit sie nicht merkte, wie nervös ich war. »Also … Kennst du den Bahnhof Montparnasse?«

»Sicher.«

»Gut, dann treffen wir uns dort in einer Stunde. Einverstanden?«

»Einverstanden.« Sie lachte. »Du machst mich sehr neugierig, Nicolas Cambril.«

Meinen Namen aus ihrem Mund zu hören verursachte mir einen sehnsüchtigen Schmerz.

»Wir werden viel Spaß haben. Hoffe ich zumindest!«

3

Gegen elf Uhr morgens steuerte ich langsam auf den Eingang des Bahnhofs zu. Eine halbe Stunde später erschien Judith in Jeans und ein schwarzes Top gekleidet. Ihr Haar hatte sie zum Pferdeschwanz gebunden, sodass ihr hübscher, schlanker Hals unbedeckt war.

Wir begrüßten uns mit ein paar sehnsüchtigen Wangenküssen – zumindest was mich anging – und machten uns leichten Schritts auf den Weg zum Kino, das gleich in der Nähe lag. Sie hatte noch immer keine Ahnung, was ich vorhatte. Aber sie wirkte entspannt und glücklich, was bedeutete, dass der erste Teil meines Plans perfekt geglückt war.

Als wir den Eingang des Kinos erreichten, blieb ich stehen, während Judith weiterging und dabei nicht aufhörte, von ihrem Job in New York zu erzählen.

»Äh … Judith … Du bist vorbeigelaufen.«

»Oh, entschuldige!« Sie eilte zu mir zurück, und ich verspürte den beinah unkontrollierbaren Drang, sie in die Arme zu nehmen. Was ich natürlich nicht tat. Stattdessen wartete ich lächelnd, dass sie realisierte, wo wir uns befanden. »Ist das ein Kino? Und was machen wir hier?«

»Du wolltest doch, dass ich mir diesen Film ansehe, oder?«

»Stimmt.«

»Und du liebst diesen Film, oder?«

»Stimmt auch.«

»Gut. Denn dieses Kino hat heute nur für uns beide geöffnet. Wir können uns diesen Film anschauen, und alle anderen, die du sehen möchtest.«

»Aber … Wieso?« Sie lachte und bedeckte dann vor Freude den Mund mit den Händen.

»Der Besitzer schuldet mir einen Gefallen, und da bin ich auf die Idee gekommen, dich hierher zu entführen, um in der alten Maschine Popcorn zu machen und vor allem um das Kino ohne andere Zuschauer ungestört zu genießen.«

»Wahnsinn, Nico! Das ist das Wunderbarste, was jemals ein Mensch für mich getan hat! Tausend Dank!« Sie umarmte mich, und ich hielt sie fest, wobei ich ihr duftendes Haar in meinem Gesicht spürte. Für einen Moment befürchtete ich, ohnmächtig zu werden. »Gehen wir jetzt rein?«, fragte sie und trat einen Schritt zurück.

»Natürlich.«

Ich steckte den Schlüssel ins Schloss, und als wir eingetreten waren, sperrte ich die Tür wieder ab, denn ich wollte auf keinen Fall, dass ein anderer Zuschauer, der nicht kapiert hatte, dass das Kino geschlossen war, meinen Plan zerstörte. Der Kinosaal lag im Dunkeln. Ich ging zum Kontrollpult und machte ein paar einzelne, strategisch günstig angebrachte Lampen an. Auf einmal schien es, als wären wir in einer anderen Zeit gelandet.

»Oh, Mann, Nico … Das ist ja wunderbar … Mir fehlen die Worte …« Sie senkte den Blick.

»Gefällt es dir?«

»Ja, sehr.« Sie wirkte mit einem Mal traurig. »Natürlich gefällt es mir. Und es ist wirklich das erste Mal, dass mir jemand ein so besonderes Geschenk macht. Das werde ich mein Leben lang nicht vergessen, Nico.«

Ich meinte, in ihren Augen ein verräterisches Glänzen wahrzunehmen. Heimlich hoffte ich auf den ersehnten ersten Kuss, doch stattdessen wandte sie sich von mir ab und sah sich neugierig wie eine Katze überall um.

Nachdem wir Popcorn gemacht hatten, gingen wir in den Vorführraum, wo ich ihr zeigte, wie der Filmprojektor funktionierte. Wir beschlossen, uns den Film vom Nebenraum aus anzusehen, damit wir nicht bei jedem Rollenwechsel die Treppe hinauflaufen und längere Unterbrechungen hinnehmen mussten.

Was soll ich über die nächsten hundert Minuten sagen? Zugegeben hoffte ich, dass sie ein wenig zugänglicher, vielleicht sogar zärtlich werden würde. Das musste an meinen dummen männlichen Genen liegen. Doch dann geschah etwas, was in all den Szenarien, die ich mir in den letzten Tagen ausgemalt hatte, nicht vorgekommen war: Der Film nahm mich gefangen. Am Anfang achtete ich mehr auf Judith als auf die Leinwand. Zehn Popcornflocken später jedoch war meine gesamte Aufmerksamkeit auf den Film gerichtet. In der zweiten Hälfte war es dann Judith, die mich beobachtete. Und am Ende war ich derart von der Geschichte beeindruckt, dass ich beinahe vergaß, weswegen ich mit ihr hergekommen war.

»Judith, dieser Film ist ein Kunstwerk. Er ist großartig! Etwas Vergleichbares habe ich noch nie gesehen!«

»Hab ich ja gesagt«, entgegnete sie triumphierend.

Ihr stolzer Gesichtsausdruck war zu niedlich!

»Ich muss unbedingt sehen, wie es weitergeht!« Sie lachte. »Du hast doch gesagt, dass es einen zweiten Teil gibt. Wir müssen ihn uns ansehen, schließlich haben wir das Kino den ganzen Tag für uns.«

»Wenn du meinst«, sagte sie, wobei sie zu verbergen versuchte, wie gern sie auf den Vorschlag einging.

So verbrachten wir weitere achtzig Minuten, in denen wir uns den zweiten Film ansahen. Freunde, ich will euch nichts verraten. Nur eines: Wenn ihr die Gelegenheit habt, schaut ihn euch an! Ihr werdet nicht enttäuscht sein.

Als der Film aus war, wischte ich mir verstohlen übers Gesicht, bevor ich das Licht anmachte.

»Es gibt noch einen dritten Film, den ich auch noch nicht gesehen habe. Hast du Lust?«

»Es tut mir leid, aber den habe ich hier leider nicht gefunden.«

»Gut, bewahren wir uns das für später auf. Dann haben wir einen Grund, uns wiederzusehen.« Sie streckte mir die Hand entgegen, als wolle sie einen Handel besiegeln. Ich nahm sie und stellte fest, dass sie kalt war. Dabei vermied ich es, ihr in die Augen zu sehen, weil ich fürchtete, sie könne merken, wie aufgeregt ich war.

4

Mein ursprünglicher Plan war ziemlich simpel, da ich hoffte, dass sie, nachdem ich ihr ein paar Stunden in dem Kino meines Freundes geschenkt hatte, mir zu Füßen sinken würde. Dabei hatte ich absolut nicht mit der Möglichkeit gerechnet, dass die Filme mich derart beeindrucken könnten, dass ich den eigentlichen Grund, warum ich mit ihr an diesen Ort gekommen war, vergessen könnte. So war das eben, wenn man intelligente Menschen kennenlernte: Sie zeigen einem die Welt auf eine andere Art und bereichern sie.

Als wir unsere Filmsession beendet hatten, knurrten unsere Mägen. Zum Glück zählten zu den wenigen Dingen, die in Montparnasse reichlich vorhanden waren, gute Crêperien. Wir entschieden uns für eine am Square de l’Aspirant-Dunand und genossen, auf der Terrasse sitzend, ein paar typisch bretonische Galettes mit Schweinefleisch, Kartoffeln, Frischkäse und Champignons, begleitet vom Rotwein des Hauses. Zum Nachtisch gab es für mich eine Crème brûlée und für Judith eine Tarte Tatin. Sie bestand darauf, mich einzuladen, um sich für die Einladung ins Kino zu bedanken, was ich ihr gern zugestand.

Die folgenden zwei Stunden verbrachten wir mit einem Spaziergang durch das Viertel. Wir flanierten durch die alten Straßen und durchstöberten mehrere Buchhandlungen. In einer davon konnte ich Judith mein erstes Buch zeigen. Sie hatten ein paar Exemplare davon zum Verkauf in einem Regal in einer Ecke, und ich stellte sie, ohne dass die Buchhändlerin es merkte, weiter nach vorn, wo sie den Kunden eher ins Auge fielen.

»Schau mal, Judith, ich möchte dir etwas zeigen.«

Sie hatte gerade ein Exemplar von *Der kleine Prinz* in der Hand.

»Hast du dir schon mal diese Illustrationen angesehen? Sie sind wunderschön und so umsichtig gezeichnet. Man sieht sofort, dass sie mit Liebe gemacht wurden.«

Ihr Blick wanderte zwischen den feinen Strichen hin und her. »Entschuldige, was hast du gesagt?«

»Ich möchte dir etwas zeigen«, wiederholte ich und hielt ihr mein Buch entgegen. »Das ist das erste Buch, das ich geschrieben habe.« Und das einzige, sagte ich still zu mir selbst.

Sofort hatte ich ein schlechtes Gewissen. Und für einen Moment fragte ich mich, ob ich mit Judith nicht meine Zeit vergeudete, so wie Charlotte vorhergesagt hatte. Ich musste mein neues Buch schreiben und hatte in den letzten Wochen nur noch an Judith gedacht.

Doch meine Zweifel verflüchtigten sich wieder, als sie nach dem Buch griff und dabei meine Hand berührte. Ich genoss das Glück, das ich in diesem Moment empfand, und zweifellos würde sich all das lohnen. Ein paar Minuten lang blätterte sie in meinem Buch, bis sie schließlich etwas dazu sagte.

»Nico, das alles ist wunderschön!« Sie flüsterte bewegt, um keine Aufmerksamkeit zu erregen. »Sind die Zeichnungen von dir?«

»Ehrlich gesagt, nein. Ich habe für den Verlag nur die Texte geschrieben. Die Illustrationen hat dann anschließend jemand anderes gemacht, und sie wurden dem Text hinzugefügt.«

»Sie sind nicht schlecht, aber …« Sie sah mich an, als ob sie hoffe, dass ihre Worte mich nicht beleidigten, »… sie sagen nicht so viel aus wie die Zeichnungen im *Kleinen Prinzen*. Ich weiß nicht, wie ich es erklären soll. Diese Illustrationen …« Sie wies auf mein Buch, »… wirken wie serienmäßig, wie in einer Fabrik erstellt.«

»Sie sind irgendwie unpersönlich.«

»Genau! Es tut mir leid, dass ich das sage …«

»Keine Sorge, ich habe meinem Verleger genau das Gleiche gesagt, als er sie mir gezeigt hat. Sie sind trotzdem im Buch, weil er meinte, dass eine Alternative nicht mehr möglich sei. Aber das wirklich Schlimme war, dass er sagte, die Kinder würden eh keinen Unterschied bemerken.«

»Oje … Das tut mir leid. Aber sicher ist die Geschichte wunderschön!«

»Ich möchte dir das Buch schenken, ja? Du musst die Geschichte dann lesen, ohne auf die Zeichnungen zu achten.«

Allerdings ließ sie nicht zu, dass ich es kaufte, sodass ich keine andere Wahl hatte, als sie bezahlen zu lassen. Als wir die Buchhandlung verließen, beschlossen wir, zum Montparnasse-Friedhof zu gehen. Judith hatte viel über diesen Ort gehört, und auch wenn ich ihn nicht besonders mochte, machte es mir nichts aus, dort hinzugehen, solange ich nur mit ihr zusammen sein konnte.

Schweigend gingen wir zwischen den Gräbern entlang, in denen viele unbekannte Menschen beerdigt waren, aber auch einige Berühmtheiten, sodass sich die Besucher um deren Gräber drängten, um sich neben dem Grabstein fotografieren zu lassen. Schließlich setzten wir uns auf eine der Bänke an der efeubewachsenen Mauer.

»Nico, das, was du machst, finde ich unglaublich beeindruckend.«

Ich sah sie überrascht an.

»Was meinst du?«

»Das Schreiben. Es ist … als wenn man für immer einen Fußabdruck auf der Erde hinterlassen würde.«

»Vielen Dank. Das ist eine schöne Art, das Ganze zu betrachten.«

»Abgesehen davon, dass du jede Menge Kinder glücklich machst und ihnen Werte und Erfahrungen näherbringst, hinterlässt du eine Spur in der Welt. Das können nur wenige Menschen von sich sagen. Ich habe das Gefühl, dass mein Leben überhaupt nichts wert ist.« Allmählich fand ich Judiths pessimistische Lebenseinstellung erschreckend. Sie machte eine Pause und seufzte. »Weißt du was? Wenn ich gar nicht geboren wäre, wäre das keinem aufgefallen. Niemandem.«

Am liebsten hätte ich sie angeschrien, ihr gesagt, dass sie verrückt sei, ihr endlich erzählt, dass sie für mich der Grund war, auf der Welt zu sein … Aber … Ich tat es nicht, sondern versuchte nur, ihr klarzumachen, dass es viele Menschen gab, die sie liebten und brauchten.

»Denk mal an deine Eltern, deinen Bruder, und du hast doch Freundinnen. Es gibt viele Menschen auf der Welt, die dich vermissen würden, Judith.« Sie antwortete nicht. Eine Träne rann ihre Wange hinab. Ich wandte mich ihr zu, sah sie direkt an und nahm ihre Hand. »Ich würde dich auch vermissen, Judith, sehr sogar. Dich kennenzulernen war eines der schönsten Dinge, die mir im Leben passiert sind.« Als ich dies sagte, begann sie zu weinen. Ich wollte sie umarmen, traute mich jedoch nicht. Also wartete ich ab, bis sie sich wieder beruhigte.

»Danke, Nico. Ich hätte nie gedacht, dass ich in Paris einen Menschen treffe, der mich so gut versteht. Ich fühle, dass ich mit dir über alles reden kann, dass ich mir keine Gedanken darüber machen muss, was du von mir denken könntest. Es ist, als ob ich dich schon eine Ewigkeit kennen würde. Danke.« Nachdem sie das gesagt hatte, umarmte sie mich lange. Ich spürte, dass sie zitterte. Dann löste sie sich abrupt von mir. »Gut. Ich denke, für heute reicht es. Ich muss zurück nach Hause. Ich bin via Skype mit … einem Kollegen verabredet, um ein paar Dinge zu klären, und es ist spät geworden. Aber ich verspreche, dass ich dich anrufen werde, denn als wir in der Buchhandlung waren, ist mir eingefallen, wie ich mich bei dir für das Geschenk mit dem Kino revanchieren könnte.«

»Judith, es ist nicht nötig, dass …«

»Schhh. Überlass das mir, vertrau mir einfach, so wie ich heute dir vertraut habe, okay? Das ist nur gerecht«, meinte sie und zwinkerte mir zu. Ich nickte, und wir machten uns auf den Weg. An der Metrostation verabschiedeten wir uns.

5

Wenn ich mein Leben betrachtete, hatte sich im Grunde nicht viel verändert. Auch wenn ich selbst der Meinung war, dass zwischen dem Nico von vor einigen Monaten und dem neuen Nico Welten lagen. Früher war ich morgens aufgestanden und hatte auf das Leben der anderen geblickt. Und nun hatte ich nur mein Zusammensein mit Judith im Sinn.

Ich war mir sicher, dass ich sie erobern würde, darüber machte ich mir weniger Sorgen als über den Fortschritt meines Buches. Auch wenn ich schon eine Menge Seiten geschrieben hatte, war doch noch viel daran zu tun, und die Zeit lief mir weg. Immerhin rief mein Verleger nicht mehr ständig an und fragte nach dem Text. Wahrscheinlich war das ein Zeichen dafür, dass er die Hoffnung aufgegeben hatte. Daher nahm ich mir an diesem Tag auf dem Heimweg vor, jeden Morgen um sieben aufzustehen und mindestens zwei Seiten zu schreiben.

In den ersten drei Tagen hielt ich mich auch daran, schaffte es sogar, nicht nur zwei, sondern vier Seiten zu füllen. Obwohl es keine neuen Zeichnungen von Judith gab, fühlte ich mich inspiriert.

Allerdings fielen solche Dinge nicht vom Himmel, und irgendwann war Schluss damit. Zu Beginn des vierten Tages dachte ich zum ersten Mal darüber nach, wie seltsam es war, dass Judith mich noch nicht angerufen hatte. Schließlich waren wir so verblieben, dass sie etwas Besonderes für mich vorbereiten wollte, weshalb es mir ein wenig seltsam schien, dass ich bereits vier endlose Tage nichts von ihr gehört hatte. Im Laufe des Nachmittags wurde dieser Gedanke dann beinahe zur Obsession, mit dem traurigen Ergebnis, dass ich am fünften Tag gerade mal zehn Worte zu Papier brachte. Wie elektromagnetische Wellen gingen mir Hunderte Gedanken durch den Kopf.

Sie hat gesagt, dass sie einen Skype-Termin mit einem Kollegen hat. Vielleicht hat er sie überzeugt, nach New York zurückzukehren.

Mist ...

Allerdings gehe ich davon aus, dass sie mir davon erzählt hätte, wenn dies der Fall wäre. Hoffe ich zumindest.

Möglicherweise hat sie auch Besuch von einem Verwandten bekommen und hatte einfach keine Zeit.

Nicht mal, um kurz anzurufen?

Hör auf zu grübeln, Nico. Das verhagelt dir nur die Laune.

Das Geräusch der Türklingel riss mich aus meinen Gedanken. Wie ihr euch vorstellen könnt, ging ich, da ich nichts anderes als Judith im Kopf hatte, davon aus, dass sie es war. Bevor ich die Tür öffnete, fuhr ich mir mit den Fingern durchs Haar. Mir wurde bewusst, dass ich mich seit mehreren Tagen nicht mehr rasiert hatte, aber zum Glück hatte ich an diesem Morgen wenigstens geduscht. Ich ging zur Tür, atmete tief durch und riss mit meinem schönsten Lächeln die Tür auf.

»Wie geht's, Nico?« Mein Verleger. Überraschung!

»Hallo, Jean. Mit dir habe ich überhaupt nicht gerechnet.« Verwirrt und mutlos stand ich ihm gegenüber und rührte mich nicht vom Fleck.

»Darf ich reinkommen?«, fragte er mit hochgezogenen Augenbrauen.

»Natürlich.« Ich trat zur Seite, um ihm Platz zu machen, und war froh, dass ich am Morgen ein wenig aufgeräumt hatte. »Wie komme ich zu dieser Ehre?«

»Wir müssen reden.« Ein schlechtes Zeichen, dachte ich. »Setzen wir uns?« Ich ließ den Kopf hängen. In den letzten Tagen hatte ich befürchtet, dass er anrufen würde, aber dass es so schlimm war, dass er persönlich vorbeikam, hatte ich nicht gedacht.

»Nico, du weißt, wie es aussieht.« Ich nickte geschlagen. »Bei unserem letzten Gespräch habe ich dir doch von dieser Autorin erzählt, die derzeit so erfolgreich ist. Erinnerst du dich?«

Wie sollte ich das vergessen haben? Schließlich lagen in jeder Buchhandlung Hunderte Exemplare ihres Buches herum, in jeder Ecke, in jedem Regal und auf jeder Treppenstufe.

»Sicher, sie hat ja schließlich gerade erst einen Buchpreis bekommen.«

»Genau die. Siehst du … Die Geschäftsführung hat entschieden, auf sie zu setzen.« *Treffer, versenkt.* »Wir werden ihr einen Vertrag für ihre nächsten Bücher anbieten.« Zähes Schweigen stellte sich zwischen uns ein. »Hast du nichts dazu zu sagen?«

»Was soll ich sagen? Viel Glück … Ich hoffe, dass der Verlag zufrieden sein wird.«

Auf einmal spürte ich alle Last der Welt auf meinen Schultern.

»Nein, warte, Nico! Nimm es nicht so schwer!«

»Ich soll es nicht so schwernehmen? Ich dachte, ich hätte noch Zeit bis zum Ende des Jahres, und das sind noch eins, zwei, drei … Verdammt, fast noch sechs Monate! Das ist unfair!« Ich stand auf und spürte, wie die Angst von mir Besitz ergriff.

»Ich weiß, ich weiß. Deshalb werde ich dir auch, ohne dass der Rest des Vorstands davon weiß, noch eine Chance geben.«

Gab es doch noch einen Funken Hoffnung?

»Ich höre.« Ich versuchte, mich zu beruhigen, atmete tief durch und setzte mich aufs Sofa.

»Mein Angebot steht: Wenn du etwas so Gutes vorzuweisen hast wie dein erstes Buch, versichere ich dir, dass wir es unabhängig von dem, was wir mit der anderen Autorin machen, veröffentlichen werden.«

Das klang gut. Aber wo war der Haken?

Es gibt immer einen Haken.

»Du musst allerdings vor Oktober damit fertig sein. Spätestens Mitte September, besser noch früher. Verstanden?«

»Verstanden. Danke.«

»Ich muss los. Ich habe jetzt noch einen Termin mit … dieser Autorin.«

»Wie heißt sie noch mal?«

»Jacqueline de la Chemise.«

»Perfekt. Sogar der Name ist ein Volltreffer. Wie soll ich dagegen ankommen?«

»Nur Mut, ich vertraue darauf, dass du das hinkriegst.«

Ich hätte ihm meine Arbeit zeigen können, schließlich war ich schon ziemlich weit, und das, was ich geschrieben hatte, war gut. Viel besser noch als mein Debüt. Wahrscheinlich lag es daran, dass ich einfach reifer geworden war, viel gelesen und Erfahrungen gesammelt hatte. Diese Jacqueline de la Chemise war wahrscheinlich gerade mal fünfzehn Jahre alt (ich übertreibe, sie war zweiundzwanzig) und wusste gar nichts über das Leben. Das war mein Vorteil. Der ihre war jedoch, dass sie auf das Vertrauen und die Bewunderung sämtlicher Verleger in Paris zählen konnte.

Bitte, Nico. Du kannst es nun mal nicht ändern. Und schon gar nicht, wenn du dich ständig ablenken lässt und nicht vorankommst. Du musst es schaffen. Für deine Mutter! Für Judith!

In den nächsten neunzig Minuten bemühte ich mich, mich zu konzentrieren und etwas Produktives zustande zu bringen, doch es war unmöglich. Nach dem Tritt vors Schienbein, den ich hatte einstecken müssen, musste ich mich erst mal erholen. Ich beschloss, die Wohnung zu verlassen und ein wenig spazieren zu gehen. Vielleicht würde ich in Carols Bistro etwas trinken und ihr mein Herz ausschütten. Doch als ich gerade das Haus verlassen wollte, stieß ich am Eingang auf Judith. Als ich ihr lächelndes Gesicht sah, war meine Panik auf einen Schlag verflogen. Sie war für mich wie ein Medikament gegen die Angst und jegliches Unwohlsein.

»Hey, was machst du denn hier?«

»Ich wollte dich überraschen.« Sie trat zu mir und begrüßte mich mit ein paar Wangenküssen. »Hmm … du riechst gut.«

Ich bemerkte eine leichte Verlegenheit in ihrer Stimme, als sie das sagte. War es möglich, dass sie begann, mich als Mann zu sehen und nicht mehr nur als Freund?

»Ich wollte gerade eine Runde drehen. Kommst du mit?«

»Wenn du den Nachmittag frei hast, und es sieht ja ganz danach aus, würde ich dich heute gern zu einem ganz bestimmten Ort mitnehmen, wie ich vor ein paar Tagen ja schon angekündigt habe.«

»Wohin du möchtest.« Ihr Lächeln vertrieb endgültig alles, was mich bedrückte. Mit Judith zusammen zu sein war für mich wie eine Glücksdroge.

6

Sie wollte mir nicht verraten, wo es hinging. Aber nachdem sie auf die blinkende Uhr einer Apotheke geblickt hatte, versicherte sie mir, dass wir noch Zeit hatten, sodass wir, anstatt mit der Metro zu unserem geheimnisvollen Ziel zu fahren, beschlossen, zu Fuß zu gehen. Wir gingen Richtung Norden, es war später Nachmittag. Eine Stunde später erreichten wir die Place Pigalle, wo der Montmartre beginnt.

Laut meiner Uhr war es sieben. Wir machten uns an den Aufstieg und streiften durch das Gewirr der kleinen Gassen.

»Warte! Einen Moment, Judith. Weißt du, was das für eine Bar ist?«

»Mhm. Ja, eine ganz normale, typische Bar hier im Viertel, nehme ich an.«

»Das stimmt. Aber sie hat noch etwas Besonderes: Es ist die Bar, in der Amélie Poulain in dem Film *Die fabelhafte Welt der Amélie* arbeitet.«

»Wirklich?« Sie war sichtlich überrascht. »Ich bin schon so oft hier vorbeigekommen, und mir ist nie etwas aufgefallen. Wie lustig!«

»Willst du hineingehen?«

Sie nahm meine Hand, um auf meine Uhr zu sehen, und ein leichtes Ziehen im Unterleib erinnerte mich daran, wie sehr ich sie begehrte.

»Nein, das geht leider nicht. Aber wir können ja nachher hierher zurückkommen, wenn du Lust hast.«

Wir verabredeten, den Abend mit einem Essen in dieser Bar zu beschließen. *Die fabelhafte Welt der Amélie* war einer der Lieblingsfilme meiner Eltern gewesen, seit ich ihnen die DVD geschenkt hatte. Sie hatten ihn immer mal wieder zusammen gesehen, und noch heute liebte meine Mutter diesen Film, auch wenn sie ihn wohl nicht mehr verstand. Vielleicht merkte sie aber, dass sie sich gut fühlte, wenn sie ihn anschaute. Möglicherweise erinnerte sich ein Teil ihres Gehirns an die Abende, die sie, in eine bunte Decke gehüllt, mit meinem Vater vor dem Fernseher verbracht hatte.

Wir mussten uns ein wenig beeilen, denn bald würde es halb acht sein, und laut Judith war es danach höchste Zeit. Es ging über steile Straßen voran, von denen einige so eng waren, dass keine drei Leute nebeneinander Platz gefunden hätten. Schließlich blieb Judith stehen.

»Hier ist es!«

»Wieso hast mich zu einem alten Haus mitten auf dem Montmartre geführt?« Ich hatte keine Ahnung, was wir an diesem Ort wollten.

»Komm mit rein, dann wirst du schon sehen.«

Sie öffnete die große Holztür, und ohne zu klopfen, traten wir ein. Im Haus war es kühl, und es roch nach Lösungsmittel und edlem Holz. Im Hintergrund war ein klassisches Musikstück zu hören. Etwas von Mozart? Wenn ich auch nicht viel von klassischer Musik verstand, überlief mich ein wohliger Schauer. Direkt hinter der Eingangstür erstreckte sich vor uns ein großer Raum, von dem aus eine hübsche sienafarbene Wendeltreppe aus Holz in das obere Stockwerk führte. Und von den Seiten des Raumes gingen zwei breite, nur dürftig beleuchtete Gänge ab. Judith schritt sicher voran, sodass ich ihr einfach folgte. Wir gingen den ersten Treppenabschnitt hinauf, und von oben waren immer deutlicher Stimmen zu vernehmen. Schließlich erreichten wir eine der vielen Türen im ersten Stock, und bevor Judith mich eintreten ließ, nahm sie meine Hand.

»Nico, ich wollte dir mein Atelier zeigen. Denn für mich ist das hier in Paris ein ganz besonderer Ort. Na ja, vielleicht lässt es sich nicht ganz mit diesem alten Kino vergleichen ... Dennoch ...« Sie lächelte, wobei sich auf ihrer rechten Wange ein kleines Grübchen abzeichnete. »Ich wollte es dir zeigen, weil es für mich der Ort ist, an dem ich Kraft schöpfe und glücklich bin. Hier komme ich zur Ruhe. Aber er motiviert mich auch. Das wirst du vielleicht verstehen, wenn du heute mit mir zum Unterricht gehst.«

»Aber ... Was wird dein Lehrer dazu sagen? Stört es ihn nicht?«

»Im Gegenteil! Unsere Lehrerin ermutigt uns immer wieder, unsere Freunde mitzubringen.« Erneut das verdammte Wort! »Sie sagt, dass sie uns besser verstehen werden, wenn sie unser Werk kennenlernen. Nico, hier bin ich ich selbst, und das würde ich dir gern zeigen.«

»Nach dir.« Ich öffnete die Tür und ließ sie eintreten.

Dieses Haus musste einmal das Heim einer wohlhabenden Familie gewesen sein. Wahrscheinlich war es in den ersten Jahren des zwanzigsten Jahrhunderts gebaut worden. Und auch nach all der Zeit war die Erlesenheit der Baumaterialien noch deutlich zu erkennen. Der Fußboden aus französischer Eiche bildete einen deutlichen Gegensatz zu den fast schwarzen Türen aus indischem Ebenholz. Riesige alte Fenster ließen das durch die Bäume im Innenhof gefilterte Licht herein. Diese Bäume waren so alt und so hoch, dass sie mehrere Meter über das Dach hinausragten. Der Garten war im Vergleich zu der Größe des Hauses eher klein und voller Pflanzen jeglicher Art: Maulbeerbäume wuchsen neben kleinen Olivenbäumen, Weiden, Rosenstöcken und wilden Blumen, die sich, was die Buntheit und den Duft anging, mit den Farben und dem Lösungsmittel im Atelier einen Wettstreit lieferten.

In dem Raum, den wir jetzt betraten, befanden sich etwa fünfzehn Leute, die, mit Staffeleien und jeder Menge Farben ausgerüstet, an Arbeitstischen saßen. Außerdem lag eine große Anzahl Pinsel auf jedem Tisch, die für mich alle ziemlich gleich aussahen, wenn auch einige etwas dicker als die anderen waren. Später würde Judith mir erklären, dass es von großer Bedeutung war, im richtigen Moment den richtigen Pinsel zu benutzen. Die anwesenden Schüler und Gäste bildeten einen Kreis um einen freien Platz in der Mitte. Dort befanden sich ein Stuhl und eine Glasflasche mit Wasser. Sonst nichts.

»Kommt gleich noch ein Aktmodell?«, flüsterte ich scherzend in Judiths Ohr. Sie lachte kurz auf und zwickte mich tadelnd.

»Nein, du Schlaumeier. Wir sind Anfänger. Menschen zu zeichnen ist sehr schwierig.«

Ich erinnerte mich, dass sie sehr wohl schon Personen gezeichnet hatte, wie ich zum Beispiel in ihrem blauen Notizbuch gesehen hatte, sagte jedoch nichts, um mich nicht zu verraten.

»Seit zwei Wochen malen wir diesen Stuhl und die Flasche.«

»Zwei Wochen, um zwei Gegenstände zu malen?«

»Es ist eine Wissenschaft, Nico. Pass einfach auf.«

Kaum hatte Judith den Satz beendet, ergriff die Lehrerin das Wort, die durch die Tür kam, als schwebte sie. Sie war eine schöne Frau um die sechzig. Selbst in diesem Alter war noch zu erahnen, dass sie einmal wunderhübsch gewesen sein musste. Sie war wie dieses Haus. Die Jahre hatten bei beiden seine Spuren hinterlassen, doch sie waren voller Zauber und Mysterium.

»Meine lieben Schüler.« Ihr Akzent klang Russisch, aber ich war mir nicht sicher. »Und liebe Gäste.« Sie lächelte mich direkt an und richtete den Blick dann auf einen anderen Anwesenden. »Heute werden wir unsere Studie von Stuhl und Flasche beenden. Ihr werdet eure letzte Zeichnung anfertigen, und dann werden wir noch einmal durchgehen, was wir in den letzten zwei Wochen gemacht haben. Doch nun fangt an.«

Die Künstler griffen zu ihrem Werkzeug. Ich stellte fest, dass jeder eine andere Feder, einen anderen Zeichenstift oder Pinsel in der Hand hatte. Jeder hatte seine eigene Technik, jeder betrachtete die beiden Gegenstände mit einem anderen Blick: herausfordernd, stolz, ängstlich, ungläubig … Judith begann mit einem Kohlestift, wobei sie mir zuflüsterte, dass dies die Technik war, die sie am wenigsten mochte, weshalb sie genau diese wählte, um zu lernen, sie zu beherrschen.

Mit ein paar Strichen hatte sie genau das Bild des Stuhls und der Flasche erfasst, wie es sich uns darbot. Danach begann sie, ein paar Stellen zu schattieren, und ich beschloss, eine Runde zu drehen und den anderen Schülern zuzusehen. Dabei erwartete mich eine Riesenüberraschung. Ich hatte gedacht, verschiedene Zeichnungen zu sehen, natürlich, manche in Schwarz-Weiß, blaue Federzeichnungen oder mit bunten Tempera-Farben gemalt. Aber es ging weit darüber hinaus. Jedes Bild hatte etwas, was es einzigartig machte. Einige schienen einen wackligen Stuhl mit einer schmutzigen Flasche vor sich zu sehen. Bei anderen hingegen wirkte der Stuhl wie frisch lackiert. Manche tauchten die Objekte in Dunkelheit, während andere sie mit viel Licht beleuchteten. Wie konnte es so viele Versionen derselben zwei Gegenstände geben? Ich kehrte zu meinem Platz zurück und staunte noch mehr, als ich Judiths beinahe fertige Zeichnung sah. Sie hatte mit einem weißen Zeichenstift noch ein paar Details hinzugefügt, und nun sah es aus, als wären der Stuhl und die Flasche auf der Leinwand wirklich real.

Schließlich ergriff die Lehrerin erneut das Wort.

»Ich denke, ihr alle habt diese zwei Wochen mit zufriedenstellendem Ergebnis abgeschlossen. Ich werde keine eurer Arbeiten hierbehalten, denn sie sind nicht für mich erschaffen worden, sondern für euch. Alles, was ihr gemalt habt, gehört euch. Habt eure Bilder immer vor Augen, wenn ihr nicht wisst, wo ihr hinschauen sollt. Am ersten Tag habe ich euch gebeten, jeden Tag einen anderen Stuhl zu wählen, von dem aus ihr die Gegenstände malen solltet. Das Ziel hierbei war, dass ihr diese Gegenstände aus verschiedenen Perspektiven betrachtet. Das Licht und die geworfenen Schatten, die Entfernung und sogar euer jeweiliger Gemütszustand haben dabei eine entscheidende Rolle gespielt. Auch im Leben kann jede Situation aus verschiedenen Blickwinkeln betrachtet werden. Dabei gibt es keine Sicht, die einzigartig ist oder besser als die andere. Jede für sich ist perfekt, bildet aber erst zusammen mit den anderen ein Ganzes. Denkt immer daran, dass die Wahrheit sich aus vielen Blickwinkeln zusammensetzt. Und jeder hat seine eigene Schönheit, seine Fehler und seine Gründe. Meine lieben Schüler, wir sehen uns nächste Woche wieder, seid kreativ.«

Die Schüler zögerten, ob sie ihrer Lehrerin am Ende der Ansprache applaudieren sollten oder nicht. Schließlich ergab sich ein kurzer, schüchterner Applaus, bevor sie den Raum verließ.

Ohne darüber nachzudenken, legte ich Judith den Arm um die Taille und küsste sie auf die Wange, so schnell, dass sie keine

Zeit hatte zu reagieren. Ich drehte ihren Stuhl so, dass wir uns direkt in die Augen sahen, und sagte:

»Judith, das war magisch. Du bist eine Künstlerin.« Ich nahm ihre Hände, die so kühl waren wie im Kino. »Ich möchte dir etwas vorschlagen: Möchtest du nicht die Zeichnungen zu meinem neuen Buch machen?«

»Oh!« Sie zögerte. »Das ist doch eine sehr wichtige Sache, oder? Darauf bin ich nicht vorbereitet.«

»Aber wieso nicht? Du zeichnest seit Jahren, kennst alle Techniken und das Wichtigste: Deine Bilder sind voller Gefühl. Und genau das ist es, was den Bildern meines ersten Buches fehlt. Das Gefühl. Wäre es nicht wunderbar, es zusammen zu probieren?« Eine unbehagliche Stille entstand. »Meine neue Geschichte, meine ich.« Sie lachte nervös. »Judith, weißt du eigentlich, dass alles, was ich bisher geschrieben habe, entstanden ist, nachdem ich deine Zeichnungen in der Metro gefunden habe? Du musst wissen, dass du bei all dem eine wichtige Rolle spielst. Und tief in deinem Inneren … willst du es doch.«

»Oh Nico, manchmal glaube ich, dass du mich besser kennst als ich mich selbst. Ja, ich will. Ich will! Das wäre eine große Ehre für mich! Etwas ganz Besonderes!« Sie umarmte mich stürmisch, und beinahe wären wir auf den Boden gefallen.

Nachdem wir uns wieder aufgerappelt hatten, besiegelten wir das Ganze mit einem formellen Händedruck.

»Es gibt dabei nur ein Problem.«

»Was?« Sie sah mich fragend an.

»Dass du dann nämlich zukünftig alle meine Bücher illustrieren musst, denn auf der ganzen Welt gibt es niemanden, den ich lieber mag als dich.« Erneut eine unbehagliche Stille. »Als Künstlerin, meine ich.«

»Nicolas Cambril, du kannst immer auf mich zählen. Ich werde alle Zeichnungen für dich machen, die du jemals brauchst, egal, wann oder wo wir sind und mit wem. Darauf kannst du dich verlassen.«

Wieder umarmten wir uns, und ich hatte plötzlich das Gefühl, dass sie mehr wollte, aber der Zweifel bremste mich. Und einmal mehr ließ ich die Gelegenheit verstreichen.

7

Ein paar Tage nach dem beeindruckenden Zeichenunterricht, der uns so viel über die Sichtweisen des Lebens gelehrt hatte, beschloss ich, einen Tag auf Judiths Gesellschaft zu verzichten, weil ich meine Mutter besuchen wollte. Ich war schon länger als üblich nicht mehr bei ihr gewesen, und wollte es nicht weiter aufschieben. Daher musste ich Judith, als sie mich anrief, um sich für den nächsten Tag mit mir zu verabreden, schweren Herzens absagen.

Ich ging zu Carol ins Bistro, wo ich auch schon lange nicht mehr gewesen war, weil ich ihr sagen wollte, dass ich meine Pläne für Monsieur Briand und Alois Le Brun absolut noch nicht aufgegeben hatte und nur auf die optimale Gelegenheit wartete. Und darauf, dass ich mich der Sache wieder voll widmen konnte. Um so eine Sache gut zu Ende zu bringen, musste man sein Bestes geben, und da ich derzeit nur noch Judith im Kopf hatte, wäre es wohl keine gute Idee gewesen, ausgerechnet jetzt die letzte Phase meines Plans anzugehen. Ich redete also mit meiner alten Freundin aus Kindertagen und erzählte ihr auch, wie es in meinem Liebesleben aussah. Je mehr ich ihr von Judith und unserer gemeinsam verbrachten Zeit berichtete, desto nachdenklicher wurde sie. Und schon nach zwanzig Minuten stand ihr Urteil fest:

»Nico, die Sache ist eindeutig: Entweder sie ist in einen anderen verliebt, oder sie steht nicht auf Männer. Wirklich, mein Lieber, wenn ein Mann all das für mich tun würde, würde ich dahinschmelzen!«

»Hmm … Ich weiß nicht … Ich glaube nicht, dass es da noch jemanden gibt, das hätte sie mir doch sicher erzählt, meinst du nicht?«

»Ich weiß nicht, kommt drauf an. Schließlich hast du ihr deine Gefühle bisher doch nur eher indirekt zu verstehen gegeben. Wenn sie nicht sehr viel Selbstvertrauen hat, was deinen Worten nach der Fall zu sein scheint, könnte sie das, was du bisher getan und gesagt hast, auch ganz anders verstanden haben.«

»Aber einiges davon *war* sehr direkt.«

»Tja, dann … weiß ich es auch nicht.« Sie schüttelte den Kopf. »Nein. Dazu fällt mir nichts mehr ein, Nico. Tut mir leid.«

»Ich kann es nicht glauben: Carol, der lebensklugen Kellnerin, fällt nichts mehr ein?!«

»Was soll ich sagen? Nach all diesen besonderen Momenten, die ihr zusammen erlebt habt … Ich kann wirklich nicht verstehen, wieso sie nicht längst in deine Arme gesunken ist.«

»Charlotte sagt, wenn sie mich wirklich nur als einen Freund sieht, ist nichts zu machen. Vielleicht hat sie ja recht«, seufzte ich. »Ich weiß einfach nicht, woran ich bin.«

»Ich auch nicht, Nico, ich auch nicht. Aber eines ist klar: Wenn du dieser Frau nicht gefallen würdest, würde sie nicht so viel Zeit mit dir verbringen. Denk mal darüber nach. Vielleicht solltest du ihr einfach reinen Wein einschenken.«

Ich ging zur Arbeit und führte dort sehr ähnliche Gespräche zuerst mit Céline und beim Schichtwechsel auch mit Charlotte. Jede sah das Ganze aus einem etwas anderen Blickwinkel, so wie bei den Zeichnungen in Judiths Atelier, doch alle drei waren sich in einer Sache einig: Ich musste direkter vorgehen. Judith keinen Zweifel mehr daran lassen, dass ich mit ihr zusammen sein wollte.

Als etwa die Hälfte meiner Schicht vorüber war, fiel mir auf, dass Karim nicht da war, obwohl er an diesem Tag eigentlich Dienst hatte. Céline erzählte mir, dass er sich ein paar Tage freigenommen hatte. Er hatte gesagt, dass er etwas vorhabe und uns überraschen wolle. In einigen Tagen würden wir mehr wissen.

Nach der Arbeit beschloss ich, einen langen Spaziergang zu machen und zu Fuß nach Hause zurückzukehren. Ich ging durch den Jardin des Tuileries und in der Nähe der Kathedrale Notre-Dame zum Seine-Ufer, wo man gerade dabei war, die Vorbereitungen für *Paris Plages*, den Pariser Stadtstrand, zu treffen, das Ereignis des Sommers überhaupt. Dafür wurden jede Menge Strandsand auf den Boden geschüttet, der Verkehr auf den Straßen am Fluss gesperrt und Spielgeräte und Brunnen für die Kinder aufgestellt sowie Strandbars für die Erwachsenen, Liegestühle und Sonnenschirme, um auf diese Art einen künstlichen Badestrand zu erschaffen. Der Unterschied war jedoch, dass man den Blick nicht über das endlose blaue Meer schweifen lassen konnte, sondern stattdessen die steinernen Fassaden der Kathedrale Notre-Dame und der Conciergerie vor Augen hatte. Auf jeden Fall war es ein großartiges Schauspiel und mal eine andere Art, den Tag zu verbringen.

Ich stellte mir vor, wie es wäre, zusammen mit Judith an einen paradiesischen Ort voller Blumen und Palmen zu reisen, wo uns niemand stören würde und der Wind mit unserem Haar spielte. Aber der Gedanke an meine Verpflichtungen dem Verlag gegenüber zwang mich, die rosarote Wolke sogleich wieder zu verlassen. Der nächste Tag würde meiner Mutter gehören, doch direkt danach würde ich mich meinem Buch widmen.

Mein Handy vibrierte. Es war eine Nachricht von Judith: *Könnte ich dich vielleicht zu deiner Mutter begleiten? Wenn du das nicht möchtest, ist das natürlich auch okay …*

Ich rief sie auf der Stelle an.

»Aber natürlich kannst du mich begleiten, Judith! Was ist das nur für eine Frage. Ich fände es schön, wenn du mitkämst. Und meine Mutter würde sich sicher freuen, eine … Freundin von mir kennenzulernen.« Ich verschluckte mich beinahe, als ich das Wort »Freundin« aussprach.

»Danke, dass du das sagst. Ich hatte schon befürchtet, dass es dir unangenehm sein könnte. Ich würde sie wirklich gern kennenlernen. Wie kommen wir dorthin?«

»Wir nehmen den Zug nach Mont des Fleurs. Anders geht es nicht, weil ich kein Auto habe. Komm doch einfach morgen um elf bei mir vorbei. Nein, warte!« Plötzlich sah ich das Licht am Ende des Tunnels. »Komm lieber schon um acht, geht das?«

»Du kannst auf mich zählen. Soll ich irgendetwas mitbringen?«

»Nein, nichts, nur dein Lächeln.«

Wie soll ich erklären, was dieser Telefonanruf bei mir auslöste? Ich hatte sogleich eine Art Zukunftsvision. Ich sah mich und Judith zusammen im selben Bett. Das war meine Gelegenheit! In einer Hundertstelsekunde hatte ich den perfekten Plan im Kopf. Es schien so einfach. Ich musste nur auf den nächsten Tag warten. Und einen Anruf tätigen. Es war schon ziemlich spät, aber das war egal, denn dieser Anruf war unerlässlich.

8

Judith erschien pünktlich zur verabredeten Zeit. Ich erwartete sie, auf den Stufen vor dem Hauseingang sitzend. Fröhlich näherte sie sich auf der linken Seite der Straße. Sie hatte ein gelbes Kleid mit schwarzen Blumen angezogen, und das Haar fiel ihr offen über die Schultern. Ich wusste, dass dies der Tag war, an dem ich jeden Knopf am Verschluss ihres Kleides öffnen würde. An dem ich sie für immer zu der meinen machen würde. Es gefiel mir, wie sie so daher spazierte, ohne auch nur zu ahnen, dass ihre Welt im Begriff war, sich zu ändern. Wir gingen zusammen zur Schnellbahnstation, und eine halbe Stunde später stiegen wir in den Zug und setzten uns. Beinahe die gesamte Strecke über schwiegen wir, was für uns äußerst ungewöhnlich war, da wir sonst immer etwas zu erzählen hatten.

»Na? Bereust du es schon, mitgekommen zu sein?«

»Nein, absolut nicht! Ich bin heute nur ein wenig müde, sonst nichts, ehrlich.« Ihr Lächeln beruhigte mich einmal mehr.

Ich hingegen schwieg aus Nervosität. Es gab für mich noch einige Dinge zu tun, wenn wir in Mont des Fleurs angekommen waren.

Mein Plan war im Grunde einfach: Während Judith eine Weile (deren Dauer zugegebenermaßen noch nicht abzusehen war) bei meiner Mutter im Seniorenheim verbrachte, hatte ich genug Zeit, alles vorzubereiten. Es konnte gar nichts schiefgehen! Ich lächelte Judith zu, und sie lächelte ahnungslos zurück.

Schließlich erreichten wir die Bahnstation in dem kleinen Ort mit den bunten Fensterläden. Judith war kaum in der Lage, mehr als drei Schritte zu machen. Immer wieder blieb sie verblüfft stehen, um alles bewundernd zu betrachten. Es gab wohl kaum einen anderen Ort auf der Welt, der so farbenfroh, duftend und voller Licht war. Für diesen Zauber verantwortlich waren die Blumen an den Fenstern, die Terracotta-Töpfe auf dem Boden und die Bäume, welche die kleinen Gassen beschatteten, an die sich die hellen Steinhäuser schmiegten, die das Sonnenlicht einfingen und mit ihren bunt gestrichenen Fensterläden jede Straße zu einer ganz besonderen machten.

Nach einem wunderbaren Spaziergang betraten wir das Seniorenheim. Dort roch es noch nach frischem Kaffee und frischem Baguette. Suzanne, die sich ein schelmisches Lächeln in meine Richtung nicht verkneifen konnte, erklärte uns, wo meine Mutter zu finden war.

Judith schien von dem Heim etwas eingeschüchtert. Seit wir durch die Tür getreten waren, wirkte sie angespannt.

»Ganz ruhig.« Ich nahm ihre Hand, die kühl wie immer war. »Es ist viel einfacher, als man meint.«

Meine Mutter saß im Lesesaal in Gesellschaft einer Pflegerin, die ihr bei einem Konzentrationsspiel half. Es ging darum, bunte Spielsteine nach Farbe und Form in Gruppen zu ordnen. Im Grunde ganz leicht. Für meine Mutter jedoch eine beinahe unmögliche Aufgabe.

»Nico, guten Tag dir und deiner hübschen Begleiterin.«

»Hallo. Guten Tag, Marie, wie geht's?«

»Sehr gut. Wir haben ein paar ruhige Tage verbracht, stimmt's?«

Sie sah meine Mutter an, der unsere Anwesenheit gar nicht aufgefallen war. Sie beschäftigte sich weiter mit dem Sortieren der bunten Steine.

»Hallo.« Judith ging zu ihr und setzte sich neben sie. »Ich glaube, dass dieser … zu diesem gehört, meinen Sie nicht?«

Meine Mutter sah Judith erstaunt zu, dann lächelte sie plötzlich und küsste ihre Hände.

»Marie! Dieses Mädchen ist richtig gut!«, rief sie amüsiert aus.

»Machen wir weiter«, schlug Judith vor.

»Gut, ihr drei.« Marie zog sich zurück. »Dann lass ich euch mal allein. Viel Spaß. Wenn ihr mich braucht, wisst ihr ja, wo ihr mich findet.«

»Danke, Marie. Wir kümmern uns heute Morgen um sie.«

Mama hatte von mir noch keine Notiz genommen. Ich setzte mich ihr gegenüber und fühlte eine große Zärtlichkeit in mir aufsteigen. Seit Jahren hatte ich meine Mutter so nicht mehr lächeln sehen. Judith schaute hin und wieder zu mir herüber, und ihr Blick sagte mir, dass es ihr gut ging, sie sich wohlfühlte und glücklich war. Genauso wie ich, als ich die beiden so zusammen sah.

Die Zeit verging, ohne dass wir es merkten, während wir spielten, lachten und miteinander redeten. Bald war Essenszeit, und wenn ich meinen Plan durchführen wollte, musste ich nun gehen, um alles vorzubereiten. Ich beschloss, dass es wohl das Beste und Sicherste war, die beiden im Garten des Heims beim Blumenpflücken zurückzulassen.

Als ich im Sturmschritt aus dem Haus eilte, stieß ich am Ausgang mit Suzanne zusammen, die laut lachte, anstatt mich genervt anzusehen, wie es mir in Paris sicher passiert wäre. Tatsächlich waren die Leute, die auf dem Land lebten, meistens guter Laune. An diesem Tag strahlte die Sonne vom Himmel, und ich kniff die Augen einen Moment zusammen, als ich auf die Straße trat, jedoch ohne meinen Schritt zu verlangsamen, denn ich hatte keine Sekunde zu verlieren. Ich eilte durch die grau gepflasterten Straßen bis zu dem Haus mit den limettengrünen Fensterläden, in dem Carols Onkel, der Gärtner Marín, wohnte. Vor vielen Jahren, als er und seine frisch angetraute Frau gerade dort eingezogen waren, hatten sie, ihres Berufs zu Ehren, die grüne Farbe für die Fensterläden gewählt, die auch ihr gemeinsames Glück symbolisierte. Hinter dem Haus zogen sie alle möglichen Arten von Blumen und Zierpflanzen, die sie sogar in Paris verkauften. Die empfindlicheren Pflanzen, wie die Orchideen, mit denen Marín sich einen Namen gemacht hatte, wuchsen auf dem Dachboden seines Hauses.

Ich klingelte an der Tür und wartete. Jedoch gab Marín kein Lebenszeichen von sich. Ich wunderte mich, denn er hatte mir gesagt, dass er den ganzen Tag zu Hause sei. Ungeduldig und leicht nervös klingelte ich erneut. Ein paar Sekunden später hörte ich endlich eine Stimme.

»Nico! Wir haben schon auf dich gewartet. Komm nach hinten in den Garten.« Es war Maríns Frau, die den Kopf aus einem der oberen Fenster gestreckt hatte.

»Guten Tag. Ich komme!«

»Viel Glück, Junge!«

Marín musste ihr von meinem Plan erzählt haben. Ich glaubte, vor Scham im Boden zu versinken, da ich mir vorkam wie ein Teenager, der sein erstes Date vorbereitet. Nachdem ich den kindischen Wunsch, mich umzudrehen und zu verschwinden, unterdrückt hatte, ging ich eilig in den Garten. Ich hatte keine Sekunde mehr zu verlieren, es war höchste Zeit.

»Guten Tag, Marín. Ich hatte schon Angst, du wärst nicht da.«

»Natürlich bin ich da, Nico! Für dich tue ich alles, mein Junge.«

Ich merkte, wie gerührt er war. In jungen Jahren war er trotz des großen Altersunterschieds ein guter Freund meines Vaters gewesen und hatte mich aufwachsen sehen. Das und meine enge Freundschaft mit Carol hatten dazu geführt, dass er und seine Frau mich wie einen Neffen behandelten.

»Wo ist denn das, worum ich dich gebeten habe?« Vergeblich sah ich mich nach dem um, was ich bestellt hatte.

»Wir haben es schon hingebracht«, sagte er mit einem breiten Lächeln. »Gestern, meine Frau und ich.«

»Oh … Ich weiß gar nicht, was ich sagen soll. Das war doch jede Menge Arbeit! Wie kann ich euch das jemals danken?«

»Lad uns zu deiner Hochzeit ein!« Sein Lachen schallte von den Mauern hinter dem Haus wider.

»Darauf kannst du zählen, Marín. Ihr werdet in der ersten Reihe sitzen.«

Ich verabschiedete mich von den beiden, nachdem ich mich noch einmal für die Mühe bedankt hatte. Ein letzter Spurt, um zu überprüfen, ob sich auch alles am richtigen Ort befand.

Zwanzig Minuten nachdem ich mich davon überzeugt hatte, dass alles perfekt war, und letzte Hand angelegt hatte, beendete ich die Vorbereitungen und nahm im Haus meiner Eltern eine eilige Dusche. Nun fehlte nur noch sie. Ohne zu rennen – ich wollte nicht völlig verschwitzt und rot wie eine Tomate ankommen –, kehrte ich zum Seniorenheim zurück.

Am Eingang zwinkerte mir Suzanne verschwörerisch zu, sodass ich annahm, dass auch sie von meinem Plan wusste. Sicher hatte Maríns Frau es ihr erzählt, was bedeutete, dass mit ziemlicher Sicherheit jeder einzelne Dorfbewohner mein Geheimnis kannte. Hoffentlich hatte während meiner Abwesenheit niemand in Judiths Gegenwart etwas verlauten lassen.

Ich ging zum Zimmer meiner Mutter. Sie hatte sich hingelegt; wie es schien, war sie müde und wollte sich ausruhen. Und Judith saß mit dem Rücken zur Tür in einem Ledersessel und las in einem alten Buch.

»Judith«, flüsterte ich ihr ins Ohr, wobei ich meine Hand auf ihre Schulter legte, »ich möchte dir etwas zeigen. Kommst du mit?« Einladend wies ich zur Tür.

Sie lächelte mir zu und griff nach meiner Hand. Zusammen verließen wir das Gebäude. Unerklärlicherweise wechselten wir unterwegs kein Wort. Und was noch ungewöhnlicher war: Judith ließ den ganzen Weg über meine Hand nicht los.

»Ahnst du, wohin wir gehen?«

»Ich habe keine Ahnung«, entgegnete sie lächelnd.

»Ich hatte schon befürchtet, dass jemand dir etwas verraten haben könnte.« Es waren nur noch ein paar Meter.

»Ehrlich gesagt, habe ich nur mit deiner Mutter gesprochen. Sie hat mir viel von früher erzählt. Du musst ein netter kleiner Junge gewesen sein.«

»Glaub das nicht. Ich war schrecklich«, scherzte ich.

»Nico, wohin gehen wir? Ist es noch weit?«

»Wir sind schon da.«

Wir standen vor der Auslage der Bäckerei meiner Eltern. Die ganze Zeit über, die meine Mutter nun schon im Seniorenheim verbracht hatte, waren die hölzernen Rollläden geschlossen gewesen, und im Inneren hatte es genauso ausgesehen, wie sie es am letzten Tag ihres früheren Lebens zurückgelassen hatte. Doch nun war alles blitzblank, als ob Judith und ich die neuen Besitzer wären und dort ein neues Leben beginnen wollten. Um all das hatte sich Maríns Frau gekümmert. Sie hatte den Rollladen hochgezogen, Staub gewischt, die Möbel an die richtigen Stellen geschoben, und die Gardinen aufgezogen. Der Anteil, den Marín, der Gärtner, geleistet hatte, erwartete uns im oberen Stockwerk. Genauer gesagt, ganz oben, in meiner Mansarde.

»Ist das etwa die alte Bäckerei deiner Eltern, Nico?«

»Genau, ich möchte dir zeigen, wo ich aufgewachsen bin.«

»Es ist wunderschön hier, wie auf einem alten Gemälde. Diese Fassade und die Schrift! Sind das noch die ursprünglichen Buchstaben?«

Ich nickte. Die Originale waren nachgezeichnet worden, sogar mit der gleichen Farbe. Dafür hatte meine Mutter Himmel und Hölle in Bewegung gesetzt, und nach wochenlanger Suche war es ihr schließlich gelungen, sie aufzutreiben: eine olivgrüne ölige Farbe, die nur in drei Fabriken hergestellt wurde. Im Haus meiner Eltern hatte alles eine Geschichte. In den Holzrollläden zum Beispiel waren noch die Löcher, die die Splitter einer Bombe im Zweiten Weltkrieg verursacht hatten, die gegenüber der Bäckerei detoniert war. Im Haus gab es Möbel, die so alt sein mussten wie das Dorf. Die schmiedeeisernen Teile des Ofens waren niemals ausgetauscht worden, und jeder der Steine, aus denen er gemauert war, wies kleine Einkerbungen auf. Wenn man nahe genug heranging, konnte man erkennen, dass es sich um Daten handelte: die Geburt eines Kindes, eine Hochzeit in der Familie, ein Jubiläum …

»Komm, wir gehen rein. Ich möchte dir etwas zeigen.«

Ich öffnete die Tür, wir betraten den Laden und tauchten in die Vergangenheit ein. Die perfekt erhaltene alte Glastheke hieß uns willkommen. Noch immer roch es nach Mehl, sodass man beinahe meinte, einen leichten weißen Nebel im ganzen Raum wahrzunehmen. Entzückt ging Judith auf der Suche nach alten Schätzen von einer Ecke in die andere. Dabei fiel ihr die cremefarbene Registrierkasse, die mindestens sechzig Jahre alt sein musste, ins Auge. Sie studierte die Fotos, die an den Wänden hingen. Die Hälfte davon stammte aus der Zeit, als ich noch nicht geboren war. Die andere Hälfte jedoch zeigte ausnahmslos mich, mit oder ohne meine Eltern. Dies war das Museum meiner Erinnerungen.

Nach einer angemessenen Zeit – ich wollte nicht, dass Judith merkte, wie ungeduldig ich war – schlug ich vor, hinaufzugehen.

»Das, was ich dir zeigen möchte, ist oben.«

»Aaah … Deine Mansarde«, sagte sie mit neugierig funkelnden Augen.

»Meine Mansarde«, bestätigte ich lächelnd.

Doch niemals hatte Judith damit gerechnet, noch davon geträumt, was sie in wenigen Minuten vorfinden würde.

Langsam gingen wir die Treppe hinauf, so als wollten wir den Moment vor der Entdeckung eines Schatzes voll auskosten.

»Das erinnert mich an dein Haus in Paris«, sagte sie auf halbem Weg.

»Ja, aber ich versichere dir, dass dies hier noch viel schöner ist. Wenn wir oben sind, musst du die Augen schließen. Ich sage dir dann, wann du sie wieder öffnen darfst.«

»Das klingt aufregend.« Sie kicherte.

Als wir die Tür zu meiner alten Mansarde erreichten, blieb sie stehen und schloss, wie ich sie gebeten hatte, die Augen. Ich ließ ihre Taille los, woraufhin sie, anstatt zur Seite zu treten, noch näher an mich heranrückte. Dann öffnete ich die Tür und führte Judith in mein altes Zimmer unter dem Dach. Ich hatte die Vorhänge nur einen Spaltbreit geöffnet, damit das Licht der mehr als hundert Kerzen, die ich eben noch angezündet hatte, voll zur Geltung kam. Die Kerzen standen überall im Zimmer verteilt, auf den Regalen, den Möbeln, den Fenstersimsen und tauchten den Raum in ein zauberisches Licht.

»Es riecht nach Blumen.« Judith schnupperte. »Kann ich die Augen jetzt aufmachen?«

Ja, Freunde, es roch nach Blumen, da meine Mansarde dank Marín mit rosa Pfingstrosen und Schleierkraut gefüllt war. Judiths Lieblingsblumen.

»Lass die Augen noch einen Moment zu. Ich muss dir erst noch etwas sagen.« Ich merkte, dass ich zitterte. Ihre Hände waren kühl. Ich nahm sie von hinten in die Arme, sodass ihr Rücken an meine Brust stieß. »Judith, manchmal gibt es Dinge im Leben, die man nicht erklären kann. Es sind Dinge, die einfach geschehen und die man nicht hinterfragen darf. Judith, als ich dich zum ersten Mal gesehen habe, wusste ich, dass ich den Rest meines Lebens mit dir verbringen möchte.« Wir atmeten beide schneller. »Und ich möchte, dass heute der erste Tag unseres gemeinsamen Lebens ist. Nun kannst du die Augen öffnen.«

Freunde, ich konnte ihr Gesicht nicht sehen, weil sie mit dem Rücken zu mir stand, aber es war auch nicht nötig, denn ich konnte an ihrem Körper spüren, welche Gefühle jedes meiner Worte in ihr auslöste. Und danach, als sie sah, was ich für sie vorbereitet hatte, zitterte sie, atmete stoßweise, seufzte, und ich merkte, dass sie etwas sagen wollte. Doch sie konnte nicht, wohl, weil ihre Kehle wie zugeschnürt war.

Das war die Stunde der Wahrheit: Wenn sie mich nicht liebte, hätte sie nun gehen müssen. Und wir beide wussten, dass wir uns danach nicht mehr hätten sehen können. Doch sie ging nicht!

Langsam drehte sie sich um, und wir standen uns gegenüber, so nah, dass ich ihren Herzschlag an meiner Brust spürte. Es gab keine Worte. Vorsichtig wischte ich mit der Hand ihre Tränen fort. Endlich hatte ich ihr Gesicht für mich. War es vollkommen meins. Für immer. Ich küsste sie auf die Nasenspitze. Dann aufs Kinn. Und nachdem ich ihren Kopf leicht zur Seite gedreht hatte, um sie auf die Wange zu küssen, sah sie mir in die Augen und näherte sich meinem Mund.

Freunde, ich versichere euch, dass sie mir mit diesem Kuss neues Leben einhauchte. Sie lehrte mich, was es bedeutet zu atmen, Gefühle zu haben, Lust zu verspüren, sich zu sehnen, zu lieben, zu brauchen, sie lehrte mich, was es bedeutet, jemanden wirklich zu lieben. Nun erst wusste ich, was Liebe war. Wusste ich, dass meine Liebe nicht einfach so verlöschen würde. Nicht mal durch den heftigsten Hurrikan!

Uns küssend, näherten wir uns meinem Bett, dem schmalen Bett aus meiner Kinderzeit. Aber es war perfekt. Wir ließen uns langsam darauf nieder und umarmten uns. Meine körperliche Sehnsucht nach ihr war so übermächtig wie meine Gefühle für sie, jetzt, da ich wusste, dass auch sie mich liebte. Ich weiß nicht, wie viel Zeit wir so verbrachten; ich erinnere mich nur, dass das Ziehen in meinem Unterleib immer größer wurde, und ich hoffte nur, dass ich lange genug standhalten würde, um jede Sekunde in ihr auskosten zu können. Ich zog sie aus, und sie machte das Gleiche mit mir. Wir brauchten keine Worte, sie waren nicht nötig, da unsere Körper und unsere Blicke alles sagten. Als wir dann zum ersten Mal miteinander schliefen, glaubte ich, Hunderte Male zu explodieren. Sie tat es tatsächlich, während ich mich zurückhielt, denn ich wollte, dass es niemals zu Ende wäre.

Die Stunden vergingen, eine nach der anderen, und die Nacht bedeckte den pastellblauen Himmel mit einer schwarzen Decke voller Sterne. Wir löschten die Kerzen, und ich öffnete die Vorhänge an den Dachfenstern. So hatten wir, eng aneinandergeschmiegt im Bett liegend, einen wunderbaren Blick auf den Himmel. Und nie wieder würde der Himmel so schön sein wie in diesem Moment, als ich ihn zusammen mit meiner großen Liebe entdeckte.

Madame Marín hatte in der Küche etwas zu essen für uns vorbereitet, sodass wir schließlich unsere Liebesspiele unterbrachen, um uns zu stärken. Judith zog mein Hemd über und ich meine Unterwäsche. Die Intimität zwischen uns war unvergleichlich. Noch nie hatte ich es so genossen, mit jemandem zusammen zu sein. Ich war einfach nur glücklich.

In diesem Haus war kein Platz für Sorgen. Es gab keine drängelnden Verleger, keine schreibende Konkurrenz, keine Pläne, die ich für meine Freunde hatte, keinen Job in New York, keine Angst vor der Zukunft, keine Enttäuschungen durch irgendwen. Nur zwei Menschen, die sich einander hingegeben hatten. Und dies in der schönsten Nacht meines Lebens noch mehrfach tun würden.

VII

DIE WELT SCHIEN EINFACH PERFEKT ZU SEIN

1

Freunde, ich bin davon überzeugt, dass die meisten von euch denken werden, dass die Geschichte nun bald zu Ende ist: Junge trifft Mädchen; Junge verliebt sich; Junge erobert das Mädchen; beide sind glücklich für immer. Jedoch werdet ihr feststellen, dass der Roman noch viele ungelesene Seiten hat. Außerdem ist das wahre Leben eine ganz andere Sache als in den Märchen. Und manchmal gibt es ein glückliches Ende und manchmal … nicht.

Judith und ich verbrachten jenes Sommerwochenende zusammen in meinem Elternhaus in Mont des Fleurs. Wir brauchten keine einsame Insel mit weißen Sandstränden und türkisblauem Wasser. Denn alles, was wir brauchten, um vollkommen glücklich zu sein, hielten wir in den Armen, berührten wir mit unseren Mündern. Doch aus dieser wunderbaren Oase mussten wir in die reale Welt zurückkehren. Und dann wurde es interessant. Oder besser gesagt kompliziert.

2

Ein paar Tage nach unserer Rückkehr nach Paris erhielt ich einen Anruf von Karim. Da ich ihn schon eine Weile nicht mehr gesehen oder mit ihm gesprochen hatte, freute ich mich, seine Stimme zu hören. Er wollte wissen, ob ich am nächsten Donnerstagabend Zeit hätte, denn er habe eine Überraschung für alle seine Freunde und Kollegen. Dazu solle ich um halb elf in eine Bar auf dem Montmartre kommen. Bevor wir das Gespräch beendeten, verkündete ich, dass auch ich eine großartige Neuigkeit mitzuteilen hätte. Direkt danach rief ich Judith an und fragte sie, ob sie mit mir zu dieser Feier oder um was auch immer es sich handelte, gehen wolle.

Die Nächte und das morgendliche Aufwachen von dem magischen vergangenen Wochenende an bis hin zu jenem Donnerstagabend waren wunderbar. Jeden Tag, wenn ich die Augen aufschlug, tat ich dies mit dem entzückendsten Wesen an meiner Seite, das ich je kennengelernt hatte. Judith behielt die Wohnung in der Nähe der Place des Vosges, die sie gemietet hatte, verbrachte jedoch die meiste Zeit des Tages und alle Nächte in meiner Mansarde. Sie verließ sie nur, wenn ich am späten Nachmittag zur Arbeit gehen musste. Dann verabschiedeten wir uns an der Metrostation, von wo aus sie zu ihrer Wohnung fuhr. Anschließend ging ich weiter zum Kontrollzentrum und sie zu ihrem Zeichenunterricht. Bis zur letzten Sekunde unseres gemeinsamen Weges kostete ich ihre Lippen, ihre Zärtlichkeiten und ihre Umarmungen aus. Die Welt schien mir einfach perfekt zu sein. Ich konnte mir nichts vorstellen, was mich noch glücklicher hätte machen können. Genauso wenig wie ich mir vorstellen konnte, dass irgendetwas dieses Glücksgefühl hätte trüben können.

Der Donnerstag rückte heran. Die ganze Woche über hatte ich in der Kontrollzentrale nichts über Judith gesagt, denn ich wollte sie an diesem Abend zu dem von Karim organisierten Treffen mitbringen, mit ihr im Arm dort auftauchen und die überraschten Gesichter meiner Freunde sehen, wenn ich sie ihnen als meine Freundin vorstellte. Nach der Arbeit kehrte ich gleich in meine Mansarde zurück, da ich es so mit Judith verabredet hatte, und um mich umzuziehen. Sie erwartete mich unter der Dusche, wobei ich sie nur zu gern unterbrach. Ich ging zu ihr, und wir liebten uns unter dem herunterprasselnden Wasser. Ich erinnere mich noch an jedes Detail dieses Abends, und wenn ich die Augen schließe, meine ich, dass sie genau jetzt hinter mir steht und sich zurechtmacht. Ich rasierte mich und konnte im Spiegel beobachten, wie sie in der Mansarde ihre Sachen zusammensuchte. Doch seit jenem perfekten Abend ist viel Regen vom Himmel gefallen.

Wir erreichten die von Karim ausgewählte Bar mit ein paar Minuten Verspätung, sodass wir die Letzten waren. Alle seine Freunde saßen bereits um ein paar zusammengestellte Tische und prosteten ihm mit ihrem Bier zu, als ich Karim überraschend von hinten umarmte.

»Hallo, du mit deinen Überraschungen!«

Karim drehte sich um und nahm mich in die Arme.

»Das habe ich alles dir zu verdanken«, flüsterte er mir zu, bevor er mir einen dicken Kuss auf die Stirn gab. Doch dann fiel sein Blick auf Judith, die mit einem Paar sprach, das ich nicht kannte. Karim zog die Augenbrauen hoch und strahlte dann übers ganze Gesicht.

»Ja«, ich nickte. »Das ist sie. Das ist Judith, meine Überraschung.«

Karim grinste von einem Ohr zum anderen und umarmte mich noch einmal, diesmal so fest, dass er mich vom Boden hochhob, und als er mich wieder losließ, rief er:

»Dieser Junge ist ein Teufelskerl! Die nächste Runde geht auf ihn!«

Die ganze Bar applaudierte, um sich bei mir zu bedanken, und ich konnte nicht mehr aufhören zu lachen. Ich sah Judith an, die zu uns herüberkam und Karim die Hand reichte.

»Wie bitte? Ein Händedruck? Diese Amerikaner!«, meinte er kopfschüttelnd. »Komm in meine Arme! Du bist jetzt so was wie meine Schwester!«

Judith lachte und sah mich an, während sie sich umarmten, und ich war der glücklichste Mensch auf der Welt. Eine Runde folgte auf die andere, während Judith von einer Umarmung in die nächste wanderte. Es war nicht nötig, dass meine Freunde mich mit Worten beglückwünschten, ihre lächelnden, zufriedenen Gesichter sagten alles. Charlotte, die an diesem Abend etwas tiefere Schatten unter den Augen hatte, übernahm die Rolle der Gastgeberin, da Karim fast die ganze Zeit über telefonierte. Wir wussten noch immer nicht, warum er uns eigentlich in diese Bar bestellt hatte, und wenn ihn jemand danach fragte, antwortete Karim lediglich mit einem breiten Grinsen. Da Charlotte und er sich schon sehr lange kannten und die meisten Freunde gemeinsame waren, stellte sie sie uns vor. Doch die wirklich besonderen Momente waren die mit meinen Kollegen. Didier war leider verhindert, was ich sehr bedauerte, denn ich hätte ihm gern gezeigt, dass sich sein aufopfernder Einsatz bei dem Müllsack gelohnt hatte. Immerhin war Céline mit ihren beiden Söhnen gekommen. Ich glaube, dass der ältere der beiden sich sofort in Judith verliebte, denn er wich ihr nicht mehr von der Seite und starrte sie bewundernd an. Einmal unterbrach ich seine pubertäre Verzauberung mit der Feststellung:

»Sie ist hübsch, oder?« Er antwortete nicht. Wahrscheinlich hatte er mich gar nicht gehört. »Gefällt sie dir?«

»Was? Nein. Nein, natürlich nicht. Was für ein Quatsch!«

»Das ist kein Problem, keine Sorge.« Mein Blick fiel auf die Pickel auf seiner Stirn. Von dieser Plage war ich zu jener Zeit zum Glück verschont geblieben. »Als ich in deinem Alter war, ging es mir genauso. Ich habe die Mädchen einfach nur angesehen. Willst du einen Rat?« Er starrte Judith weiter mit offenem Mund an, die sich gerade mit Fannys Freund unterhielt. »Bei ihr ist nichts zu machen, sie gehört mir. Aber wenn du mal eine andere findest, die dir gefällt, dann warte nicht. Geh zu ihr und lerne sie kennen.«

Ich ließ den Jungen allein. Bis heute glaube ich, dass er nicht eines meiner Worte mitbekommen hat. Dabei war es ein wirklich guter Ratschlag.

Ich sah zu Fanny hinüber, deren Freund ich noch gar nicht kannte. Ich erinnerte mich daran, dass sie erzählt hatte, er wohne auf dem Montmartre und sei Amerikaner. Aus Philadelphia, soviel ich wusste. Wahrscheinlich hatten Judith und er sich viel zu erzählen. Ich ging zu dem Trio hinüber.

»Nico!«, rief Judith fröhlich aus. »Stell dir mal vor, Zachary und ich haben an derselben Uni studiert!« Sie strahlte, und er schien sich gut zu amüsieren. Fanny hatte sich gerade den Mund mit Quiche vollgestopft. Ich fragte mich nicht zum ersten Mal, wie sie so viel essen und dabei so schlank bleiben konnte.

»Na, so ein Zufall!« Ich wusste nicht so richtig, wie ich auf Judiths Enthusiasmus reagieren sollte. »Und welche Uni war das?«

»Brown«, sagte er mit einer kräftigen männlichen Stimme, wobei er mir die Hand reichte. »Aber wir haben völlig unterschiedliche Wege eingeschlagen.«

Als er dies sagte, zwinkerte er Judith zu, die ein Lachen unterdrückte. Ich fühlte mich komisch. Unwohl. Ohne zu wissen, warum.

»Nico, ihr seid so ein schönes Paar.« Fanny, die endlich aufgegessen hatte, beteiligte sich nun auch an dem Gespräch.

Wobei ich nicht weiß, ob man die Sätze, die wir sagten, wirklich als »Gespräch« bezeichnen konnte. Der eigentliche Austausch fand eher durch Körpersprache statt, durch das, was nicht mit Worten gesagt wurde, und das war meiner Meinung nach ein Gespräch, an dem ich nicht teilnahm.

»Danke, Fanny. Ich nehme an, du hast sie gleich wiedererkannt. Immerhin hast du ihr ja fälschlicherweise mal das Leben gerettet.« Ich wandte mich zu Judith, die noch immer mit Zachary herumgestikulierte.

»Sicher! Als ich sie gesehen habe, wäre ich gleich wieder am liebsten im Boden versunken.«

Alle außer mir lachten. Mein Unwohlsein wuchs. Was war mit mir los?

»Möchtest du noch etwas trinken?«, brachte ich schließlich heraus. Ich wollte nur weg. Und Judith mitnehmen.

Bevor sie antworten konnte, erhob Karim die Stimme. Er war auf einen Stuhl gestiegen und hielt seine Tochter im Arm.

»Hallo! Freunde! Jetzt sind endlich alle da. Es hat etwas gedauert, weil ich Zoe erst davon überzeugen musste, Pauline mitzubringen.« Seine Exfrau stand bei ihnen und hielt die Hand ihrer Tochter, während sie die Runde der versammelten Freunde fragend ansah. Ich nahm an, dass nicht einmal sie wusste, warum Karim uns an diesem Abend zusammengerufen hatte. »Na ja, ihr alle wisst ja, dass es seit einiger Zeit nicht mehr so gut zwischen Zoe und mir lief.« Zoe schlug ihm leicht gegen das Bein und errötete. »Aber ich hoffe, dass ihr, wenn ich mich anstrenge, uns bald wieder zusammen sehen werdet.« Angesichts dieser hoffnungsvollen Worte zog sich Zoe genervt zurück und verließ das Lokal. »Äh … vielleicht irgendwann …«

Karim stieg von dem Stuhl herunter, und mit zwei Schritten war ich bei ihm und übernahm Pauline, die mich mit der ganzen Kraft ihrer Ärmchen umfasste. Karim eilte Zoe hinterher, und zwanzig Minuten später traten sie gemeinsam und in wesentlich heitererer Stimmung wieder ein.

Zoe kam zu uns herüber, was mich ausgesprochen erleichterte, denn Fanny hatte wieder die ganze Zeit gegessen und sich mit niemandem unterhalten können, Pauline hatte unaufhörlich auf mich eingeredet, und ich hatte aus dem Augenwinkel beobachtet, wie Judith und Zachary Erinnerungen aus der Studienzeit austauschten.

»Was soll denn das Ganze?«, fragte ich Zoe, ohne dass ihre Tochter es hörte.

»Du wirst es gleich erfahren. Sieh mal.«

Karim hatte sich wieder auf den Stuhl begeben, und diesmal wirkte seine Ansprache deutlich sicherer.

»Ihr Lieben! Bitte hört mir noch einen Moment zu.« Wir hoben gespannt die Köpfe. »Also, was ich euch eben erzählen wollte, ist, dass ich gleich hier oben drüber eine Wohnung gemietet habe, die ich euch gern zeigen möchte.« Seine Freunde freuten sich über die Nachricht, wobei wohl nur die wenigsten die wahre Bedeutung dieser Neuigkeit verstanden. Denn diese Wohnung auf dem Montmartre brachte ihm Zoe und Pauline zweifellos einen Schritt näher. »Ach ja, und dann ist da noch etwas. Etwas, was dafür gesorgt hat, dass ich diese Wohnung überhaupt mieten konnte: Wenn ihr mal ganz elegant einen Kaffee in der Rue de Rivoli trinken wollt, dann geht ins Le Meurice, wo ich euch höchstpersönlich bedienen werde.«

Alle klatschten. In diesen Zeiten einen solchen Job zu finden war wie ein Lotteriegewinn.

Nachdem wir unsere Gläser ausgetrunken hatten, verließen wir die Bar. Nur zwei Meter weiter befand sich der Hauseingang. Einer nach dem anderen gingen wir, die mehr als zwanzig Freunde, die Karim an diesem Abend zusammengetrommelt hatte, hinein. Ich hielt mich am Ende der Schlange, um kurz mit Judith allein zu sein. Das Gefühl, sie zu vermissen, war immer stärker geworden, seit wir ein paar Stunden zuvor die Bar betreten hatten. Wie war es möglich, dass ich mich nach so kurzer Zeit schon derart nach ihr sehnte? Und das Schlimme daran war, dass sie ja die ganze Zeit über neben mir gestanden hatte. Allerdings hatte ich sie nicht für mich gehabt. Gerade wollte sie gemeinsam mit Fanny hinaufgehen, als ich von hinten nach ihrer Hand griff, um sie daran zu hindern. Sie wandte sich um, und als sie mich sah, ließ sie sich von mir heranziehen wie auf einer Eisfläche. Wir blieben allein auf der Straße zurück. Alles schien stillzustehen. Nur ein paar Nachtfalter flogen um das Licht einer Straßenlaterne.

»Ich habe dich vermisst.« Ich schob sie gegen die Hauswand und schmiegte meinen Körper an ihren. Dann küsste ich sie so leidenschaftlich, dass ich mich kaum noch unter Kontrolle halten konnte.

»Uff!« Ein paar Sekunden später löste sie sich mit Mühe von mir, da ich sie nur widerstrebend losließ, und begann zu lachen. »Nun sollten wir aber hinaufgehen, oder nicht?«

Ich nickte. »Ja, wir sollten hinaufgehen.«

Etwas verunsichert stieg ich die vier Etagen hinauf.

Auf jedem Treppenabsatz hielten wir inne, um uns zu küssen, und mein Körper verlangte nach mehr. In der dritten Etage setzte ich mich einen Moment auf die Treppe und bat Judith, schon einmal vorauszugehen. Ich musste nachdenken. Was war das für ein Gefühl gewesen, das mich unten in der Bar gequält hatte? Nachdem ich eine Weile überlegt hatte, kam ich zu dem einzig möglichen Schluss: EIFERSUCHT. In Großbuchstaben, die so massiv waren wie die eisernen Pfeiler des Eiffelturms.

»Wo bleibst du denn, Nico«, hörte ich plötzlich Karims Stimme neben mir. Er war heruntergekommen, um mich zu holen. Doch erst einmal setzte er sich neben mich auf die Treppe.

»Du verhältst dich den ganzen Abend schon so merkwürdig. Die Liebe bringt die Menschen durcheinander, wusstest du das noch nicht?« Ich sah ihn so ernst an wie ein Kind, dem der Lehrer gerade erklärt, warum das Meer blau ist. »Schau mich an: zwei Jobs, eine Scheißwohnung im vierten Stock ohne Aufzug, die ich erst einmal komplett renovieren kann und … jetzt habe ich auch noch so 'ne blöde Familienkutsche. Ich hab meinen Augenstern verkauft. Aber ich habe das Geld für die Wohnungseinrichtung gebraucht.«

»Kaum zu glauben, wie du dich verändert hast, Karim!«

»Aber es lohnt sich, Alter. Es lohnt sich absolut. Weißt du, was Zoe soeben gemacht hat?« Ich sah ihn schweigend an. »Sie hat meine Hand genommen, während ich ihr die Wohnung gezeigt habe. Seit Monaten haben wir uns nur noch berührt, wenn es sich nicht vermeiden ließ. Und sie hat meine Hand sehr, sehr festgehalten. Verdammte Liebe!«

»Verdammte Liebe!« Ich spürte, dass die Luft, die ich in diesem Moment atmete, mit Angst, Unsicherheit und Eifersucht angefüllt war. Und all das wurde von den Lungen in den Rest meines Körpers gepumpt. In jeden Winkel. »Verdammte Liebe!«

»Aber ohne Zoe gibt es nichts, was sich in meinem Leben noch lohnt. Ich habe jetzt kapiert, dass ich nur glücklich sein kann, wenn sie an meiner Seite auch glücklich ist. Und weißt du was? Sie hatte mit allem recht. Das weiß ich jetzt. Und ich hoffe, dass es noch nicht zu spät ist.« Er seufzte. »Gehen wir rein?«

Kaum hatte ich die Wohnung betreten, ergriff Karims Tochter mit ihrer kleinen Hand die meine und zeigte mir alles. Das noch fast leere Wohnzimmer mit der Küchenzeile, die Vitrine mit Karims alten Videospielen, das zu renovierende Bad, die Nische mit dem alten Schlafsofa, über dem an der Wand ein

Poster des ersten Donkey Kong hing, und zuletzt das schönste Zimmer der ganzen Wohnung: ihres. Das Geld, das Karim für den Verkauf seines alten BMWs bekommen hatte, hatte er komplett in ein paar Ikea-Möbel für die Kleine gesteckt. Er hatte das Zimmer weiß gestrichen und auf der Höhe des Bettes ein paar Wandaufkleber in Form von rosafarbenen Blumen angebracht. Es gab ein kleines Regal voller Puppen, Bücher und Spiele. Und auf dem Nachttisch neben dem Bett lag mein Buch *Warum das Maul der Katzen nach Sardinen riecht*. Pauline zeigte es mir gleich, nachdem wir das Zimmer betreten hatten. Wir setzten uns auf den Boden, um darin zu lesen, und als wir etwa in der Mitte der Geschichte waren, merkte ich, dass jemand im Türrahmen stand. Es war Judith, die uns mit einem strahlenden Lächeln im Gesicht zusah. Noch nie hatte sie so wunderbar ausgesehen.

Schließlich schlief Pauline ein, und ich legte sie in ihr neues Bett. Als sie gut zugedeckt war, kam Charlotte, um mich zu holen. Schweigend verließen wir das Zimmer und setzten uns, jeder mit einem Bier, an die Küchentheke im Wohnzimmer.

»Nico, ich wollte dir nur sagen, dass ich Judith ganz entzückend finde. Sie ist prima.« Ich hielt nach Judith Ausschau und entdeckte sie neben Zachary auf dem Sofa in der Schlafnische. »Ich hätte nicht gedacht, dass sie so nett ist. Bis zuletzt war ich der Meinung, dass sie ein wenig verrückt sein könnte, aber sie ist nicht verrückter als du. Ihr seid ein tolles Paar.«

Ich verdrängte meine Eifersucht und konzentrierte mich auf Charlotte.

»Vielen Dank, Charlotte. Ich könnte wirklich nicht glücklicher sein. Außerdem hatte ich recht und du nicht.«

Wir lachten.

»Ich freue mich. Ich freue mich wirklich. Obwohl … die eine oder andere Freundin von mir jetzt in die Röhre guckt, aber ich freue mich für dich. Für euch. Übrigens …« Ich sah sie fragend an. »Es ist schon ziemlich viel Zeit vergangen, seit wir die Sache mit Monsieur Briand geplant haben, erinnerst du dich noch dunkel?«

»Ja, natürlich!« Tatsache war, dass, seit ich mich um Judith bemühte, alle anderen Dinge in meinem Leben in den Hintergrund getreten waren.

»Vor ein paar Tagen habe ich mit Carol gesprochen. Sie hat ein Problem erwähnt, das wir nicht bedacht haben, aber es ist schon gelöst.«

»Ein Problem?«

»Die Sommerferien haben begonnen, und wir haben uns gefragt, ob Alois Le Brun in dieser Zeit an seinen Gewohnheiten festhält und ob wir ihn an dem Tag, den wir für die Durchführung unseres Plans auswählen, überhaupt in den Metrogängen finden.«

»Daran habe ich nicht gedacht, das stimmt. Und?«

»Kein Problem. Der Mann weicht nicht von seiner Routine ab. Er geht jeden Morgen zur Schule, um einen Sommerkurs zu geben. Für die Schüler, die von ihren Eltern dort hingeschickt werden, denn ich kenne kein Kind, das im Sommer freiwillig in die Schule geht.«

Ich lachte. »Das stimmt.« Während wir uns unterhielten, konnte ich nicht anders, als immer mal wieder zu Judith hinüberzusehen. Sie und Zachary lachten und schienen sich bestens zu amüsieren. Und Fanny war nirgendwo zu entdecken. Nachdem ich einen Schluck von meinem Bier getrunken hatte, konzentrierte ich mich wieder auf Charlotte. »Also bleibt alles so, wie wir es geplant haben.«

»Genau.«

»Gut. Na, dann gehen wir die Sache doch nächsten Mittwoch an.«

»Nächsten Mittwoch schon?«

»Sicher! Warum sollten wir noch länger warten? Am Mittwoch schlagen wir zu!«

»Oh Gott! Ich hoffe, es geht alles gut. Wenn die Sache auffliegt, setzt er uns nachher alle auf die Straße, wer weiß?«

»Keine Sorge. Ich habe mir alles genau überlegt. Keiner der beiden wird jemals etwas erfahren. Vorausgesetzt natürlich, dass keiner von uns etwas erzählt.«

Charlotte nickte, und gleich darauf tauchte Fanny wieder auf und nahm sie mit, um mit ein paar Freundinnen von Karim und Zoe zu reden. Ich blieb allein zurück und konnte mich wieder der Aufgabe widmen zu ergründen, was sich Judith und Zachary zu erzählen hatten. Ich war mir sicher, dass sie etwas Besonderes verband. Und diese selbst auferlegte Erkenntnis machte mich wahnsinnig. So wie an diesem Abend hatte ich mich noch nie gefühlt. Wie eine Krankheit verschlimmert sich auch die Eifersucht immer mehr. Zuerst fühlt man sich seltsam, irgendwie unwohl. Man merkt, dass in jedem Moment, in dem man es spürt, das Gefühl immer lästiger, greifbarer wird. Und plötzlich, ohne dass man es merkt, hat man sich infiziert. Nie wieder wird man sich unbeschwert fühlen, denn die Eifersucht wird immer da sein. Manchmal mehr, dann wird es unerträglich, manchmal weniger, und dann ist es beinahe, als wäre man endlich davon befreit. Aber man wird dieses Gefühl nicht mehr los. Es liegt auf der Lauer, um einen zu quälen, wenn man es am wenigsten erwartet.

In diesem Moment war es so schlimm, dass es mir wie tausend Stiche durch mein Herz fuhr. Ich atmete tief durch und drehte mich um, damit ich Judith nicht mehr sehen musste. Dann ging ich in die Küche, um mir noch ein Bier zu holen. Ich unterhielt mich mit ein, zwei, drei, vier, sogar fünf Leuten. Doch keiner von ihnen konnte die Herzstiche lindern. Ich wartete darauf, dass das Bad frei wurde, und war endlich allein. Entschieden schloss ich die Tür, betrachtete mich im Spiegel und erkannte mich nicht wieder. Vielleicht wegen des Ausdrucks in meinen Augen. Mein Blick hätte jede seit Ewigkeiten erloschene Feuerstelle in Brand gesetzt. Jemand klopfte von draußen an die Tür.

»Besetzt!«

»Mach auf … Ich bin's.«

Ich merkte, dass ich wieder atmen konnte.

»Judith …« Ich nahm ihre Hände und zog sie zu mir herein. Nachdem ich die Tür abgeschlossen hatte, sah ich sie an.

»Geht es dir gut?«

Ich antwortete nicht. Ich wusste nicht, was ich sagen sollte. Nachdem ich mich auf den Rand der Badewanne gesetzt hatte, trat sie zu mir. Sie umfasste mein Gesicht und küsste mich zart auf den Mund. Schließlich kam ich wieder zu mir und umarmte sie. Ich musste sie spüren, wissen, dass sie die Meine war. Nur ein paar Sekunden später liebten wir uns, dort, wo wir uns befanden, im schummrigen Licht einer schwachen Glühbirne, die an der Decke hing. Wir taten es heftig und schnell, es war meine Art, mich mit mir selbst zu versöhnen und mit ihr, die doch überhaupt keine Schuld traf. Dann verließen wir ruhig und mit einem Lächeln auf dem Gesicht das Badezimmer. Den Rest des Abends verbrachten wir zusammen, redeten zwar mit verschiedenen Leuten, entfernten uns jedoch nie mehr als eine Stuhlbreite voneinander.

Wie sich herausstellte, war Zachary, mit dem sie sich so lange unterhalten hatte, ein völlig unkomplizierter Typ, sehr fleißig und bis über beide Ohren verliebt in Fanny.

Die Eifersucht ist ein vergifteter Spiegel, der uns die Welt auf verzerrte Art und Weise sehen lässt.

Um vier Uhr morgens waren die meisten Gäste bereits nach Hause gegangen. Nur Charlotte, Fanny und Zachary, Zoe und Pauline, die trotz des Lärms in ihrem Zimmer tief und fest schlief, waren noch da und wir beide, Judith und ich. Wir beschlossen, alle zusammen aufzubrechen, doch bevor wir gingen, sahen wir noch, dass Zoe Karim im Schlafzimmer ihrer Tochter umarmte. Er erwiderte die Umarmung, ohne einen Schritt weiter zu gehen. Er hätte versuchen können, sie zu küssen, sie fester in die Arme zu nehmen, ihr ins Ohr flüstern können, dass sie die Nacht bei ihm verbringen solle … Doch er hielt sie nur einfach fest und ließ sie schließlich gehen. Karim wusste, dass alles seine Zeit brauchte, und hatte sich mit Geduld gewappnet, die offenbar in jede Zelle seines Körpers eingedrungen war. Wobei man nicht vergessen darf, dass Karim ein Riese ist.

3

»Warst du schon mal eifersüchtig?«

Diese heikle Frage stellte ich Karim am Montag nach seiner Party. Wir kamen gerade von der Arbeit und waren auf dem Weg zu Carols Bistro, um dort ein Bier zu trinken. In diesen Tagen herrschte eine unerträgliche Hitze in der Stadt, und in der Nacht schien es beinahe noch heißer zu werden. Der Boden fühlte sich an wie eine riesige Heizung und wärmte unsere Füße mit jedem Schritt, den wir taten, noch ein wenig mehr auf.

»Eifersüchtig? Warum, zum Teufel, fragst du mich das?«

»Bitte antworte. Kennst du das Gefühl?«

»Was soll das?! Ich habe gedacht, wir machen uns einen netten Abend.«

Ich sah ihn bittend an, ohne etwas zu sagen.

»Also schön. Ja, ja. Ich war schon mal eifersüchtig, ich bin eifersüchtig, und ich werde es immer sein. Warum willst du das wissen?«

Verlegen starrte sah ich zu Boden. Ich wusste nicht, wie ich die Sache erklären sollte. Jeden Tag, der seit meiner idiotischen Panik wegen Zachary vergangen war, fühlte ich mich dämlicher und hilfloser. Ich konnte mir noch immer nicht erklären, wie ich an Judith zweifeln konnte. Denn sie war der Mensch auf der Welt, dem ich am meisten vertraute. Den ich am meisten liebte. Aber auch derjenige, der mir die meiste Angst machte. Die Liebe ist eben ein All-inclusive-Paket an Gefühlen.

»Ich bin ein Idiot.«

»Alter, du machst mir Angst. Ist irgendwas mit Judith? Spinnt sie rum?« Karim klang besorgt.

»Nein.« Wider Willen musste ich lachen. »Nein, nein, ich spinne höchstens rum.«

»Du? Eifersüchtig? Bist du blöd?«

»Ja.«

»Ich sehe schon, du bist wirklich ein Idiot. Entschuldige, dass ich das sage. Aber diese Frau ist verrückt nach dir! Allein, wie sie dich ansieht.«

»Das beruht auf Gegenseitigkeit.«

»Das brauchst du mir nicht zu sagen. Aber … ist denn irgendwas passiert?«

»Nein, Karim, ich bin einfach nur völlig neben der Kappe.« Mit einer Handbewegung forderte er mich auf weiterzureden. »An dem Abend, als du deine Party gefeiert hast, hat es mich unglaublich aufgebracht, dass sie so viel mit Fannys Freund geredet hat.«

»Mit Zachary? Aber was redest du denn da für einen Unsinn! Weißt du, wie sehr der an Fanny hängt?«

»Ich weiß ... Und das Schlimmste ist, dass ich ihn wirklich nett fand, als ich mich später mit ihm unterhalten habe.«

»Ja, warum auch nicht! Er ist ein richtig guter Typ.«

»Ja, ist er. Und ich bin ein Idiot«, erwiderte ich kläglich. »Aber seit diesem Abend werde ich dieses dämliche Gefühl nicht mehr los. Ich war so aufgeregt und durcheinander, Karim. Das ist mir noch nie passiert. Ich verstehe das alles nicht.«

»Wie ich gesagt habe, du armer Irrer. Die Liebe ist ein großer Mist und macht uns alle völlig verrückt. Das hat schon mein Vater gesagt.« Karim ging weiter und ließ seine Pranke freundschaftlich auf meine Schulter fallen. »Aber eigentlich ist doch überhaupt nichts passiert, weswegen du eifersüchtig sein müsstest, oder? Versuch ruhig zu bleiben, Alter, play it cool! Siehst du sie denn heute Abend noch?«

»Nein, sie hat etwas anderes zu tun.« Ich seufzte.

Auch das hatte mir zu denken gegeben. Seit es Judith in meinem Leben gab, hatte ich das Gefühl, der glücklichste Mensch auf Erden zu sein. Aber allmählich stellte ich fest, dass es Dinge gab, die sie nicht mit mir teilen wollte, und das machte mich nervös. Ob sie etwas vor mir verbarg? Schließlich konnte man nie wissen.

»He, wo willst du hin?!« Ich sah, dass Karim stehen geblieben war und mir die Tür zum Bistro aufhielt. Ich war so in meine Gedanken vertieft gewesen, dass ich einfach weitergegangen war.

Drinnen entdeckten wir Charlotte, die an der Bar saß und sich mit Carol unterhielt.

»Karim, hey, Karim«, zischte ich.

»Was ist?«

»Bitte erzähl keinem, worüber wir gerade gesprochen haben, okay?«

Er machte eine Geste, als verschlösse er seinen Mund mit einem Reißverschluss.

Ich war derjenige gewesen, der Charlotte und Carol zu einem Treffen gebeten hatte, denn an diesem Abend wollte ich den anderen meinen Plan erklären, wie wir es bewerkstelligen könnten, Monsieur Briand und Alois Le Brun endlich miteinander bekannt zu machen. Wir bereiteten unseren Coup für den kommenden Mittwoch vor. An diesem Tag würden wir alle zur gleichen Zeit arbeiten. Außer Carol, die frei hatte, um uns bei unserem Vorhaben in der Unterwelt der Metro zu unterstützen.

Ein paar Stunden später kam ich nach Hause. Gegen alle Vernunft hatte ich die Hoffnung, dass Judith dort auf mich warten würde. Doch als sich der Schlüssel zweimal im Schloss umdrehen ließ, wusste ich, dass sie nicht da war. Allerdings fand ich eine Nachricht von ihr vor:

Lieber Nico, heute Nacht kann ich leider nicht hier sein. Ich muss morgen sehr früh aufstehen, weshalb ich lieber in meiner Wohnung schlafen möchte. Wir sehen uns dann zum Abendessen. Aber ich habe Dir ein Geschenk dagelassen. Du musst einfach nur dieses Blatt umdrehen.

Als ich es tat, musste ich lächeln. Judith hatte mir eine neue Zeichnung geschenkt. Diese ließ meine dummen Ängste verfliegen, und stattdessen hatte ich mit einem Mal Lust zu schreiben. Also nutzte ich den freien Abend, um mich an meine Olivetti zu setzen.

Nach vier sorgfältig erstellten Seiten beschloss ich, schlafen zu gehen. Ich legte mich aufs Sofa, da mir das Bett ohne Judith plötzlich zu groß erschien. Keine Ahnung, ob die unebene Liegefläche oder der Staub in den Kissen für den Albtraum verantwortlich waren, den ich anschließend hatte, aber ich kann euch versichern, dass ich mich im Nachhinein lieber ins Bett gelegt hätte, um ihn mir zu ersparen.

In meinem Traum befand ich mich im Büro meines wütenden Verlegers. Er schrie mich an, aber ich konnte ihn nicht verstehen Plötzlich hatte ich meine Schreibmaschine auf dem Schoß. Ich wusste, dass ich tippen musste, aber wenn ich versuchte, die Tasten zu berühren, fielen diese auf den Boden und verschwanden. Dennoch probierte ich es immer wieder. Ich bemühte mich, mit den Fingerspitzen die Buchstaben zu tippen, aber das Einzige, was ich erreichte, war, dass meine Finger bluteten. Mein Verleger schrie weiterhin auf mich ein, und mir kamen die Tränen. Ich konnte ihn kaum noch sehen. Es war, als ob meine Augen zugenäht wären und ich nur noch durch einen schmalen Spalt sehen könnte. Und bei einem dieser mühsamen Blicke entdeckte ich Judith. Sie sagte meinem Verleger etwas ins Ohr, und dann gingen sie Arm in Arm davon. Sie lachten, und ich weinte. Ich wollte ihnen hinterhergehen, doch meine Füße waren wie aus Blei und verschmolzen mit dem Fußboden. Ich kam nicht voran, und ich konnte nichts mehr sehen.

Ich erwachte schluchzend und in Schweiß gebadet. Nach ein paar Sekunden merkte ich, dass es bereits Tag war. Zwölf Uhr mittags, um genau zu sein. Um mich von den furchtbaren Bildern zu befreien, stellte ich mich gleich unter die Dusche.

4

An diesem Tag war ich hin und her gerissen zwischen der Angst, das Buch nicht rechtzeitig fertig zu bekommen, weil die Zeit bis zum Abgabetermin mir zwischen den Fingern zerrann, und dem Glück zu wissen, dass, wenn ich nach Hause kam, Judith da sein würde. Als ich nach der Arbeit meine Wohnung betrat, lag sie nackt auf dem Bett und hatte Blumen gekauft: Pfingstrosen und Schleierkraut.

»Oh, là, là, möchtest du das Wochenende in Mont des Fleurs wiederholen?«, fragte ich, während mein Herz klopfte und ich hastig meine Kleidung auf den Boden warf.

»Komm her. Sag nichts. Sei einfach nur bei mir.«

Sie zog mich zu sich, und die nächsten zusammenhängenden Worte sprachen wir erst zwei Stunden später. Ich lag auf der Seite, auf meinen Ellbogen gestützt, und sah sie zärtlich an.

»Danke«, sagte sie lächelnd.

»Danke?«

»Ja, danke, dass du mir das Gefühl gegeben hast, am Leben zu sein. Zufrieden. Glücklich. Ausgeglichen.«

»Das kann ich nur zurückgeben.« Ich rutschte nach unten und küsste ihren Bauchnabel.

»Ich bin wirklich sehr glücklich mit dir, Nico.«

»Und ich erst.« Ich arbeitete mich wieder bis zu ihrem Mund hinauf, und wir küssten uns, bis wir beinahe den Verstand verloren.

»Nico?«

»Ja?« Ich wollte die magischen Worte hören.

»Ich …«

»Ja?«

»Ich muss gleich wieder zu mir und kann heute nicht bei dir übernachten.« Ich schwieg. »Aber morgen Abend bin ich wieder hier.«

»Was hast du vor.«

»Ich muss via Skype ein paar Telefonate machen.«

»Mit wem?«

»Es hat mit der Arbeit zu tun.«

»Wirst du etwa zu deiner alten Stelle zurückkehren?« Mein Herz zog sich ängstlich zusammen.

»Nein. Eher so etwas wie das Gegenteil. Glaub mir.«

»Okay.«

»Ich muss los.«

Ich nickte. Und war alles andere als glücklich. Plötzlich fühlte ich mich ganz leer.

Ich blieb im Bett und hielt noch lange das Kissen umarmt, welches noch Judiths süßen, aber frischen Duft verströmte.

5

Ich hatte das Gefühl, nicht das Recht zu haben, von Judith zu verlangen, mir zu erzählen, mit wem und worüber genau sie sprechen musste. Und wenn man es genau betrachtete, erzählte ich ihr ja auch nichts von meinen Problemen mit dem Verlag. Nicht mit einem Wort hatte ich ihr gegenüber erwähnt, dass ich so ziemlich am Ende war, wenn ich mich nicht zusammenriss und mein Buch fertigschrieb. Und wie könnte ich hundert Prozent von ihr fordern, wenn ich selbst sie ihr nicht zugestand. Aber es belastete mich.

Zum Glück für mich war der nächste Tag einer der bewegendsten in meinem ganzen Leben. Es war jener Mittwoch, den wir ausgewählt hatten, um Monsieur Briand »an den Mann« zu bringen. Seit dem frühen Morgen hatten meine Kollegen und ich alles vorbereitet, damit unser Plan gelang. Und unser Wunsch, dass alles gut gehen möge, war so stark, dass es einfach nicht schiefgehen konnte. Als die Uhr in der Kontrollzentrale halb fünf Uhr nachmittags zeigte, war es Zeit für den ersten Schritt. Charlotte griff zum Telefon.

»Puh! Also ich weiß nicht, ob ich das schaffe. Ich hoffe, er merkt nichts!«

»Komm, Charlotte, verlier jetzt nicht die Nerven! Ich weiß, du wirst das hervorragend machen.«

Sie nickte, stellte den Lautsprecher an und wählte Monsieur Briands Nummer. Nachdem es mehrfach geklingelt hatte, und Charlottes Gesicht die wachsende Panik anzusehen war, ging er an den Apparat.

»Hallo, was ist los?«

»Guten Tag, Monsieur Briand.« Charlottes Stimme klang atemlos. Ich legte ihr beruhigend die Hände auf die Schultern, doch sie verscheuchte mich mit einem Klaps. »Tja … äh … Wie es aussieht, ist eine der Kameras kaputt.«

»Und deswegen rufst du mich an? Heute ist mein freier Tag, meine Liebe. Warum wendest du dich nicht an den technischen Service?«

»Sicher … Das habe ich schon gemacht, Monsieur Briand. Aber der technische Dienst meinte, dass sie den Schaden vielleicht erst übermorgen beheben können, weil derzeit so viele Leute in Urlaub sind und außerdem … äh … noch andere Kameras repariert werden müssen. Und da dachte ich … Na ja, ich hab gedacht, dass es vielleicht besser wäre, wenn Sie selbst kurz vorbeikommen und einen Blick darauf werfen.« Sie sah mich gespannt an, und wir warteten auf seine Antwort.

»Na schön.« Charlotte machte ein triumphierendes Gesicht. »Ich mache mich auf den Weg. Welche Kamera ist es?«

»Haltestelle Madeleine, Kamera 15T, die neben dem Aufzug.«

»Bin schon unterwegs.«

Charlotte überzeugte sich, dass die Verbindung wirklich beendet war, und stellte das Telefon in die Halterung zurück. Erst dann rief sie aus:

»Es hat geklappt! Der Rest wird laufen wie am Schnürchen!«

»Wir müssen noch Karim anrufen«, erinnerte ich sie.

Karim antwortete sofort und bestätigte, dass er seinen Part erledigt hatte. Mit Carols Hilfe hatte er einen Taschendieb ausgemacht, den er schon einmal erwischt hatte. Carol hatte den Lockvogel gespielt und so getan, als achtete sie nicht auf ihre Handtasche. Das war den Taschendieben in der Metro nicht entgangen. Aber Karim wartete auf einen bestimmten: Einer dieser Jungen war der Sohn seiner ehemaligen Nachbarn, und als er ihn vor Kurzem beim Klauen erwischt hatte, hatte er ihn sich zur Brust genommen und ihm gedroht, dass er ihn beim nächsten Mal genau wie alle seine Freunde der Polizei übergeben würde. Der Junge hatte die freundliche Warnung jedoch nicht weiter beachtet und hielt an diesem Mittwoch bereits wieder nach möglichen Opfern Ausschau. Als er Carol gerade in die Handtasche fassen wollte, hatte Karim ihn am Arm ergriffen und ihn in einen Raum gezogen, der dem Personal der Metro vorbehalten war.

»Und? Können wir auf den Jungen zählen?«

»Ja, aber die Sache hat mich mehr Geld gekostet, als ich erwartet habe. Er wollte mir nur helfen, wenn ich ihm vierzig Euro dafür gebe.«

»Aber das hast du gemacht, oder?«

»Natürlich, du Dummkopf. Es ist alles bereit.«

»Gut. Noch etwas: Den Stecker der Kamera hast du rausgezogen?«

»Sicher! Siehst du nicht, dass sie nicht mehr funktioniert?«

»Perfekt«, sagte ich mit einem Blick auf Charlotte, die nervös an den Fingernägeln kaute. »Dann müssen wir jetzt nur noch auf die beiden Herren warten.«

Die folgenden Minuten vergingen endlos langsam. Schließlich kaute auch ich an meinem Finger. Über die Kamera, die derjenigen gegenüberlag, die wir lahmgelegt hatten, beobachteten Charlotte und ich Carol, die »auf die Metro wartete«, und Karim, der dort »postiert« war, um die Bilder der Kamera zu ersetzen, die uns fehlten, so wie es das Sicherheitsprotokoll im Falle eines Ausfalls von Kamera 15T vorschrieb. Sieben Minuten vor fünf erschien Monsieur Briand mit seinem kleinen Notfallkoffer. Wenn derartige Reparaturarbeiten auch inzwischen nicht mehr zu seinen Aufgaben zählten, hatte er sich doch früher darum gekümmert – damals in den Siebzigern, als er auch noch die Fahrscheine der Passagiere abknipsen und die Papierkörbe leeren musste. Und auch wenn die Kameras sich seitdem deutlich weiterentwickelt hatten, war das Grundlegende doch gleich geblieben, und Monsieur Briand hatte eine ungefähre Vorstellung von den möglichen Schäden und davon, wie diese zu reparieren waren. Charlotte und ich hatten unterdessen das Gefühl, einen spannenden Film anzusehen.

Schließlich erreichte Monsieur Briand die Kamera. Karim wartete neben dem Aufzug auf ihn. Sie unterhielten sich kurz. Die Zeit verging, und von Monsieur Le Brun war noch nichts zu sehen. In der Befürchtung, er könnte seine Pläne geändert haben und an diesem Tag ausgerechnet nicht an der Haltestelle Madeleine aussteigen, suchte ich über die Kameras in der Metrostation nach ihm.

»Oh Gott, Nico, und wenn er nun nicht kommt?«

»Na ja. Dann wird Monsieur Briand wohl wieder nach Hause gehen, sobald er einen neuen Stecker angebracht hat, und das wär's dann.«

»Ja. Das weiß ich auch. Aber wann würden wir es dann wieder versuchen?«

»Jetzt lass uns erst mal abwarten. Vielleicht kommt er ja noch.«

Um eine Minute nach fünf nahm Monsieur Briand einen neuen Stecker aus seinem Koffer und brachte ihn an der richtigen Stelle an. Kamera 15T lief wieder, und Charlotte gab einen erstickten Schrei von sich: Wenn Monsieur Le Brun nicht in den nächsten vier oder fünf Minuten, in der Zeit, in der unser Chef sein Werkzeug einsammelte, erscheinen würde, wäre unser schöner Plan dahin, der vollkommen davon abhing, dass die beiden Männer vor der Aufzugtür aufeinandertrafen.

Um sechs Minuten nach fünf hielt ein Zug an dem Bahnsteig, an dem sich Kamera 15T befand. Ihm entstiegen etwa fünfzig Personen, darunter ein Mann, auf den Charlotte und ich sofort unsere Blicke hefteten: den Lehrer Alois Le Brun. Langsam trat er aus einem der mittleren Wagen. Er hatte eine Zeitung dabei und ein Buch unter dem Arm. Der helle Leinenanzug, den er trug, war für die hohen Temperaturen in der Stadt ideal. Wie Carol uns Wochen zuvor erklärt hatte, stieg er immer als einer der Letzten aus dem Zug, um dem Gedränge zu entgehen. Die meisten Passagiere entschieden sich für die Treppe, und nur wenige warteten auf den Aufzug, neben dem sich Monsieur Briand befand. Monsieur Le Brun schlenderte heran, und die beiden Männer waren nur noch wenige Meter voneinander entfernt. Ganz unauffällig trat nun der Taschendieb in Aktion. Er stieß scheinbar zufällig mit Monsieur Le Brun zusammen und nahm ihm das Buch weg, ohne dass der Mann etwas merkte.

Und weiter ging's: Carol rannte auf Karim zu, der immer noch bei Monsieur Briand stand, sodass dieser Zeuge des Gesprächs wurde. Während Carol gestikulierte und auf den Jungen und den Lehrer wies, sagte sie wahrscheinlich so etwas wie: »Dieser Junge hat dem Mann dort etwas gestohlen!«

Nun war es an Karim, den nächsten Schritt zu tun. Unter Monsieur Briands aufmerksamem Blick rannte er los, um »den Dieb zu schnappen«. Carol blieb bei unserem Chef stehen und redete mit ihm. Monsieur Le Brun, der immer noch nichts gemerkt hatte, ging hinter ihnen vorbei. Der Aufzug war gerade hinaufgefahren, sodass Monsieur Le Brun ein paar Minuten warten musste. Carol stieg unterdessen in die Metro ein, die inzwischen abfahrbereit war, und ließ Monsieur Briand mit seinem Werkzeugkoffer zurück. Und wisst ihr was, Freunde? Ich konnte ganz sicher sehen, dass die beiden Männer einen flüchtigen Blick wechselten. Das war wohl sonst niemandem aufgefallen, aber es war so. Und der Funke war übergesprungen. In diesem Moment kehrte Karim mit dem gestohlenen Buch und dem Jungen im Schlepptau zurück. Seinen Gesten entnahmen wir, dass er mit dem Jungen schimpfte und ihn zwang, sich hinzusetzen, während er Monsieur Briand das gestohlene Buch in die Hand drückte. Unser Chef war sichtlich überrascht, doch als Karim sich jetzt wieder umdrehte, um sich dem Jungen zuzuwenden, blieb Monsieur Briand nichts anderes übrig, als das Buch dem rechtmäßigen Eigentümer zu überreichen, der nur wenige Meter von ihm entfernt stand. Karim verließ mit dem Jungen den Bahnsteig, und als er sich außer Sichtweite befand, steckte er ihm die vereinbarten vierzig Euro zu. Während der Junge weiterrannte, zwinkerte Karim uns über die nächstgelegene Kamera zu.

Aufgeregt verfolgten wir, wie Corentin Briand nun zu Alois Le Brun hinüberging. Le Brun, der von dem ganzen Vorfall noch gar nichts mitbekommen hatte, sah unseren Chef überrascht an, als dieser ihm das Buch unter die Nase hielt. Monsieur Briand sagte wohl etwas wie: »Entschuldigen Sie, einer der Sicherheitsleute der Metro hat mir gerade gesagt, dass Sie bestohlen wurden. Ist das Ihr Buch?« Woraufhin Alois Le Brun etwas in der Art von »Oh! Was sagen Sie da? Ja, das ist mein Buch. Oje, vielen Dank!«, entgegnete. Nach diesem kurzen Wortwechsel kam der Aufzug. Die beiden Männer stiegen ein, und plötzlich kam mir blitzartig ein Gedanke.

»Charlotte! Halt den Aufzug an!«

»Was?«

»Tu es einfach!«

Charlotte gehorchte und schaltete die Haltefunktion des Aufzugs auf dem Bahnsteig an der Station Madeleine ein.

»Was soll das?«

»Geben wir ihnen ein paar Minuten. Wenn sie einfach hinauffahren und gleich oben ankommen, gehen sie vielleicht gleich wieder auseinander. Aber wenn sie ein paar Minuten zusammen drinbleiben …«

»Eine großartige Idee, Nico!«

Wir würden wohl niemals erfahren, was in jenen acht Minuten, in denen der Aufzug nicht weiterfuhr, wirklich passierte. Aber was ich weiß, ist, dass Monsieur Briand am nächsten Tag und an allen darauffolgenden Tagen mit einem glücklichen Lächeln auf dem Gesicht zur Arbeit erschien.

6

An jenem Mittwoch beschlossen wir alle, nach der Arbeit zum Platz vor dem Hôtel de Ville zu gehen, um unseren Erfolg zu feiern. Auf diesem Platz wurde im Sommer üblicherweise eine große Bühne errichtet, wo jeden Abend ein Konzert stattfand, das keinen Eintritt kostete. Es herrschte stets ein buntes Treiben, und es gab Stände, an denen etwas zu essen und zu trinken verkauft wurde, Brunnen mit Wasser, um sich zu erfrischen, und Liegestühle, um sich auszuruhen. Dutzende unterschiedlicher Sprachen schwirrten durcheinander, da der Platz voller Touristen war, sodass man sich selbst auch wie im Urlaub fühlte.

Kaum dass wir alle zusammen waren, fielen wir uns gegenseitig in die Arme und lachten so ausgelassen, dass die Leute sich nach uns umdrehten. Auch Zoe war gekommen, und Karim hakte sich glücklich bei ihr ein. Vor der Bühne erwarteten uns Carol und Judith. Judith sah in ihren rot gepunkteten Shorts und dem weißen Shirt so zauberhaft aus, dass ich völlig vergaß, Carol zu begrüßen, und Judith sofort in die Arme nahm, um sie zu küssen.

»Erde an Nico …«

»Oh, entschuldige, Carol. Aber wir sind wie zwei Magnete, die sich unweigerlich anziehen.« Ich küsste Judith erneut. »Wir können nichts dagegen tun.«

Der Abend verging wie im Flug, und es wurde viel gelacht, während wir der Musik einer irischen Gruppe zuhörten.

Gegen Mitternacht gingen schließlich alle nach Hause. Diesmal übernachtete ich bei Judith, deren Wohnung in der Nähe lag.

Aber ich will euch nichts vormachen, Freunde! Ehrlich gesagt, hatte ich schon länger darüber nachgedacht, dass ich noch nie mehr als eine Stunde in Judiths Wohnung verbracht hatte. Diese Sache ließ mir keine Ruhe, denn ich war zu dem Schluss gekommen, dass es dort möglicherweise etwas gab, von dem Judith nicht wollte, dass ich es sah. Ich war mir eigentlich sicher, dass es keinen anderen Mann in ihrem Leben geben konnte, da sie fast die gesamte Zeit mit mir verbrachte. Aber an den Nachmittagen, wenn ich arbeitete … Jedenfalls wollte ich mich gern einmal etwas länger in ihrer Wohnung aufhalten, dort mal unter die Dusche gehen und mich ein wenig umsehen. Erbärmlich, ich weiß. Aber ich konnte nicht anders.

Judith verbrachte weder längere Zeit im Badezimmer, noch verließ sie zu dieser Nachtzeit die Wohnung, um schnell noch etwas einzukaufen. Daher blieb mir nichts anderes übrig, als darauf zu warten, dass sie einschlief, um mich möglichst unauffällig etwas umzuschauen.

Wahrscheinlich würde es meine Geschichte wesentlich aufregender machen, wenn ich euch nun erzählen würde, dass ich Hinweise darauf fand, dass Judith in den USA einen Ehemann und drei Kinder hatte. Oder dass ich beispielsweise einen Ausweis entdeckte, laut dem sie eine Geheimagentin der CIA und auf geheimer Mission in Paris war. Doch ich fand nichts dergleichen. Nur die üblichen Dinge, die in einer Wohnung so herumliegen. Und die üblichen Dinge, die man von zu Hause mitnimmt, wenn man für eine Weile woanders wohnt. Beschämt ging ich wieder zu Bett.

Aber … Und jetzt glaubt nicht, dass es mir leichtfällt, das zuzugeben … Das Schlimmste war, dass, als ich wieder neben ihr lag, mein Blick auf ihren Schreibtisch fiel. Er stand parallel zum Bett. Und hatte viele kleine Schubladen. Zu viele, um nicht wissen zu wollen, was sie enthielten. Noch vorsichtiger als zuvor stand ich erneut auf und zog eine Schublade nach der anderen auf. Ich fand ein paar Fotos, die Judith mit nach Paris gebracht hatte: Auf einigen waren vermutlich ihre Eltern zu sehen, auf einem anderen meinte ich ihren Bruder erkennen zu können. Aber vor allem waren Fotos von ihren Arbeitskollegen darunter. Allerdings fiel mir niemand auf den Fotos besonders auf. Überhaupt gab es nichts Auffälliges unter ihren Sachen. Unter einem Stapel von Zeichenheften fand ich das blaue Notizbuch wieder, das für kurze Zeit in meinem Besitz gewesen war. Und als ich es sah, verspürte ich plötzlich einen stechenden Hass auf mich selbst. Und dachte immer wieder das Gleiche.

Du bist so mies, Nicolas! Schäm dich! Wie kannst du das nur tun? Bist du verrückt geworden? Geh ins Bett und versuch, das Ganze zu vergessen!

7

Die folgende Woche verlief ruhig und friedlich. Oder besser gesagt: Aus der Distanz gesehen, muss ich sagen, dass sie ruhig und friedlich verlief und ich viele Seiten an meinem Buch schrieb. Judith an meiner Seite zeichnete unentwegt, ihr Strich wurde immer besser, ihr Vertrauen in sich nahm zu und ihre Freude am Leben mit mir ebenfalls.

Wir fuhren noch einmal zusammen nach Mont des Fleurs, um meine Mutter besuchen. Und ehrlich gesagt, war das der einzige dunkle Fleck in unserem Leben, denn als wir zurückkehrten, taten wir dies mit hängenden Köpfen. Der Zustand meiner Mutter hatte sich seit dem Tag, an dem Judith sie kennengelernt hatte, deutlich verschlechtert. Sie wiederholte immer wieder, dass mein Vater jede Nacht zu ihr käme und sie bis zum Morgengrauen miteinander tanzten. Ansonsten war sie tagsüber völlig geistesabwesend und redete kaum noch, und sie so zu sehen stürzte mich in tiefe Traurigkeit. Irgendetwas in ihrem Kopf schien ihr zu sagen, dass mein Vater nicht mehr unter uns war, wenn sie es auch nicht richtig verstand.

In der zweiten Augustwoche rief ich meinen Verleger an. Ich wollte ihn möglichst am selben Abend noch sehen, um ihm meine Arbeit zu zeigen und ihm zu sagen, dass ich mich bereits für eine Illustratorin entschieden hatte. Überraschenderweise sagte er gleich zu, und wir verabredeten uns zum Abendessen in einem Hotel im Stadtzentrum.

»Nein, ehrlich gesagt, kannte ich dieses Restaurant bisher noch nicht. Es ist wirklich schön hier.« Ich übertrieb ein wenig, da er so begeistert von dem Lokal war, dass ich ihm nicht sagen wollte, dass es auf mich eher kalt und unpersönlich wirkte.

»Du gehst wohl nicht so häufig aus, was, Nicolas? Dieses Restaurant ist gerade extrem angesagt. Sie haben eine Warteliste von mehreren Monaten, und beinahe jeden Abend kommt irgendein Promi vorbei.«

»Toll. Und wie ist das Essen?«

»Na, hervorragend«, rief er euphorisch.

»Ja?« Ich musste lachen und merkte, wie meine Anspannung nachließ.

»Es ist das Restaurant meiner Schwester, Nico. Sie ist eine großartige Köchin. Nachdem sie in Tokio und San Francisco gearbeitet hat, hat sie sich nun hier in Paris niedergelassen«, erklärte er stolz.

»Oh, wow! Das freut mich natürlich sehr für sie.«

Jene *sie* hatte sich uns beiden gerade genähert. Sie war eine junge Frau von höchstens fünfundzwanzig Jahren. Groß, schlank, sehr elegant. Das Haar hatte sie zu einem perfekten Knoten geschlungen, und ihre roten Lippen bildeten einen auffälligen Gegensatz zu ihrer Haut, die so makellos und weiß war wie ihre Schürze.

»Guten Abend. Na, wie gefällt es dir, Bruderherz?«

»Hallo, meine Schöne!« Mein Verleger sprang so schnell auf die Füße, dass beinahe der Stuhl umfiel. »Und das hier ist der Goldjunge, von dem ich dir schon mal erzählt habe. Na ja, er war mein Goldjunge, aber ich hoffe, dass er es bald wieder sein wird.« Er zwinkerte mir zu.

Ich war ebenfalls aufgestanden und reichte der jungen Frau die Hand.

»Nicolas Cambril. Ein wunderbares Restaurant haben Sie hier.«

»Für meinen Geschmack ein wenig kühl«, meinte sie lächelnd, »aber meine Berater waren der Ansicht, das müsse heute so sein … Ich bin Catherine, die kleine Schwester des großen Verlegers.« Sie strich sich über die Schürze. »Ich wollte euch nur kurz begrüßen. Jetzt werde ich wieder in der Küche gebraucht. Ich hoffe, ihr genießt den Abend …«

Auch wenn das Ambiente mich nicht wirklich begeisterte, war das Essen wirklich hervorragend. Sowohl die Zutaten als auch die Art der Zubereitung waren exquisit, und ich genoss das Menü, das ich bestellt hatte. Als Vorspeise gab es eine schmackhafte Herzmuschelsuppe mit einem Schuss Limettensaft, der ihr das perfekte leicht säuerliche Aroma verlieh. Als Hauptgericht hatte ich eine herzhafte Tarte mit Käse ausgesucht, die, wie man mir erklärte, seit ein paar Wochen immer beliebter wurde. Und der Nachtisch war, auch wenn er ehrlich gesagt nicht an die Qualität der Desserts meiner Mutter oder meiner Freundin Carol heranreichte, sehr köstlich und zart: eine mit einer indigoblauen Crème pâtissière gefüllte Madeleine. Ein beflissener Kellner erklärte mir, dass sie die Farbe mithilfe von getrockneten Blütenblättern gewannen, die gemahlen und anschließend als natürlicher Farbstoff verwendet wurden. Was in der *nouvelle cuisine* angeblich üblich war.

»Also, Nicolas«, der Verleger wischte sich zufrieden mit seiner Serviette über den Mund und sah mich an. »Was wolltest du mir denn nun so dringend mitteilen?« Endlich kam er zum Thema.

»Ja … also … Am besten zeige ich es dir.«

Ich zog aus meiner Aktentasche die Fotokopien meiner Texte mit Judiths Zeichnungen heraus. In nur fünf Minuten erklärte ich ihm die Idee der Geschichte. Nachdem er die Illustrationen betrachtet und hier und da in den Text hineingelesen hatte, ergriff er das Wort.

»Das ist wirklich gut, Nico. Es gefällt mir. Und auch die Zeichnungen sind hervorragend. Ernsthaft. Aber bist du dir sicher, dass sie dir diese Zeichnungen wirklich geschenkt hat?«

»Hundertprozentig. Kein Zweifel.«

»Es geht nicht darum, ob du Zweifel hast oder nicht. Das ist ein Geschäft, und da reicht es nicht, dass du auf ihr Wort vertraust. Du brauchst einen Vertrag. Du verstehst schon: ihre Unterschrift auf einem Stück Papier, womit sie bestätigt, dass die Zeichnungen dir gehören und dass du sie verwenden darfst.«

»Nun gut, das lässt sich machen, wenn es dich beruhigt.«

»Und was den Text angeht … Das macht einen wirklich guten Eindruck, Nico. Ich bin sehr zufrieden. Das ist viel mehr als das, womit ich heute Abend gerechnet habe. Wann wirst du fertig sein?«

»In zwei Wochen.«

»Also noch vor Ende August? Ich kann es nicht fassen! Wenn ich überlege, was für Sorgen ich mir all die Jahre um dich gemacht habe!«

Ich zuckte mit den Achseln.

»Das tut mir leid.« Auch ich hatte mir all die Jahre ziemliche Sorgen um mich gemacht. »Ich hatte eben keinen guten Lauf. Aber das wird sich ja jetzt bald ändern.«

»Nun. Das werden wir wissen, wenn wir sehen, wie sich das Buch verkauft. Aber ich denke, die Chancen stehen nicht schlecht.«

Als ich das Restaurant verließ, hätte ich vor Freude tanzen können. Ich konnte ja selbst kaum glauben, dass ich nach all den Jahren meiner Schreibblockade nun in der Lage war, das Buch pünktlich abzuschließen. Es war zwar noch nicht ganz fertig, aber es fehlte nicht mehr viel. Es würde höchstens noch ein paar Tage dauern, drei oder vier vielleicht, bis ich fertig war; die angegebenen zwei Wochen waren nur eine Vorsichtsmaßnahme gewesen, damit ich notfalls einen Puffer hatte.

Das war wohl eine Art Vorahnung, denn in den kommenden Wochen wurde auf einmal alles furchtbar kompliziert. Und ich kann wohl mit Fug und Recht behaupten, dass es die schlimmsten Wochen meines Lebens waren.

8

Als ich das Restaurant verließ, nahm ich mein Handy aus der Tasche, um Judith anzurufen, und stellte fest, dass sie sechs Mal versucht hatte, mich zu erreichen. Schließlich hatte sie eine SMS geschickt:

Es tut mir leid, Nico. Heute kann ich nicht bei Dir übernachten. Vielleicht auch morgen nicht. Ich ruf Dich an, wenn ich wieder Zeit habe.

Sonst nichts. Nur das. Sie bestimmte, dass wir uns nicht sehen konnten, bis sie wieder *Zeit hätte*. Aber wieso hatte sie keine Zeit? Mit was war sie beschäftigt? Oder mit wem?

Ich versuchte, sie anzurufen, aber wie ich es schon befürchtet hatte, erreichte ich sie nicht. Mir wurde ganz seltsam zumute.

Etwa eine Stunde lang überlegte ich, ob ich zu ihr nach Hause fahren sollte, um eine Erklärung zu verlangen, oder nicht.

Gegen zwanzig nach eins in der Nacht klingelte ich schließlich an ihrer Tür, nachdem ich mit meiner Aktentasche und bangen Herzens unschlüssig durch die Straßen des Viertels geirrt war, in dem sie wohnte.

»Nico! Weißt du, wie spät es ist? Was machst du hier?« Sie stand in ihrer Wohnungstür und sah mich ungläubig an.

»Es tut mir leid. Ich weiß nicht, aber ich konnte nicht länger auf deinen Anruf warten.«

»Geht es dir gut? Du bist ja ganz verschwitzt … Ist etwas passiert? Komm rein, setz dich.«

Wenn Judith nervös war, war ihr amerikanischer Akzent deutlicher herauszuhören als sonst. Und diesmal fiel es mir sofort bei ihren ersten Worten auf.

»Ich weiß nicht, sag du es mir.«

»Ich verstehe nicht! Was willst du damit sagen?«

»Judith, ich kann nicht einfach so darauf warten, dass du dich entscheidest, mich anzurufen, wenn du *Zeit hast*. Was auch immer dich so sehr beschäftigt, ich muss wissen, was los ist!«

»Oh, Nico, es tut mir leid. Es hat mit der Arbeit zu tun.«

»Mit der Arbeit? Aber die Arbeit verdirbt dir doch nicht die Laune, sorgt nicht dafür, dass deine Stimme niedergeschlagen klingt und deine Augen so traurig blicken. Das kann doch nicht an der Arbeit liegen!« Sie senkte den Kopf. »Und wenn es so ist, solltest du sie so schnell wie möglich aufgeben. Denn etwas, was dich so traurig macht, kann nicht der Mühe wert sein.«

Was folgte, war ein langes Schweigen. Ich wartete. Ich wollte, dass sie mir von sich aus erzählte, was los war. Aber sie schwieg.

»Du hast nichts dazu zu sagen?«

»Es tut mir leid.«

»Aber was tut dir leid? Was ist denn nur los?«

»Vor ein paar Jahren war ich mit jemandem zusammen, der auch in dieser Firma gearbeitet hat.«

Plötzlich lastete das Gewicht der ganzen Welt auf meinem Herzen.

»Bist du … bist du noch mit ihm zusammen?«

»Nicht wirklich. Als ich New York verlassen habe, habe ich ihm gesagt, dass ich ihn nicht mehr wiedersehen will.«

»Dann habt ihr also Schluss gemacht?«

»Ja, ich glaube … Ich … Ich weiß nicht …«

»Wie, du *weißt* es nicht?«

»Nico, werd nicht wütend, bitte!« Sie wollte mich umarmen, aber ich stieß sie weg und spürte, wie mir die Tränen in die Augen traten.

»Lass mich! Ich will jetzt, dass du mir sagst, was los ist! Spielst du etwa mit mir?«

»Nein, Nico! Niemals! Ich wollte dir nie wehtun!«

»Dann ist das nicht der richtige Weg.«

»Es tut mir so leid!« Auch sie weinte jetzt und erstickte ihr Schluchzen in einem Kissen, das sie vom Sofa nahm.

»Bist du noch verliebt in ihn?«

»Ich … weiß … es nicht …«

»Liebst du ihn?«

»Ich habe ihn sehr geliebt.«

»Und jetzt? Liebst du ihn noch immer?«

»Nico … Das ist kompliziert.«

»Ja oder nein! Sag es endlich!«

»Ich weiß es nicht! Und hör auf, mich anzuschreien! Bitte …« Wieder berührte sie meinen Arm.

»Fass mich nicht an!«

»Nico, das Einzige, was ich weiß, ist, dass ich, seit ich dich kennengelernt habe, endlich wieder glücklich bin. Du hast mir die Augen geöffnet. Mit dir bin ich, kann ich endlich sein, wie ich bin, mehr als in meinem ganzen vorherigen Leben.«

»Aber du liebst ihn noch.«

»Nein, das habe ich nicht gesagt. Nico, ich war sehr lange mit diesem Mann zusammen. Es ist nicht leicht, eine solche Beziehung zu beenden.«

»Aha …«

»Bitte sei nicht wütend und versuch mich zu verstehen. Dieser Mann war ein wichtiger Teil meines Lebens. Ein sehr wichtiger. Aber ich weiß … Ich weiß, dass ich jetzt eigentlich mit dir zusammen sein will.«

Sie wirkte ehrlich verzweifelt, und ich kämpfte mit mir, ob ich sie umarmen sollte, um sie nie wieder loszulassen, oder ob ich sie von mir schieben und ihre Wohnung für immer verlassen sollte. Ich merkte, wie die Eifersucht mir durch die Eingeweide schoss wie tausend Nadelstiche. Es tat unglaublich weh, aber ich spürte auch eine haltlose Liebe. Ich blickte Judith an, und sie so unglücklich, erschreckt und verwirrt zu sehen gab schließlich den Ausschlag. Ich trat zum Sofa, nahm ihre Hände und zog sie hoch, bis sie mir gegenüberstand. Als ich ihr dann in die Augen schaute, sah ich mein Leben darin. Ich wusste es: Gemeinsam würden wir alles überwinden können, was sich uns in den Weg stellte. Ich umarmte sie so fest, dass ich glaubte, mir würden die Arme abfallen.

Wir verbrachten die Nacht weinend auf dem Sofa. Hielten uns fest und redeten kaum. Ich weinte, weil ich wusste, dass sie nicht die Meine war. Und weil ich fürchtete, dass sie es nie ganz sein würde. Und sie weinte, weil … nun ja, ich wusste es nicht ganz sicher, aber ich nehme an, dass sie weinte, weil sie Angst vor der Entscheidung hatte, bei mir zu bleiben oder zu ihrem Freund zurückzukehren. Weil sie Angst davor hatte, ihr Leben auf einer Sommerliebe zu gründen. Weil sie Angst hatte, dass das mit uns nur eine Illusion war.

Letztendlich glaube ich, dass wir beide weinten, weil die Angst uns zu ersticken drohte.

VIII

INEINANDER VERSCHLUNGENE HÄNDE

1

Erinnert ihr euch, dass ich gesagt habe, nur noch drei oder vier Tage bis zum Abschluss meines neuen Buches zu brauchen? Na ja, dem war leider nicht so.

Jene Nacht mit Judith ging wie ein Riss durch mein Leben. Völlige Verwirrung bestimmte mein Sein. Ich wusste, dass ich sie liebte. Genauso wie ich wusste, dass ich ohne sie an meiner Seite nicht glücklich sein konnte. Aber ich wollte sie auch nicht mit meiner Liebe ersticken. Wenn sie in einen anderen verliebt war, konnte ich sowieso nichts dagegen tun. In der folgenden Woche sahen wir uns jeden Abend, ohne dass wir miteinander schliefen. Ich hatte Hemmungen und wollte sie nicht belästigen. Allerdings machte mir auch die Eifersucht schwer zu schaffen. Gedanken in der Art wie: *Wenn wir miteinander schlafen, denkt sie sicher an den anderen*, schossen mir wie flammende Blitze durch den Kopf und blockierten mich schließlich vollkommen.

In der Woche nach unserer nächtlichen Unterhaltung gelang es mir nicht, mein Buch fertigzustellen. Ich kam, was unsere Beziehung anging, nicht voran und konnte auch sonst nicht klar denken.

Die Stunden vergingen in der Leere zwischen meiner alten Schreibmaschine und meinen Händen. Ich starrte auf das weiße Blatt Papier, bis ich fast erblindete.

Der Gipfel meiner Verzweiflung war schließlich erreicht, als ich eines Tages, nachdem ich das Haus verlassen hatte, an einer Bushaltestelle ein Werbeplakat mit dem bunten Foto der Autorin Jacqueline de la Chemise entdeckte, welches das Erscheinen ihres neuen Buches ankündigte: Es wurde gleichzeitig in sieben Ländern veröffentlicht, und es gab eine eigene Webseite für das Buch, auf der unter anderem Links zu finden waren, um Zusatzkapitel herunterzuladen. Die Kinder drängten sich in den Buchhandlungen, um das Buch zu kaufen. Der Verlag hatte ein riesiges Werbebudget zur Verfügung gestellt, was dazu führte, dass das Buch in allen sieben Ländern sofort auf Platz eins der Bestsellerliste schoss. Der Stern dieser Autorin stieg auf, und meiner verlosch.

Karim und Charlotte riefen mich an diesem Tag unabhängig voneinander an, um mich davon zu überzeugen, mich mit ihnen zu verabreden. Sie machten sich Sorgen, weil ich seit Tagen so niedergeschlagen wirkte, und wollten wissen, ob alles in Ordnung sei oder ob sie mir helfen könnten. Doch ich lehnte ihr Angebot ab. Ich wollte für mich sein. Meine Gedanken ordnen. Allein damit klarkommen.

Am nächsten Tag erhielt ich, als ich gerade in Carols Bistro etwas aß und alles tat, um nicht mit ihr über meinen Kummer reden zu müssen, einen Anruf von Monsieur Briand.

»Nico, ist dir eigentlich klar, dass dir in diesem Jahr noch zwölf Tage Urlaub zustehen?«

»Oha! Nein, das wusste ich nicht.«

Ich bezweifelte, dass es zu diesem Zeitpunkt eine gute Idee gewesen wäre, meine tägliche Routine zu unterbrechen, die das

Einzige war, was mir in diesen jämmerlichen Tagen noch eine gewisse Struktur gab.

»Aber ich weiß es. Ich habe hier gerade den Kalender, in den alle Angestellten ihren Urlaub eingetragen haben, und der Einzige, der fehlt, bist du. Ich empfehle dir, die freien Tage so bald wie möglich zu nehmen.«

»Tja … Wenn ich keine andere Wahl habe.«

»Ist das denn die Möglichkeit! Wenn du möchtest, nehme ich den Urlaub für dich«, scherzte er.

»Ist in Ordnung. Kann ich nächste Woche anfangen?«

»Nein, besser schon in dieser Woche. Ab Donnerstag. Wenn wir dann zwölf Arbeitstage rechnen, sind wir bei Mitte September. Einverstanden?«

»Wie Sie meinen, Chef.«

»Um Himmels willen, Nico, jetzt sei nicht so verdrießlich. Und nenn mich nicht ›Chef‹. Wir sehen uns heute Nachmittag. Überleg dir schon mal, was du mit den freien Tagen anfangen wirst. Du solltest sie genießen …«

2

In der letzten Augustwoche konnte ich Karim nicht länger hinhalten und willigte ein, mich mit ihm zu treffen. Immerhin war er mein Freund, und ich konnte nicht länger Nein sagen, auch wenn mir danach war.

An diesem Abend nahm ich die Metro zum Montmartre. Und mit jeder Haltestelle, die mich näher dorthin brachte, wuchs meine Sehnsucht. Ich konnte nur noch daran denken, wie wunderbar mein Leben seit dem Tag gewesen war, an dem ich Judith dort kennengelernt hatte.

Ihr wisst ja noch zu gut, dass ich bis zu unserem magischen Wochenende in Mont des Fleurs von Zweifeln gepeinigt war, weil ich nicht wusste, ob Judith in mir nur einen »guten Freund« sah und sonst nichts. Doch trotz dieser Ungewissheit hatte ich mich sogar zu dieser Zeit glücklicher gefühlt als in den Tagen, die auf das Gespräch über ihren Exfreund, *falls* es ihr Exfreund war, folgten.

»Endlich!« Karims Freude darüber, mich zu sehen, verlosch, als er mir ins Gesicht sah. »He, Nico, was ist denn mit dir los?«

»Hallo, Karim. Kann ich reinkommen?«

»Sicher.« Er trat zur Seite und ließ mich eintreten.

Die Wohnung schien eine andere zu sein als die von der Einzugsparty. Die Wände waren frisch gestrichen. Karim hatte sich für Weiß entschieden und dies mit ein paar sanften Farben kombiniert. Außerdem gab es einige neue Möbel: Im Wohnzimmer stand ein Sofa, im Essbereich ein Tisch mit ein paar Stühlen, und auf eine kleine Kommode hatte er seinen Computer gestellt. Die Nische im Wohnbereich diente ihm mit einem einfachen weißen Bett als Schlafecke. Auf der Tagesdecke lagen ein paar gerahmte Fotos und warteten darauf, aufgehängt zu werden.

»Die Küche muss ich noch auf Vordermann bringen, aber sieh mal!«

Er öffnete die Tür zum Bad, in dem Judith und ich uns geliebt hatten, und ich sah einen völlig neuen Raum vor mir, der mit dem alten Badezimmer nichts mehr zu tun hatte. Karim hatte die Fliesen in einem zarten Blauton gestrichen und es gab ein neues Waschbecken und eine neue Badewanne.

»Tja, ich hoffe, wir können sie bald einweihen«, verkündete er triumphierend.

»Wir?«

»Na ja ... Genau darüber wollte ich mit dir reden. Aber, warte, willst du etwas trinken?«

Bevor ich antworten konnte, eilte Karim in die Küche und holte zwei Flaschen Bier aus dem Kühlschrank.

»Seid ihr denn wieder zusammen?«

»Noch nicht ganz ..., aber ich glaube, wir sind auf einem guten Weg. Es ist, wie du gesagt hast, Nico. Als sie gesehen hat, dass ich mich anstrenge, sind wir uns wieder nähergekommen.«

»Das freut mich sehr!« Ich freute mich wirklich für Karim, konnte aber nicht verhindern, dass meine Stimme ziemlich niedergeschlagen klang.

»Was ist mit dir los, Alter? Es macht mich ganz traurig, dich so zu sehen.« Er sah mich so unglücklich an, dass *ich* ihn fast hätte trösten wollen.

»Danke, Karim, ist schon gut.«

»Nein, ist es nicht. Dein Verhalten macht mir echt Angst!«

Wir lachten und tranken unser erstes Bier aus.

»Hast du noch eine Flasche?«, fragte ich.

»Klar! Aber nur unter der Bedingung, dass du mir endlich erzählst, was dich belastet.«

»Gut, Karim, ich werde es dir erzählen. Du wirst sehen, dass es halb so schlimm ist.« Und dann redete ich, ließ alles raus, was mich bedrückte. »Wenn ich vor Monatsende nicht mein neues Buch fertigstelle, muss ich das Zimmer meiner Mutter im Altersheim kündigen, weil ich es mir nicht mehr leisten kann.«

»Alter, das tut mir leid. Ich wusste nicht, dass du so knapp bei Kasse bist. Aber hast du nicht noch auf meiner Party gesagt, dass du gut vorankommst? Was ist also passiert? Gefällt dir das, was du geschrieben hast, nicht mehr?«

»Ich kann meine Geschichte nicht beenden, weil ich blockiert bin.«

»Blockiert? Stimmt, das geht euch Schriftstellern manchmal so. Hab ich schon von gehört.« Er grinste.

»Was du nicht sagst.«

»Hmm …«, er überlegte einen Moment, »aber wenn du weißt, was der Grund für deine Blockade ist, kannst du sie ja vielleicht aufheben.«

»Ich weiß, was der Grund ist, Karim. Es ist Judith.«

»Judith? Jetzt sag nicht, dass sie dich auf dem Trockenen sitzen lässt!« Er begann zu lachen und verschüttete etwas von seinem Bier auf dem Fußboden.

»Sie ist in einen anderen verliebt.«

»Was?!« Seine Augen weiteten sich.

»Sie hat mir erzählt, dass sie mit jemandem aus ihrer Firma zusammen war. Offensichtlich ging die Sache nicht gut, und sie beschloss fortzugehen. Aber ich glaube, sie liebt diesen Kerl noch immer.«

»Verdammter Mist! Oh Mann, das tut mir leid, Alter, wirklich!« Er legte die Hand auf meine Schulter und drückte sie.

»Und das Schlimmste dabei ist, dass ich nicht weiß, ob sie mich verlassen wird oder nicht. Sie sagt, dass sie mit mir glücklich ist, aber … Ich weiß nicht, ob das ausreicht, dass sie bei mir bleibt, oder ob sie wieder zu dem anderen zurückgeht.«

»Und warum fragst du sie nicht?«

»Na ja, sie muss das ja am Ende doch selbst entscheiden. Was bringt es da, wenn ich sie unter Druck setze. Vielleicht entscheidet sie sich dann gerade gegen mich. Außerdem ist die Eifersucht nicht die beste Seite von Nicolas Cambril, und wenn sie das erst mal entdeckt …«

»Das ist doch Blödsinn, Nico. Rede offen mit ihr. Du liebst sie doch, oder etwa nicht?«

»Ehrlich gesagt, habe ich es ihr nie gesagt.«

»Aber liebst du sie?«

»Ja, natürlich. Ich habe sie schon geliebt, als ich sie das erste Mal auf dem Monitor gesehen habe – aber, Karim, wenn du wüsstest, was ich empfunden habe, als ich in dem Park die ersten Worte mit ihr gewechselt habe ... Es gibt nichts in der Welt, was mit den Gefühlen, die sie in mir ausgelöst hat, vergleichbar wäre.«

»Na, dann verlier keine Zeit, sag es ihr. Sag ihr, dass du sie liebst!«

»Ich habe Angst, sie zu verschrecken.«

»Sag es ihr!«

»Und wenn es ihr nicht so ernst ist wie mir, wird sie mich spätestens dann verlassen, wenn ich ihr sage, dass ich sie liebe. Und wenn sie mich verlässt, kann ich das Buch nicht mehr zu Ende schreiben. Und dann habe ich nicht mehr genug Geld, und meine Mutter kann nicht mehr in dem Seniorenheim bleiben, und ...«

»Stopp, Stopp, Stopp! Mensch, Nico! So negativ kann man doch nicht sein! Hab ein bisschen Vertrauen. Und sei mal ein bisschen realistisch, verdammt! Wenn Judith dich nicht lieben würde, wäre sie nicht mit dir zusammen. Und wenn du eine echte Schreibblockade hättest, wärest du nicht in der Lage gewesen, dein neues Buch so weit zu schreiben, wie du schon bist. Es ist doch so gut wie fertig. Also jetzt komm mal runter, du Dummkopf!«

»Aber was soll ich denn machen?«

»Abwarten, verdammt! Wappne dich mit Geduld und gib ihr ein bisschen Zeit, ihre Gedanken zu sortieren. Und in der Zwischenzeit reiß dich zusammen und schreib endlich dieses blöde Buch zu Ende!«

»Na gut. Aber eine Frage hätte ich noch: Denkst du nicht, dass sie, wenn sie wirklich bis über beide Ohren verliebt in mich wäre, diesen anderen Mann vergessen hätte? Ich meine, vergisst man nicht alles andere, wenn man auf einen Seelenverwandten trifft?«

»So einfach ist das Leben nicht, Nico.«

»Aber was mich angeht, schon, Karim. Denn als sie vor mir stand, habe ich es sofort gewusst. Ich hatte nicht den geringsten Zweifel! Und ich denke, wenn sie Zweifel hat, dann, weil sie nicht das Gleiche empfindet wie ich.«

»Natürlich, ist doch logisch.«

»Wieso logisch? Willst du damit sagen, dass sie mich niemals so lieben kann, wie ich sie liebe?«

»Genau. Weil ihr zwei verschiedene Menschen seid. Und es ist schlichtweg unmöglich, dass ihr zu jeder Zeit das Gleiche empfindet. Aber das ist nichts Schlechtes. Genau das ist ja das Besondere, wenn du mit jemandem zusammenlebst, den du liebst und der dich liebt. Jeder sieht und fühlt sich auf eine andere Art. Und das hilft uns dabei zu wachsen.«

Ich dachte über seine Worte nach. Dann sah ich ihn an und fragte mich, ob sie wirklich aus seinem Mund gekommen waren.

»Karim?«

»Was?«

»Bist du von allein darauf gekommen?«

Er grinste. »Ergebnis nächtelanger Gespräche mit Zoe.«

»Habt ihr miteinander geschlafen?«

»Nein, haben wir nicht, aber seit ich die neue Wohnung habe, reden wir öfter miteinander als je zuvor. Und ich glaube, dass ich sie noch nie so sehr geliebt habe.«

»Das freut mich.«

»Stell dir vor, ich ... Die beiden haben schon öfter bei mir in der Wohnung übernachtet. Und Zoe und ich haben bis in den frühen Morgen geredet. Schließlich hat sie sich dann zu der Kleinen gelegt, und ich habe auf dem Sofa geschlafen. Aber weißt du, was das für ein Gefühl ist, aufzuwachen und mit den beiden zusammen zu frühstücken?« Er war sichtlich gerührt. »Es ist das Beste, was mir je passiert ist. Ist das nicht verrückt? Es geht nicht um ein Haus mit Schwimmbad oder einen Ferrari oder so etwas, sondern nur darum, mit meinen Frauen zu frühstücken.«

Als ich Stunden später Karims Wohnung verließ, war ich wesentlich zuversichtlicher als bei meiner Ankunft. Karim hatte mir Mut gemacht, und ich freute mich darüber, dass er und Zoe sich wieder nähergekommen waren. Wenn die Dinge sich so weiterentwickelten, würden sie bald wieder zusammen sein.

Außerdem hatte Karim mir erzählt, dass Monsieur Briand sich verändert hatte, seit wir ihm und Monsieur Le Brun den Streich mit dem Aufzug gespielt hatten. Keiner von uns konnte mit Sicherheit sagen, ob sich zwischen den beiden etwas entwickelt hatte, aber tatsächlich wirkte Monsieur Briand wesentlich fröhlicher und lebendiger. Und das Auffälligste war, dass er an seinen freien Tagen völlig von der Bildfläche verschwand. Auch das war eine Sache, über die ich mich freute. Wenn so viele Dinge in den Leben der anderen zu einem guten Ende kamen, warum sollte es dann nicht auch bei mir so sein?

Ich atmete tief durch und beschloss, zu Fuß nach Hause zu gehen. Es war eine ruhige Nacht, nur wenig Verkehr, und die Menschen, die durch die stillen Straßen von Paris gingen, waren allein wie ich und in ihre Gedanken versunken. Sie dachten über die Arbeit nach, die Kinder, die Hypothek, die Geschäfte, den kranken Bruder, den nächsten Zahnarztbesuch, darüber, ob das Geld bis zum Monatsende reichen würde, den nächsten Urlaub, das kaputte Auto, einen möglichen Umzug, einen neuen Anstrich im Wohnzimmer oder über die fehlende Zeit, ins Fitnessstudio zu gehen. Die üblichen Sorgen eben. Sorgen, wie sie auch mich beschäftigten, wie ihr wisst. Aber in meinem tiefsten Inneren fühlte ich, dass da *noch etwas* war.

Ich spürte so eine Leere, etwas Unvollendetes in mir. Ich fühlte mich wie Herkules, als er auf der Erde lebte: Er spürte, dass er nicht an diesen Ort gehörte.

Ich erinnere mich, dass ich die Hand auf meine schmerzende Brust legte.

Hör auf damit, du Idiot! Hör auf damit, das führt doch zu nichts! Du musst sehen, dass du vorankommst! Arbeite an deinem Buch! Nachdenken kannst du danach immer noch. Mach voran!

3

Der seltsame Schmerz in meiner Brust war noch da, als ich zu Bett ging. Doch am nächsten Morgen wachte ich früh auf und fühlte mich wesentlich entschlossener und ausgeglichener. Ich nutzte meinen ersten Urlaubstag, um noch einmal alles zu lesen, was ich bereits geschrieben hatte. Nachdem ich ein paar Details korrigiert hatte, war ich erst einmal zufrieden. Mittags rief Judith an und wollte sich zum Essen treffen. Wir verabredeten uns im Jardin des Tuileries am Medici-Brunnen. Anschließend schlenderten wir noch ein wenig durch den Park. Wir suchten uns einen schattenspendenden Baum und setzten uns auf zwei grüne Eisenstühle. Ich erinnere mich noch an das warme Metall und dass der Wind den Duft der Linden zu uns herüberwehte. Obwohl nur wenige Meter von uns entfernt die Rue de Rivoli lag, auf der jede Menge Verkehr herrschte, hatte ich das Gefühl, mich in einem Traum zu befinden oder an einem einsamen Ort auf dem Land oder vielleicht sogar auf einem anderen Planeten.

Auch wenn Judith diejenige gewesen war, die sich mit mir verabreden wollte, um zu reden, ergriff ich zuerst das Wort, da ich ihr unbedingt einige Dinge erzählen wollte. Zum ersten Mal sprach ich über mein Problem mit dem Verlag. Angesichts der Aussicht, dass ich es vielleicht nicht schaffen würde, mein Buch rechtzeitig abzuschließen, wirkte sie bedrückt. Sie versprach mir sogar, dass sie in diesem Fall so lange wie nötig die Kosten des Altersheims für meine Mutter übernehmen würde. Dabei wussten wir beide, dass dies keine Lösung war.

Als wir gegessen hatten und uns mit dem letzten Glas Wein zuprosteten, wurde ihr Blick auf einmal sehr traurig.

»Worüber wolltest du eigentlich mit mir sprechen?«, fragte ich.

»Nico, ich weiß, dass dies nicht der beste Moment ist, um davon anzufangen, aber ich kann nicht anders. Ich möchte dir gegenüber aufrichtig sein.«

Vor Schreck zog ich den Bauch so fest ein, dass mein Nabel fast meine Wirbelsäule berührte.

»Was es auch ist, du kannst mir alles sagen.«

Auch wenn ich es nicht hören will!

»Der Mann, mit dem ich zusammengearbeitet habe und mit dem ich … Also, *dieser Mann* ist in Paris.«

Ich glaubte, auf der Stelle sterben zu müssen, und war nicht in der Lage, auch nur ein Wort herauszubringen, weil meine Lungen plötzlich ohne jeden Sauerstoff zu sein schienen.

»Er will mit mir reden.«

Ich schwieg weiterhin. Denn was sollte ich auch sagen? Ich fühlte eine unkontrollierbare Hitze in mir aufwallen, brachte aber nicht mal die Kraft auf zu flüstern.

»In der Zeit, in der wir getrennt waren, hatten wir übers Internet immer mal wieder Kontakt, aber … Nun hat er beschlossen herzukommen, um mit mir zu reden.«

Ich schwieg.

»Nico, verstehst du, was ich sage?«

Ich verstand alles.

»Und du? Was willst du tun?«, brachte ich schließlich heraus.

»Ich wollte ihn vergessen, alles vergessen. Aber ich kann nicht. Ich muss mich diesem Gespräch stellen. Wir sind für heute Abend um sieben verabredet.«

»Kann ich dabei sein?«

»Was? Nein … Nein, das ist keine gute Idee. Nico, das ist meine Sache, das muss ich allein tun.«

»Gut … Rufst du mich danach an?«

»Ich komme bei dir vorbei, wenn das in Ordnung ist.«

»Sicher.« Ich war wie betäubt. »Entschuldige, ich muss jetzt gehen. Du kannst vorbeikommen, wann du willst. Ich werde auf dich warten.«

»Gibst du mir keinen Abschiedskuss?«

Ich zögerte.

Abschied?

Ein paar unendlich lang erscheinende Sekunden später trat ich auf sie zu und küsste sie. Sie umarmte mich fest, und ich spürte, dass sie den Duft meines Haars einatmete.

4

Judith, die für mich der erste Stein im Domino-Parcours meines Lebens war, drohte umzukippen und den Rest meiner Existenz mit sich zu reißen. Und das wegen eines Mannes, von dem ich überhaupt nichts wusste. Weder seinen Namen noch, welche Position er in dem Unternehmen innehatte, noch, wie er aussah, wie seine Stimme klang und ob er gut oder schlecht für Judith war. Ich fühlte nur noch Angst, Zweifel und Unsicherheit. In meiner Verzweiflung setzte ich mich in die Dusche und ließ das kühle Wasser über mich laufen, ich weiß nicht, wie lange. Erst als ich spürte, wie meine Beine einschliefen, stand ich auf. Mir war eiskalt, als ich aus dem Bad taumelte, und ich ließ mich nackt aufs Bett fallen. Ich versuchte tief durchzuatmen, mich zu beruhigen, die Dinge mit dem nötigen Abstand zu betrachten. Doch die Bilder, die ich vor Augen hatte, von Judith, wie sie einen Unbekannten umarmte, ließen mir keine Ruhe.

Es klingelte. Es war kurz vor elf. Wenn das Judith war, hatte sie mit diesem Typen fast vier Stunden verbracht. So viel Zeit, nur um sich zu verabschieden?

Ich schlang mir ein Handtuch um die Taille und öffnete die Tür. Meine Liebste stand vor mir, weinend, mit verlaufendem Mascara, zitternd. Sie warf sich in meine Arme und erstickte ihr Schluchzen an meiner Brust.

»Du ahnst nicht, wie sehr ich dich vermisst habe!« Sie küsste mich heftig, und wir landeten auf dem Bett.

Dort liebten wir uns drei Mal hintereinander, denn ich wollte mit ihr verschmelzen. Und sie mit mir. Um sechs Uhr morgens fand ich endlich den Mut, sie zu fragen:

»Wirst du bei mir bleiben?«

»Ich bin bereits bei dir, Nico. Seit ich dich kenne, bin ich bei dir.«

Mehr Worte waren nicht nötig. Eng aneinandergeschmiegt schliefen wir ein.

Gegen Mittag erwachten wir. Als ich die Augen aufschlug, blickte ich in die ihren, die mich unverwandt anschauten. Sie lächelte und küsste mich zärtlich.

»Du riechst so gut.« Sie küsste mich erneut. »Wie ich gesehen habe, hast du ein paar Dinge in deiner Geschichte verändert.« Sie tupfte einen Kuss auf meine Brust. »Dein Buch ist toll geworden und fast fertig.«

»Ja, mit dir an meiner Seite rückt das Wort ›Ende‹ immer näher.«

»Und wann besuchst du deine Mutter?«

»Gleich morgen. Kommst du mit? Sie würde sich sicher freuen, dich zu sehen.«

»Ich fürchte, das geht nicht, Nico.« Sie setzte sich auf, nackt, wie sie war, und ihr Gesichtsausdruck veränderte sich. »*Er* wird in ein paar Tagen abreisen, und ich muss noch einige Dokumente unterzeichnen, die mit den letzten Projekten zu tun haben, die ich für die Firma übernommen hatte. Er hat darum gebeten, dass sie, von meiner Chefin bereits unterschrieben, mit der Post nach Paris geschickt werden, und er will sie dann gleich mitnehmen.«

»Aha. Und warum schickst du diese Dokumente nicht einfach mit der Post zurück? Ich verstehe nicht, warum er sie dir geben und zurück nach New York mitnehmen muss.«

»Tja, es war der Vorschlag meiner Chefin, und wir sind jetzt so verblieben.«

»Also wirst du ihn wiedersehen.«

»Ja, wenn ich die Papiere unterschreibe.«

»Gut. Aber wenn diese Papiere heute schon kommen, könntest du mich doch morgen zu meiner Mutter begleiten, oder?«

»Sicher, dann kannst du mit mir rechnen.«

»Judith …«

»Ja?«, sagte sie, während sie sich anzog.

»Ist zwischen uns alles in Ordnung?«

»Natürlich.«

»Gut. Judith …«

»Was?«

»Gibt es sonst noch etwas, was du mir erzählen solltest?«

»Nein, Nico. Glaub mir, das ist nicht nötig.«

5

Die Papiere kamen natürlich nicht an diesem Tag. Also musste ich am nächsten Morgen allein den Zug nehmen, um zu meiner Mutter zu fahren. In dieser Zeit hätte Judith theoretisch ganz ungestört mit diesem Typen zusammen sein können. Doch ich vertraute darauf, dass sie das nicht tun würde. Sie selbst hatte mir gesagt, dass sie ihn nicht mehr brauchte. Sie war zu mir gekommen. Sie hatte ihn zurückgelassen und war zu mir gekommen, also hatte ich nichts zu befürchten. Theoretisch zumindest. Denn in der Realität waren meine Ängste durchaus noch vorhanden. Und ich fragte mich, ob das vielleicht immer so sein würde. Lohnte sich die Liebe überhaupt? Lohnte es sich, wegen ein paar Momenten überschäumenden Glücks jedes Mal zu leiden, wenn diese Frau nicht bei mir war? Keine Ahnung. Ich beschloss, den Gedanken beiseitezuschieben und mich auf das zu konzentrieren, was ich selbst in der Hand hatte: in den nächsten Tagen mein Buch fertigzustellen und es meinem Verleger zu übergeben. Alles Weitere würde man sehen.

Allerdings neigen die Dinge dazu, sich zu verkomplizieren, wenn man nicht auf der Höhe ist, stimmt's? Ich bin mir sicher, dass auch ihr schon mal einen dieser Tage erlebt habt, an denen wirklich alles schiefläuft. Und wenn man denkt, dass es schlimmer nicht mehr kommen kann, dann passiert noch etwas und noch etwas … So ist das Leben nun mal. Wie ein verheddertes Wollknäuel. Und manchmal, wenn man denkt, dass es sich unmöglich noch mehr verwirren kann, geschieht es doch und bringt dein Leben vollends durcheinander.

Jener Tag war definitiv mein Ende. Das Ende von Nicolas Cambril, wie ich ihn seit meiner Geburt kannte.

6

Es war noch früh, als ich beim Seniorenheim ankam. Suzanne wartete, eine Zigarette rauchend, am Eingang auf mich. Als sie mich sah, nahm sie schnell noch einen Zug und kam dann mit nervöser Miene auf mich zu.

Sie wollte mich wegen des Zustands meiner Mutter vorwarnen. Wie sie mir erklärte, war meine Mutter in den letzten drei Nächten aus dem Bett aufgestanden. Sie hatten sie im Garten gefunden, wo sie allein getanzt hatte. Sie hatte sich gedreht, sich verbeugt und mit jemandem, der nicht da war, unterhalten.

»Sie sagt, dass dein Vater jede Nacht zu ihr kommt, um mit ihr zu tanzen. Als ich sie endlich wieder im Bett hatte, konnte ich nicht mehr schlafen, weil ich fürchtete, dass sie erneut das Zimmer verlassen könnte. Deshalb bin ich bis zum Morgen bei ihr geblieben.«

»Oje, danke, Suzanne! Und wie geht es ihr heute?«

»Noch schlechter, Nico. Ich will dir nichts vormachen, und du wirst sie ja gleich selbst erleben. Sie ist sehr müde und geschwächt. Klar, sie schläft ja kaum noch. Wir wissen nicht, was wir tun sollen, damit sie begreift, dass dein Vater gestorben ist. Jeden Morgen ruft sie stundenlang nach ihm, und nach dem Essen sucht sie ihn im ganzen Haus. Sie geht in jedes Zimmer, die Badezimmer, die Räume des Personals … Sie hat sogar im Vorratsraum nach ihm gesucht!«

»Oh mein Gott! Es tut mir leid, dass sie euch so viel Arbeit macht.«

»Nico, bitte sag so etwas nicht, wir alle lieben deine Mutter. Sie ist eine so nette Frau, niemals aggressiv, immer liebevoll … Aah, jetzt hat sie dich gesehen, denn sie kommt auf uns zu. Anscheinend hat sie dich wiedererkannt.«

»Mein Junge!« Meine Mutter umfasste mich mit ihren dünnen Armen.

»Hallo, Mama, wie geht es dir?«

»Ich bin sehr müde, mein Schatz. Und du? Du siehst gar nicht gut aus.« Sie fuhr mir mit den Fingern durch das Haar, um es zu ordnen, wie sie es früher oft getan hatte.

»Suzanne, wir setzen uns in den Garten. Möchten Sie mitkommen?«, fragte ich.

»Nein, geht ihr nur. Ich muss am Empfang bleiben. Wir sehen uns dann beim Essen.«

Wir gingen zur nächsten Steinbank hinüber. Dort setzten wir uns nebeneinander hin und sprachen über die für den August typische Hitze. Mama erschien mir ziemlich aufgeräumt. Hätte Suzanne mir nicht von den Vorfällen der letzten Nächte erzählt, wäre ich niemals darauf gekommen, dass etwas Derartiges geschehen war.

Meine Mutter fragte mich nach Judith, was mich überraschte, da sie an den Tagen, an denen Judith mich begleitet hatte, sehr desorientiert gewesen war. Ich hätte nie gedacht, dass meine Mutter sich an sie erinnern würde. Also erzählte ich ihr, wie sehr ich Judith liebte und wie sehr sie mir beim Schreiben half.

»Weißt du, es geschieht nur ganz selten im Leben, dass man jemand so Besonderen kennenlernt, wie es bei diesem Mädchen der Fall ist.«

»Nur einmal, Mama.«

»Nein, nein, mein Junge, da irrst du dich. Wenn du Glück hast, geschieht es mehrmals. Bevor ich deinen Vater kennenlernte, war ich in einen Offizier verliebt. Ich war vollkommen vernarrt in ihn und dachte, dass wir heiraten und den Rest unseres Lebens zusammen verbringen würden. Aber er … Eines Tages ging er fort und kam nicht mehr wieder. Ich habe furchtbar gelitten, mein Junge. So sehr, dass ich dachte, ich würde niemals darüber hinwegkommen.«

Meine Mutter hatte mir noch nie von dieser Sache erzählt, und bis heute habe ich keine Ahnung, ob sie der Wahrheit entsprach oder ihrer Phantasie entsprang. »Aber das Leben ist denjenigen gegenüber, die ein großes Herz haben, großzügig. Und eines Tages, als ich hinfiel, weil mir der Absatz eines Schuhs abgebrochen war, habe ich deinen Vater kennengelernt. Er half mir auf und begleitete mich nach Hause. Am selben Tag wusste ich, dass ich den Rest meines Lebens mit ihm verbringen wollte.«

»Diese Geschichte kannte ich ja noch gar nicht, Mama. Sie ist wunderschön!«

»Ja, das ist sie. Möchtest du noch eine Geschichte hören?«

»Aber sicher, Mama.«

»Dein Vater und ich haben in jeder Nacht, die wir zusammen verbracht haben, Händchen gehalten. In keiner einzigen haben wir uns losgelassen. Und wenn wir uns am Tag zuvor gestritten hatten, hielten wir uns besonders fest. Auch seit er von uns gegangen ist, habe ich ihn in jeder Nacht gespürt. Ich weiß, dass er von dort aus, wo er ist, meine Hand hält.«

»Das ist zauberhaft, Mama.« Mir liefen die Tränen übers Gesicht.

»Ja, mein Junge.« Sie nickte glücklich. »In den letzten Nächten hat er so fest meine Hand gedrückt, dass ich davon aufgewacht bin, und er ist mit mir tanzen gegangen. Wir haben bis zum Morgen im Garten getanzt. Er sagt, dass wir bald für immer zusammen sein werden.«

Sie begann leicht japsend zu atmen.

»Geht es dir gut, Mama? Möchtest du ein Glas Wasser? Komm, leg dich hier hin.«

Ich brachte sie zu einem Liegestuhl, und bevor ich das Wasser holen gehen konnte, griff sie nach meiner Hand.

»Nico, dass wir dich noch bekommen haben, war das Beste, was deinem Vater und mir passiert ist. Deine Geburt war ein Wunder, und wir wussten, dass du dazu ausersehen bist, Großes zu bewirken. Wir wussten, dass du das Schicksal der Menschen verändern würdest. Du bist ein ganz besonderer Mensch, vergiss das niemals. Wir sind so stolz auf dich, seit wir die Magie in deinen Augen gesehen haben. Du bist einzigartig, Junge. Vergiss nicht, dass wir dich immer lieben werden. Und jetzt muss ich mich ein wenig ausruhen ...« Sie schloss die Augen und war schon halb eingeschlafen.

»Ich bin gleich wieder da, Mama«, sagte ich gerührt. »Ich hole dir etwas Wasser.« Mama nickte. Das viele Reden hatte sie, erschöpft wie sie war, völlig entkräftet. Im Haus wischte ich mir die Tränen aus den Augen und suchte nach einem Glas. Ich hätte Judith jetzt gern in meiner Nähe gehabt.

Als ich in den Garten zurückkehrte, lag meine Mutter friedlich und mit einem glücklichen Lächeln im Gesicht im Liegestuhl. Ich sah, dass sie die Hand ausgestreckt hatte, als hoffe sie, dass jemand danach greifen würde. Ich stellte das Wasser auf einer Bank ab und ließ mich neben ihr in einem anderen Liegestuhl nieder. Dann nahm ich ihre Hand, und als ich sie berührte, wusste ich, dass sie schon nicht mehr bei mir war. Meine Mutter starb an jenem Augustmorgen lächelnd und darauf wartend, dass mein Vater ihr die Hand reichte.

Bis heute habe ich keine Ahnung, wie ich so lange die Tränen zurückhalten konnte. Ich stand leise auf, als ob ich sie nicht wecken wollte, und ging zu Suzanne an die Rezeption. Als sie die Nachricht hörte, brach sie in Tränen aus, und ich war es, der sie trösten musste. Wenige Minuten später war das ganze Personal auf den Beinen. Die Ärztin kam, um den Tod zu bescheinigen, und mehrere Pflegerinnen halfen, meine Mutter in ihr Zimmer zu tragen. Sie ließen mich mit ihr allein, doch es gab nichts mehr, was ich ihr hätte sagen können. Sie hatte sich nur wenige Minuten zuvor mit diesen liebevollen Worten von mir verabschiedet, und einen schöneren Abschied konnte es für einen Sohn nicht geben. Ich nahm mein Handy und rief Judith an. Ein, zwei, drei Mal, doch sie ging nicht an den Apparat.

Ich schickte ihr eine SMS: *Ruf mich bitte an, sobald du kannst!*

Doch sie meldete sich nicht. Auch nicht auf die nächsten fünf Anrufe von mir hin.

Das Bestattungsunternehmen in Mont des Fleurs legte die Beerdigung für den Nachmittag des nächsten Tages fest. Ich beschloss, nach Paris zurückzufahren und die Nacht dort zu verbringen. Ich würde meinen Freunden Bescheid sagen und Judith.

Ohne groß nachzudenken, fuhr ich zu ihrer Wohnung. Ich wollte sie sehen, sie umarmen und endlich um meine Mutter weinen.

Nachdem ich die Place des Vosges überquert hatte, erreichte ich die Tür ihres Hauses. Sie war offen, weshalb ich gleich zu ihrer Wohnung hinaufging. Ich klingelte mehrmals, und schließlich öffnete sie die Tür. Sie hatte rote geschwollene Augen.

»Nico! Was machst du denn hier?«

»Was ist mit dir? Hast du geweint?«

»Ja … Ich … Ich bin gerade beschäftigt, es tut mir leid.«

»Mit was beschäftigt, Judith?« Ich hatte bemerkt, dass sie die Tür so weit wie möglich geschlossen hielt, und öffnete sie entschlossen.

Während sie den Blick zu Boden senkte, sah ich ihn. Er hatte es sich auf dem Sofa bequem gemacht, auf dem Judith und ich wegen ihm eine Nacht in Tränen verbracht hatten. Er war groß, elegant gekleidet, blond, mit grünen Augen und glattrasiert – und sah mich interessiert an.

»Meine Mutter ist heute Morgen gestorben«, brachte ich heraus. Dann drehte ich mich auf dem Absatz um und ließ sie mit dem Typen, den sie mir nie wiederzusehen versprochen hatte, zurück. In dem alten schmiedeeisernen Aufzug drückte ich auf den Knopf mit der Null, um den schrecklichen Ort zu verlassen. Sie lief die Treppe hinunter und bat mich laut rufend auf jedem Treppenabsatz, nicht einfach so zu gehen, ihr nur eine Minute zuzuhören. Doch mein Kopf und mein Herz waren bereits zu weit entfernt. Ich glaube, ich nahm nicht eines ihrer Worte wahr. Unten angekommen, trat ich auf die Straße und stieg in das nächste Taxi. Weinend die Hände vors Gesicht geschlagen, ließ ich sie zurück.

7

Karim fuhr mich in seinem Wagen zur Beerdigung meiner Mutter. Zoe und Charlotte begleiteten uns. Während der Fahrt wechselten wir kaum ein Wort. Auf dem Friedhof trafen wir auf Monsieur Briand, Fanny und Zachary, Didier und Céline, selbst mein Verleger war gekommen. Carol eilte gleich auf mich zu und umarmte mich so lange, dass ich weinen musste.

»Judith ist auch hier. Sie hat mich gebeten, sie mitzunehmen. Ich hoffe, ich habe keinen Fehler gemacht.«

»Ich will sie nicht sehen, Carol. Sag ihr, sie soll sich von mir fernhalten. Ich kann das jetzt nicht.«

Das ganze Dorf war zur Beerdigung gekommen. Die alten Freunde meiner Mutter und auch die meinen. Ich sah meinen ehemaligen Freund Arnaud, der seine beiden Kinder und seine Frau mitgebracht hatte. Sein kleiner Sohn sah genauso aus wie sein Vater in seinem Alter.

»Erinnerst du dich noch, Nico? Als wir so alt waren wie er jetzt, hast du mit mir die Windpocken durchgemacht.«

»Natürlich erinnere ich mich.« Wir umarmten uns in aufrichtiger Zuneigung und in Erinnerung an unsere Kindheit.

»Jeden Morgen vermisse ich die Milchbrötchen deiner Eltern. Es waren die besten, die ich je gegessen habe.«

Einer nach dem anderen sprachen mir die Anwesenden ihr Beileid aus, umarmten mich und sagten mir, wie sehr sie die alte Bäckerei meiner Eltern und die Plaudereien dort vermissten. Alle erinnerten sich noch daran, wie sie stolz erzählt hatten, dass ihr Sohn jetzt Schriftsteller sei. Einige erwähnten schöne Momente in ihrem Leben, die sie mit meiner Mutter geteilt hatten. So erzählte ein Mann mittleren Alters, den ich gar nicht kannte, wie meine Mutter ihn in den ersten Jahren seiner Ehe mehrfach aus heiklen Situationen gerettet hatte. Sie hatte ihm jedes Mal, wenn sie gespürt hatte, dass es bei ihm zu Hause wieder Ärger gab, irgendeine Süßigkeit geschenkt.

»Sie hat mich nur das Brot bezahlen lassen und stets etwas Süßes dazugetan, was meine Frau immer wieder versöhnt hat. Wenn wir diese Süßigkeiten nicht gehabt hätten, weiß ich nicht, was aus meiner Ehe geworden wäre.«

Eine sehr schlanke ältere Dame mit weißem Haar kam zu mir, als ich für einen Moment allein war, und berichtete, dass meine Mutter ihr in einer Zeit, als sie keine Arbeit hatte, großzügig immer einen zusätzlichen Laib Brot und ein paar Brötchen mit Schokoladenstückchen geschenkt hatte, damit ihre Kinder ordentlich frühstücken konnten.

»Dafür werde ich ihr ewig dankbar sein, Nicolas. Deine Mutter war ein Engel. Und dein Vater auch. Und nun sind sie für immer zusammen und werden von dort oben aus auf uns aufpassen.«

Wir verbrachten den Nachmittag im Haus meiner Eltern, das nun mein Haus war, und tranken dort Kaffee. Judith war auch da, aber Carol hatte wohl mit ihr gesprochen, denn sie hielt sich von mir fern, und das war mir recht so. Ich wollte allein sein. Ich musste über all das nachdenken, was in den letzten Wochen geschehen war. Mein Leben war ein einziges Durcheinander, und ich wünschte mir vergeblich, dass alles wieder wie vorher wäre. Im Leben gibt es leider keine »Löschfunktion« wie beim Computer. Man kann einfach nur weitermachen, egal, was geschieht oder wie man sich fühlt. Die Zeit vergeht, ob man will oder nicht. Und man muss versuchen, mit ihr zu gehen.

An diesem Nachmittag entschied ich, dass ich nach vorn schauen und weiterkommen wollte. Vielleicht mit langsamen Schritten, aber ich musste mich in die gleiche Richtung bewegen wie der Sand in der Uhr. Und dafür musste ich allein sein.

Die Beerdigungsgäste verabschiedeten sich einer nach dem anderen. Karim machte sich erst auf den Weg, nachdem ich ihm versprochen hatte, ihn jeden Tag anzurufen. Judith warf mir einen derart traurigen und leeren Blick zu, dass ich sie kaum wiedererkannte. Carol umarmte mich, bevor sie ging.

»Nico, wir kennen uns, seit wir Kinder waren, und sind fast wie Geschwister. Wenn du irgendetwas brauchst, ruf einfach an. Dann bin ich schneller bei dir, als du bis drei zählen kannst. Okay?«

»Klar. Danke.«

»Eines noch und dann bin ich weg. Judith wusste, dass dies nicht der richtige Moment sein würde, um mit dir zu reden, deshalb hat sie dir einen Brief geschrieben. Sie hat ihn in dein Zimmer gelegt. Ich denke, du solltest ihn lesen, Nico.«

»Noch mal Danke, Carol. Eines Tages wirst du sicher eine sehr gute Mutter sein.«

Nachdem alle aufgebrochen waren, ging ich durch das stille Haus. Ich fuhr mit den Fingern über die Glastheke im Geschäft, bis ich mich wieder an jede Schramme und jede Kerbe erinnerte, die ich als Kind in der Obhut meiner Eltern erspürt hatte. Ich musste irgendetwas tun. Deshalb reinigte ich den Ofen so gründlich, bis mir die Hände wehtaten. Dann ging ich in die Wohnung hinauf, um mich auch dort nützlich zu machen. Ich fürchtete mich davor, mein Zimmer unter dem Dach zu betreten und dort Judiths Brief vorzufinden. Daher mied ich es und ging stattdessen ins Schlafzimmer meiner Eltern. Ich öffnete den Schrank und atmete den Geruch ihrer Kleidung ein, den der Anzüge meines Vaters, der Mäntel meiner Mutter, ihrer Hemden und Blusen. Dann setzte ich mich vor den geöffneten Schranktüren auf den Boden und entdeckte eine Pappschachtel. Sie war derartig mit Staub bedeckt, dass ich nicht lesen konnte, was auf dem Deckel geschrieben stand. Also nahm ich sie heraus und blies den Staub fort. In der Schrift meines Vaters stand nur ein Wort darauf: *Erinnerungen*.

Wie ein Archäologe beim Öffnen eines Sarkophags nahm ich äußerst vorsichtig den Deckel ab und fand darin Dutzende Fotos meiner Eltern aus ihrer Jugendzeit. Auch ein paar Briefe, die sie sich gegenseitig geschrieben hatten, waren darunter. Ich las sie gleich mehrmals. Niemals wäre ich auf den Gedanken gekommen, dass mein Vater so gut schreiben konnte. Wahrscheinlich hatte ich meine schriftstellerische Begabung von ihm geerbt. Ganz unten in der Kiste war ein Gegenstand, der in ein rotes Tuch eingewickelt war. Vorsichtig nahm ich ihn heraus und entfernte das Tuch. Es war der Schuh meiner Mutter mit dem abgebrochenen Absatz. Ich drückte ihn an meine Brust und begann zu weinen wie ein Kind. In dieser Nacht schlief ich auf dem Boden vor dem Kleiderschrank.

IX

NIEMAND SOLLTE ES JE VERGESSEN

1

Lieber Nico,

mein Liebster, mein Atem, mein Schmerz … Mir fehlen die Worte, um Dich um Verzeihung zu bitten, gestern nicht bei Dir gewesen zu sein. Als Du vor meiner Wohnungstür standst, wusste ich gleich, dass etwas Furchtbares passiert war. Es tut mir so furchtbar leid, dass ich nicht ans Telefon gehen konnte. Immer wieder muss ich daran denken, dass ich, wenn ich Deinen ersten Anruf entgegengenommen hätte, nun an Deiner Seite wäre, um Dir in diesem schweren Moment eine Stütze zu sein.

Nico, Du sollst wissen, dass zwischen ihm und mir gestern absolut nichts passiert ist. Seit ich Dich kenne, schien dieser Mann nach und nach endlich aus meinem Kopf zu verschwinden.

Es ist eine so lange Geschichte.

Er war die Kulisse, vor der sich mein Leben abspielte.

Doch nun ist er nur noch ein Gespenst.

Dennoch bin ich auch dank ihm zu dem geworden, was ich jetzt bin. Aber, Nico, bitte glaub mir, wenn ich Dir sage, dass ich ihn nicht so liebe, wie Du denkst. Das, was Du an jenem Abend gesehen hast, hat nichts damit zu tun, was ich für ihn empfunden habe, bevor ich Dich kannte. Ich muss unbedingt mit Dir reden; es gibt so vieles, was ich Dir erklären möchte. Denn ich weiß jetzt, dass Du es erfahren solltest, weil es ein Teil von mir ist. Nur so wirst Du mich verstehen können.

Es ist so wichtig für mich, dass du es erfährst, Nico, weil die große Wahrheit ist, dass Du für immer ein Teil meines Lebens sein wirst. Auch wenn Du mich niemals mehr wiedersehen willst, werde ich Dich nie vergessen. Du bist mein bester Freund, meine Stütze, mein Lachen, meine Umarmung, mein Blick … Du bist ich, Nico. Und deswegen werde ich Dich niemals vergessen können.

Ich weiß nicht, wohin das Leben uns führen wird, wo unser Platz in der Welt ist, aber was ich weiß, ist, dass mein Platz in der Nähe von Dir ist, weil Du ein Teil von mir bist. Du bist ein Teil meines Ichs, vielleicht der Teil, nach dem ich mich sehne.

Ich weiß, dass schlimme Dinge passiert sind, aber ich weiß auch, dass Du all das verkraften kannst. Und noch viel mehr, auch wenn Du im Moment nicht daran glaubst. Erinnerst Du Dich an den Wald aus Deiner Geschichte? Daran, dass er nicht wusste, was er machen sollte? Dass er traurig und allein war? Weißt Du noch, dass er dank der Hilfe seiner Freunde und der Fee schließlich neu erblüht ist und in voller Pracht erstrahlte, obwohl er beinahe gestorben wäre?

Nico, Dein Wald ist dank der Hilfe derer, die ihn lieben, neu erblüht, das stimmt. Doch das war nur möglich, weil er unten in der Erde Wurzeln hat, die so kräftig, stark und tiefgehend sind, dass auch der heftigste Hurrikan sie nicht vernichten kann. Nico, wir Menschen sind wie dieser Wald: Wir sind innen viel größer als außen. Die anderen bekommen nur einen kleinen Teil von uns zu sehen, jedoch nicht unser Inneres, das unermesslich, riesengroß und stark ist. Und Dein Inneres ist magischer und besonderer als jedes andere der Menschen, denen ich in meinem Leben begegnet bin. Zudem hast Du die Gabe, dies allen anderen mit Worten zu zeigen. (Und mir mit Deinen Blicken, Deinen Umarmungen und Deinen Küssen. Ich vermisse Dich so sehr!)

Ich nutze diesen Brief, um Dir, wie Dein Verleger gebeten hat, auch schriftlich zu bestätigen, dass sämtliche Zeichnungen, die ich Dir bisher geschenkt habe, ausschließlich Dir gehören. Du verfügst hundertprozentig über jegliches Nutzungsrecht.

Ich verabschiede mich von Dir in der Hoffnung, dass Du mir einmal mehr Deine Großzügigkeit erweist und mich Dir irgendwann erzählen lässt, was mir all die Zeit über durch den Kopf ging und mein Herz erfüllte.

Judith

2

Ich habe ihn noch, Freunde!

Es ist der Brief, den Judith mir am Tag der Beerdigung auf meinem Bett hinterlassen hat. Ich kenne ihn auswendig. Auch wenn ich manchmal kurz davor war, ihn zu zerreißen.

Seit jenem Tag sind zwei Monate vergangen, und inzwischen ist viel geschehen. Zum Beispiel habe ich in diesem Moment meine Katze Dylan auf dem Schoß und sitze meinem neuen iMac gegenüber, dem größten, leistungsstärksten und teuersten Computer, den ich finden konnte und den ich gerade zu benutzen lerne. Und ich kämpfe mit mir, ob ich Judiths E-Mail, die ich soeben erhalten habe, lesen soll oder nicht. Außerdem habe ich zusammen mit meinen Freunden viel erlebt. Zu viel.

Bevor ich entscheide, was ich mit Judiths E-Mail machen werde, möchte ich euch berichten, was seit damals passiert ist, und einen Spaziergang unternehmen, um meine Gedanken zu ordnen und einen klaren Kopf zu bekommen.

Nach der Beerdigung verbrachte ich mehrere Tage – zwei, drei oder vier, ich weiß es nicht mehr, denn ich hatte jegliches Zeitgefühl verloren – mit Nichtstun. Und »Nichtstun« ist in diesem Fall wörtlich zu verstehen. Ich benutzte die Treppen in meinem Haus nur, um mir etwas zu essen und zu trinken zu holen oder ins Bad zu gehen. Das war alles, was ich brauchte. Ich schlief auf dem Boden, um mich daran zu erinnern, dass ich trotz allem, was geschehen war, noch lebte und etwas spürte – und wenn es auch nur die harten Holzbohlen waren.

Ich muss in diesen Tagen ziemlich abgenommen haben, denn am letzten Tag dieser seltsamen Gefangenschaft rutschte mir, als ich vom Boden aufstand, die Hose über die Hüften, was mich ein wenig erschreckte. Ich ging zum Spiegel im Bad hinüber und sah mein bärtiges Gesicht, mein fettiges Haar und meine hervorstehenden Wangenknochen. Den Blick in meine Augen vermied ich aus Angst davor, in den Abgrund zu schauen. Ich beschloss, dass es weitergehen musste, dass ich duschen, mich ein wenig zurechtmachen und etwas von dem essen musste, was die Nachbarn mir vorbeigebracht hatten. Alle möglichen Gerichte hatten sich angesammelt: belegte Baguettes, Sandwiches, Käseplatten, Pasteten und sogar ein gebackener Lachs. Ich aß mit übermächtigem Appetit. Als ich gerade meinen dritten Teller leerte, hörte ich, dass jemand an die Fensterscheibe klopfte. Ich drehte mich um und entdeckte ein kleines rötliches Fellbündel, in dem ich schließlich eine Katze erkannte, die versuchte, meine Aufmerksamkeit zu erregen. Sie sah von der anderen Seite des Fensters zu mir herüber, und auch wenn ich es nicht hören konnte, erkannte ich, dass sie miaute. *Ob sie Hunger hat?* Ich stand auf und öffnete vorsichtig das Fenster. Sie war ganz nass, und erst dadurch fiel mir auf, dass es vor Kurzem geregnet haben musste. Wir sahen uns in die Augen.

»Du siehst aus wie Bob Dylan.«

»Miauuuu!«

»Das ist nichts Schlechtes, er ist einer der größten Musiker, die es gibt.«

»Miauuuu!«

»Du könntest mir Gesellschaft leisten. Ich geb dir was zu fressen, und du gibst mir Streicheleinheiten. Los, Dylan, komm rein!«

Das Tierchen sprang in die Küche, und ich schloss das Fenster. Ich stellte ihm eine kleine Schale mit Wasser hin sowie ein paar Stückchen von dem Lachs, den ich bekommen hatte. Dylan schien genauso verloren zu sein wie ich: Sie aß und trank, bis sie nicht mehr konnte. Genau wie ich es getan hatte. Dann sprang sie auf meinen Schoß und putzte sich mindestens eine Stunde lang, um dann auf der Stelle einzuschlafen. Lange Zeit betrachtete ich die Katze und spürte ihren schnurrenden Atem. Ich musste unwillkürlich an die letzten Tage denken, an denen ich noch menschlichen Kontakt gehabt hatte. Seitdem schienen Hunderte von Jahren vergangen zu sein. Ich wollte mich anders hinsetzen, wobei meine Gabel auf den Boden fiel. Dylan schreckte auf, sprang von meinem Schoß und entschied sich dann für den alten braunen Ledersessel, in dem mein Vater jeden Morgen seine Zeitung gelesen hatte.

Da ich mich nun wieder frei bewegen konnte, machte ich mein Handy an. Es meldete vierzig Anrufe und dreiunddreißig Nachrichten meiner Freunde. Jedoch kein Lebenszeichen von Judith. Von ihr hatte ich nur den Brief, der oben noch ungeöffnet in meiner Mansarde lag.

Ich beschloss, Karim anzurufen, der sich, wie es aussah, die größten Sorgen machte, weil ich nichts von mir hören ließ.

»Mann, spinnst du? Warum meldest du dich nicht? Du bist echt bescheuert! Heute Abend wäre ich nach der Arbeit im Hotel nach Mont des Fleurs gekommen.«

»Es tut mir leid, Karim. Ich habe einfach ein wenig Zeit gebraucht. Aber es geht mir gut, keine Sorge.«

»Weißt du, welcher Tag heute ist?«

»Ehrlich gesagt, nein.«

»Der dritte September. Hast du dein Buch abgegeben?«

»Scheiße!«

»Dann aber los, Alter! Judith hat mir erzählt, dass dir nur noch drei oder vier Seiten fehlen.«

»Wenn nicht sogar noch weniger.«

»Verdammt, Nico, worauf wartest du? Ich weiß, dass das mit deiner Mutter ein schwerer Schlag war … und das mit Judith auch … darüber reden wir noch, aber dein Leben geht weiter. UND ruf mich bloß morgen an!«

»Ja, ja, ja. Ich verspreche, dass ich dich morgen anrufe. Großes Ehrenwort.«

»Das hoffe ich für dich, du Idiot! Wenn nicht, dann komme ich bei dir vorbei.«

»Ich mach's, das verspreche ich.«

»Übrigens habe ich deine Sachen hinten im Laden abgestellt, wie du mich gebeten hast.«

»Stimmt … Das hatte ich völlig vergessen. War auch die Schreibmaschine dabei?«

»Ja, Zoe hat sie eingeladen, als wir zu dir nach Hause gefahren sind. Die Schreibmaschine und all deine Aufzeichnungen und Hefte. Außerdem hat sie noch Papier gekauft, weil kaum noch etwas da war.«

»Danke, ihr seid großartig!«

»Noch etwas, Nico. Judith …«

Ich ließ ihn nicht ausreden, denn jedes Mal, wenn ihr Name in meinem Kopf ankam, schien dieser in Millionen Teile zu zerspringen.

»Nein, bitte sprich nicht von ihr! Wir reden morgen.«

Ich verscheuchte alle Gedanken an Judith und beschloss, weiterzumachen. Als Erstes öffnete ich den Raum hinter dem Laden. Früher hatten wir ihn als Lagerraum benutzt, doch nachdem meine Eltern aufgehört hatten zu arbeiten, war er zu einer Rumpelkammer geworden. Und unter dem Gerümpel befanden sich nun ein paar meiner Sachen. Ich nahm mein Arbeitsmaterial und setzte mich an den alten Schreibtisch in meiner Mansarde.

Wer hätte das gedacht, Nicolas? Nun bist du wieder an dem Ort, an dem alles angefangen hat.

3

Ich verbrachte ganze fünfzehn Stunden am Stück vor der Schreibmaschine und tippte das Ende meiner Geschichte. Nachdem ich am Morgen begonnen hatte, brauchte ich bis in die Nacht, um fertig zu werden. Ich bearbeitete das Ganze mehrfach, strich ein paar Absätze und schrieb andere neu. Für das Ende wählte ich die letzte Zeichnung, die Judith für mich gemacht hatte: Es war das Bild eines Baums. Im oberen Teil waren ein paar hübsche Verästelungen zu sehen, die voller frischer Blätter waren. Aber sie hatte auch die Wurzeln des Baums gemalt, die sich unter der Erdoberfläche ausbreiteten und stärker, dicker und weitläufiger waren als der überirdische Teil des Baums.

Der letzte Satz meiner Geschichte entsprach seltsamerweise in etwa dem, was ich ein paar Tage später in Judiths Brief lesen würde: *Daher dürft ihr nie vergessen, liebe Kinder, dass wir im Inneren viel größer und stärker sind als äußerlich. Denkt immer daran!*

Ich nahm die letzte Seite aus meiner Olivetti und fügte sie den anderen hinzu, die auf einem alten Stuhl lagen. Dann griff ich entschieden nach dem ganzen Stapel. Ich band die Seiten mit einer Schnur zusammen und steckte sie in einen mit Pappe verstärkten Briefumschlag.

Als ich ein paar Stunden später das Haus verließ, spürten die Straßen bereits die Wärme der ersten Sonnenstrahlen, und die Blumen öffneten ihre Blütenblätter, so wie auch die bunten Fensterläden in den Häusern meiner Nachbarn geöffnet wurden.

Ich machte mich auf den Weg zum Postamt von Mont des Fleurs und rief meinen Verleger an.

»Ich habe es geschafft. Jetzt bin ich fertig und werde dir das Manuskript schicken.«

»Nico! Ich kann es nicht glauben! Nachdem das mit deiner Mutter passiert ist, hatte ich gedacht, dass du niemals rechtzeitig fertig werden würdest.«

»Siehst du, ich bin voller Überraschungen.«

»Allerdings, mein Junge, allerdings. Aber eines noch: Wieso willst du das Manuskript per Post schicken? Bring es mir doch hier im Büro vorbei!«

»Es tut mir leid, das wird nicht möglich sein. Ich bin im Haus meiner Eltern und habe noch bis Mitte September Urlaub, daher …«

»Na schön, aber überleg dir mal, ob du dir nicht einen Computer kaufen möchtest. Wir sind im einundzwanzigsten Jahrhundert, und für solche Dinge ist es unglaublich praktisch, E-Mails verschicken zu können.«

Auf dem Rückweg nach Hause ging ich am Friedhof vorbei und setzte mich vor das Grab meiner Eltern, in dem sie nun beide lagen.

Wie ihr seht, habe ich es am Ende doch noch geschafft. Wobei ich natürlich weiß, dass ihr beide, wenn ihr nun von dort, wo ihr seid, zuseht, nicht einen Moment daran gezweifelt habt.

Danke für euer Vertrauen, Papa und Mama. Ohne eure Hilfe und eure Liebe wäre ich gar nichts.

Ich denke, ich werde noch eine Weile hier im Dorf bleiben. Danach werde ich das Haus vielleicht verkaufen. Ich weiß es noch nicht …

4

Die Sonne ging schon unter, als ich wieder nach Hause zurückkehrte. Ich war so lange durch den Ort gelaufen, bis ich nicht mehr konnte. Ohne weiter darüber nachzudenken, ging ich in meine Mansarde hinauf und griff nach Judiths Brief. Bis dahin hatte ich nicht die Kraft gehabt, ihn zu öffnen, ja, ich hatte ihn nicht mal in die Hand genommen.

Ich war kurz davor, ihn zu zerreißen. Denn was können Worte schon ändern?

All das, was wir zusammen erlebt hatten, das Gute und das Schlechte, ließ sich nicht mehr rückgängig machen. Und ein paar Worte würden meine Gefühle nicht verändern. Die zu diesem Zeitpunkt hauptsächlich aus Zweifeln, Angst und Enttäuschung bestanden. Deswegen wollte ich den Brief zerstören. Dann jedoch sagte ich mir, dass ich es vielleicht bereuen würde, wenn ich ihn nicht las.

Ich hatte die halbe Nacht darüber nachgedacht, ob ich ihn lesen sollte, und nun gab ich meiner Neugierde nach und öffnete ihn.

Ich las die sechshundertachtundzwanzig Worte mehrere Male und kam zu dem Schluss, dass Judith sich erklären wollte. Das war im Grunde der gesamte Inhalt. Allerdings war ich noch nicht in der Lage, mich ihren Erklärungen zu stellen.

Daher faltete ich den Brief wieder zusammen und legte ihn erst einmal auf den Tisch.

Freunde, bitte haltet mich nicht für feige. Oder für hochmütig. In jenen Tagen hatte ich einfach den Kopf nicht frei; das Einzige, was ich wusste, war, dass die Welt und ich in unterschiedlichen Richtungen unterwegs waren. Ich war völlig durcheinander, traurig, einsam und fühlte mich verraten. Ich hatte immer geglaubt, unverwundbar zu sein, mit einer eisernen Rüstung ausgestattet, die mich schützte und mir erlaubte, es mit allem aufzunehmen, was die Welt mir entgegensetzte. Aber ein paar Tage hatten ausgereicht – nur zwei Ereignisse! –, um mir klarzumachen, dass diese Rüstung in Wahrheit niemals existiert hatte und dass mein Herz nur durch eine dünne Hautschicht vor den Verletzungen des Lebens bewahrt wurde. Und ich war mir sicher, dass diese dünne Schutzschicht zerreißen würde, wenn ich auch nur den Hauch von Judiths Stimme an meinem Hals spürte. Ich wollte nicht in eine Million Stücke zerbrechen, weil ich nicht wusste, ob ich jemals wieder zu einem Ganzen zusammenwachsen könnte. Das ist die volle Wahrheit.

5

Zwei Tage später erhielt ich Besuch von meinem Verleger. Als es an der Tür klingelte, wünschte sich ein Teil von mir, dass es Judith wäre, die draußen stand. Ich hielt den Atem an und fokussierte meinen Blick, als ich aufmachte. Doch es war nur mein Verleger, der, eine Zigarre rauchend, in meine Höhle eindrang.

»Mein Gott, Nico! Du hast es noch einmal geschafft!« Er umarmte mich so fest, dass ich beinahe umfiel, als er mich plötzlich wieder losließ.

»Wie ich merke, hat es dir gefallen.«

»Gefallen? Stell dir ›gefallen‹ multipliziert mit einer Million vor. Ungefähr so sehr gefällt es mir!«

»Danke.« Ich wurde vor Freude rot.

»Das kann ich nur zurückgeben. Du glaubst nicht, was ich wegen dir durchgemacht habe! Ich wusste ja, wozu du in der Lage bist. Und Monat für Monat, Jahr für Jahr mitzuerleben, wie du dich hast hängenlassen … Das hat mir fast das Herz zerrissen.«

»So schlimm wird es nun auch wieder nicht gewesen sein.«

»Na ja, was kümmert uns die Vergangenheit! Das wirklich Wichtige ist, dass deine Geschichte schon Korrektur gelesen wird. Ich weiß nicht, wie du das hinbekommen hast, Junge, aber du lässt diese Jacqueline richtig alt aussehen.«

»Das war nicht meine Absicht. Der Kuchen ist sicher groß genug für uns alle.«

»Das stimmt, aber du wirst einmal mehr einen Riesenerfolg feiern, ich bin mir sicher!«

Er lachte und zog eine Brieftasche aus Schlangenleder aus seiner Jacketttasche, der er ein gefaltetes Stück Papier entnahm und mir mit großer Geste übergab.

»Hier ist dein Vorschuss.« Ich nahm den Scheck entgegen und stellte fest, dass ein Irrtum vorlag.

»Das kann nicht stimmen; der Betrag ist fünfstellig und sollte eigentlich vierstellig sein, oder?«

»Nein, mein Junge, diese fünf Zahlen hast du dir redlich verdient. Das alles gehört dir.«

Ich musste mich hinsetzen. Eine solche Summe hatte ich nicht erwartet.

»Übrigens … Meine Schwester fragt, ob du irgendwann nach Paris zurückkehrst. Sie würde dich gern zum Essen einladen … Aber ich habe nichts gesagt.« Er legte mir kurz die Hände auf die Schultern und zwinkerte mir zu. Dann paffte er weiter vergnügt an seiner Zigarre, bevor er sich ein paar Minuten später verabschiedete und mich in der ehemaligen Bäckerei in einem bläulichen Nebel zurückließ.

6

Diese Menge Geld änderte meine Lage völlig. Die Tatsache, dass meine Mutter nicht mehr lebte und ich jetzt ein Haus besaß, natürlich auch. Bevor ich den Scheck meines Verlegers erhalten hatte, war ich mir ziemlich sicher gewesen, das Haus verkaufen zu wollen. Schließlich verband ich nichts als Erinnerungen damit. Und die waren eher schmerzhaft.

Dann allerdings geschah etwas Merkwürdiges. Ich merkte, wie ich – entgegen jeder Erwartung – begann, mich in dem alten Haus wohlzufühlen. Unter meinen alten Sachen hatte ich ein paar Projektideen für weitere Bücher entdeckt, und die Lust, diese weiterzuentwickeln, wuchs jeden Tag ein wenig mehr.

Die Vorstellung, in meinem Heimatort, in meinem Haus zu leben und zu schreiben, gefiel mir immer besser. Der Gedanke an das volle Paris, selbst das ständige Kommen und Gehen meiner Freunde war mir mit einem Mal zu viel. In jenen Tagen sehnte ich mich nach Ruhe, weil sie die beste Medizin für meine Seele war. Die Würfel waren gefallen.

Am nächsten Tag erschien ich schon am frühen Morgen in der Zentrale der Pariser Metro.

Ich sah wesentlich besser aus als noch ein paar Tage zuvor und hatte mich sorgfältig zurechtgemacht, damit meine Kollegen sich keine Sorgen machten.

Ich ging direkt zu Monsieur Briands Büro, der gerade telefonierte, als ich an die Tür klopfte. Also wartete ich einen Moment, bis er mich empfangen konnte. Anstatt des üblichen Handschlags begrüßte er mich wie einen alten Freund mit einer Umarmung.

»Ich freue mich, dich zu sehen, Nico. Du siehst wieder besser aus.«

»Ich fühle mich auch besser. Vielen Dank, dass Sie sich nach mir erkundigt haben, und es tut mir leid, dass ich auf Ihre Anrufe nicht reagiert habe. Ich hoffe, es war nichts Dringendes, was die Arbeit betraf.«

»Aber nein! Ich habe nur angerufen, um zu fragen, wie es dir geht, sonst war nichts. Es ist schön, dich zu sehen. Aber hast du nicht noch ein paar Tage Urlaub? Du bist zu früh zurückgekommen.«

»Na ja, nicht wirklich. Ich bin gekommen, um Ihnen zu sagen, dass ich kündigen werde. Nach meinem Urlaub werde ich nicht mehr wiederkommen.« Sein Blick wurde leicht panisch. »Ich hoffe, das bringt Sie nicht in Schwierigkeiten.«

»Was soll ich sagen? Wir kommen schon irgendwie zurecht, bis wir jemanden gefunden haben …«

»Sie könnten meine Arbeitsstunden ja Karim anbieten. Ich weiß, dass er lieber mehr hier arbeiten würde, wo er sich zu Hause fühlt, als in einem Hotel Cocktails zu servieren.«

»Vielen Dank für den Tipp, Nico, ich werde es ihm vorschlagen. Wenn er einverstanden ist, schlage ich zwei Fliegen mit einer Klappe. Also … Das kommt jetzt ziemlich überraschend. Dann müssen wir deinen Vertrag auflösen.«

»Keine Sorge. Ich werde heute Nacht in Paris bleiben, denn ich habe ja noch meine Wohnung hier. Außerdem muss ich mich von allen verabschieden.«

»Gut, dann komm doch morgen Nachmittag noch mal vorbei, und wir machen die Sache offiziell. Nico, es tut mir leid, dass du uns verlässt, aber wenn es zu deinem Besten ist, dann freue ich mich von Herzen für dich. Und ich hoffe, dass wir uns trotzdem wiedersehen.«

Nachdem ich mich von Monsieur Briand verabschiedet hatte, machte ich mich auf die Suche nach Karim, der in den Metrogängen seinen Dienst tat. Als ich ihm erzählte, dass ich gekündigt hatte, dachte er, ich wolle ihn auf den Arm nehmen. Doch schließlich glaubte er mir. Vor allem, als ich ihm sagte, dass er meine Arbeitsstunden übernehmen könne. Sein Gesicht leuchtete vor Freude derartig auf, dass ich fast damit rechnete, unter der gefliesten Decke über uns singende Engel vorzufinden.

Anschließend verabschiedete ich mich von Didier und lud die ganze Familie ein, mich zu besuchen. Ich versprach ihnen den besten Braten, den sie je gegessen hatten, sodass ich, kaum dass ich wieder draußen auf der Straße war, eine Buchhandlung suchte und mir dort ein Kochbuch für Singles und eines mit traditionellen französischen Rezepten kaufte, um mein Versprechen einhalten zu können.

Charlotte hatte an diesem Tag keinen Dienst. Sie hatte sich freigenommen, um zur Vorsorgeuntersuchung zu gehen. Doch ich rief sie an und verabredete mich mit ihr in Carols Bistro.

Eine halbe Stunde später umarmten mich Charlotte und Carol tränenreich unter den neugierigen Blicken der anderen Gäste, die sich mit Sicherheit fragten, was wohl passiert war.

»Mädels, es wird mir gut gehen. Macht euch keine Sorgen. Ist euch denn noch nicht aufgefallen, dass ich mich schon wieder ganz gut erholt habe?«

»Ach, Gott, Nico! Aber du so allein … Dir wird die Decke auf den Kopf fallen«, meinte Charlotte, die im Übrigen gar nicht gut aussah. Später tat es mir leid, sie nicht gefragt zu haben, ob alles in Ordnung war.

»Ich habe schon mehrere Ideen für weitere Bücher. Und ich bin wirklich motiviert.«

Nachdem wir noch etwa eine Stunde über meine berufliche Zukunft geredet hatten und ich mich des Gefühls nicht erwehren konnte, immer die gleichen Fragen zu beantworten, brachte ich endlich die Kraft auf, das heikle Thema anzusprechen.

»Carol, hast du Judith mal gesehen?« Ich hatte es tatsächlich geschafft, ihren Namen laut auszusprechen, wenn es auch unglaublich wehtat.

»Ja, sie hat jeden Abend nach dir gefragt. Wobei … Wenn ich jetzt darüber nachdenke, fällt mir auf, dass sie seit ein paar Tagen gar nicht mehr hier war.«

»Wie geht es ihr denn?«

»Wie soll es ihr schon gehen? Schlecht!« Charlottes kräftige Stimme überraschte mich immer wieder. Sie war schmaler geworden, doch ihre vitale Stimme hatte sich nicht verändert. »Entschuldige, Nico. Es tut mir leid, wenn ich etwas hart mit dir umspringe, aber du hast sie nicht wirklich gut behandelt.«

»Was? Ich?«

»Genau.« Carol signalisierte, dass sie der gleichen Meinung war.

»Du hast ihr nicht einmal gestattet zu erklären, was an jenem Tag wirklich passiert ist. Das war sehr hässlich von dir, Nicolas Cambril. Auf die Art regelt man eine solche Angelegenheit nicht.«

»Aber sie hatte mir versprochen, dass das mit diesem Typen geklärt ist und dass sie ihn nicht mehr trifft. Und als ich, nachdem meine Mutter gerade gestorben war, nach Paris zurückkam, war er in ihrer Wohnung.«

»Und? Hast du dir inzwischen mal angehört, was *sie* dazu zu sagen hatte?«

»Nein. Es ging mir ehrlich gesagt so schlecht, dass ich nicht mehr mit ihr sprechen wollte. Wisst ihr denn etwas?«

Die beiden schüttelten die Köpfe.

»Dann sollte ich wohl zu ihr gehen, oder?«

Diesmal beantworteten sie meine Frage mit einem Nicken.

7

Ich nahm mein Herz in beide Hände und ging – mal schneller, mal langsamer – zur Place des Vosges. Als ich vor ihrem Haus anlangte, blieb ich dort ein paar Minuten stehen, bis mein Atem sich wieder beruhigt hatte, und kämpfte gegen meine Aufregung an. Es war ein recht kühler Abend, und in der Luft lag bereits der leichte Geruch nach alten Blättern, die bald von den Bäumen fallen würden. Ich hatte keine Ahnung, was mir bevorstand, aber ich wollte ihr gefasst und ruhig gegenübertreten. Also atmete ich noch einmal tief durch, als könnte ich mir auf diese Art eine neue Rüstung zulegen, die mich vor weiterem Kummer schützen würde.

Ich fuhr mit dem Aufzug hinauf und klingelte an ihrer Tür. Ein paar Sekunden später öffnete ein kleiner Junge.

»Hallo …« Das brachte mich völlig aus dem Konzept. Ein Kind? Und Judith? Wo war sie?

»Guten Abend, Monsieur. Was möchten Sie?«

»Hallo, mein Kleiner. Ist Judith zu Hause?«

»Wer ist das?« Im Hintergrund war eine Männerstimme zu hören.

»Da ist ein Herr, Papa!«

»Wie? Ein Herr?« Ich hörte Schritte, die sich näherten. »Wer sind Sie?«

»Guten Abend. Ich heiße Nicolas und bin ein Freund von Judith. Ist sie zu Hause?«

»Ein Freund von wem?«

»Von Judith, Judith Arlington. Sie ist Amerikanerin.«

»Also hier gibt es keine Judith.«

Ich blickte in die Wohnung und noch einmal auf den Eingang, in der Annahme, mich in der Tür geirrt zu haben. Aber das war eindeutig Judiths Wohnung.

»Was ist los, Schatz?« Eine Frau trat hinzu.

»Dieser Herr sucht irgendeine Judith.«

Ich hasste es, wie er ihren Namen aussprach, und merkte, dass er mir noch immer heilig war.

»Ach, das muss die Vormieterin sein, oder?«, fragte die Frau mit einem Blick auf mich.

»Vor ein paar Tagen hat sie noch hier gewohnt.«

»Wir sind gerade eingezogen«, erklärte die Frau. »Erst heute haben wir die letzte Kiste hergeschafft. Aber gestern habe ich eine junge Frau hier gesehen. Ist diese Judith blond und sehr schlank?«

»Ja. Wissen Sie vielleicht, wo ich sie finden kann?«

»Ich meine, dass die beiden nach New York fliegen wollten.«

»Die beiden?«

»Ja, ihr Mann war bei ihr.« Sie runzelte nachdenklich die Stirn. »Oder ihr Freund … das weiß ich nicht so genau.« Sie lachte verlegen, und mir sank das Herz. »Jedenfalls haben die beiden noch ein paar Kisten abgeholt, um sie einem Transportunternehmen zu übergeben. Sie hatten es schrecklich eilig, weil sie zum Flughafen mussten, um ihren Flug nach New York nicht zu verpassen. Aber mehr weiß ich nicht … Tut mir leid.« Ich merkte, wie mir die Farbe aus dem Gesicht wich, und sie sah mich einen Augenblick besorgt an. »Alles in Ordnung, Monsieur?«

»Ja, danke … Dann geh ich mal wieder«, brachte ich heraus.

Ich taumelte aus dem Gebäude. Dann setzte ich mich auf der Place des Vosges erst einmal auf eine Bank und versuchte zu verdauen, was ich soeben erfahren hatte. Judith war nach New York zurückgekehrt, ohne sich von mir zu verabschieden, zusammen mit ihrem Ex. In New York lebten mehr als zwanzig Millionen Menschen. Ich hatte keine Ahnung, wo sie wohnte. Ich kannte weder ihre Freunde noch ihre Kollegen. Nichts. Judith war, ohne eine Spur zu hinterlassen, aus meinem Leben verschwunden.

Und nun, zwei Monate später, sitze ich vor meinem Computer und denke daran, wie ich mich an jenem Tag gefühlt habe, und mein Finger ist im Begriff, ihre E-Mail in den Papierkorb zu verschieben. Denn ich denke, dass das, was sie mir mitteilen will, ihr Verhalten sicher nicht rechtfertigen kann.

Doch solche Entscheidungen sollte man mit kühlem Kopf treffen, stimmt's? Auch wenn ihr es nicht glaubt, ich habe doch einiges dazugelernt. Und ich weiß, dass ich diese Entscheidung auf später verschieben sollte. Also werde ich mit meiner Geschichte fortfahren. Das wird mir helfen, meine Gedanken zu ordnen.

8

Einen Monat nachdem ich meinem Verleger mein neues Werk geschickt hatte, rief er mich an, weil er Neuigkeiten für mich hatte. Mein Buch würde schon bald erscheinen, im November. Eine bessere Entscheidung hätte er nicht treffen können: Das Weihnachtsgeschäft würde den Erfolg des Buches noch beflügeln. Bevor ich auflegte, versicherte ich ihm, dass ich derzeit jeden Tag schrieb und dass ich mit der nächsten Geschichte bereits recht weit gekommen war. Bisher war es nur ein Entwurf, aber das Ergebnis begeisterte mich immer mehr, und die Freude auf das neue Projekt wurde stetig größer.

Den ganzen Monat über hörte ich nichts von Judith. Doch ich las ihren Brief mehrmals am Tag. Immer wieder.

Neben dem täglichen Besuch am Grab meiner Eltern sprach ich regelmäßig mit den Dorfbewohnern und telefonierte mit meinen Freunden. Karim kam an einem seiner freien Tage zu mir, und als er nach Paris zurückfuhr, beschloss ich, ihn zu begleiten, da ich ein paar neue Möbel für mein Haus und einen Computer kaufen wollte.

Und so begann für Nicolas Cambril eine neue Ära mit einem großen Schreibtisch, einem bequemen Stuhl (ich kaufte den teuersten und ergonomischsten im ganzen Geschäft) und einem glänzenden Computer. Einen von denen, die ich niemals benutzen wollte. Denn wir alle verändern uns, ob wir wollen oder nicht. Ist es nicht so? Das Leben führt uns auf Wege, die uns formen, und wenn wir zurückblicken, wenn wir das, was wir sein wollten, mit dem vergleichen, was wir sind, stimmt das in den wenigsten Fällen überein.

Außerdem erwarb ich in dem Geschäft die beste Multimedia-Anlage, die es laut Karims fachmännischem Urteil auf dem Markt gab. Was er nicht wusste, war, dass ich sie ihm zum Dank für seine Hilfe schenken wollte. Zurück in Mont des Fleurs half er mir, meine Neuerwerbungen auszuladen. Doch als er die Multimedia-Anlage aus dem Auto nehmen wollte, sagte ich ihm, dass er sie drin lassen solle.

»Die ist für dich, mein Freund!« Ich lachte.

»Aber was sagst du denn da? Die kostet ein Vermögen!«

»Für deine neue Wohnung, damit ihr Filme ansehen und zu richtig lauter Musik tanzen könnt.«

Zunächst wollte er mein Geschenk nicht annehmen, doch schließlich knickte er ein und nahm sie freudig erregt im Kofferraum seines Wagens mit nach Hause.

Am folgenden Wochenende besuchten mich meine Kollegen. Sogar Céline und Didiers Söhne und Karims Tochter waren dabei. Die meiste Zeit über waren wir in dem kleinen Garten und genossen einen der letzten warmen Tage. Ich hatte ein paar Gartenmöbel gekauft, auf denen wir es uns, bis es dunkel wurde, gemütlich machten.

Die Kinder spielten fröhlich auf den Steinstufen der alten Treppe, und Pauline gab keine Ruhe, bis ich einen großen Blumenstrauß pflückte, der mindestens ein Exemplar von jeder im Garten vorhandenen Sorte enthalten musste. Leider fehlten wie immer die roten Tulpen meiner Mutter, die in meinem Garten einfach nicht blühen wollten. Und bei all dem vermisste ich Charlotte; angeblich hatte sie einen wichtigen Termin, den sie nicht absagen konnte.

»Freunde, ich habe gute Neuigkeiten …« In diesem Moment dachten wohl alle, dass es um Judith ging. »Die Kritiker, die mein Buch vorab gelesen haben, haben es schon jetzt als ›Kinderbuchklassiker‹ eingestuft. Und mein Verleger will es für alle Literaturpreise vorschlagen, weil er davon überzeugt ist, dass es den ein oder anderen gewinnen wird. Es läuft also alles ziemlich gut.«

»Ziemlich gut?«, rief Carol aus. »Das Buch ist bereits ein Erfolg, bevor es überhaupt im Handel ist!«

Wir erhoben unsere Gläser und stießen an.

»Freunde, eines noch! Ich weiß noch kein genaues Datum, aber der Verlag wird zum Erscheinen meines Buches im November ein Fest veranstalten. In einer Buchhandlung oder einer Bar, das steht noch nicht fest, aber auf jeden Fall seid ihr alle herzlich eingeladen. Ich hoffe, euch alle dort zu sehen, und richtet es bitte auch Charlotte und Monsieur Briand aus, wobei ihr hinzufügen müsst, dass er gern in Begleitung kommen kann.«

Alle lachten und freuten sich, und am Ende dieses Abends fühlte ich mich getragen von einer Woge der Zuneigung. Es tat so gut, mit meinen Freunden, die für mich wie meine Familie waren, den Erfolg meines Buches zu teilen, auch wenn die Trauer über den Verlust meiner Eltern und der nagende Schmerz darüber, dass Judith mich einfach so verlassen hatte, niemals ganz verschwand. Nicht einmal während ich schlief.

9

Jeden Morgen nach dem Aufwachen blieb ich für ein paar Minuten liegen und versuchte alles wahrzunehmen, was mich umgab: das Geräusch des durch die Ritzen im Dach eindringenden Windes, das Schaukeln der Äste an den Bäumen, den Geruch des Hauses mit seiner Mischung aus alten und neuen Dingen. Doch stärker als alles um mich herum war dieser Schmerz in meiner Brust. Ich weiß nicht, was schlimmer war, die Tatsache, nun ganz ohne Eltern zu sein, oder die Gewissheit, Judith verloren zu haben, beides zusammen jedoch nahm mir schier den Atem.

Jeden Morgen hatte ich die Hoffnung, dass dieser Schmerz nachlassen würde. Wenigstens ein wenig erträglicher würde. Aber tatsächlich veränderte er sich kaum. Es gab sogar Tage, an denen er noch zunahm. Ich lernte, trotzdem aufzustehen, Dylan etwas zu fressen zu geben, meine Post zu lesen und den Journalisten zu antworten, die nach der bald bevorstehenden Veröffentlichung meines Buches fragten. Ich lernte sogar, fröhlich mit meinen Nachbarn zu plaudern, wenn ich das Haus verließ, um einkaufen zu gehen oder das Grab meiner Eltern zu besuchen.

Auch meine Freunde ließen nicht locker. Für sie war es beinahe eine Pflicht, sich mindestens einmal am Tag bei mir zu melden, aber allmählich schienen sie sich weniger Sorgen um mich zu machen. Dazu trug wahrscheinlich bei, dass ich jeden Tag fröhlicher klang (was in Wahrheit an meinen wachsenden Schauspielkünsten lag). Sie wussten, dass ich kochen gelernt hatte, dass ich wieder schrieb und andere Dinge tat, mit denen sich normale Menschen beschäftigen. Und nach einer Weile beschränkten wir uns darauf, am Morgen zu telefonieren und ab und zu mal eine E-Mail auszutauschen. Nach Paris war ich nicht mehr gefahren.

Eines Tages fiel mir auf, dass ich viel zu lange schon nichts mehr von Charlotte gehört hatte. Das letzte Mal, als wir uns gesehen hatten, war ich zu sehr mit meinem eigenen Kummer beschäftigt gewesen, aber ich erinnerte mich daran, dass sie ziemlich schlecht ausgesehen hatte, und hatte ein ungutes Gefühl.

Daher beschloss ich, sie anzurufen, doch sie ging nicht ans Telefon. Monsieur Briand nach ihr zu fragen erschien mir unpassend, allerdings hatte ich nur ihre dienstliche Nummer, sodass ich mich schließlich an Karim wandte.

»Nico, mein Freund, wie geht's?«

»Gut, jeden Tag besser, danke der Nachfrage. Hör mal, ich wollte mich nach Charlotte erkundigen. Ich habe so lange nichts mehr von ihr gehört. Ist bei ihr alles in Ordnung?«

Karim zögerte. Vielleicht war es doch etwas Schlimmeres. So schlimm, dass er es mir nicht erzählen wollte? »Weißt du, ich wollte dich sowieso mal wieder besuchen, dann bringe ich dich auf den neuesten Stand«, meinte er schließlich.

»Oh weh, ist es so schlimm?«

»Es könnte besser sein …«

Karim kam erst spät am Abend, weil er noch die zweite Schicht in der Metro gehabt hatte. Monsieur Briand hatte ihm, wie wir es bei meiner Kündigung besprochen hatten, angeboten, meine Schicht mit zu übernehmen. Nun verdiente er zwar deutlich mehr als beim Kellnern, allerdings war die Arbeit auch ermüdender, und so war er die Strecke nach Mont des Fleurs nicht so flott gefahren wie üblich.

Als er eintraf, war das Essen, das ich für uns beide vorbereitet hatte, bereits kalt, doch das war, ehrlich gesagt, meine letzte Sorge. Natürlich war der Tod einer Mutter ein guter Grund, sich etwas von der Welt zurückzuziehen, aber das entschuldigte nicht, dass ich mich nicht ein Mal nach Charlottes Befinden erkundigt hatte. Dieser Gedanke machte mich ganz unglücklich, und ich nahm mir fest vor, dass so etwas nie wieder geschehen würde.

Karim wirkte bedrückt, und ich befürchtete das Schlimmste.

»Los, Karim, sag es mir endlich. Geht es ihr so schlecht?«

»Na ja, weißt du … Vor ein paar Wochen – ich glaube, dass es ungefähr mit dem Tod deiner Mutter zusammenfiel – hatte Charlotte doch noch mal so eine Kontrolluntersuchung. Eigentlich sollte es die letzte sein, doch das Ergebnis fiel leider nicht so aus, wie man erwartet hatte.«

»Sondern?«

»Na ja, die Ärzte hofften natürlich, dass die Untersuchung keine Auffälligkeiten zeigen würde, aber wie es scheint, haben sie etwas gefunden, was nicht da sein sollte. Zumindest nicht nach der Chemotherapie, die sie bekommen hat.«

»Oje. Und das bedeutet?«

»Dass sie doch noch nicht geheilt ist. Sie glauben, dass der Krebs noch da ist.«

Die Stille war beinahe unerträglich. Doch keiner von uns beiden wusste, was er sagen sollte. Denn was kann man schon sagen, wenn der Körper eines Menschen plötzlich macht, was er will, und einen stillschweigend umzubringen droht?

»Muss sie noch einmal operiert werden?«

»Wir wissen es nicht. Zoe hat mir gesagt, dass Charlotte ihr Telefon ausgeschaltet hat. Sie ist eine starke Frau, tatsächlich ist sie einer der entschiedensten Menschen, die ich je kennengelernt habe, aber das ist zu viel, sogar für jemanden wie sie. Sie ist nicht mal dreißig Jahre alt, also bitte!«

»Morgen gehen wir zu ihr.«

»Ja?«

»Ja. Bleib heute Nacht hier, es ist zu spät, um noch nach Paris zurückzufahren. Morgen früh komme ich mit dir, und wir besuchen sie.«

»Ich kann nicht mit zu Charlotte; ich habe morgen Frühdienst.«

»Na gut, dann werde ich sie von dir grüßen. Aber ich muss zu ihr. Ich habe ein schrecklich schlechtes Gewissen, weil ich mich gar nicht mehr gerührt habe, seit die Sache mit Judith gelesen ist.«

»Und die Sache mit deiner Mutter, Nico? Du musst dich nicht schuldig fühlen nach all dem, was passiert ist. Jetzt sei mal nicht so hart zu dir selbst, du hattest ja selbst genug um die Ohren. Aber vielleicht würde es Charlotte tatsächlich guttun, wenn du sie besuchst.«

10

Noch vor acht Uhr kamen wir am nächsten Morgen bei Charlotte zu Hause an. Ich hatte mir vorgestellt, dass sie im Krankenhaus wäre und an Kabeln und Monitoren hing, die piepsende Geräusche machten. Doch Charlotte war in ihrer Wohnung, ohne Kabel und sonst irgendwas in der Art. Sie ruhte sich aus, bevor neue Behandlungen ihren Körper weiter schwächen würden.

Ihre Eltern empfingen mich, als wäre ich eine Berühmtheit. Charlotte hatte ihnen von mir erzählt, und anstatt mich einfach als einen Arbeitskollegen vorzustellen, hatte sie mich als bekannten Kinderbuchautor angepriesen. Ihre Mutter, die Charlotte verblüffend ähnlich sah und nur ein paar Kilo mehr auf den Hüften hatte, brachte mich, was ihre Tochter anging, auf den neuesten Stand.

»Sie ist so ein Sturkopf. Als die Ärzte ihr sagten, dass sie einen Tumor in der Niere hätte, wissen Sie, was sie da geantwortet hat?« Ich schüttelte den Kopf, während ich einen Schluck von meinem Tee trank. »Sie meinte: ›Wissen Sie was, Herr Doktor, ich habe doch zwei von den Dingern. Dann nehmen Sie halt das kranke Teil raus, und gut ist.‹ So ist Charlotte. Sie war schon als Kind so. Sie hat sich geweigert, sich krankschreiben zu lassen, und wollte auch nicht an den Tagen der Chemotherapie im Krankenhaus bleiben. So etwas habe ich noch nie erlebt.«

Charlottes Vater sagte kein Wort. Entweder war er von Natur aus so schweigsam, oder die Redseligkeit seiner Frau und seiner Tochter hatte dazu geführt, dass er immer weniger sprach.

»Könnte ich denn wohl zu ihr? Ich komme von ziemlich weit her.«

»Natürlich. Charlotte würde uns umbringen, wenn sie erfahren würde, dass Sie hier waren und wir ihr nichts gesagt haben.«

Ein paar Minuten später erschien meine Freundin ohne das übliche Kopftuch, dafür mit einem dunklen Haarflaum, der gerade zu wachsen begonnen hatte.

»Schau mal! Gerade jetzt, wo es wieder zu wachsen beginnt, ist das nicht gemein? Bald hätte ich mir Zöpfe machen können«, scherzte Charlotte, wobei sie ihr neu gewachsenes Haar berührte.

Ich stand auf, nahm sie in die Arme und begann zu weinen. Auch sie brach in Tränen aus und zeigte zum ersten Mal ihre Schwäche. So verblieben wir eine ganze Weile, die Zeit, die wir brauchten, um uns etwas besser zu fühlen.

Danach erzählte sie mir, dass die Ergebnisse noch nicht wirklich schlüssig seien. Die Ärzte hatten gesagt, dass noch weitere Untersuchungen gemacht werden müssten. Wie es aussah, war der Krebs noch nicht besiegt, aber sie waren sich noch nicht hundertprozentig sicher. Das größte Problem sahen sie allerdings nicht in den Werten, sondern in Charlottes immer heftiger werdender Müdigkeit. Die war in den letzten Wochen viel schlimmer gewesen als während der gesamten Chemotherapie, und das hatte die Ärzte beunruhigt.

»Sie wollen noch einmal eine Computertomographie machen.«

»Und wann wird das sein?«

»In zwei Wochen.«

»So lange noch?«

Sie nickte. Geduldig und tapfer zu sein war die einzige Option, die ihr im Moment blieb. Aber zwei Wochen war eine verdammt lange Zeit. Zu lange, um sie ohne Angst zu ertragen.

»Das Gute ist, dass ich jetzt Urlaub habe. Das Schlechte, dass ich nicht verreisen und an den Strand gehen darf, und das macht mich unglaublich sauer.«

»Wenn es dir wieder besser geht, fahren wir alle zusammen ans Meer. Einschließlich deiner Eltern.«

»Nein, Nico, um Gottes willen, mach mich nicht fertig! Meine Eltern nicht!«

Wir lachten, als ob unsere Herzen nicht schwer wie Blei gewesen wären.

Zwei Wochen. Vierzehn Tage. In vierzehn Tagen würden wir wissen, was los war. Und bis dahin würde ich mich um sie kümmern, zur Not auch von zu Hause aus, aber ich würde sie spüren lassen, dass sie nicht allein war. Ich sagte ihr, dass ich noch etwas erledigen müsse, aber in weniger als einer Stunde wieder bei ihr sei.

Kurz darauf war ich mit drei Papiertüten voller Bücher und Filmen zurück, die die Stunden der Angst mit Bildern und Geschichten füllen sollten, die sie zum Lächeln brachten. Ich ließ sie versprechen, mindestens die Hälfte der Filme zusammen mit ihren Eltern anzusehen, denn auch sie hatten (vielleicht mehr als jeder andere) ein paar Stunden der Entspannung und des Trosts verdient.

11

Seit jenem Schlag, der für mich das größte Unglück meines Lebens gewesen war, hatte ich geglaubt, jedes Recht zu haben, genau das zu tun und zu lassen, was ich wollte.

Wenn ich nichts essen wollte? Kein Problem. Wenn ich tagelang mit niemandem sprechen wollte? Auch kein Problem. Wenn ich mich selbst bemitleiden wollte, bis ich nicht einmal mehr wusste, wie ich hieß, stand mir das zu.

Doch Charlottes Lage hatte meinen Blick auf alles ziemlich verändert. Wer war ich, dass ich nichts anderes zuließ und mich nur noch auf meinen eigenen Schmerz konzentrierte? Hatte ich wirklich das Recht dazu? Natürlich nicht. Mein Leben war mit dem meiner Freunde verknüpft, die in den schlimmsten Momenten bei mir gewesen waren. Und ich wollte auch an ihrer Seite sein in guten und in schlechten Zeiten. Und »schlechte Zeiten« bezog sich eben nicht nur auf die Momente, wenn es jemand anderem schlecht ging. Nein, »schlechte Zeiten« bedeutete auch, für meine Freunde da zu sein, wenn mir selbst nicht danach war.

In den letzten Stunden hatte ich eine unerwartet wertvolle Erfahrung gemacht: Meine Freunde brauchten mich genauso wie ich sie. Sie verdienten meine Unterstützung genauso wie ich ihre. Und wenn ich für sie Stärke zeigte, würde ich daraus lernen, wirklich stark zu sein.

Ich nahm mir ein Taxi und fuhr zum Kontrollzentrum der Metro. In den Straßen von Paris war es wieder ruhiger geworden. Noch immer herrschte viel Verkehr, doch die Bürgersteige waren bedeutend leerer, die Geschäfte gingen ruhiger, und die Menschen auf den Terrassen der Cafés wirkten entspannter. Bald würde der Winter kommen und die Bäume würden uns ihre kahlen knorrigen Äste entgegenrecken. Weihnachten rückte näher. Das erste Weihnachtsfest ohne die drei Menschen, die ich im Leben am meisten geliebt hatte. Doch Charlottes Umarmung nur wenige Minuten zuvor hatte mir eine Energie verliehen, über die ich nie zu verfügen geglaubt hätte. Vielleicht stimmte das, was Judith in ihrem Brief geschrieben hatte, doch: *Ich weiß, dass Du all das verkraften kannst. Und noch viel mehr, auch wenn Du im Moment nicht daran glaubst.*

Ich suchte in den Metrogängen nach Karim und fand ihn auf dem Bahnsteig in der Station Palais Royal, allerdings nicht auf meiner Seite, sondern auf der gegenüberliegenden. Er wartete derart ungeduldig auf das, was ich ihm über Charlotte zu erzählen hatte, dass er kurz davor schien, den frechen Vorstadtlümmel in sich wiederzuentdecken und über die Gleise zu mir herüberzueilen, statt den normalen Weg über die Rolltreppe zu nehmen und sich mit mir auf halber Strecke zu treffen. Schließlich verhielt er sich dann aber doch wie ein gestandener Sicherheitsmann, und wir begegneten uns im Gang oberhalb der Bahnsteige.

Ich erzählte ihm, dass wir erst in zwei Wochen Genaues wissen würden. Und dass es Charlotte gar nicht gut ging, körperlich nicht und seelisch noch weniger. Und dass wir ihr zur Seite stehen mussten, ohne sie zu bedrängen. Mag sein, dass sie Zeit für sich benötigte, aber sie musste wissen, dass sie uns nur anzurufen brauchte, und wir wären bei ihr. Karims Augen wurden feucht. Ich wollte ihn umarmen, fürchtete jedoch, dass er dann anfangen würde zu weinen, daher fragte ich ihn nach Zoe und seiner Tochter.

»Es geht ihnen gut, Nico. Sie verbringen immer mehr Zeit bei mir. Zoe hat vor Kurzem sogar ihre Eltern zu mir nach Hause eingeladen, und wir haben zusammen gegessen wie eine ganz normale Familie. Glaub mir, die beiden Alten können einem ganz schön auf den Geist gehen mit ihrem Gerede, aber Pauline liebt sie über alles.«

»Du bist vielleicht einer … Wenn du so redest, muss ich noch lachen. Dabei ist mir gerade alles andere als zum Lachen.«

»Ja, aber wenn es nicht auch Momente wie diesen gäbe …«

»Ja, das stimmt.«

Momente wie diesen. Die gab es immer weniger. Tatsächlich war dies das erste Mal nach Monaten, dass ich von Herzen lachte. Wahrscheinlich würde der Schmerz in meiner Brust noch lange anhalten, aber nun hatte ich das Gefühl, dass es möglich war, damit zu leben und dennoch auch Platz für schöne Dinge zu haben. Wie mit meinen Freunden zusammen über irgendetwas Dummes zu lachen.

12

Noch vor dem Mittagessen nahm ich den Zug zurück nach Mont des Fleurs. Es tat mir leid, dass ich Carol nicht im Bistro besucht hatte, aber ich war völlig erschöpft. Mich wochenlang zu Hause einzuigeln und nichts anderes zu tun, als meine Katze zu streicheln, hatte dafür gesorgt, dass ich nicht gerade in Topform war.

Unterwegs nach Mont des Fleurs nahm ich mir zwei Dinge fest vor: erstens, wieder in Form zu kommen, und zweitens, mein Sozialleben neu anzukurbeln. Angefangen mit Carol, meiner besten Freundin.

Ich fragte mich, wie es möglich war, dass eine junge Frau wie sie noch nicht vergeben war. Denn sie war bildhübsch. Sie hatte langes, lockiges feuerrotes Haar, war groß und attraktiv. Aber das Beste, was sie zu bieten hatte, konnte man von außen nicht sehen: Sie war ein guter Mensch und sehr intelligent. Daher war mir völlig unverständlich, warum die Männer bei ihr nicht Schlange standen.

Ob sie wohl immer noch so schlecht küsste wie früher, dachte ich und musste ein Lachen unterdrücken.

Der Mann gegenüber starrte mich neugierig an.

Ich sah angestrengt aus dem Fenster und dachte an den ersten Kuss, den Carol und ich uns, als wir gerade mal dreizehn oder vierzehn Jahre alt gewesen waren, gegeben hatten. Es war kurz vor den Sommerferien gewesen. Frühlingsgefühle eben.

In Carols Leben hatte es eine Zeit gegeben, in der sie glaubte, in mich verliebt zu sein. Wahrscheinlich hatte sie die geschwisterliche Zuneigung, die sie für mich empfand, im hormonellen Überschwang für etwas anderes gehalten. Ich dagegen hatte an so etwas nie gedacht. Seit dem Tag, an dem ich sie im weißen Oleander versteckt und Rotz und Wasser heulend kennengelernt hatte, war Carol meine Schwester. Dennoch kam sie auf die Idee, dass wir, wenn wir erwachsen wären, vielleicht heiraten könnten. Und nachdem sie dies für eine Weile gehofft hatte, forderte sie mich auf, es wenigstens mal zu probieren.

»Wenn wir uns küssen und du nachher immer noch nicht willst, werde ich nie mehr davon anfangen, das verspreche ich dir hoch und heilig, Nico.«

Also willigte ich ein. Wir verabredeten, uns nach dem Unterricht hinter der Schule zu treffen. Dort wuchsen ein paar große Maulbeerbäume, die dicht wie eine Mauer waren und uns vor neugierigen Blicken schützten. Ich kam etwas später als Carol, die mich bereits, ungeduldig auf einem Stein sitzend, erwartete.

»Wie machen wir es?«

»Äh, keine Ahnung. Vielleicht sollten wir erst miteinander tanzen.«

»Was? Komm, Carol, steh auf, und ich küsse dich.«

Ich nahm ihre Hand, zog sie hoch und positionierte sie mir gegenüber. Sie war schon viel mehr Frau, als ich ein Mann war. Das heißt, dass, wäre dieser Kuss etwas später erfolgt, vielleicht doch noch etwas aus uns geworden wäre. So aber lief das Ganze folgendermaßen ab:

Ich trat auf sie zu, fasste sie im Nacken (vielleicht etwas fester, als ich es heute machen würde) und verpasste ihr einen dicken Kuss auf den Mund. Mehr als unsere Lippen waren es unsere Zähne, die aufeinandertrafen. Ich öffnete den Mund, der plötzlich voller Spucke war, und sie biss mir in die Oberlippe, sodass sie blutete! Das Ergebnis: Wir haben es nie wieder versucht, nicht einmal mehr darüber gesprochen.

Nur ein einziges Mal, Jahre später, als wir uns in Paris wiedergetroffen hatten, war das Thema eines Abends noch einmal zur Sprache gekommen.

»Nicolas Cambril, wenn du immer noch so küsst wie mit vierzehn, wirst du kaum eine Frau finden, die das mehr als einmal mit sich machen lässt. Deine Zunge hat sich damals angefühlt wie eine Nacktschnecke!«

»Und wenn du noch immer so zubeißt wie damals, werden die Männer vor dir Reißaus nehmen.«

Doch dass Carol keinen Freund hatte, kümmerte mich nicht. Etwas anderes aber schon.

Schon als Kind hatte Carol davon geträumt, einmal ein eigenes Café zu besitzen. Und nun arbeitete sie seit Jahren in einem Bistro, das nicht das ihre war und wo sie ihre kulinarische Kreativität nicht voll ausleben konnte. Mit einem Mal kam mir in den Sinn, ob ich sie in dieser Hinsicht nicht irgendwie unterstützen könnte. Denn nun hatte ich Geld. Wenn es also das war, was ihr fehlte, konnte sie auf mich zählen, denn schließlich waren wir wie Geschwister.

Während dieser Zugfahrt durch die spätherbstlichen französischen Felder sammelte ich neue Kraft. Die Trauer um meine Mutter und der Schmerz darüber, Judith verloren zu haben, waren durchaus noch da, aber in jenen Stunden begriff ich, dass man das Leben nicht einfach anhalten kann. Ich musste auf die Bühne des Lebens zurück, und wenn das außerdem zur Folge hatte, dass ich meiner Freundin Carol zu einem besseren Leben verhelfen und Charlottes Krankheit für sie erträglicher machen konnte, war mir dies nur willkommen.

X
ICH KANN

1

In dem Lagerraum hinter dem Geschäft hatten wir alles aufbewahrt, was wir nicht für immer hinter uns lassen wollten. Daher standen dort unzählige Kisten, auf denen sich der Staub der Jahre angesammelt hatte. Und so kam mir am nächsten Morgen nach dem Aufwachen, während der Wind durch die Dachritzen in meine neue Welt eindrang, aus unerfindlichen Gründen plötzlich das Bild aus einem Fotoalbum in den Sinn, das Carol schon seit ihrer Kinderzeit bei uns hinterlegt hatte. Als sie neun oder zehn Jahre alt gewesen war, hatte sie meiner Mutter gesagt, dass sie auch mal eine Patissière werden wolle, wie sie eine war, weil sie ihr so gern zusah, wenn sie ihre Kuchen und Plätzchen zubereitete, und es dann noch mehr genoss, die Gesichter der Menschen zu sehen, wenn sie diese Köstlichkeiten verspeisten. Schon damals hatte Carol unter Beweis gestellt, dass sie eine besondere Gabe zur Herstellung von süßen Speisen hatte. Daher hatte meine Mutter von einem ihrer Ausflüge nach Paris nicht nur alle möglichen seltenen Gewürze mitgebracht, die es ausschließlich in einem indischen Geschäft auf der Île Saint-Louis gab, sondern auch ein Fotoalbum für Carol.

»Meine Süße, hier kannst du einmal die Fotos all der Köstlichkeiten einkleben, die du zuzubereiten lernst. So wird es zu einer Art Schatztruhe werden. Ich werde dir dabei helfen, die Zutaten für jede Crème, Sauce, Paste, jeden Teig und jeden Kuchen aufzuschreiben. Alles, was du lernen willst, kannst du hier festhalten. Und mit Nicos Kamera – zu jener Zeit hatte ich eine tolle gebrauchte Polaroid-Kamera geschenkt bekommen, mit der ich mich mehrere Monate lang wunderbar beschäftigte – kannst du jede deiner Kreationen verewigen. So wirst du niemals etwas vergessen.«

Um diese »Schatztruhe« zu finden, durchsuchte ich mehr als zwanzig verstaubte Kisten. Unterdessen sprang Dylan von einem Karton zum anderen, zog immer wieder die darin verborgenen Schätze heraus und wirbelte so viel Staub auf, dass wir beide niesen mussten. Das alte Album mit dem roten Plastikeinband lag ganz unten in einer Kiste unter den Karnevalskostümen versteckt, die meine Mutter uns jedes Jahr genäht hatte. Als ich es in den Händen hielt, hatte ich das Gefühl, mich auf einer Zeitreise zu befinden: die Handschrift meiner Mutter und die Carols und hin und wieder sogar meine eigene, die Fotos, von denen einige etwas unscharf oder zu dunkel waren, und andere, die mir das wunderbare Bild meiner Familie vor Augen führten. Meiner ersten Familie. Ich merkte, wie mir der Hals ganz eng wurde, aber ich riss mich zusammen. Nun musste ich mich auf meine neue Familie konzentrieren: meine Freunde. Meine alte Freundin Carol.

Ich blätterte das Album mit den Rezepten durch, und allmählich gelang es mir, mehr Freude als Schmerz zu empfinden. Insgesamt zählte ich beinahe zweihundert Rezepte von Teegebäck, süßen und herzhaften Teilchen, Geburtstagskuchen sowie typisch französischen Köstlichkeiten: *Profiteroles*, *Éclairs*, *Macarons*, *Nougats*, *Clafoutis* … Ob Carol wirklich all diese Rezepte beherrschte? Ich glaubte, die meisten von diesen Köstlichkeiten lange nicht mehr genossen zu haben, vielleicht zum letzten Mal, als meine Eltern sie zubereitet hatten, aber ich war mir sicher, dass Carol all diese Fertigkeiten und Inspirationen in ihrem Gehirn gespeichert hatte. Sicher brauchte sie nur einen kleinen Anstoß, und dann würde ihr alles wieder einfallen. Noch wusste ich nicht, wie ich die Sache angehen sollte, aber ich hatte es ja nicht eilig. Ich würde in Ruhe darüber nachdenken. Denn nun hatte ich alle Zeit der Welt.

Die letzten Wochen vor der Veröffentlichung eines Buches sind für einen Schriftsteller tatsächlich eine entspannte Zeit. Ich hatte den gesamten Herstellungsprozess in die Hände anderer gelegt und musste nur noch darauf warten, dass am Tag des Erscheinens die Bombe platzte (im positiven oder im negativen Sinne). Daher hatte ich jede Menge Zeit – beinahe drei Wochen – nur für mich. Für meine Freunde. Drei Wochen, in denen so viel geschah, dass ich zu der Überzeugung kam, dass die ganze Welt gegen mich war oder dass irgendein böser Gott einen riesigen Hebel so eingestellt hatte, dass ich jeden Tag einen steilen dornigen Weg hinaufgehen musste, ohne eine Pause einzulegen.

Aber eins nach dem anderen.

2

Das Erste, was ich machte, war, ein Auto zu kaufen. Ich musste unbedingt unabhängiger werden, wollte nicht immer auf den Zug angewiesen sein, weshalb ich unter den Dorfbewohnern herumfragte, ob jemand ein Auto verkaufen wolle. Zu meinem Glück meldeten sich gleich drei Personen, die einen Wagen anzubieten hatten. Super, dann habe ich ja die Auswahl, sagte ich mir in meiner Ahnungslosigkeit. Denn was ich nicht wusste, war, dass selbst das jüngste dieser drei Autos älter war als ich: Ein Käfer aus dem Jahr 1975 in Rot (bis auf eine Tür, die grün war, da es nach einem Unfall die schnellste und billigste Möglichkeit der Reparatur gewesen war, die Tür einfach auszutauschen). Das zweite war ein alter Renault 8 aus dem Jahr 1972 in Kanarienvogelgelb (der Motor schien zu funktionieren, machte jedoch ein paar Geräusche, die mir gar nicht geheuer waren) und das letzte, genauso ungewöhnliche Fahrzeug war ein Fiat Spider Cabrio aus dem Jahr 1969, der sich als Dauercabrio entpuppte. Ja, ein Dauercabrio, denn das Dach war irgendwann in den Achtzigerjahren kaputtgegangen, woraufhin die Eigentümer beschlossen hatten, den Wagen in der Garage stehen zu lassen, bis jemand käme, der so dumm war wie ich – womit alles gesagt wäre – und dem es nichts ausmachte, bei Kälte, Hitze, Regen oder Wind im Freien zu sitzen. Ihr hättet mein Gesicht sehen sollen …

»Wow! Der Wagen ist super, einfach perfekt für mich. Und der Motor schnurrt wie ein Kätzchen.«

»Ich würde eher sagen: jault wie ein kranker Hund, Junge, mach dir nichts vor …« Madame Mandoline war zu mir nach Hause gekommen, als sie gehört hatte, dass ich ein Auto suchte. Ihre Familie benötigte mehr Platz in der Garage, um dort Dinge zu lagern, die ihre Enkelinnen nicht mehr brauchten. Daher hatten sie entschieden, dass es Zeit wurde, sich von dem alten goldfarbenen Fiat zu trennen.

»Na ja, das ist nicht ungewöhnlich, nachdem er fast dreißig Jahre nicht gefahren wurde.« Ihr Ehemann, der auch hinzugekommen war, erklärte mir, dass sie mir das Fahrzeug zu einem Schnäppchenpreis überlassen würden.

»Und warum haben Sie ihn nie reparieren lassen?«

»Ehrlich gesagt, haben wir ihn sehr günstig von einem verrückten Engländer gekauft, der ihn bei Fiat erstanden hatte, um darin, sobald er in den Ruhestand gegangen wäre, seine weiße Glatze über die französischen Landstraßen zu kutschieren. Aber der Typ hatte ein Riesenglück: In seiner letzten Arbeitswoche hat er im Lotto gewonnen und sich einen perfekt ausgestatteten Ferrari angeschafft, du weißt schon, die mit dem schwarzen Pferdchen …«

»Also wollte er diesen Wagen loswerden.«

»Genau. Wir sind uns eines Januarmorgens über den Weg gelaufen, und er hat ihn uns zu einem günstigen Preis überlassen. Die Reparatur des Verdecks hätte mehr gekostet als der ganze Wagen.«

»Und was wollen Sie von mir dafür haben, Madame Mandoline?«

»Nico, mein Junge, nimm ihn einfach.«

»Wie? Aber …«, begann ihr Mann.

Doch sie brachte ihn mit einem strengen Blick zum Schweigen.

»Ja, du kannst ihn umsonst haben. Deine Eltern waren gute Freunde von uns, und das ist das Mindeste, was wir für dich tun können.«

»Ich weiß nicht, was ich sagen soll«, begann ich.

»Kein Wort mehr, Nico, hier sind die Schlüssel. Aber du musst uns versprechen, das Verdeck reparieren zu lassen, damit du dich Weihnachten nicht erkältest, und dass du vorsichtig fährst.«

»Aber natürlich. Darf ich Sie umarmen?«

Und so machte ich mich ein paar Tage später daran, einen Fiat wieder flottzumachen, der älter war als ich selbst, beinahe dreißig Jahre in meiner Nachbarschaft herumgestanden und kein Verdeck hatte. Und ich war überglücklich, diesen Wagen fahren zu dürfen.

Wobei sich die Sache mit dem neuen Dach als komplizierter erwies, als ich zunächst gedacht hatte. Ehrlich gesagt, war ich davon überzeugt gewesen, dass es nur klemmte und wenn man fest genug daran zog, wieder funktionieren würde. Doch nachdem sich dreißig Jahre über Staub darauf angesammelt hatte, riss das Kunstleder gleich beim ersten Versuch und war vollkommen unbrauchbar.

Na ja, letztendlich … Obwohl bereits Oktober ist, ist es noch nicht wirklich kalt. Ich könnte den Wagen erst einmal so fahren und das Verdeck in ein paar Wochen reparieren lassen.

Am nächsten Tag füllte ich den Tank bis oben hin und beschloss, ohne Dach, aber warm angezogen, nach Paris zu fahren, um Charlotte zu besuchen. In den Kisten im Lagerraum hatte ich ein paar Romane gefunden, die ich in jungen Jahren gelesen hatte und von denen ich wusste, dass sie ihr gefallen würden. Außerdem würde ich bei Carol vorbeischauen, um ihr mein neues Auto zu zeigen und mit ihr ein wenig über den Lauf des Lebens zu plaudern. Ich gebe zu, diesmal hatte ich keinen konkreten Plan, auf welche Weise ich meiner alten Freundin zu einem glücklicheren Leben verhelfen könnte. Da ich also nicht wusste, wie ich anfangen sollte, würde ich die Sache einfach direkt ansprechen.

3

Während ich mit dem Auto nach Paris fuhr, bildeten sich am Horizont immer dickere bedrohliche graue Wolken. Doch ich erreichte die Stadt ohne größere Probleme, abgesehen davon, dass meine Finger vor Kälte fast steif waren und ich beschloss, mir zum Autofahren ein paar Lederhandschuhe zu kaufen.

Ich parkte meinen auffälligen Flitzer direkt vor Charlottes Haustür und klingelte. Beim dritten Klingeln sprach mich eine Nachbarin an.

»Möchten Sie zu Charlotte?«

»Ja, genau. Sie ist wohl nicht zu Hause.«

»Nein, sie ist heute Morgen für ein paar Untersuchungen im Krankenhaus.«

»Wirklich? Ich dachte, das sei erst in zwei Wochen fällig.«

»Keine Ahnung. Das Einzige, was ich weiß, ist, dass sie heute Morgen sehr früh zu dritt mit dem Auto zum Krankenhaus gefahren sind.«

»Okay, vielen Dank, Madame, sehr nett von Ihnen, dass Sie mich informiert haben. Ich werde gleich mal ihre Eltern anrufen.«

Und das tat ich. Charlottes Eltern erklärten mir, dass sich Charlottes Zustand in der Nacht so verschlechtert hatte, dass sie entschieden hatten, ins Krankenhaus zu fahren. Derzeit saßen sie noch im Wartezimmer. Ich bat sie, mich anzurufen, wenn die Untersuchung beendet wäre.

Um die Zeit totzuschlagen und während des Wartens nicht verrückt zu werden, beschloss ich, meine Pläne zu ändern: Als Erstes würde ich Carol besuchen.

Als sie mich durch die Tür des Bistros hereinkommen sah, rieb sie sich überrascht die Augen.

»Bist das wirklich du? So früh am Morgen?«

Ich erzählte ihr, dass ich ein hübsches (wenn auch äußerst unpraktisches) Auto geschenkt bekommen hatte und daher endlich umherfahren konnte, ohne auf die öffentlichen Verkehrsmittel angewiesen zu sein. Ich hatte noch nicht gefrühstückt, und sie hatte gerade ihre Croissants in den Ofen geschoben, die außen so wunderbar knusprig und innen cremig und zart waren. Sobald sie fertig waren, legte sie ein paar davon für mich auf einen Teller. Gleich darauf schlug ich zu.

»Sag mal, Carol: Warum hast du nicht längst deine eigene Patisserie eröffnet?«

»Uiii, Nico, was für eine direkte Art, sich nach dem neuesten Stand der Dinge zu erkundigen!«

»Du kennst mich doch! Vor Kurzem auf dem Weg nach Hause musste ich an dich denken, und seitdem geht mir die Frage nicht mehr aus dem Kopf.«

»Du machst mir Angst.«

»Im Ernst, Carol, mich würde wirklich interessieren, warum du mit deinem Talent nicht schon längst eine super erfolgreiche Unternehmerin bist.«

»Weil das nicht das ist, was ich will.«

»Und was willst du?«

»Na ja … Ich weiß nicht. Ich hätte schon gern einen kleinen Laden, so wie deine Eltern ihn hatten. Allerdings hier in der Stadt. Inzwischen kann ich mir nicht mehr vorstellen, auf dem Land zu leben. Ich weiß nicht, vielleicht habe ich mich an den Trubel hier in Paris gewöhnt.«

»Vermisst du Mont des Fleurs denn nicht? Dein Haus, die Blumen, die bunten Fensterläden?«

Lachend und ab und zu durch die Wünsche der Gäste unterbrochen, tranken wir mehrere Tassen Kaffee und aßen Croissants, zu denen wir ein ganzes Glas von Carols exquisiter Kirschmarmelade leerten. Wir unterhielten uns bis zum Mittag, dann zog ich weiter, und da ich bis dahin noch nichts von Charlottes Eltern gehört hatte, nutzte ich die Gelegenheit, sie anzurufen. Ich erfuhr, dass die Untersuchungen bereits beendet waren, Charlotte jedoch an diesem Tag im Krankenhaus bleiben musste, bis die ersten Ergebnisse vorlagen. Also beschloss ich, einen Spaziergang durch die Stadt zu machen und zu Fuß zu ihr zu gehen.

Ich flanierte durch dieselben Straßen, in denen ich Judith im Arm gehalten hatte, und mein Schatten auf dem Asphalt wirkte irgendwie unvollständig. Dort müsstest du sein; wie sehr du mir fehlst, sagte ich mir. Wo sie wohl war? Was sie wohl gerade tat? Und vor allem, mit wem? Das waren die Fragen, die mich quälten und die mein Gehirn blockierten, sodass ich kaum einen anderen Gedanken fassen konnte. Ich wusste nicht, wie ich meinen Zweifeln hätte begegnen können, die wie Gift aus meinen Neuronen sickerten und sich über mein Blut in kurzer Zeit im Rest meines Körpers ausbreiteten. Ich war von negativen Gedanken vergiftet, die meine Sturheit und meinen Egoismus nährten. Allerdings, meine lieben Freunde, wusste ich das damals noch nicht. Und damit ich es verstand, mussten erst einige andere Dinge geschehen.

Eine freundliche, sehr junge Krankenschwester brachte mich zu dem Zimmer, in dem meine Freundin sich ausruhte. Zu meiner Überraschung stand Monsieur Briand vor ihrer Tür und telefonierte mit dem Handy. Ich wartete, bis er das Gespräch beendet hatte, dann umarmten wir uns.

»Junge, mit dir habe ich hier nicht gerechnet. Du siehst gut aus!«

»Danke, Chef.«

»Um Gottes willen, ich bin doch nicht mehr dein Chef! Ich würde mich freuen, wenn du mich duzt und bei meinem Vornamen Corentin nennst.« Ich nickte. Monsieur Briand wirkte deutlich jünger, lebhafter und glücklicher, obwohl wir uns gerade an einem eher traurigen Ort befanden. Die Liebe tut uns allen gut. »Woher wusstest du, dass Charlotte hier ist?«

»Ein Zufall: Ich bin zu ihr nach Hause gefahren, um ihr ein paar Bücher zu bringen, und eine Nachbarin ihrer Eltern hat mir gesagt, wo ich sie finde. Hat sie das CT schon hinter sich?«

»Nein, noch nicht. Das Krankenhaus muss sich an die Termine halten. Heute haben sie nur ein paar Bluttests gemacht, und am Abend haben sie die Ergebnisse. Aber sie möchten, dass sie vorsichtshalber mindestens eine Nacht hier im Krankenhaus bleibt.«

Gut, dann sah das Ganze ja doch nicht allzu schlecht aus. Zumindest schien es so. Denn als ich das Zimmer betrat, rutschte mir das Herz in die Hose. Meine arme Charlotte lag dort im Bett, hing mit einem Zugang im Handrücken am Tropf und hatte dunkle, purpurfarbene Schatten unter den Augen. Dennoch lächelte sie kampflustig.

»Musst du uns derartig erschrecken?«

»Blödmann. Du siehst ja: Sie können ohne mich nicht leben. Vor allem der junge Assistenzarzt ist völlig verrückt nach mir und meinem Körper.«

»Dann lass dir seine Telefonnummer geben. Man weiß ja nie …«

»Auf jeden Fall, meine Kleine! Lass dir die Gelegenheit nicht entgehen, ein Arzt ist eine gute Partie.«

»Ach, Mama, du bist vielleicht eine! Das war doch ein Witz! Könntet ihr uns einen Moment allein lassen?«

»Charlotte, sei nicht unhöflich. Corentin ist extra gekommen, um dich zu besuchen.«

»Bitte machen Sie sich keine Gedanken um mich«, sagte Monsieur Briand eilig. »Außerdem könnten wir Erwachsenen doch gut einen Kaffee trinken gehen, während die Kinder sich unterhalten.«

Und so kam es, dass die Gedanken in meinem Kopf einen völlig anderen Weg einschlugen. Denn Charlotte, die wie eine griechische Kämpferin gegen ihren eigenen Organismus um ihr Leben rang, zog die Fäden, die mein Leben verändern würden. Auch wenn mir das in diesem Moment noch nicht bewusst war.

Eine Minute später verließen Charlottes Eltern und Monsieur Briand das Zimmer und ließen uns allein. Ich befürchtete das Schlimmste, ihr kennt mich ja. In meiner Phantasie sah ich schon vor mir, wie Charlotte sich von mir verabschiedete oder mir im Angesicht des Todes ein Familiengeheimnis anvertraute, in das irgendein italienischer Graf verwickelt war … Dinge also, die einem gestressten Schriftsteller so durch den Kopf gehen.

Doch das, was sie mir dann erzählte, änderte alles. Wenn ich das zunächst auch nicht ahnte. Doch sie säte die Samen aus.

»Nico, ich muss dir etwas sagen.«

Ich schluckte.

»Es geht um Judith.«

Ich erstarrte. Charlottes Augen, ihr Gesichtsausdruck waren düsterer, ernster geworden. Ich befürchtete das Schlimmste. Schließlich war es eine Tatsache, dass ich so lange nichts mehr von Judith gehört hatte, dass ihr durchaus auch etwas Schlimmes hätte zugestoßen sein können. Aber wie hätte Charlotte davon erfahren sollen? Ob sie hinter meinem Rücken noch miteinander in Kontakt standen? In weniger als einer Sekunde schossen mir so viele Gedanken durch den Kopf, dass ich beinahe verrückt wurde. Bis etwas in meinem Inneren dem einen Riegel vorschob.

Jetzt reicht es, Nicolas Cambril, warte doch erst mal ab! Hör zu, was sie dir zu sagen hat!

Und das tat ich, ich hörte mir an, was Charlotte mir erzählen wollte.

»Weißt du, in Judiths letzten Tagen hier in Paris haben wir uns immer mal wieder getroffen und miteinander geredet. Sie hat mir ein paar Dinge erzählt, mich aber gebeten, nicht mit dir darüber zu sprechen, weil sie dir ihre Geschichte selbst erklären wollte. Aber … Ich möchte es nicht dabei belassen, falls mir etwas zustoßen sollte.«

»Red keinen Blödsinn, Charlotte. Was soll dir denn zustoßen?«

Die Frage blieb im Raum hängen, da wir beide die Antwort gut genug kannten. Mit hängendem Kopf ließ ich sie weiterreden.

»Judith hat mir ein paar Dinge über ihre Arbeit erzählt, die dir, wenn du sie erfährst, vielleicht helfen werden, ihr Verhalten zu verstehen.«

»Aha. Ihr Verhalten. Einfach so abzuhauen? Ohne sich von mir zu verabschieden? Als ob das zwischen uns für sie völlig unbedeutend gewesen wäre?«

»Nico, jetzt lass mich doch erzählen! Stell dich nicht an wie ein Esel!«

»Das schon wieder! Ich bin kein Esel! Sie hat sich mir gegenüber mies verhalten. Sie hat mich einfach so verlassen, mich nach Strich und Faden belogen …«

»Nein, Nico, das stimmt nicht. Judith hat dich nie belogen. Vielleicht hat sie nicht die besten Entscheidungen getroffen, aber sie wollte dich nur schützen. Sie wollte nicht, dass du leidest. Ich weiß, dass das Ganze blöd gelaufen ist, aber lass mich dir erzählen, was ich weiß.«

Ich hatte eine Riesenwut im Bauch und war fest davon überzeugt, recht zu haben. Weder Judith noch Charlotte wussten, was sie sagten oder taten. Judith hatte mich hintergangen. Sie hatte mir mein Glück genommen, als sie Paris verlassen hatte, und mir dafür eine abgrundtiefe Leere hinterlassen, die ich jeden Tag in meiner Brust spürte. Aber ... Wie sie so vor mir lag, meine arme Charlotte, mit den Schatten unter den Augen, am Tropf hängend und im verzweifelten Versuch, sich gegen einen rasenden Dämon zur Wehr zu setzen, der den Namen Nicolas Cambril trug ...

»In Ordnung, es tut mir leid. Ich höre.«

»Und bitte unterbrich mich nicht dauernd.« Ich nickte. »Als Judith ihre Arbeitsstelle in New York im letzten Frühjahr aufgegeben hat, musste sie viele Dinge ungeregelt zurücklassen. Offenbar haben sie jemand anderen für sie eingestellt, sie selbst hat die Kandidatin unter mehreren ausgewählt, aber die Sache hat nicht funktioniert. Die Neue verbockte die Arbeit von vielen Jahren, und dann überschlugen sich die Dinge: Viele Kunden verließen das Unternehmen, die Chefin musste Leute entlassen, andere, die von da an mit zusätzlicher Arbeit belastet waren, kündigten. Das Ergebnis war, dass die vorher hochgeschätzte, erfolgreiche Firma in weniger als zwei Monaten einen so schlechten Ruf hatte, dass ihr niemand mehr vertraute.«

»Und was hat das damit zu tun, dass Judith mich so einfach hat sitzenlassen?«

»Warte, Nico, eins nach dem anderen.«

»Okay. Ach, übrigens, dieses Unternehmen, was für eine Firma ist das überhaupt? Ich bin nie dazu gekommen, danach zu fragen.« Wie viele Dinge ich versäumt hatte, wie wenig ich über Judith wusste!

»Eine Firma für Digitalkunst. Sie entwerfen Filmplakate, CD-Inlets, Logos und das gesamte digitale Merchandising für einige bekannte Unternehmen. Judith hat mir erzählt, dass sie ganz klein angefangen hat, damals, als sie noch an der Uni war, und für ihre Chefin nach und nach unentbehrlich wurde. Diese Frau hat ihr sogar vorgeworfen, dass sie, wenn sie geht, das Unternehmen in den Ruin treibe. Womit sie gar nicht mal so unrecht hatte … Jedenfalls hat ihre Chefin sie, kurz nachdem Judith hier in Paris angekommen ist, kontaktiert. Jemand hatte ihr ihre Pariser Telefonnummer gegeben, und der Druck wurde so groß, dass sie sich schließlich einverstanden erklärt hat, mit ihnen über Internet zu telefonieren.«

Aha, das waren also die mysteriösen Skype-Anrufe!

»Die Eigentümer der Firma haben sie angefleht, einige wichtige Projekte zu leiten, wenn auch aus der Entfernung. Laut Judith haben sie ihr jede Menge Geld geboten, aber sie hatte so die Nase voll von dem Laden und den Problemen, die dieser in ihrem Leben verursacht hatte, dass sie das Angebot ablehnte. Sie hat nur ein paar Projekte ohne Bezahlung auf den richtigen Weg gebracht, nachdem ihre Chefs ihr versprochen hatten, sie danach in Ruhe zu lassen.«

»Hör mal, Charlotte, ich danke dir wirklich, dass du dich so für mich einsetzt, aber ehrlich gesagt verstehe ich nicht, wieso diese Erklärung mir helfen soll.«

»Wenn du etwas geduldiger wärst und einfach zuhören würdest, würdest du es verstehen. Bemüh dich ein bisschen, Nico, versetz dich in ihre Lage!«

Nicht wirklich überzeugt, nickte ich erneut und ließ Charlotte weiterreden.

»Als Judith ihr Studium beendet hatte, war es diese Frau, ihre Chefin, die ihr sozusagen blind vertraute und ihr eine Stelle anbot. Dazu kam es, weil einer von Judiths Professoren auf sie gesetzt und sie unterstützt hat.«

Ob das der Mann war, in den Judith sich verliebt hatte?

Ich verwarf den Gedanken sofort wieder, als ich mir einen in die Jahre gekommenen Mann mit beträchtlichem Bauchumfang vorstellte, weil dieses Bild so gar nicht zu dem attraktiven jungen Kerl passte, den ich an jenem fatalen Tag in ihrer Wohnung gesehen hatte. Dies konnte unmöglich ein und dieselbe

Person sein. Die Erinnerung an das furchtbare Erlebnis brachte mich einmal mehr aus dem Gleichgewicht, doch ich versuchte, sie beiseitezuschieben und mich weiterhin auf das Gespräch mit Charlotte zu konzentrieren.

»Übrigens hat dieser Mann, der Professor, vor Kurzem Judiths Chefin geheiratet. Das Unternehmen hat Judith von Anfang an zu den wichtigsten Kongressen geschickt, sie wurde vielen bedeutenden Leuten vorgestellt, sodass sie in den erlesenen inneren Kreis der Branche vordringen konnte. Sagen wir, dass Judith sich deswegen dem Ehepaar gegenüber verpflichtet fühlt.«

Ich überlegte kurz.

»Charlotte, mal ehrlich, glaubst du wirklich, dass jemand einfach so alles zurücklässt …« War ich wirklich »alles« für sie, oder bildete ich mir das nur ein? »… weil er sich beruflich *verpflichtet* fühlt? Zumal diese Verpflichtung wahrscheinlich auch nur aus ihrer Sicht existiert.«

»Nico, du bist wirklich ein Dickkopf! Versteh doch, dass das für sie sehr wichtig war. Diese Leute haben ihr eine Chance gegeben und ihr vertraut, als sie noch ein Niemand war, gerade ihr Studium abgeschlossen hatte, ohne Arbeitserfahrung oder irgendwelche erfolgreichen Projekte, die sie vorweisen konnte. In ein solches Unternehmen reinzukommen ist unglaublich schwierig, Nico. Das schaffen nur die Besten. Und diese Leute haben von Anfang an auf sie gezählt. Judith fühlte sich ihnen verpflichtet und konnte sie nicht einfach hängenlassen.«

»Zum Teil kann ich das verstehen, natürlich, ich verstehe auch, dass Judith sich schuldig fühlt, weil sie diese Nachfolgerin ausgewählt hat, die, wie es aussieht, schuld an dem ganzen Schlamassel ist, in dem das Unternehmen steckt, seit sie gegangen ist. Was ich jedoch nicht verstehe und niemals verstehen werde, ist, dass sie es fertiggebracht hat, Paris zu verlassen, ohne sich von irgendjemandem zu verabschieden. Das lässt doch tief blicken!«

»Und was genau schließt du daraus, wenn ich fragen darf?«

»Das wir ihr überhaupt nichts bedeutet haben. Dass sie uns einfach verlassen hat, als müsste sie nur ihre Koffer packen und gehen. Zusammen mit diesem Mann. Und mich hat sie hier zurückgelassen und mein ganzes Glück einfach mitgenommen.«

Ich konnte die Tränen nicht mehr zurückhalten und fühlte mich lächerlich und dumm, als ich nach mehreren Minuten den Kopf hob, den ich auf Charlottes Beine hatte sinken lassen, und mich dem Gesicht meiner kranken Freundin gegenübersah. Mühsam rappelte ich mich auf und versuchte zu lächeln. Ich versprach ihr, dass ich über all das, was sie mir erzählt hatte, nachdenken würde. Und dass ich sie so bald wie möglich wieder besuchen würde.

Als ich das Krankenhaus verließ, sah ich Monsieur Briand, der die Straße kreuzte und Alois Le Brun entgegenging. Sie umarmten sich und gingen gemeinsam – dicht nebeneinander – weiter Richtung Fluss. Wenigstens gab es noch ein paar Menschen, denen es gut ging. Immerhin.

4

Als ich mich gerade auf den Rückweg nach Hause machen wollte, klingelte mein Handy. Es war die Schwester meines Verlegers, Catherine, die berühmte Köchin.

»Ich hoffe, du hältst mich nicht für unverschämt … Ich habe meinen Bruder nach deiner Telefonnummer gefragt. Vorher habe ich versucht, dich auf anderem Weg aufzuspüren, bin mehrfach bei deiner Pariser Wohnung vorbeigegangen, habe dich aber nie dort angetroffen. Deshalb habe ich es mit der Telefonnummer versucht. Ist das in Ordnung?«

»Vollkommen, Catherine. Ich wohne nicht mehr in Paris. Mehr oder weniger zufällig bin ich wieder in meinem Elternhaus in Mont des Fleurs gelandet. Aber heute bin ich nach Paris gefahren, um ein paar Dinge zu erledigen. Kann ich etwas für dich tun?«

»Na ja … Ich würde gern irgendwann mal mit dir etwas trinken gehen …«

Oha! Eine erfolgreiche und bildhübsche junge Frau hatte Himmel und Hölle in Bewegung gesetzt, um sich mit mir in Verbindung zu setzen. (Vielleicht war das ein wenig übertrieben formuliert, aber sie hatte doch einige Mühe auf sich genommen, oder nicht?)

»Wollen wir essen gehen? Ich lade dich ein.«

Freunde, einmal mehr muss ich euch bitten, mich nicht zu verurteilen. Wie ich zu Beginn meiner Geschichte ja bereits gesagt habe, kommt es manchmal tatsächlich zu dem Happy End, das man nach den ersten Seiten der Geschichte herbeisehnt. Aber oft ist das wahre Leben viel komplizierter, und die Dinge laufen anders, als man es erwartet. Jedenfalls kam Catherines Anruf genau im richtigen Augenblick. Vielleicht würde es mir guttun, mit einer erfolgreichen Frau, die Lust hatte, mit mir auszugehen, einen netten Abend zu verbringen. Also lud ich sie zum Essen ein, um den ersten Schritt dafür zu tun, Judith zu vergessen.

Wir verabredeten uns in einer Brasserie im Marais-Viertel, die sie selbst vorgeschlagen hatte. Denn schließlich war sie ja die Gastronomie-Expertin. Obwohl es nicht mehr sehr warm war, entschieden wir uns für einen Tisch auf der Terrasse. Ein paar andere wagemutige Gäste taten es uns nach, wobei, ehrlich gesagt, der Wind von Minute zu Minute kälter wurde. Ich betete, dass es auf dem Rückweg nach Hause zumindest nicht regnen würde, da ich mich sonst wie ein Matrose in einem kaputten U-Boot fühlen würde. Catherine spielte unermüdlich mit einer Zigarette, die sie gleichzeitig vorsichtig und entschieden zwischen den Fingern herummanövrierte.

»Es dauert nicht mehr lange, stimmt's? Ich meine, bis dein Buch erscheint.«

Catherine hatte etwas Seltsames im Blick. Ihre Gesten wirkten freundlich, sollten wohl eine gewisse Nähe ausdrücken. Doch in ihren Augen lag etwas Distanziertes, was ich nicht genau beschreiben konnte. Sie nahm einen tiefen Zug von ihrer Zigarette.

»Genau. In etwas mehr als zwei Wochen wirst du es in sämtlichen Buchhandlungen, Kaufhäusern, bei allen Zeitschriftenhändlern und im Fernsehen bestaunen können. Der Verlag hat eine noch nie dagewesene Werbekampagne organisiert. Ich habe keine Ahnung, wie ich das durchstehen soll.«

»Ich schon. Ich kenne da einen tollen Trick: Du musst einfach gut essen. Und kann es dafür einen geeigneteren Ort geben als mein Restaurant? Komm immer vorbei, wenn dir danach ist, du bist mein Gast, wie du weißt.« Sie zwinkerte mir zu, und ich, der ich ihr aus irgendeinem Grund nicht näherkam, verspürte eine Art Erschaudern. Was war los? Sie war doch eine tolle Frau!

Seit *all das* geschehen war, ertappte ich mich oft dabei, dass ich mich mit einer Gehirnhälfte auf mein Gegenüber konzentrierte, während die andere Hälfte versuchte, die tieferen Gefühle zu verstehen, die in meinem Kopf umherflatterten wie kleine Schmetterlinge. Während des Essens mit Catherine war ich durchaus in der Lage, ein sinnvolles Gespräch zu führen, und brachte sie sogar ein paarmal zum Lachen, was mich ihr jedoch auch nicht näherbrachte als dem Kellner, der uns bediente.

Diese spontane Verabredung machte mir eines deutlich, etwas, was tatsächlich eine ziemlich wertvolle Erfahrung war.

Wenn sie auch nicht direkt mir zugutekam, wie ich gehofft hatte, als ich Catherine zum Essen einlud.

Die erzählte mir gerade von irgendwelchen Kochkursen, als mir eine Idee kam.

»Das heißt, du gibst in deinem Restaurant auch Kochkurse?«

»Ja, seit dem Tag, an dem wir eröffnet haben. Wir haben gedacht, dass dies nicht nur eine zusätzliche Einkommensquelle wäre, sondern es uns auch guttun würde, beim Unterrichten unserer Kreativität freien Lauf zu lassen. Außerdem weiß man ja nie, wer als Koch einmal so erfolgreich wird, dass er einen Michelin-Stern erhält. Man kann also sagen, dass wir drei Fliegen mit einer Klappe schlagen: Wir verdienen daran, erfinden dabei neue Gerichte und entdecken junge Talente.«

»Das ist ja großartig. Und sag mal, Catherine, bietet ihr auch Kurse für Patissiers an?«

»Natürlich! Was denkst du denn, mein Lieber! Die Patisserie ist in Frankreich eine große Kunst, die man nicht übergehen darf. Dabei muss man die traditionellen Rezepte beherrschen und jeden Tag dazulernen, um sie weiterzuentwickeln. Fragst du aus einem speziellen Grund?«

»Ja, in gewisser Weise schon. Weißt du, ich habe eine Freundin …« Catherines Gesichtsausdruck erstarrte, und ich wusste sofort, dass sie einer von jenen extrem besitzergreifenden Menschen war, die allen anderen keinen Raum ließen, daher reagierte ich sofort. »Sie ist wie eine Schwester für mich. Als wir noch Kinder waren, habe ich meine Eltern beinahe gezwungen, sie zu adoptieren …« Catherine entspannte sich wieder, und ich fuhr fort: »Sie hat schon immer davon geträumt, eine kleine Patisserie zu eröffnen, denn sie ist eine hervorragende Patissière, aber sie wagt es nicht, diesen Schritt zu tun. Und wenn sie an einem deiner Kurse teilnehmen könnte, würde ihr das möglicherweise die nötige Motivation geben.«

»Ich kümmere mich darum, Nicolas.« Als ich meinen Namen hörte, der zusammen mit dem dichten Rauch aus ihrem Mund kam, stellten sich mir die Nackenhaare auf, ohne dass ich etwas dagegen tun konnte. »Da lässt sich sicher etwas machen. Die Kurse haben zwar schon angefangen, aber weil es um deine Schwester geht, können wir sicher eine Ausnahme machen. Die Kurse finden zu verschiedenen Zeiten statt. Weißt du, welche Uhrzeit am besten passen würde?«

»Abends. Je später, desto besser.«

So konnte Carol keine Ausrede vorschieben, denn sie arbeitete von morgens bis zum frühen Abend im Bistro und hatte danach frei. Um sich weiterzubilden und bald ihre eigene Chefin zu sein. Eine eigene Patisserie zu besitzen.

Nach einem letzten Kaffee, den wir schneller tranken, als es Catherine lieb gewesen wäre, gelang es mir, sie loszuwerden und zu meinem Ganzjahres-Cabrio zurückzukehren. Wir versprachen, in Kontakt zu bleiben. Und wenn das der Preis dafür war, dass Catherine Carol als Schülerin aufnahm, zahlte ich ihn gern.

5

Ein paar Tage später bestätigte Catherine mir, dass sie in einem der Abendkurse einen Platz für Carol reserviert hatte. Zwei Tage später sollte sie anfangen, daher musste ich Carol dringend davon überzeugen, dass dies das Richtige für sie wäre und sie die Chance nutzen sollte.

Nachdem ich mit Catherine gesprochen hatte, las ich eine kurze Nachricht von Charlotte. Darin teilte sie mir mit, dass sich ihr Zustand seit meinem Besuch zumindest nicht verschlechtert hatte. Und in wenigen Tagen stand das CT an. Wir alle drückten ihr die Daumen.

Und am selben Tag, als ich Charlottes Nachricht gerade beantworten wollte, erhielt ich die E-Mail von Judith.

Daher warf mich dieser Tag um einiges zurück, und ich war wieder meilenweit von meinem Glück entfernt.

Dylan schlief auf meinem Schoß, während ich per E-Mail auf die Interviewfragen einer Elternzeitschrift antwortete. Ich hatte gerade Charlottes kurze Nachricht erhalten, und bevor ich ihr antworten konnte, meldete der Computer einen erneuten Maileingang. Als ich den Namen las, blieb mir fast das Herz stehen. Diesen Namen, der mich so hatte leiden lassen, aber auch das größte Glück für mich war: Judith.

Ich setzte Dylan auf dem Boden ab und ging hinunter, um mir ein Glas Wasser zu holen. Ich glaube, dass ich mehr Wasser verschüttete, als ich in das Glas füllte, da mein ganzer Körper zitterte wie Espenlaub.

Nachdem ich nun mehr als zwei Monate absolut nichts von ihr gehört hatte, waren sie auf einmal da, die ersehnten Nachrichten. Ich hatte eine E-Mail von Judith erhalten. Aber war ich darauf vorbereitet, das zu lesen, was darin stand? Nein. Nein, absolut nicht, meine Freunde. Ich beschloss, die Stunde der Wahrheit aufzuschieben und, bevor es dunkel würde, erst noch einen Spaziergang zu machen. Zu dieser Jahreszeit waren die Straßen in Mont des Fleurs still. Die Dorfbewohner hatten die Töpfe mit den empfindlichen Pflanzen hereingeholt, um sie vor der Kälte zu schützen. Im nächsten Frühling würden sie sie wieder hinausstellen, doch nun waren die Straßen wie ausgestorben, ohne Farben und ohne Düfte. Sie schienen aus der Zeit gefallen, genau wie ich selbst in diesem Moment.

Nachdem ich eine Weile durchs Dorf gegangen war, beschloss ich, Charlotte zu antworten und sie nach etwas zu fragen, was sie mir bei unserem letzten Gespräch nicht gesagt hatte und was mir nun nicht mehr aus dem Kopf ging: Wie hieß das Unternehmen, bei dem Judith arbeitete?

Ein paar Minuten später antwortete Charlotte: ArtCom-Manhattan war der Name. Ich wollte ein wenig recherchieren, bevor ich Judiths Mail las. Ich wollte diesen Ort, der Judith (und mich) derart ins Unglück gestürzt hatte, mit eigenen Augen sehen.

Vielleicht hatte ich Angst davor, die Mail zu lesen, und vielleicht wollte ich es deshalb so lange wie möglich hinausschieben. Und dies zu tun entfernte mich einmal mehr von meinem Glück.

Als ich wieder zu Hause war, ging ich in meine Mansarde hinauf und gab »ArtCom-Manhattan« in die Suchmaschine ein, sodass ich wenige Sekunden später die Webseite des Unternehmens vor Augen hatte. Sie war einfach und kühl gestaltet. Es wunderte mich nicht, dass Judith sich dort nicht wohlfühlte, sie mit ihrer Wärme, den bunten Farben und ihrem Lachen passte überhaupt nicht in diese eisige Welt. Unten rechts auf der Seite entdeckte ich das Facebook-Icon. Ich klickte es an und gelangte so in das soziale Netzwerk des Unternehmens. Dort waren viele Fotos von für die Firma wichtigen Events gepostet: die Signierstunde von irgendeiner Musikgruppe, für die sie das Inlet der CD gestaltet hatten; ein Kongress mit Kollegen aus der Branche; die Eröffnung eines neuen Raumes für Digitaldrucke … Es gab Hunderte solcher Fotos. Neben jedem Foto war nicht nur angegeben, um welches Ereignis es sich handelte, sondern auch, wer darauf zu sehen war. Sämtliche Angestellte waren junge Leute zwischen fünfundzwanzig und dreißig. Lächelnd, aber mit dunklen Schatten unter den Augen, posierten sie für den Fotografen. Ich suchte nach Judith, wollte sie auf einem dieser Fotos sehen. Zusammen mit diesem Typen. Ich musste endlich dieses Bild vor mir haben, das bis dahin nur wie eine geisterhafte Gestalt in meiner Vorstellung existierte. Ich musste ihm einen Namen geben, wissen, womit er sich beschäftigte. Ich wollte verstehen, warum sie ihn mir vorzog.

Ich entdeckte Judith auf mehreren Bildern. Auf den ersten Fotos aus dem Jahr 2014 lächelte sie. Doch auf den zuletzt aufgenommenen, die aus dem vergangenen Frühjahr stammten, war ihr Gesichtsausdruck der, den ich von ihr aus den Gängen der Pariser Metro kannte. Was auch immer in jenen Monaten geschehen sein mochte, hatte bei ihr deutliche Spuren hinterlassen.

Die Lust, Judiths E-Mail zu lesen, wuchs. Ich wollte die Webseite gerade schließen, als ich auf ein aktuelles Fotoalbum stieß. Es trug den Titel »Ernennung«.

Ich öffnete es, und ein paar Sekunden später explodierte ich vor Wut und meinte in lodernden Flammen zu stehen. Jedes Foto war mit einem Text versehen, und die Nachricht, die damit übermittelt wurde, war die folgende: *Ein Traum wird wahr: Die in Washington geborene Grafikdesignerin Judith Arlington, die seit vielen Jahren engagiert für ArtCom arbeitet, krönt ihre berufliche Laufbahn mit der Ernennung zur stellvertretenden Verkaufsleiterin.*

Auf einem der Fotos war Judith allein zu sehen. Sie trug ein marineblaues Kostüm mit weißer Bluse und hatte das Haar streng zu einem Pferdeschwanz zurückgebunden. Für mich wirkte sie wie jemand anderes, wie eine Zwillingsschwester ohne Gefühle. Sie lächelte mit dem Mund, aber nicht mit den Augen, die ernst in die Kamera blickten. Nun war sie also stellvertretende Verkaufsleiterin.

Hier sehen wir sie, wie sie den Preis entgegennimmt, den ihre Kollegen ihr auf dem letzten Nationalen Kongress für Digitalkunst kurz nach ihrer Rückkehr aus Europa überreichten, wo sie sich bei den besten Lehrern für Bildende Kunst fortgebildet hat.

Auf diesem Bild posierte sie umgeben von ihren Kollegen, die ich bereits auf anderen Fotos gesehen hatte. Sie gratulierten ihr, während sie eine in dunkles Holz gerahmte Silbertafel in den Händen hielt. Typisch amerikanisch.

Wir wünschen dieser vielversprechenden jungen Frau eine strahlende Zukunft und sind stolz, sie an unserer Seite zu haben: Sie ist ein großartiger Mensch und leistet hervorragende Arbeit. Danke, Judith. Dies wird für immer Dein Zuhause sein.

Also, Freunde: Judith hatte ihr Zuhause in der Welt gefunden. Und zwar nicht an meiner Seite. Wie ich auf diesen Bildern klar erkennen konnte, war sie an ihren Arbeitsplatz zurückgekehrt und in den letzten zwei Monaten befördert worden.

Die Gewissheit, dass sie in all der Zeit kaum einen Gedanken an mich verschwendet hatte, war ein schwerer Schlag für mich. Seit Wochen kämpfte ich mit meinen Gefühlen: Ein Teil von mir sagte, dass Judith mich nie geliebt hatte, der andere jedoch (den meine Freunde unterstützten) meinte, dass ich ihr vertrauen sollte und irgendwann eine Antwort erhalten würde.

Ich wollte nicht glauben, dass ich für sie nur ein sommerlicher Zeitvertreib gewesen war, aber was sollte ich nun denken, nachdem ich all das gesehen hatte?

Mein Herz litt wie nie zuvor.

Aber ich konnte noch atmen.

Ich konnte den Schmerz ertragen.

Ich konnte ohne sie weiterleben.

Au revoir, Judith.

Ich löschte ihre E-Mail, ohne auch nur einen Blick darauf zu werfen.

6

Ich verbrachte eine schlaflose Nacht. Da ich absolut nicht zur Ruhe kam, nutzte ich die Zeit, den Lagerraum hinter dem Geschäft, in dem all die alten Kisten standen, aufzuräumen. Während meine Muskeln arbeiteten, war mein Geist wie gelähmt. Jene Bilder zu sehen hatte mich innerlich zerbrochen. Es hatte wehgetan, als sie gegangen war, doch zu wissen, dass sie ihr altes Leben wiederaufgenommen hatte, so als ob nie etwas gewesen wäre, war noch viel schlimmer. Ich hatte keine Ahnung, was ich denken sollte.

Charlotte war da objektiver. Sie meinte, ich solle mich in Judiths Lage versetzen. Dass sie diesen Leuten viel zu verdanken hatte und sie nicht einfach im Stich lassen konnte.

Aber was war mit mir? Hatte sie mir denn gar nichts zu verdanken? Die Küsse, die wir uns in den Straßen von Paris gegeben haben, ihre Blicke, wenn wir uns liebten, und ihre Worte, wenn wir über die Zukunft geredet hatten, sprachen da eine ganz andere Sprache.

Nicolas, du musst ohne sie weiterleben. Eine andere Möglichkeit gibt es nicht. Sie ist nicht mehr da; behalte das Gute in Erinnerung.

Das ist alles andere als einfach. Ein gebrochenes Herz wiegt schwer.

Natürlich tut es weh, aber mit der Zeit werden die guten Erinnerungen überwiegen. Und wenn du dann an sie denkst, wird es nicht mehr wehtun.

Liebe Freunde, nun werdet ihr euch vielleicht fragen, wie es sein kann, dass der Schmerz, Judith verloren zu haben, größer war als der über den Tod meiner Mutter. Auch ich stellte mir in jener Nacht diese Frage. Und gab mir selbst die Antwort: Ich hatte mich einen langen Zeitraum über von meiner Mutter verabschiedet. Denn jeder Tag, an dem sie ihre Erinnerungen verlor, hat uns ungewollt ein Stück weiter voneinander entfernt. Ich spürte, dass meine Mutter in gewisser Weise schon vor vielen Jahren zu sterben begonnen hatte, sodass der endgültige Abschied von ihr ein anderer gewesen war als der von meinem Vater. Und was Judith anging, lag die Sache noch einmal anders. Sie hatte mich verraten. Mich belogen, mit mir gespielt. Mit ihr hatte ich meine Zeit vergeudet. Zumindest empfand ich es so. Auch wenn ich mich heute dafür schäme, es so gesehen zu haben.

Und so wie die Dinge lagen, in der Überzeugung, dass Judith mich nie wirklich geliebt hatte, beschloss ich damals im Morgengrauen, endlich ohne sie weiterzuleben. Als Erstes wollte ich am nächsten Tag eine Gartenparty veranstalten. Am Vorabend hatte der Meteorologe im Fernsehen geraten, das Wochenende im Freien zu genießen, da es vielleicht das letzte in diesem Jahr sein würde, an dem die Sonne schien und es warm genug war, sich draußen aufzuhalten. Daher nahm ich, ohne auch nur einen Gedanken an die Uhrzeit zu verschwenden, mein Handy und schickte allen meinen Freunden die folgende Nachricht: *Bitte kommt morgen um 14.00 Uhr zu mir. Ich organisiere eine Party, um zu feiern, dass es uns gibt. Dass wir uns haben.*

Im Laufe des Morgens bestätigte einer nach dem anderen sein Kommen. Also entfernte ich Unkraut und trockene Blätter aus dem Garten, reinigte die Möbel und kaufte im Supermarkt ein. Es würde eine Aufschnittplatte geben, Pasteten, fünf verschiedene Weine und zwei verschiedene Sektsorten. Außerdem deckte ich mich mit ausreichend Süßspeisen ein sowie mit dem Fleisch, das ich für einen leckeren Braten mit Kartoffeln und grünen Bohnen brauchte.

Als ich so kurzfristig die Einladung verschickt hatte, hatte ich damit gerechnet, dass wir vielleicht zu viert oder zu fünft sein würden. Doch wie das Leben so spielt, kamen alle. Ohne Ausnahme.

Als Erstes traf Charlotte mit ihren Eltern ein, die so viel belgische Schokolade mitbrachten, dass man damit einem ganzen Regiment hätte den Magen verderben können. Anschließend trat Carol durch das Gartentor, die mit Kuchen und anderen süßen Köstlichkeiten beladen war, denn sie hatte gleich nach dem Aufstehen zu backen begonnen. Als Nächstes kam Monsieur Briand, zu unser aller Überraschung in Begleitung seines neuen Freundes Alois, und die beiden steuerten sechs verschiedene Sorten Pastete bei. Auch Zachary und Fanny ließen es sich trotz der Hochzeitsvorbereitungen nicht nehmen vorbeizuschauen und bereicherten das Fest mit einem köstlichen Champagner. Céline und Didier kamen mit ihren Kindern und ein paar Blumenzwiebeln, aus denen, selbst wenn ich sie in ein Aquarium pflanzte, die schönsten roten Tulpen werden würden. Ganz am Schluss trafen Zoe, Karim und Pauline ein, deren Umarmung die schönste von allen war, die ich an diesem Tag erhielt.

Wir stellten mehrere Tische zusammen, zwei Metalltische und drei Holztische, die alle unterschiedlich hoch und breit waren, legten Tischdecken darüber und begannen die Gläser zu füllen. Aus dem Haus holten wir noch ein paar Stühle sowie Jacken und Mäntel, denn auch wenn wir noch mehrere Stunden die Sonne genießen konnten, wehte doch ein kalter Wind. Wir stellten Teller mit Brot, Pasteten und Wurst auf den Tisch, und in die Mitte kam mein Braten mit Kartoffeln und Bohnen. Anschließend stießen wir auf das Leben, die Freundschaft, auf Kinder und Eltern, auf die Arbeit und die Gesundheit an.

»Mein Gott! Ich glaube, so viel habe ich seit meiner letzten Schwangerschaft nicht mehr gegessen!« Céline öffnete den obersten Knopf ihres Rocks. Tatsächlich hatte sie genauso viel oder sogar mehr als ihr Mann gegessen.

»Oha!« Charlottes Mutter ging zum Angriff über. »Du wirst doch nicht schwanger sein?«

»Bitte nicht!«, entgegnete Didier postwendend. »Zwei sind völlig genug.«

»Auch nicht, wenn es ein Mädchen wäre?«, legte Céline im Scherz noch einmal nach.

Karim lachte und überraschte dann mit einer erstaunlichen Theorie: »Ein Mädchen? Aber dieser Mann funktioniert doch nur mit halber Kraft!«

Alle, einschließlich der Kinder, brachen wir in heiteres Gelächter aus.

»Hör mal! Könntest du mir diese Theorie mal erklären?«, heizte ich das Ganze noch ein wenig an.

»Also: Wie du siehst, kann Didier nur Jungen zeugen. Und wenn einem Paar ausschließlich Jungen oder ausschließlich Mädchen geboren werden, liegt das daran, dass der Vater nur einseitig bei der Sache ist.«

Erneutes Gelächter. So sehr, dass Charlottes Mutter vom Stuhl fiel, woraufhin wir noch einmal losprusteten.

Und so verging der Abend unter guten Freunden mit netten Gesprächen und ein paar Scherzen. Nach dem Hauptgericht folgte der Nachtisch. Carol versorgte uns mit jeder Menge frisch gebackener Köstlichkeiten: Teegebäck, ihren vielgerühmten Keksen mit Zimt und Kardamom, und sie hatte sogar einen Möhrenkuchen mit Frischkäse mitgebracht. Charlotte zauberte ihre Schokolade hervor, die die Kinder nach und nach verschlangen.

Als die Ersten begannen, die schmutzigen Teller wegzuräumen, trat Monsieur Briand zu mir.

»Nico, wenn du gerade nicht allzu beschäftigt bist, würde ich dir gern offiziell meinen Freund vorstellen.«

»Aber natürlich, Monsieur Briand, Entschuldigung, Corentin. Ich habe dir so viel zu verdanken! Wenn ich nicht diese paar Monate in der Kommandozentrale der Metro gearbeitet hätte, wäre all das – das Gute, meine ich – nicht geschehen.«

»Du brauchst dich nicht zu bedanken. Du hast hervorragende Arbeit geleistet.«

»Ich hoffe, dass Karim mir das Wasser reichen kann!«, rief ich laut genug, dass mein Freund mich hören konnte. Und als er zu uns herübersah, zwinkerte ich ihm zu. Er hielt gerade Zoe im Arm.

»Allerdings, er ist sehr fleißig. Gut, ich will dich nicht aufhalten. Das ist mein Freund Alois Le Brun.« Der Mann reichte mir die Hand, die ich nur zu gern schüttelte. »Er liebt Bücher und Tiere … Also wir verstehen uns sehr gut. Und leisten uns Gesellschaft.«

»Es gibt nichts Besseres, als einen Weggefährten zu haben, der auf einen achtgibt …« Der Schmerz in meiner Brust wuchs, sodass ich fürchtete, ihn im Stehen nicht länger ertragen zu können. Doch ich hielt durch. »Und Sie lesen gern?«

»Lesen ist eine meiner größten Leidenschaften«, entgegnete Alois Le Brun.

»Erinnerst du dich noch an den Tag, an dem die Kamera in der Station Madeleine kaputt war?« Wie könnte ich den vergessen, dachte ich. »Damals wurde ihm ein Buch gestohlen. Eines meiner Lieblingsbücher.«

»Das auch mein Lieblingsbuch ist«, sagte Alois Le Brun lächelnd.

»Und um welches Buch handelt es sich, wenn ich fragen darf?«

»Sicher! *Sturmhöhe.*«

Die beiden Männer warfen sich einen komplizenhaften Blick zu.

»Dem kann ich mich nur anschließen, denn es ist auch eines meiner Lieblingsbücher.«

Wir unterhielten uns noch eine Weile über Bücher, unvergessliche Geschichten, einmalige Autoren. Und ich nahm mir vor, mit Corentin und Alois in regelmäßigem Kontakt zu bleiben, denn sie waren eine wunderbar bereichernde Gesellschaft und der Beweis dafür, dass es nie zu spät war, sein Glück zu finden. Diese Vorstellung gefiel mir. Und in den nächsten Tagen würde ich viel darüber nachdenken. Sehr viel sogar.

7

Es begann dunkel zu werden, und da noch niemand daran dachte aufzubrechen, beschloss ich, im Garten ein paar Kerzen anzuzünden. Meine Mutter hatte vor vielen Jahren in unserem Garten für mehr als fünfzig geeignete Plätze gesorgt, an denen man Kerzen aufstellen konnte, die abgesehen von der märchenhaften Stimmung, die sie verbreiteten, tatsächlich auch für ein wenig Licht sorgten. Wir alle waren eine Weile damit beschäftigt, die Kerzen aufzustellen und anzuzünden. (Natürlich waren es genau die Kerzen, die für Judith und mich leuchteten, als wir uns zum ersten Mal geliebt hatten. In jenen ersten Tagen, in denen ich glaubte, ohnmächtig zu werden, da ich so viel Glück auf einmal nicht ertragen konnte.) Diese Kerzen noch einmal anzuzünden, den Docht zu entflammen, sodass sie nach und nach vergehen würden, war, als würde ein Teil meiner Erinnerungen verbrannt, ein Teil meines Schmerzes. Schmerz, der in der Herbstluft dahinschmolz, um niemals mehr zurückzukehren. Eine Art rettendes Ritual, das die Seele reinigte. Ich weiß nicht, ob es daran lag oder einfach an der Gesellschaft meiner

Freunde, jedenfalls fühlte ich mich nach diesem Abend wesentlich stärker und gefestigter.

Ich betrachtete gerade eine der brennenden Kerzen, als Charlotte das Wort ergriff und uns alle überraschte.

»Liebe Freunde, ich möchte gern ein paar Worte sagen, bevor wir gehen. Ich bin ein wenig müde, und es ist Zeit aufzubrechen. Aber vorher möchte ich euch etwas mitteilen.«

Wir alle hörten aufmerksam zu. Niemandem von uns ging aus dem Kopf, dass Charlotte in wenigen Tagen, die uns allen unendlich erschienen, ihren CT-Termin hatte, der uns die letzten Zweifel nehmen und die Bestätigung bringen würde, ob der Krebs endgültig aus ihrem Körper verschwunden war oder – im Gegenteil – sie und uns auf eine weitere harte Probe stellen würde.

»Wie ihr wisst, ist übermorgen der Tag …« Céline begann zu weinen, und auch Charlottes Eltern konnten die Tränen nicht länger zurückhalten. »Bitte macht es mir nicht noch schwerer … Also, wie ihr wisst, waren die letzten Monate nicht gerade leicht für mich und meine Eltern. Und als wir geglaubt haben, dass alles vorbei wäre und dieses blöde Haar wieder zu wachsen begann …« Sie drängte die Tränen zurück, und wir alle erbebten mit ihr. »Letztendlich verlaufen die Dinge nicht immer so, wie wir es uns wünschen. Aber was ich euch sagen möchte, bevor ich mich auf den Weg mache, ist, dass … Niemals hätte ich mir vorgestellt, niemals, das schwöre ich euch, niemals hätte ich gedacht, dass ich so gute und großherzige Freunde habe wie euch, die ihr heute, in dieser wunderbaren Nacht, bei mir seid.«

Nun konnte niemand mehr die Tränen zurückhalten. Jeder griff nach der nächstgelegenen Serviette, um sich über die Augen zu wischen.

»Danke für alles, was ihr mir in dieser Zeit gegeben habt. Ich liebe euch alle, und ihr werdet für immer in meinem Herzen sein. Was auch passiert. Und ganz zum Schluss müsst ihr mir versprechen, dass ihr für immer Freunde bleiben werdet. Auch wenn ich nicht mehr da bin …«

»Charlotte! Sag doch so was nicht!« Didier und Céline sprachen, in Tränen aufgelöst, das aus, was wir alle dachten.

»Das müsst ihr mir versprechen. Bitte …«

Einer nach dem anderen traten wir zu ihr, um sie zu umarmen, ihr all die Wärme und die Kraft zu geben, die in uns war, und uns von ihr zu verabschieden. Was wir dabei alle nicht wussten, war, für wie lange wir uns von ihr verabschiedeten. Aber wir versprachen ihr, dass wir immer eng zusammenbleiben würden, um uns gegenseitig zu wärmen.

Als der traurige Moment vergangen war, packten alle meine Freunde allmählich ihre Sachen zusammen, um nach Hause zurückzukehren. Carol hatte am nächsten Tag frei, weshalb ich sie bat, noch zu bleiben. Ich wollte ihr von dem Patisserie-Kurs erzählen, wenn niemand anderes dabei war. Sie willigte ein, ohne eine Ahnung zu haben, was ich im Schilde führte.

Carol half mir, Teller, Tassen und Gläser zu spülen, und machte sich sogar daran, die alten Tischdecken meiner Eltern mit der Hand zu waschen, die nach all dem Spaß voller Wein- und Saucenflecken waren. Etwa gegen elf Uhr ließen wir uns schließlich im Wohnzimmer nieder, beschlossen, im Kamin ein Feuer zu entzünden, und öffneten die letzte Weinflasche, die noch da war. Die kleine Dylan machte es sich auf Carols Beinen bequem, und ich streckte mich neben den wärmenden Flammen auf dem Boden aus.

»Ich mag dieses Haus sehr, Nico. Schade, dass es nicht mein Zuhause ist. Ich habe hier so viele Dinge erlebt …«

»Aber das ist es doch. Es ist auch dein Zuhause. Hast du vergessen, dass wir praktisch so etwas wie Geschwister sind?«

»Ja, das stimmt. Ich habe nachgedacht. Über das, was wir letztens besprochen haben.«

»Über das mit dem eigenen Laden?« Ob sie meine Gedanken lesen konnte?

»Genau. Ich glaube, ich habe diesen Schritt bisher nicht getan, weil die Vorstellung mir Angst macht, Nico. Was wäre, wenn das Ganze nicht gut laufen würde? Dann würde ich das Wenige, was ich habe, auch noch verlieren.«

»Ich nehme an, dass jeder, der ein neues Projekt angeht, etwas in der Art empfindet. Jeder Unternehmer hat mit dieser Angst zu kämpfen. Aber ich denke, dass die Angst vergeht, wenn die Leidenschaft, mit der man etwas tut, groß genug ist.«

»Das nehme ich auch an. Aber, Nico, glaubst du wirklich, dass ich dazu in der Lage wäre?«

»Hast du Zweifel daran? Denn ich bin mir ganz sicher, dass das der Fall ist. Ehrlich. Deine Patisserie würde die beste in ganz Paris sein. In Frankreich und in der ganzen Welt, wenn du dir das vornimmst. Du kennst deinen eigenen Wert nicht, Carol.«

»Wenn du solche Dinge sagst, glaube ich sie am Ende noch, du Dummkopf. Nico?«

»Ja?«

»Erinnerst du dich noch daran, wie wir uns geküsst haben, dieses eine Mal?«

»Uff! Ja, ich erinnere mich, obwohl ich es lieber vergessen würde!«

»Es war schrecklich, stimmt's?«

»Der schlechteste Kuss in der Geschichte der Menschheit. Ganz sicher.«

»Na ja, was soll ich dir sagen? Das hat mir immer sehr wehgetan. Zu jener Zeit war ich fest davon überzeugt, dass du und ich eines Tages Mann und Frau sein würden, bis der Tod uns scheidet.«

»Das klingt doch gut. Das Leben mit dir zu verbringen wäre ein Geschenk.«

»Ja … Aber nein. Wir sind wohl doch nicht seelenverwandt, sondern wie Geschwister, denn die Schmetterlinge in meinem Bauch ruhen sich gerade aus.«

»Na ja, dann geht es dir wie mir, liebe Carol.«

»Aber, Nico …«

»Ja?«

»Wenn wir eines Tages zwei einsame, alte Achtzigjährige sind, denkst du, dass wir dann zusammenleben könnten, um uns Gesellschaft zu leisten?«

»Was das angeht, kannst du auf mich zählen, kleine Schwester. Obwohl ich glaube, dass du irgendwann die hübscheste rothaarige Familie von ganz Frankreich um dich scharen wirst.«

Wir leerten die Weinflasche, und ich beschloss, dass dies der richtige Moment war, um ihr von meinem Plan zu berichten.

»Carol, ich muss dir etwas erzählen.«

»Schieß los.«

»Ich habe dich zu einem Patisserie-Kurs in der Kochschule Ménier angemeldet.«

»Du hast was getan? Das ist ein Witz, oder?« Sie schüttelte den Kopf und lächelte. Dabei war sie so angespannt, dass Dylan aufwachte und nach einem ruhigeren, gemütlicheren Ort suchte. »Du wirst mich ruinieren, Nico, weißt du, was einer dieser Kurse kostet? Das ist unerschwinglich!«

»Aber nicht für mich. Ich habe jetzt Geld, und außerdem kenne ich jemanden, der dort etwas zu sagen hat. Du kannst gleich morgen anfangen.«

»Das kannst du nicht ernst meinen!« Trotz der anfänglichen Sorgen glänzten ihre Augen vor Begeisterung. »Nico, bitte … Das ist zu viel Geld. Das kann ich dir in nächster Zeit nicht zurückzahlen.«

»Habe ich dich denn darum gebeten? Hör zu, kleine Schwester, meine Eltern konnten uns nicht viel hinterlassen. Tatsächlich habe ich nur dieses alte Haus geerbt. Aber ich bin mir sicher, dass sie dir zumindest diesen Kurs geschenkt hätten. Er kann dir so viele Türen öffnen, Carol. Denk an das Diplom, das es zum Abschluss gibt. Und an all das, was du lernen wirst! Ich bin mir sicher, dass sie dich, wenn sie dich erst kennengelernt haben, sofort fest einstellen würden. Aber das Angebot darfst du dann nicht annehmen, denn du sollst deine eigene Patisserie eröffnen.«

»Hör auf, Nico, hör auf! Nicht so schnell, sonst landest du auf dem Mond! Willst du mir wirklich diesen Kochkurs schenken?«

»Natürlich. Und ich glaube tatsächlich, dass dies der Beginn deiner glanzvollen Karriere werden kann. Ich habe mir gedacht, dass du nur einen kleinen Schubs brauchst, um die beste Patissière in ganz Frankreich zu werden. Ich habe den Abendkurs ausgewählt, damit du die Arbeit im Bistro nicht aufgeben musst.«

»Nico, ich weiß nicht, wie ich dir danken soll.«

Wir umarmten uns vor dem Kamin und weinten zusammen vor Freude über die wundervolle Zukunft, die vor unseren Augen erstand.

XI

DINGE, DIE MIR DAS LEBEN RETTEN WÜRDEN

1

Was wäre, wenn Charlotte sterben würde?

Zwei Tage lang quälte mich der Gedanke immer wieder. Er suchte mich sogar heim, während ich schlief. In meinen Träumen verschwand sie in den Tiefen des Meeres oder in plötzlicher Dunkelheit in irgendeiner Straße.

In einer anderen Version flogen wir nebeneinandersitzend mit dem Flugzeug, und auf einmal öffnete sich unterwegs der Notausgang und sie wurde aus der Maschine Richtung Himmel geschleudert. Ich weiß, dass diese Träume ziemlich eindeutig waren.

Wenn sie tatsächlich einen Rückfall hätte – der wirklich das Ende wäre –, würde sie uns alle mit sich reißen. Denn das Ganze hatte uns unendlich mitgenommen … Wir alle kämpften gegen die Hindernisse an, die das Leben uns in den Weg gestellt hatte, doch genauso sehr litten wir unter den Problemen unserer Freunde.

Carol hatte sich einem Leben verschrieben, das ihr keine lohnenswerte Perspektive bot.

Monsieur Briand hatte seit seiner Jugendzeit mit einer Lüge gelebt, die seine gesamte Existenz beeinträchtigte.

Karim und Zoe, deren Beziehung begann, als sie beinahe noch Kinder waren, war es nicht gelungen, gemeinsam erwachsen zu werden.

Und Charlotte … Na ja, das wisst ihr ja, liebe Freunde.

Wenn Charlotte nun etwas Schlimmes geschehen würde, wüsste ich nicht, wie ich damit noch fertigwerden sollte. Ich wäre wütend auf das Leben; ich wäre am Boden zerstört. Ich dachte, dass ich, wenn es dazu kommen sollte, für eine Weile fortgehen würde. Vielleicht auf eine weite Reise?

Aus zwei Gründen verwarf ich diesen Gedanken sofort wieder: Der erste war mein Vertrag mit dem Verlag. Ich musste mindestens ein halbes Jahr lang für Lesungen und Promotion zur Verfügung stehen. Und zweitens würden mich, selbst wenn ich mich auf dem Saturn niederließe, die Probleme, der Schmerz und die Erinnerungen dorthin begleiten. Daher war es völlig egal, ob ich mich in meinem Haus auf dem Land befand, mit Carol im Stadtzentrum einen Kaffee trank oder in der Pariser Nationalbibliothek mit zwei Journalisten redete. Das Leben klammerte sich an mich, so wie ich mich an das Leben klammerte, und ich konnte das Leid nicht einfach hinter mir lassen. Ich konnte mich ihm nur stellen und lernen, mit ihm zu leben.

Und schließlich war der Tag von Charlottes Computertomographie gekommen. Ohne ihr ein Wort zu sagen, verabredeten wir uns im Krankenhaus, um dort mit ihr auf die Ergebnisse zu warten, denn keiner von uns sah sich in der Lage, dies allein durchzustehen. Wir trafen uns eine halbe Stunde vor der Untersuchung am Eingang der Onkologie-Station. Als Charlotte schließlich mit ihren Eltern aus dem Taxi stieg, lächelte sie tatsächlich und meinte dann, wir sähen aus wie eine große Zigeunerfamilie, die zusammenrückte, um sich gegenseitig zu wärmen. Und dann verschwand sie in den Fluren des Krankenhauses.

Das Warten war schrecklich! Wir waren völlig fertig. Es blieb genügend Zeit, um in der Kantine des Gebäudes zu frühstücken, Zeitschriften zu kaufen, die nacheinander jeder von uns las, mein Auto vollzutanken, im nächstgelegenen Geschäft Brot zu kaufen und sogar, um ein Telefoninterview zu führen. Wobei ich mich gleich danach an kein Wort des Gesprächs mehr erinnerte.

Dreieinhalb Stunden, nachdem wir zusammen mit Charlotte das Krankenhaus betreten hatten, kam die Krankenschwester, die ich bereits kannte, jene junge, lebhafte Frau, die in mir jedes Mal den unbändigen Wunsch hervorrief, sie zu umarmen, um die Traurigkeit aus ihrem Blick zu verbannen, zu uns in den Warteraum.

»Dürfte ich um Ihre Aufmerksamkeit bitten?«

War es möglich, dass diese Frau das Schicksal unserer Freundin in ihrer Kehle trug? War sie in diesen kalten Raum mit den in hellem Grün gestrichenen Wänden gekommen, um uns die Nachricht zu überbringen?

»Es ist wirklich nicht üblich, und ich wüsste nicht, dass es schon mal vorgekommen ist, aber die Patientin hat darauf bestanden.« Sie schwieg einen Moment, und wir hielten gespannt den Atem an. »Sie möchte die Ergebnisse in Gegenwart ihrer Familie hören.«

Wir sahen uns an. Ihre Familie? Ihre Eltern natürlich. Aber das war es nicht, was die junge Krankenschwester sagen wollte.

»Charlotte hat uns erklärt, dass Sie alle Brüder, Schwägerinnen und Onkel sind, und daher haben Sie natürlich das Recht, anwesend zu sein, wenn der Arzt die Ergebnisse besprechen wird. Wenn Sie bitte mitkommen würden …«

Wir sahen uns erstaunt an und kämpften gegen unsere Nervosität, die so groß war wie ein Ozean, der versuchte, sich in eine Wasserflasche zu zwängen, ohne dass etwas danebenging.

Dann trabten wir über die kalten Krankenhausflure, die von dem typischen antiseptischen Duft durchzogen waren, der den Geruch von Traurigkeit und Angst überdecken sollte. Und schließlich traten wir in ein kleines Besprechungszimmer, in dem Charlotte, neben ihren Eltern sitzend, bereits wartete. Ich glaube, dass ich zum ersten Mal bei Charlotte, in ihrem tiefen, ruhigen Blick, so etwas wie Angst erkennen konnte. Ihnen gegenüber stand der behandelnde Arzt, ein Mann mittleren Alters mit undurchdringlichem Gesichtsausdruck. Wir setzten uns hin, ohne den Blick von unserer armen Freundin abzuwenden, und nickten ihr zu.

»Wir haben nun alle Ergebnisse vorliegen«, begann der Arzt, und unsere Herzen schlugen sicher lauter als afrikanische Buschtrommeln, »also … das CT ist völlig in Ordnung«, er sah seine Unterlagen durch und blickte Charlotte dann freundlich an. »Und alle anderen Werte auch. Es gibt keine Anzeichen mehr für Krebs. Sie sind geheilt, Charlotte.«

Vor lauter Glück begannen wir zu schreien, mit den Füßen zu trampeln und in die Hände zu klatschen; Karim kletterte auf einen Stuhl, sprang von dort auf einen anderen und fiel schließlich erst dem verblüfften Arzt und dann der Krankenschwester um den Hals. Die Eltern von Charlotte weinten vor Erleichterung. Es war ein ergreifender Moment. Nur Charlotte lächelte, ohne sich zu rühren. Sie ließ sich von allen umarmen, und als sich nach einer Weile alle wieder beruhigt hatten, ergriff sie das Wort:

»Herr Doktor, das ist eine wunderbare Nachricht, aber … ich kann das nicht so ganz glauben.«

»Warum, Charlotte?«

»Vor drei oder vier Wochen habe ich mich plötzlich schlechter gefühlt. Und die Bluttests haben ergeben, dass etwas nicht in Ordnung ist. Wie kann es sein, dass ich geheilt bin, mich dabei aber so mies fühle?«

»Das ist ganz einfach, Charlotte. Und an dieser Stelle muss ich mich bei Ihnen entschuldigen. Wir haben das Ergebnis einer Laboruntersuchung zunächst falsch interpretiert und haben dabei den naheliegenden Grund übersehen: Sie leiden an einem schlichten Mageninfekt, der die Ursache für Ihre Müdigkeit und die Übelkeit ist. Sonst nichts. Der Krebs ist Geschichte. Nun müssen wir nur noch die Infektion behandeln.« Er lächelte. »Was Sie jetzt brauchen sind Antibiotika, Vitamine und Eisen, und dann sind Sie, schneller als es die Polizei erlaubt, wieder auf den Beinen.«

»Danke, Herr Doktor, vielen Dank.«

In diesem Moment konnte Charlotte nicht länger an sich halten und begann zu weinen. Endlich, nachdem sie länger als ein Jahr immer wieder im Krankenhaus gewesen war, konnte sie diesen Ort hinter sich lassen, um ins Leben zurückzukehren. Sie hatte es geschafft. Und wir alle würden bei ihr sein, um jeden Moment mit ihr zu feiern, jeden Zentimeter, den ihr Haar wuchs, jeden Tag, den das Leben ihr schenkte.

Und von diesem Tag Anfang November an wurde allmählich alles besser. Es war, als hätte jemand einen großen Hebel umgelegt. Denn dies war nur der Beginn einer Reihe von Ereignissen. Dabei hatte ich noch keine Ahnung von dem, was ich in den nächsten Tagen erfahren würde. Dinge, die mir das Leben retteten.

2

Seit ein paar Tagen nahm Carol an dem Kurs in Catherines Kochschule teil. Die ganze Zeit über war es mir gelungen, der Schwester meines Verlegers aus dem Weg zu gehen, wenn ich auch immer mal wieder ihre langen, kalten Finger vor Augen hatte, wie sie mit der Zigarette spielten. Doch an diesem Tag war ich in Paris und beschloss, um weiteren Anrufen und Essenseinladungen vorzubeugen, einfach kurz bei ihr vorbeizugehen und mich dafür zu bedanken, dass sie Carol in ihrem Kochkurs aufgenommen hatte. Ich fuhr also, nicht gerade begeistert und in meinem Cabrio beinahe tiefgefroren, durch die herbstlichen Straßen zu Catherines Restaurant. Zu meiner Überraschung war es geschlossen.

Sehr gut, Nico, und man kann nicht sagen, dass du es nicht versucht hast, stimmt's?

Während ich die Stimme dieses kleinen inneren Teufelchens hörte, das versuchte, mich von meiner Pflicht abzubringen, sah ich, dass im Restaurant Licht brannte. Also beschloss ich, um das Gebäude herumzugehen und mein Glück an der Hintertür zu versuchen. Dort war eine Klingel, die ich zögernd drückte. Nur wenige Sekunden später wurde die Tür von einem jungen Mann geöffnet, dem ich dreifach versichern musste, dass ich weder einer von Catherines verrückten Verehrern war (gab es tatsächlich jemanden, der für eine Frau wie sie schwärmte?) noch einer der hartnäckigen Journalisten, die sie – im wahrsten Sinne des Wortes – nicht mal auf der Toilette in Ruhe ließen, noch ein aufdringlicher Vertreter, der seinen Wein verkaufen wollte. Nach diesem leicht surrealistischen Gespräch ließ der junge Mann mich schließlich eintreten. Ich blickte mich nach Catherine um und sah zum ersten Mal die Frau vor mir, die sie wirklich war. Sie trug sportliche Kleidung und die krausen Haare offen und war vollkommen ungeschminkt. Und sie rauchte nicht.

»Wow! Du siehst ja ganz anders aus, Catherine«, rutschte es mir heraus, als sie auf mich zukam und mir einen Kuss auf die Wange gab.

»Wie eine Vogelscheuche, willst du wohl sagen!«

»Nein, überhaupt nicht. Ich würde eher sagen: Du siehst natürlich aus. Also, mir gefällt's.«

Sie lächelte. »Es gefällt mir zu wissen, was dir gefällt.« Der junge Mann hatte unseren kleinen Dialog neugierig verfolgt, doch nun schickte Catherine ihn eilig weg. »Du kannst jetzt gehen, wir haben etwas zu besprechen.«

Der junge Mann verschwand.

»Ich hatte in der Stadt etwas zu erledigen und dachte, ich könnte kurz bei dir vorbeischauen, bevor ich nach Hause zurückfahre.«

»Das war eine gute Idee.«

Da war wieder dieser Blick. Der mir wirklich Angst machte. Der spontane positive Eindruck war wie weggeblasen.

»Also, eigentlich wollte ich mich nur noch mal bedanken. Toll, dass das mit Carol geklappt hat«, sagte ich und überlegte schon, wie ich möglichst elegant den Abgang machen konnte.

»Aaah … Carol! Sie ist eine sehr talentierte Patissière. Sie hat uns wirklich überrascht. Ich wusste nicht, dass sie sich auf diesem Niveau bewegt. Und sie behauptet, noch nie an einer Kochschule gewesen zu sein, aber ich glaube, dass sie uns einfach nicht verraten will, an welcher Schule sie gelernt hat.«

»Nein, Catherine, Carol war tatsächlich noch nie auf einer Kochschule. Alles, was sie weiß, hat meine Mutter ihr bei uns zu Hause beigebracht.«

»Dann muss deine Mutter auch eine großartige Patissière sein.«

»Ja, das war sie, eine großartige Frau!«

»Oje, entschuldige, Nico! Ich habe nicht mehr daran gedacht, dass mein Bruder vor Kurzem auf ihrer Beerdigung war. Komm … Möchtest du einen Cocktail? Ich brauch jetzt ganz dringend einen. Und wie wär's mit einer Zigarette?«

Ich muss etwa eine Stunde mit Catherine in ihrem leeren, dunklen, verrauchten Restaurant verbracht haben, wenn es mir auch vorkam wie fünf oder sechs Monate. Je mehr sie auf mich einredete, desto mehr wurde mir klar, dass ich auf keinen Fall mit ihr befreundet sein wollte, geschweige denn noch mehr. Aber ich hatte das Gefühl, ihr etwas schuldig zu sein, denn sie hatte Carol nicht nur in ihrer Schule aufgenommen, sondern mir auch noch einen großzügigen Rabatt für diesen Kurs gewährt. Und so schwang, bevor ich das Restaurant verließ, der kleine Engel in mir noch einmal den Taktstock:

»Eines noch, Catherine, was ich dir beinahe zu sagen vergessen hätte …« Sie sah mich neugierig an. »Am vierzehnten November richtet der Verlag im Marriott Hotel an den Champs-Élysées ein Fest für mich aus, und ich würde mich freuen, wenn du …«

Bevor ich den Satz beenden konnte, stürzte sie sich auf mich und drückte mir einen endlosen Kuss auf die Lippen. Ihre Zunge stieß in meinen Mund wie eine kalte Schlange. Verwirrt (und ein wenig erschreckt) verließ ich das Restaurant und flüchtete mich in mein Auto, das ich, obwohl es kein Dach hatte, als wesentlich wärmer und gemütlicher empfand als Catherines Umarmung und ihre Lippen.

3

Seht ihr, meine Freunde, so kann es gehen. Auf einmal gab es eine erfolgreiche junge Frau, die hinter mir her war, mein neues Buch würde in Kürze erscheinen, und meine Freundin Charlotte musste nur noch ihren Mageninfekt auskurieren. Carol wurde zu einer der besten Schülerinnen der angesagtesten

Kochschule ganz Frankreichs, und ich kam schnell und guten Mutes mit dem Schreiben voran. Insgesamt meinte das Leben es wirklich gut mit mir. Endlich. Auch wenn ich nicht so glücklich war, wie ich es vielleicht hätte sein sollen. Zweifellos wehte der Wind gerade günstig, alles schien wieder in Ordnung zu kommen, sowohl in meinem eigenen Leben als auch bei meinen Freunden, nur dass ich irgendwie nicht richtig in Schwung kam. Der Grund dafür war mir durchaus bekannt: Judith. Sie war immer noch da, obwohl ich alles tat, um sie zu vergessen.

Wenn ich aufwachte, zwang ich mich, joggen zu gehen, um all die Erinnerungen, die sich jede Nacht in meinem Herzen festkrallten, hinter mir zu lassen. Und wenn ich dann nach Hause kam, machte ich auch dort noch ein paar sportliche Übungen. Ich wurde kräftiger, die Hemden wurden enger, und zum ersten Mal in meinem Leben entdeckte ich an mir ein paar Bauchmuskeln, mit denen ich mit Sicherheit nicht geboren worden war.

Und wenn Judith sich in meine abendlichen Gedanken schlich, rief ich einen meiner Freunde oder meinen Verleger an, um mich abzulenken.

Doch all mein Bemühen war umsonst. *Sie* war immer noch da. Ihre Abwesenheit beherrschte meine Gedanken. Manchmal bereute ich es, dass ich sie an jenem Abend, an dem ich diesen Mann auf ihrem Sofa gesehen hatte, nicht angehört hatte.

Vielleicht würden wir, wenn ich ihr damals nur ein paar Minuten lang zugehört hätte, jetzt zusammen das Abendessen zubereiten. Oder ein Bad nehmen oder lesen oder ich würde zusehen, wie sie Dylan zeichnete.

Genauso bereute ich, ihre E-Mail nicht gelesen zu haben. Inzwischen war es über einen Monat her, dass ich sie erhalten hatte, und ich hätte mich ohrfeigen können, dass ich mich, nachdem ich sie auf den Fotos dieses Unternehmens gesehen hatte, nicht erst einmal beruhigt hatte, bevor ich aufgebracht auf die Taste drückte und ihre Mail löschte.

Was wohl in dieser E-Mail gestanden hatte? Warum hatte sie mir nicht noch einmal geschrieben? Ob es ein Abschiedsbrief gewesen war?

4

Noch immer hatte ich meine Pariser Wohnung nicht gekündigt. Ich wollte sie nicht so einfach aufgeben, weil ich das Gefühl hatte, dass dann all die glücklichen Momente, die ich in jenem Sommer erlebt hatte, verschwinden würden. Und nun, ein Jahr, nachdem ich die Wohnung gemietet hatte, war ich mir noch immer nicht sicher, ob ich sie behalten sollte oder nicht.

Ein paar Tage vor dem Verlagsfest wollte ich dort vorbeifahren, um ein paar Sachen zu holen. Und ohne dass ich es bemerkte, waren in einer der Taschen, die ich mit nach Mont des Fleurs zurücknahm, auch Kleidungsstücke von Judith. Doch das würde ich erst später feststellen.

Nachdem ich die Kisten und Taschen aus meinem alten Leben in mein Auto geladen hatte, fuhr ich auf den Montmartre, um Karim zu besuchen. Seit er so viel arbeitete, hatte er kaum noch Zeit für uns Freunde, da er, sobald er nach Hause kam, Zoe und die Kleine anrief, um sie zum Essen oder ins Kino einzuladen oder sonst etwas mit ihnen zu unternehmen. Eigentlich war gleichgültig, was sie taten, Hauptsache, sie konnten zusammen sein. Zoe zurückzuerobern gestaltete sich nicht ganz so idyllisch wie in den amerikanischen Liebesfilmen, doch Karim gab nicht auf und kam seinem Ziel jeden Tag ein wenig näher.

Wir tranken ein paar Bier, um auf Charlottes Genesung und die kurz bevorstehende Feier zur Veröffentlichung meines Buches anzustoßen.

»Wie heißt es denn eigentlich, dein neues Buch?«, fragte Karim plötzlich.

Ich zögerte.

»Nun sag schon.« Karim grinste.

»Also schön, du erfährst es ja doch.« Lachend sagte ich ihm, wie mein neues Buch heißen würde. Und auch euch, meine Freunde, will ich den Titel nicht vorenthalten. Meine neue Geschichte hieß: *Als die Bäume zu tanzen lernten*.

Das Buch erschien und wurde ein Riesenerfolg. Nachdem es in die Buchhandlungen kam, musste es fast jede Woche nachgedruckt werden, da es kurz nach Erscheinen bereits ausverkauft war. *Als die Bäume zu tanzen lernten* wurde mit mehreren Kinderbuchpreisen ausgezeichnet und verkaufte sich in viele Länder. Heute habe ich ein Exemplar in fast jeder Sprache zu Hause im Regal stehen. Eigenartig, wie gut am Ende alles lief. Aber ich bin mir sicher, dass das nicht das Ende ist, das ihr euch wünscht. Stimmt's?

Ich habe das Gefühl, dass ihr gern wissen möchtet, ob ich Judith noch einmal wiedersah.

In Ordnung, Freunde, auf den nächsten Seiten erzähle ich es euch.

5

Bevor ich an jenem Abend nach Mont des Fleurs zurückkehrte, wollte ich wissen, wie es Carol ging. Ich traf mich mit ihr in meiner Mansarde, da sie gerade das Bistro verließ, als ich sie anrief.

»Wirst du die Wohnung eigentlich behalten?«

»Ich weiß nicht … Vielleicht noch eine Weile. Ich bin noch nicht so weit, dass ich sie kündigen möchte. Du weißt schon …«

»Ja. Man sollte sich von Dingen erst trennen, wenn man bereit dafür ist. Wenn nicht mehr alles mit Erinnerungen befrachtet ist.« Carol ließ den Blick durchs Zimmer schweifen. »Mir hat diese kleine Dachwohnung immer sehr gefallen. Wenn du so weit bist und sie aufgeben willst, sagst du mir dann vorher Bescheid?«

»Sicher! Es wäre wundervoll, wenn du sie übernehmen würdest, dann wäre es fast so, als ob es noch ein bisschen meine wäre, aber sinnvoller genutzt.«

Die Vorstellung gefiel mir. Ich konnte mir keinen besseren Nachmieter vorstellen als meine »kleine Schwester«. Carols derzeitige Wohnung lag ziemlich weit vom Zentrum entfernt, sie zahlte etwa die gleiche Miete wie ich für die Mansarde, und wenn man sich die weiten Fahrten und den Zeitverlust sparen konnte, war es durchaus lohnenswert, auf ein paar Quadratmeter zu verzichten. Ich beschloss, nach unserem Gespräch bei meiner beleibten Vermieterin anzurufen und ihr zu sagen, dass ich den Vertrag verlängern und für mindestens ein Jahr die Miete im Voraus zahlen wollte. Wenn Carol sich keine Gedanken um die Miete machen musste und eine Wohnung in der Stadt hätte, wäre das sicher ein zusätzlicher Anreiz für sie, ihre eigene Patisserie zu eröffnen. Ich konnte sie schon vor mir sehen: ein ländliches Kleinod mitten in Paris in freundlichen, beruhigenden Pastelltönen, mit einem alten Ofen und einer großen Verkaufstheke, die jeden Morgen mit frischen Blumen geschmückt sein würde. Darin würde Carol ihre Kuchen, Tartes, Croissants, Kekse und Éclairs anbieten. Und die Schlange der Kunden würde bis zum Arc de Triomphe reichen …

»Der Patisserie-Kurs ist so wunderbar!«, sagte Carol da in meine Gedanken. »Und weißt du was? Du hattest recht, Nico.«

»Natürlich. Aber womit?«

»Dass sie mir eine Stelle im Restaurant anbieten würden. Dabei ist der Kurs noch nicht mal beendet!«

»Und was wirst du tun?«

»Ich denke, ich werde das Angebot annehmen.«

Die Vorstellung machte mich traurig. Was würde dann aus Carols eigener Patisserie werden?

»Aber keine Sorge, ich möchte immer noch gern irgendwann mein eigener Chef sein. Tatsächlich habe ich mir schon ein paar Räumlichkeiten angesehen.«

»Wirklich, Carol?«

»Ja. Ich bin voller Tatendrang, Nico. Ich weiß nicht, ob ich es schaffen werde, aber allein die Freude, sich die Sache vorzustellen, und die Kraft, die einem das gibt, sind bereits lohnenswert. Ich habe überlegt, die Arbeit im Bistro aufzugeben. Allein schon, weil ich im Restaurant, stell dir vor, beinahe dreimal so viel verdienen würde. Wenn ich also in dieser Zeit fleißig spare, könnte ich vielleicht schon bald einen kleinen Laden eröffnen. Mal sehen …«

Um es vorwegzunehmen – nur ein paar Monate später konnte ich Carol bei der Geschäftsgründung finanziell unterstützen. Ich verdiente so viel mit meinen Büchern, dass ich überhaupt nichts dagegen hatte, in ein vielversprechendes Geschäft für traditionelle Patisserie zu investieren. Aber das werde ich euch später erzählen.

6

Der Erscheinungstag meines Buches kam und damit auch das Fest auf den Champs-Élysées. Es war ein großer Höhepunkt in meinem Leben nach so vielen Jahren des Zweifels und das Ende eines verschlungenen Wegs, auf dem ich unterwegs viel verloren und doch auch einiges gewonnen hatte.

Nicolas, wehe Du kommst heute zu spät zu dem Fest! Du musst vor allen anderen im Marriott sein, um ein paar Interviews zu geben, also stell Dich darauf ein, dass Du schon um sieben heute Abend dort auftauchen musst. Und ich habe eine gute Nachricht für Dich: Meine Schwester hat den ganzen Abend frei. Sie hat mir gesagt, dass sie sich sehr darauf freut, Dich zu sehen. Du Schlitzohr …

Mit dieser Mail machte mein Verleger mich an dem großen Tag gegen acht Uhr morgens mobil. Das Fest an sich sollte gegen neun Uhr abends beginnen, doch vorher war ein ausgiebiges Treffen mit Journalisten und Fotografen geplant.

Ich verbrachte den Morgen damit, die Sachen, die ich von meinem letzten Paris-Besuch mitgebracht hatte, auszupacken. Und als ich ein paar Kleidungsstücke zum Waschen aussortierte, fiel mir auf, dass darunter einige Sachen von Judith waren: ihr gelbes Seidenkleid, rot gepunktete Shorts und eine helle Strickjacke. Jedes dieser Kleidungsstücke war für mich voller Erinnerungen, die gleichzeitig wehtaten und mir ein Lächeln entlockten. Ich steckte meine Nase tief in das gelbe Seidenkleid und träumte davon, Judith in den Armen zu halten. Für einen Moment war die Sehnsucht übermächtig. Dann sammelte ich ihre Kleidungsstücke zusammen und warf sie mit einem Gefühl leisen Bedauerns in die Mülltonne im Garten.

Bevor ich mich an diesem Tag auf den Weg nach Paris machte, stellte ich für Dylan an mehreren Stellen im Haus genügend Futter und Wasser bereit, denn ich fürchtete, dass es spät werden würde, sodass ich besser im Hotel übernachtete.

Ich beschloss, lieber mit dem Zug zu fahren, da der erste Schnee in diesem Winter vorhergesagt war und ich nicht mit glänzenden Eiszapfen am Kinn zu der Veranstaltung erscheinen wollte. Der Zug, den ich wählte, würde mich so früh nach Paris bringen, dass mir bis zu dem von meinem Verleger vorgegebenen Zeitpunkt noch ein paar Stunden blieben. Im Hotel war eines der besten Zimmer für mich reserviert, in dem meine Kleidung und all die Dinge, die dem Ehrengast zur Verfügung gestellt wurden, auf mich warteten. Es konnte also gar nichts schiefgehen.

Das Taxi brachte mich zu dem pompösen Eingang des Hotels mit der Hausnummer siebzig, das sich unweit des Arc de Triomphe befand. An diesem Abend würde er einmal mehr für die Einwohner von Paris und die Touristen aus der ganzen Welt erstrahlen, während ich in einem Luxushotel gleich in der Nähe einen Teil dessen erleben würde, wovon ich immer geträumt hatte. Bevor ich durch den Hoteleingang schritt, hob ich den Blick und musste mich kneifen, um mir in Erinnerung zu rufen, dass all dies tatsächlich geschah. Und dass es mir geschah. Nach allem, was passiert war, ging es nun wieder aufwärts.

Als ich die Lobby betrat, staunte ich nicht schlecht: In der eleganten, luxuriösen Empfangshalle befanden sich fast genauso viele Angestellte wie Gäste. Der Raum war lichtdurchflutet, während es draußen bereits dämmerte. Ein riesiges Glasdach trennte uns von dem indigoblauen Winterhimmel, der sich über Paris spannte.

Tief beeindruckt von all dem prunkvollen Luxus, ging ich zu der sanft geschwungenen, auf Hochglanz polierten Rezeption und stellte mich vor.

»Guten Tag, ich bin vielleicht ein wenig früh. Mein Name ist Nicolas Cambril.«

»Aaah … Monsieur Cambril, der Schriftsteller … es ist mir eine Ehre«, sagte der Mann auf der anderen Seite des Tresens. »Wir haben Sie schon erwartet. Ihre Suite steht seit heute Morgen für Sie bereit, und soeben wurde mir mitgeteilt, dass alles vorbereitet ist. Wenn Sie erlauben, wird meine Assistentin Sabine Sie begleiten.«

Sabine war eine bildhübsche Frau von etwa dreißig Jahren, eine Engländerin mit einem entzückenden Akzent. Doch auch diese Traumfrau ließ mich seltsam kalt. Ob Judith all meine Begeisterung für das weibliche Geschlecht mit sich genommen hatte?

»Es ist eigentlich gar nicht nötig, dass Sie mich begleiten, Sabine. Wenn Sie mir sagen, wo das Zimmer ist, werde ich es schon finden«, versicherte ich ihr, während wir mit dem Aufzug in den obersten Stock hinauffuhren.

»Aber nein. Es ist mein Job, Ihnen Ihren Aufenthalt so angenehm wie möglich zu machen. Hier lang, bitte kommen Sie.«

Wir gingen durch einen breiten Gang mit dickem Teppichboden und hellen Wänden zu einer Tür hinüber, die crèmefarben gestrichen und mit filigranen Goldverzierungen geschmückt war. Sabine öffnete sie und ließ mir höflich den Vortritt. Freunde, dieses Zimmer war mindestens dreimal so groß wie meine Pariser Mansarde! Und ich bin sicher, dass jedes der Möbelstücke, sogar die kleinste Lampe, mehr als zwei Monatsmieten meiner kleinen Wohnung wert war.

»Wir haben die Minibar aufgefüllt, aber wenn Sie noch einen Wunsch haben, müssen Sie nur hier drücken.«

Sie wies auf ein kleines weißes Elektrogerät.

»Was ist das?«

»Eine Art ›Piepser‹ sozusagen. Wenn Sie etwas brauchen, dann drücken Sie auf diesen Knopf, und ich bin gleich bei Ihnen.«

Nachdem sie mir die ganze Suite gezeigt hatte, ließ Sabine mich allein. Denn der erste Raum war nur das Wohnzimmer. Außerdem gab es noch ein Ankleidezimmer, das mit großem Eifer von irgendeinem Interior-Designer mit übertriebenem Hang zum Barockstil ausgestattet worden war, und ein Schlafzimmer, das noch größer war als das Wohnzimmer und mit wertvollen Holzmöbeln eingerichtet. Ich ließ meinen Blick über die vergoldeten Lampen mit den Hunderten Kristallen schweifen und ging dann zum Fenster. Als ich die schweren blauen Samtvorhänge zur Seite zog, blieb mir fast die Luft weg: Der Ausblick auf die Champs-Élysées und den Arc de Triomphe war überwältigend. Unter mir entdeckte ich eine entzückende Terrasse voller Olivenbäume, Japanischem Ahorn und weißem Schleierkraut. Ja, genau den Blumen, die ich Judith an dem Tag geschenkt hatte, als wir uns zum ersten Mal die Hand geschüttelt hatten. Mit denen ich mein Zimmer in Mont des Fleurs geschmückt hatte, als wir uns zum ersten Mal liebten, und die sie im Sommer mehrmals gekauft hatte, um meine Mansarde zu verschönern. Ich dachte an das gelbe Seidenkleid in meiner Mülltonne und spürte einen heftigen Stich im Magen.

Ich fand den Anzug, den ich an diesem Abend tragen sollte und den ein mit meinem Verleger befreundeter Schneider maßgefertigt hatte. Er hing, auf mehrere Kleiderbügel verteilt, in dem riesigen Ankleidezimmer. Während ich staunend all diesen Luxus betrachtete, klopfte es an der Tür.

»Guten Tag, mein Herr. Ich bin der Hotelfriseur und habe den Auftrag, mich ein wenig um Sie zu kümmern.«

»Oh, damit habe ich gar nicht gerechnet.«

»Wenn Sie erlauben, würde ich Ihnen die Haare machen und Sie rasieren.«

Eine Stunde später war ich nicht mehr wiederzuerkennen. Der Friseur hatte mir einen neuen Haarschnitt verpasst und mich so gekämmt und gestylt, dass ich aussah wie ein internationales männliches Model. Am Ende schenkte er mir noch ein paar Kosmetikartikel für den Herrn und zog sich aus dem Zimmer zurück, während ich zum x-ten Mal in den Spiegel schaute und versuchte, mich unter der neuen Frisur wiederzufinden.

7

Die folgenden Stunden verbrachte ich, in meinen Maßanzug gewandet, in meiner Suite und empfing einen Journalisten nach dem anderen. Sie stellten immer die gleichen Fragen: »Was hat Sie zu der Geschichte inspiriert?«, »Wie sind Sie auf diese Idee gekommen?«, »Arbeiten Sie bereits an einem neuen Buch?«, »Wenn eines Ihrer Bücher verfilmt würde, würden Sie dann selbst Regie führen?«, »Sind Sie Single?«, »Gibt es jemanden, der einen besonderen Platz in Ihrem Herzen hat?«

Nur ein junges Journalistenpaar (in Wahrheit waren die beiden noch gar keine Journalisten, sondern Studenten, die sich die Akkreditierung irgendwie erschummelt hatten) brachte mich zum Nachdenken:

»Monsieur Cambril, die ungewöhnlichen Zeichnungen in Ihrem neuen Buch haben die Kritiker und das Publikum sehr überzeugt. Haben diese Zeichnungen Sie zu Ihrer Geschichte inspiriert?«

Ob sie mich inspiriert hatten? Was sollte ich diesen beiden jungen Leuten antworten? Dass Judiths Bilder mich dazu gebracht hatten, über mich hinauszuwachsen und lebenswichtige Entscheidungen zu treffen? Dass ich dank ihrer das absolute Glück erfahren hatte? Und dass sie mich ebenso ins tiefste Unglück gestürzt hatten? Wie sollte ich das in wenigen Worten diesen beiden Leuten erklären? Ich überlegte kurz und versuchte dann eine Antwort zu geben, die der Wahrheit möglichst nahekam.

»Sie haben mir dabei geholfen, mich selbst zu verstehen.«

»Werden Sie beim nächsten Buch denn wieder mit diesem Illustrator arbeiten?«

»Ich glaube, das wird nicht möglich sein.«

Diese armen unschuldigen Studenten stellten mir die wichtigsten Fragen von allen, ohne dass es ihnen bewusst war.

Mein Verleger verabschiedete die letzte Journalistin, nachdem er sie um ihre Karte gebeten hatte, um sie in den nächsten Tagen anzurufen, und als er die Tür hinter ihr geschlossen hatte, klatschte er ein paarmal in die Hände. Er ging zur Minibar hinüber und nahm eine Flasche Dom Perignon heraus. Dann füllte er zwei Gläser und setzte sich neben mich.

»Du warst großartig, Nico. Gut gemacht!« Er gab mir mein Glas.

»Danke.« Ich war noch voll im Arbeitsmodus. »Wann soll ich am Montag noch mal kommen, um diese Werbemaßnahmen für mein Buch zu besprechen?«, fragte ich eifrig.

»Vergiss mal den Verlag! Jetzt wird gefeiert. Geh und amüsier dich, Nico. Die ganze Nacht liegt vor dir, und eine ganze Menge junger Frauen würden sie sicher zu gern mit dir verbringen. Entspann dich und genieße es. Und sei ein bisschen nett zu meiner Schwester, die wegen dir todunglücklich ist, die Arme.« Wir stießen an und leerten das erste Glas Champagner in einem Zug.

Kurze Zeit später war die Flasche leer, und wir fuhren mit dem Aufzug hinunter ins Erdgeschoss. In der Lobby erwartete uns ein Heer an Fotografen, hinter denen ich plötzlich ein kleines Grüppchen mir bekannter Menschen ausmachte, die mir heftig zuwinkten und übers ganze Gesicht strahlten: meine Freunde.

Nachdem die letzten Pressefotos gemacht waren, kämpfte ich mich zu ihnen durch. Sie amüsierten sich großartig und hatten sich alle ziemlich in Schale geworfen. Charlotte und Fanny waren vor dem Fest sogar beim Friseur gewesen. Denn, Freunde, die Zeit der bunten Kopftücher war für Charlotte vorbei, und sie kämmte sich wieder. Doch an diesem Tag hatte der Friseur ihr nachwachsendes Haar in Form gebracht.

»Meine Damen, ihr seid wunderschön, ich werfe mich euch zu Füßen«, sagte ich mit einer galanten Verbeugung.

Alle lachten, und wir stießen miteinander an.

Am liebsten hätte ich viel mehr Zeit mit meinen Freunden verbracht, aber den größten Teil des Abends über musste ich mich mit Journalisten, Verlegern, Literaturagenten und anderen Leuten unterhalten, die mich mit Beschlag belegten.

Auf einmal sah ich zwischen den elegant herausgeputzten Köpfen einiger Verlagsleute Karim, der im Laufschritt Richtung Toilette rannte.

Ich entschuldigte mich und folgte ihm neugierig.

Doch als ich die Waschräume betrat, die so geräumig und edel waren wie der Rest des Hotels, war Karim nirgendwo zu sehen. Ich wartete eine Weile, aber er schien sich in Luft aufgelöst zu haben. Schließlich wandte ich mich zu den Türen aus Eichenholz um und bückte mich, um die Füße meines Freundes zu suchen.

»Karim?«, rief ich leise.

»Ja?«, antwortete er mit gedämpfter Stimme.

»Ich bin's, Nico. Alles in Ordnung?«

»Uff, hast du mich erschreckt, ich dachte schon, sie wäre mir gefolgt.« Karim öffnete die Tür, hinter der er auf den Toilettendeckel gestiegen war, um sich zu verstecken, und trat erst aus der Kabine, nachdem er sich nach allen Seiten umgesehen hatte.

»Wer ist dir gefolgt?« Der Alkohol begann seine Wirkung zu entfalten, was auch mir ein wenig das Reden erschwerte. Ich merkte, dass ich mit schleppender Zunge sprach und dass alles, was ich hörte, mich zum Lachen brachte.

»Oh, das ist eine lange Geschichte. Vor einer Weile habe ich mal eine Frau aufgerissen, ungefähr zu der Zeit, als auch wir uns kennengelernt haben. Und nachdem wir eine Nacht miteinander verbracht hatten, hat sie mich um meine Telefonnummer gebeten. Weil ich weder mit ihr noch mit irgendeiner anderen Frau etwas Ernstes wollte, habe ich die falsche Nummer aufgeschrieben. So hab ich das immer gemacht. Ich weiß, dass ich ein Schwein bin, du brauchst es mir erst gar nicht zu sagen. Und jetzt ist diese Tussi, die hier zufälligerweise für den Catering-Service arbeitet, stinkwütend zu mir gekommen und hat mich zur Rede gestellt. Tja, Pech! Wenn Zoe das rauskriegt, gibt's einen Riesenkrach.«

»Karim?« Zoe hatte die Herrentoilette betreten und sah sich völlig ungezwungen um. »Karim, hör auf, dich zu verstecken. Jetzt sei nicht kindisch, und komm da raus. Ich weiß, was los ist. Ist nicht schlimm, okay?«

Ich hatte das ungute Gefühl, dass das nur eine Finte war, um Karim herauszulocken und ihm dann einen Tritt zwischen die Beine zu verpassen, der ihn für den Rest seines Lebens lahmlegte. Und dabei wollte ich lieber nicht Zeuge sein. Ich versuchte, mich wegzuschleichen, aber sie hielt mich zurück.

»Bleib nur, Nico, ist schon im Ordnung, ich werde keine Szene machen. Karim, ich habe gesehen, wie diese Frau auf dich eingeredet hat und du dann abgehauen bist. Also bin ich zu ihr hingegangen, und sie hat mir von euch erzählt. Ich gebe zu, dass ich dir am liebsten die Haut über die Ohren ziehen würde, aber lassen wir das Vergangene auf sich beruhen.«

Karim sah sie zerknirscht an.

»Als wir getrennt waren, hatte auch ich ein paar Kerle am Start, also sind wir quitt. Vergessen wir das.« Sie nahm seine Hand und grinste. »Und weißt du, was wirklich witzig ist?« Karim und ich sahen sie fragend an. »Auch ich habe den Jungs immer die falsche Telefonnummer gegeben.«

Wir prusteten los, und als wir die Waschräume verließen, ging mir durch den Kopf, dass es zwischen den beiden wirklich gut lief. Für eine Weile getrennt zu sein hatte sie reifer werden lassen. Sie hatten gelernt, dass sie sich ähnlicher waren, als sie gedacht hatten, und auch, dass sie zusammen viel mehr zu lachen hatten und dass die schwierigen Momente im Leben zu zweit besser zu ertragen sind. Und natürlich hatten sie verstanden, dass ihre Tochter viel glücklicher war, wenn sie zusammenblieben. Nicht lange nach diesem Abend sollte Zoe ihre Wohnung in Saint-Denis kündigen und zu Karim auf den Montmartre ziehen, wo nun ihr gemeinsames Zuhause war und wo sie zu dritt ein harmonisches Leben führten.

8

Der erste Teil des Abends ging zu Ende. Anschließend war geplant, in den Queen Club weiterzuziehen, einen sehr angesagten Tanztempel direkt an den Champs-Élysées. Dort trafen wir etwa gegen Mitternacht ein, und die Erste, die mir am Eingang entgegenkam, war Catherine. Ich hatte sie in der Hotellobby ein paarmal flüchtig gesehen, war ihr jedoch erfolgreich aus dem Weg gegangen. Nun allerdings gab es kein Entkommen, und sie hüllte mich sofort in eine Nikotinwolke ein.

»Endlich, Nico! Nachdem du bereits mit allen anderen Leuten geredet hast, will ich dich jetzt für mich ganz allein.«

Sie trug ein tailliertes schwarzes Kleid mit einem tiefen Ausschnitt und dazu Schuhe mit himmelhohen Absätzen. Ihr schweres Parfüm benebelte meine Sinne und roch zugegebenermaßen ausgesprochen gut. Doch nach wie vor verspürte ich nicht den geringsten Drang, sie zu berühren oder in ihre Arme zu sinken, selbst ihre schlanken Beine änderten nichts daran.

Wir gingen hinaus auf die Terrasse, denn drinnen war es vollkommen überfüllt.

Die Beleuchtung am Eiffelturm funkelte im Rhythmus irgendeiner Musik, und als ich so, mit leicht anästhesiertem Gehirn, auf die Silhouette der Stadt blickte, begann ich zu reden, ohne darüber nachzudenken.

»Mein Vater hat immer gesagt, dass ich mein eigenes Glück finden müsse. Dass ich kein Leben führen kann, das nur von anderen abhängt. Ich habe ihn nie verstanden, doch jetzt verstehe ich ihn noch weniger.« Catherine hörte aufmerksam zu, während sie sich ihre fünfte Zigarette anzündete. »Sieh mich an: Auf einmal kann ich mich im Erfolg sonnen. Ich habe gerade ein erfolgreiches Buch geschrieben. Ich wohne in einem wunderschönen Haus, meinem Elternhaus, und schreibe mehr und besser als jemals zuvor. Und endlich wendet sich auch im Leben meiner Freunde alles zum Guten. Ich bin glücklich. Ja, das bin ich. Oder doch nicht. Ich sollte es sein, aber da gibt es etwas, was mir fehlt.«

»Vielleicht sehnst du dich nach Liebe …«

Sie rückte näher an mich heran und legte die Arme um meine Taille.

Vorsichtig löste ich ihre Hände von meinem Körper und schob sie von mir.

»Ja, ich sehne mich nach Liebe, Catherine, aber nicht du bist diejenige, von der ich jede Nacht träume. Du bist eine tolle

Frau. Die Männer stehen Schlange, um sich mit dir zu verabreden, das weißt du. Aber ich gehöre nicht dazu.«

Für einen Moment wirkte sie verletzt und wütend, doch sie riss sich zusammen und ließ mich nicht einfach stehen.

»Bist du in eine andere Frau verliebt?«

»Ja. Schon lange. Auch wenn ich es nicht wahrhaben will. Doch mir wird immer klarer, dass das mit uns eine unvollendete Geschichte ist. Sie war ein Engel aus Licht an meiner Seite. Und ehrlich gesagt weiß ich nicht, was dann passiert ist. Ich war wütend auf sie, war eifersüchtig und habe sie von mir gestoßen. Und vielleicht ist es auch schon zu spät, aber … Ich muss wissen, was geschehen ist.«

Catherine blies den Rauch in den Nachthimmel. »Mein Bruder hat mich gewarnt. ›Fang nichts mit einem Schriftsteller an, die sind alle verrückt‹, hat er gesagt. Aber wie du weißt, habe ich nicht auf ihn gehört.« Sie sah mich an. »Tja, bedauerlich. Du bist tatsächlich der erste Mann seit vielen Jahren, der mich abblitzen lässt. Aber, was soll's! … Ich hol mir jetzt noch einen Campari. Aber vorher gebe ich dir noch einen Rat: Vielleicht sähe alles anders aus, wenn du dieses Kaff hinter dir lassen und wieder nach Paris ziehen würdest.«

»Ich wohne in einem kleinen Paradies, Catherine, und würde es gegen nichts in der Welt eintauschen. Die Leute dort kümmern sich umeinander. Wir schenken uns gegenseitig Blumen, Essen, Limonade und Wein. Das ist meine kleine Oase. Und *sie* hat es gemocht, mich vom ersten Tag an verstanden, an dem ich sie durch die Straßen geführt habe. *Sie* schien dorthin zu gehören.«

Catherine nahm einen letzten Zug von ihrer Zigarette und warf die Kippe auf den Boden.

»Na, dann hoffe ich, dass es dir weiterhin gut geht in deinem kleinen Paradies. Ich fürchte, unsere Wege werden sich nicht mehr kreuzen.« Sie schüttelte den Kopf. »Du bist schon ein seltsamer Vogel, Nico, aber nicht übel. Und du solltest das, was dich so belastet, wieder hinbiegen.«

Mit diesen Worten verschwand Catherine, die Powerfrau, aus meinem Leben. Ich war erleichtert, dass sie es so sportlich genommen hatte.

Nachdem sie wieder hineingegangen war, blieb ich, mit meinem Glas in der Hand und zitternd vor Kälte, noch eine Weile draußen stehen und dachte an Judiths Augen, die aufgeregt zu leuchten begonnen hatten, als sie die bunten Fensterläden von Mont des Fleurs zum ersten Mal sah.

9

Am nächsten Morgen hatte ich einen Kater. Stöhnend öffnete ich die Augen und blinzelte gegen die Sonne. Und als ich mich aufrichtete, entdeckte ich zu meinem Erstaunen Judiths Kleidungsstücke unter der Decke und erinnerte mich wieder. Als ich im Morgengrauen nach Hause gekommen war, war ich, bevor ich das Haus betreten hatte, nach hinten in den Garten gegangen und hatte zwischen den Müllresten die Kleidungsstücke meiner großen Liebe gesucht. Zum Glück waren fast ausschließlich Papier und Kartons im Mülleimer gewesen. Ihre Kleider hatten noch einen Hauch ihres Duftes bewahrt: süß, aber frisch. Ohne weiter nachzudenken, hatte ich die Sachen mit ins Bett genommen, und dort lagen sie auch an diesem Morgen noch, an dem die Wiesen draußen unter einer Schicht weißen Schnees erwacht waren.

Dylan kuschelte sich zwischen meine Beine, bis ich ein paar Minuten später von einer großen Unruhe getrieben aufstand.

Nicolas Cambril, du kannst die Vergangenheit nicht ändern, also hör auf, darüber nachzugrübeln. Du kannst nichts tun, wenn sie sich in einen anderen verliebt hat.

Ich will die Vergangenheit ja gar nicht ändern. Judith kennenzulernen war das Beste, was mir je passiert ist. Sie hat dafür gesorgt, dass ich wieder am Leben teilnahm und vorankam. Das wird sich niemals ändern. Auch wenn es wehtut. Auch wenn ich weiß, dass ich mit diesem Schmerz in mir sterben werde, muss ich anerkennen, dass sie mein Leben wieder in Gang gebracht hat, sie hat den Ton vorgegeben und mir gezeigt, dass der Weg zum Glück mit Steinen gepflastert ist, die meinen Namen tragen. Und ihren. Aber die mit ihrem Namen bleiben nun zurück. Catherine war vielleicht nicht die Richtige, aber es wird andere Frauen geben, die dich das Leben spüren lassen. Judith ist schließlich nicht die einzige Frau auf der Welt.

Aber Judith ist die Frau am anderen Ende meines roten Fadens. Vielleicht hat sie mehrere Fäden, ich jedoch habe nur einen. Und sie … Sie hat ihn zerrissen.

Dylan, wie kann ich sie gleichzeitig lieben und hassen?

Das ist das Lächerlichste, was ich je gesagt habe.

Aber es ist die Wahrheit: Ich liebe sie, ich begehre sie, ich würde alles für sie tun. Aber ich hasse sie auch, ich verabscheue sie und will sie aus meinem Gedächtnis streichen. Ich bin dabei, den Verstand zu verlieren. Karim hat recht, die Liebe macht uns verrückt, sie hat mich misstrauisch, ängstlich, einsam und traurig gemacht. Aber sie hat mir auch deutlich gemacht, dass mein Leben einen Sinn hat. Und ich habe erfahren, was GLÜCK wirklich bedeutet – Lust zu verspüren, Hoffnung, Freude … Wie kann ein so kleines Wort all das erzeugen?

L-I-E-B-E

J-U-D-I-T-H

Meine Liebe, mein Schmerz …

Kurz darauf trank ich einen starken Kaffee, machte im Wohnzimmer den Kamin an und setzte mich in den alten Sessel meines Vaters. Er knarrte, das Leder war abgenutzt und an einigen Stellen verblasst, dennoch hatte ich nicht vor, ihn jemals gegen einen anderen auszutauschen. Denn dieser Sessel kam beinahe einer Umarmung meines Vaters gleich.

Ich musste nachdenken und versuchen, die Sache so zu sehen, wie sie war. Nicht so, wie ich sie sah, sondern mit neutralem Blick. Denn letztendlich setzt sich jede Geschichte aus mehreren Versionen zusammen, die am Ende die Wahrheit bilden. Ich aber kannte nur meine Version und nicht die ihre.

Ich wollte versuchen, mich in ihre Lage zu versetzen und die Teile des Puzzles zu finden, aus denen sich ihr Abschied zusammensetzte.

Nachdem auch ich nun für den Verlag eine Reihe Verpflichtungen übernommen hatte, begann ich allmählich zu verstehen, dass sie sich verpflichtet fühlte, ihren ehemaligen Vorgesetzten zu helfen, als es Probleme im Unternehmen gab. Und wenn Judith, wie Charlotte gesagt hatte, die Nachfolgerin ausgewählt hatte, die am Ende die Firma beinahe in den Ruin getrieben hätte, war dies noch leichter nachzuvollziehen.

Gut, Nico, wir wissen, dass sie einen sehr stressigen Job hatte, für den sie ihre ganze Kraft brauchte.

Wir wissen auch, dass sie von Paris aus für ArtCom gearbeitet hat, um die Firma zu unterstützen, bevor sie ganz aufhören würde.

Aber … Warum fühlte sie sich dem Unternehmen derart verbunden?

Und was war in den ersten Monaten des Jahres geschehen? Ihr Gesicht war so ernst und traurig gewesen. Irgendetwas Schwerwiegendes muss damals passiert sein.

In ihrer Familie hatte es keine Probleme gegeben, auch nicht unter ihren Freunden, denn darüber hatten wir oft gesprochen. Das konnte es nicht sein, dessen war ich mir sicher.

Ob also alles mit dem Mann zusammenhing, den ich in ihrer Wohnung gesehen hatte? War er der Grund für ihre Traurigkeit und ihr ausgeprägtes Pflichtgefühl?

Wir wissen, dass sie in einen Kollegen verliebt war. Vielleicht war das die Verbindung, die sie nicht zu durchtrennen vermochte.

Ich kam zu dem Schluss, dass ich an diesem Faden ziehen musste. Ich musste wissen, wer dieser Mann war, in welcher Verbindung er zu dem Unternehmen stand und warum Judith so überstürzt mit ihm fortgegangen war.

Vielleicht war es das Einfachste, ganz am Anfang anzufangen, mit der Universität. Ich wusste, dass Judith an derselben Fakultät studiert hatte wie Zachary, der Freund meiner kampfsporttrainierten ehemaligen Kollegin Fanny. Also würde ich mich als Erstes mit ihm verabreden, um der Sache nachzugehen. Und damit öffnete ich die Büchse der Pandora, die mir jedoch schließlich das Leben rettete.

XII

DAS PUZZLE

Auf dem Kalender war der offizielle Winteranfang erst in einem Monat, allerdings vermittelte die Landschaft draußen einen anderen Eindruck: Nachdem es mehrere Tage hintereinander geschneit hatte, waren die Wiesen und der Wald von einer dicken weißen Schicht bedeckt, und die Schneeflocken begleiteten mich auf meinen Spaziergängen durch Mont des Fleurs. Ich dachte viel darüber nach, wie ich am besten vorgehen sollte. Zwar hatte ich mir vorgenommen, mich intensiv auf die Suche nach den Teilen des Puzzles zu begeben, doch mir war auch klar, dass das, was ich finden würde, wenn ich den entsprechenden Leuten die richtigen Fragen gestellt hatte, mir entweder endlich Frieden bringen oder mich endgültig in die Hölle befördern würde. Daher musste ich mit Bedacht handeln und gut gerüstet sein.

Schließlich fühlte ich mich gefestigt genug, um Fanny anzurufen. Ich erklärte ihr, dass ich gern mit ihr und vor allem Zachary reden wolle, um vielleicht zu verstehen, was vor Monaten mit Judith los gewesen war.

Fanny Antwort war kurz und eindeutig:

»Das wurde aber auch Zeit, Nico. Allerhöchste Zeit. Komm heute Abend vorbei.«

Und das tat ich. Ich zog den alten Pelzmantel meines Vaters an (da das Verdeck meines Autos immer noch nicht repariert war), einen blauen Wollschal und ein Paar Handschuhe, das ich ein paar Wochen zuvor in Paris gekauft hatte. Als ich auf die Landstraße fuhr, wurde es bereits dunkel, und gegen Abend erreichte ich Zacharys Wohnung auf dem Montmartre.

Es war das erste Mal, dass ich das Nest der beiden Turteltauben betrat. Sie würden in wenigen Monaten heiraten, und überall in der Wohnung lagen Muster von Einladungskarten oder Stoffen und Hochzeitszeitschriften herum. Die beiden servierten ein leichtes Abendessen auf einem niedrigen japanischen Tisch, und wir setzten uns auf Kissen, plauderten über dies und das und stießen darauf an, dass Charlotte mit der gleichen Energie wie früher wieder angefangen hatte zu arbeiten.

Als wir beim Nachtisch waren, kam Zachary zum Thema.

»Fanny hat mir gesagt, dass du über Judith reden willst.«

Ich nickte, denn noch immer fiel es mir schwer, ihren Namen laut auszusprechen. Fanny hatte offenbar nur Augen für ihr Stück Kuchen, und ich nahm an, dass sie nichts sagen würde, was mich von meinem Vorhaben, die Dinge endlich aufzuklären, abbringen könnte.

»Gut. Mir ist allerdings nicht ganz klar, wie ich dir helfen kann. Ich weiß auch nur das, was sie mir auf Karims Fest erzählt hat. Und ein paar Anekdoten aus der Studienzeit, das ist alles.«

Ich war zutiefst enttäuscht, denn ich hatte gehofft, dass Zachary das große Geheimnis entschleiern würde, das Judith und mich die ganze Zeit über getrennt hatte.

»Na ja, ihr wart doch Kommilitonen, oder? Du hast mit ihr schließlich ein paar Jahre zusammen studiert.«

»Ja, das stimmt. Wir haben nicht genau die gleichen Fächer belegt, aber wir haben uns auf dem Campus gesehen und hatten gemeinsame Freunde.«

»Vielleicht könntest du mir etwas aus dieser Zeit erzählen?«

Ich war davon überzeugt – es war eine Art Ahnung –, dass Judiths Geschichte an jenem Ort begann. Und nur wenige Sekunden später bestätigte sich mein Eindruck. Wenn ich auch noch nicht die ganze Bedeutung verstand.

»Schön, ich werde dir alles erzählen, was ich weiß. Judith und ich sind gleich alt, und wir interessieren uns beide für Kunst, wenn wir auch ganz unterschiedliche Wege eingeschlagen haben. Sie war seit Beginn an allem interessiert … Das heißt ›interessiert‹ ist noch zu schwach ausgedrückt: Sie war regelrecht besessen und hat sich in alle Kurse eingetragen, in denen es um Kunst, Zeichnen, Maltechniken und Ähnliches ging. Während die meisten von uns nach Möglichkeiten suchten, sich vor dem Unterricht zu drücken und lieber zu Partys zu gehen, hat sie nur gearbeitet. Gelernt und sich verbessert.«

Das war mein Mädchen. Das war es, was ihre Lebensfreude ausmachte, was ihr am meisten Spaß machte: zu malen und sich in etwas zu vertiefen. Was mochte danach passiert sein? Was hatte ihr die Freude genommen? Wie üblich kamen mir die unterschiedlichsten Dinge in den Sinn: Eine schwere Krankheit machte ihr das Zeichnen unmöglich; eine ungewollte Schwangerschaft fesselte sie an ein Leben, das sie nicht wollte; sie war wegen des vielen Lernens verrückt geworden und nach Paris gekommen, nachdem sie die medizinische Behandlung abgebrochen hatte … Doch die Wahrheit war viel einfacher. Oder eigentlich viel komplizierter.

»Schon während des ersten Semesters begann sie für einen besonders herausragenden Fachbereich an der Uni zu arbeiten, Digitalkunst oder so.«

»Ja, so etwas muss es gewesen sein«, bestätigte ich, »denn das Unternehmen, für das sie arbeitet, befasst sich genau damit.«

»Weißt du zufällig den Namen des Unternehmens?«

»ArtCom-Manhattan.«

»Okay, dann liegen die Dinge genau so, wie wir dachten.« Seinem Gesicht war eine gewisse Besorgnis anzumerken, er sah

Fanny eindringlich an und blickte dann wieder zu mir. »Was ich dir jetzt erzähle, ist etwas, was ich bisher immer für ein Gerücht gehalten habe, aber vielleicht ist es doch wahr …«

»Kannst du das bitte mal näher erklären?« Fanny hatte bis dahin zugehört, ohne ein Wort zu sagen, doch nun wurde das Ganze interessant, und man merkte ihr an, dass sie darauf brannte, alles zu erfahren, was Zachary wusste.

»Also, meine Lieben: In den Jahren, in denen Judith für diesen Fachbereich arbeitete, verbreitete sich ein Gerücht auf dem Campus. Ihr wisst schon, die Uni ist eine Welt für sich, wie ein kleines Dorf, in dem die Leute viel herumtratschen und Dinge erfinden. Jedenfalls hieß es damals, dass Judith und einer der Professoren, der Leiter dieses Fachbereichs nämlich, ein Verhältnis hätten.«

Ich dachte nach, während er sprach. Was hatte ein Universitätsprofessor mit dem Kollegen zu tun, den Judith erwähnt hatte? Eine Minute später erfuhr ich es:

»Als du mir eben den Namen des Unternehmens genannt hast, passte alles zusammen. Dieser Typ, Professor Markus Göran – der Name ist bei mir irgendwie hängen geblieben –, ist der stellvertretende Leiter des Unternehmens, in dem Judith arbeitet.«

»Der stellvertretende Leiter«, brachte ich mühsam heraus.

Die Gedanken in meinem Kopf überschlugen sich. Ich bat, einen Moment auf den Balkon hinausgehen zu dürfen, um frische Luft zu schnappen. Ich musste das, was Zachary gerade erzählt hatte, irgendwie mit dem Wenigen, das ich wusste, in Einklang bringen.

Erstens: Judiths Professor, ein gewisser Markus Göran, hatte in ihrer Studienzeit eine Affäre mit ihr.

Zweitens: Nach dem Abschluss hatte er sie in seiner Firma eingestellt. Wollten sie weiterhin zusammen sein?

Drittens: Judith hatte sich im Unternehmen nicht mehr wohlgefühlt. Zu viel Arbeit? Nicht erwiderte Liebe? Erstickende Liebe?

Die Vorstellung, dass sie von vorn bis hinten ausgenutzt worden war, wurde immer konkreter und wühlte mich auf. Dennoch versuchte ich, mich auf das eigentliche Ziel zu konzentrieren: Noch hatte ich nicht alle Teile des Puzzles beisammen, und ich durfte keine voreiligen Schlüsse ziehen. Daher zwang ich mich, weiter das zu sortieren, was ich wusste.

Viertens: Dieser Mann und Judiths Chefin hatten vor Kurzem geheiratet, wie Charlotte mir bei meinem Besuch im Krankenhaus erzählt hatte.

Fünftens: Judith hatte gekündigt, obwohl ihre Chefin ihr unzählige Verbesserungen angeboten hatte. Sie hatte abgelehnt, obwohl es sich um ihren Traumjob handelte. Warum? War es zu viel für sie, ihre große Liebe mit der Chefin verheiratet zu sehen?

Sechstens: Sie war nicht in der Lage, den Kontakt zu ihnen abzubrechen, nicht einmal als ein ganzer Ozean zwischen ihnen lag. Aber warum? Was band Judith an diese Leute?

Mir fiel erst auf, wie kalt es war, als ich bemerkte, dass ich am ganzen Körper zitterte. Also ging ich wieder ins Wohnzimmer, wo die beiden auf dem Sofa saßen und mich neugierig ansahen. Ich setzte mich ihnen gegenüber. Am liebsten wäre ich gleich aufgebrochen, um zu Hause in Ruhe über alles nachzudenken. Ich sah die beiden nachdenklich an.

»Danke für eure Hilfe. Tatsache ist, dass ich heute mit mehr Fragen als Antworten nach Hause zurückkehren werde. Tja. Ich habe jetzt zwei Möglichkeiten: alles zu vergessen …« – Fanny schüttelte energisch den Kopf – »… oder weiter nach Antworten zu suchen.«

»Es war höchste Zeit, Nico«, wiederholte Fanny.

»Aber warum sagst du das? Und das schon zum zweiten Mal!«

»Na ja, weil so etwas Besonderes wie das zwischen Judith und dir nicht einfach so aufhören kann. Weißt du noch, wie du sie überall in der Metro gesucht hast? Und war es nicht überhaupt ein Wunder, dass du sie tatsächlich gefunden hast? Eine so wunderbare Liebesgeschichte hat doch nicht ein solches Ende verdient. So furchtbar traurig. Ohne auch nur den Grund zu kennen, der euch auseinandergebracht hat. Seit dem Tag, an dem ich erfahren habe, dass sie gegangen ist, habe ich jeden Abend dafür gebetet, dass du die Kraft findest, sie zu suchen und mit ihr zu sprechen. Um sie um eine Erklärung zu bitten. Oder besser gesagt, um zu erfahren, warum sie sich so verhalten hat. Nico, ich hatte nicht die Gelegenheit, Judith näher kennenzulernen, aber manchmal reicht eine flüchtige Begegnung aus, um zu wissen, dass der andere das Herz auf dem rechten Fleck hat. Und sie ist ein solcher Mensch, glaub mir. Und wenn sie sich so verhalten hat, dann bin ich davon überzeugt, sind wir davon überzeugt …«, Zachary bekräftigte nickend ihre Aussage, »… dass sie ihre Gründe hatte. Und wir glauben, dass es für dich an der Zeit ist, nach diesen Gründen zu suchen.«

»Und warum hast du mir das nicht alles schon früher gesagt?«

»Weil du allein sein wolltest. Weil deine Mutter gerade gestorben war. Weil du dein Buch fertigstellen musstest, weil du mit deinen Präsentationen und Presseterminen so beschäftigt warst … Weil wir gedacht haben, dass es nicht der richtige Zeitpunkt ist. Und weil wir davon überzeugt waren, dass der richtige Moment kommen würde. Und er ist gekommen.«

»Und was wirst du jetzt tun?«, fragte Zachary.

»Weiter nach Antworten suchen. Ich kann es doch nicht einfach dabei belassen.«

Und das war die Wahrheit, Freunde. Man sagt, dass Liebe blind macht, und eine Zeit lang fürchtete ich, der blindeste Liebende auf der Welt gewesen zu sein und mich in eine Frau verliebt zu haben, die nur mit mir gespielt und sich einen schönen Sommer gemacht hatte. Aber zu wissen, dass meine Freunde, Charlotte, Zachary und Fanny, mit mir der Meinung waren, dass Judith ein gutes Herz hatte und zu einer solchen Niedertracht gar nicht fähig war, gab mir die Kraft, weiter nach der Wahrheit zu suchen.

Inzwischen war es zu spät, um oben offen nach Hause zu fahren, und so beschloss ich, in meiner Pariser Mansarde zu übernachten.

Als ich bereits, zwei alte Decken bis zur Nase hochgezogen, im Bett lag, fiel mir ein, dass ich mein iPad dabeihatte. Ich sprang auf und wühlte in meinem Rucksack. Markus Göran. Sein Gesicht stand mir immer noch vor Augen, und ich konnte nicht länger schlafen. Ich musste mich über ihn informieren. Und das sofort.

Nachdem ich seinen Namen in die Suchmaschine eingegeben hatte, erschien auf dem Bildschirm eine unendliche Liste von Treffern in verschiedenen Sprachen. Dieser Typ musste eine große Nummer in seiner Branche sein.

Ich beschloss, mit dem Einfachsten anzufangen: seiner Webseite bei der Brown University.

Wie dort geschrieben stand, stammte Markus Göran aus der schwedischen Stadt Ludvika in der Nähe von Stockholm. Gleich hatte ich wieder das Bild im Kopf, wie er auf Judiths Sofa saß: ein großer, athletischer Typ mit blondem Haar und grünen Augen.

Wie einer Wikinger-Sage entsprungen …

Er war acht Jahre älter als Judith.

Der ideale Altersunterschied, um ein junges Mädchen, das gerade das Elternhaus verlassen und eigenständig zu leben begonnen hat, zu beeindrucken.

Er hatte in mehreren europäischen Städten studiert – Mailand, Berlin, Brügge – und in Boston seinen Doktortitel erworben. Gleich nachdem er diesen erhalten hatte, hatte die Brown University ihm eine ordentliche Professur angeboten. Und dort hatte er ein paar Jahre später Judith kennengelernt.

Unter »Nachrichten« stand auf seiner Webseite zu lesen, dass er zusammen mit einer gewissen Doktor Rachel Bauman die Firma ArtCom gegründet, deswegen jedoch seine Lehrtätigkeit an der Uni nicht aufgegeben hatte. Ich schloss die Website und las ein paar zufällig ausgewählte Artikel:

12. Januar 2001

Nachdem Markus Göran bereits als Student als die große Hoffnung im Bereich der Digitalkunst galt, hat seine Beteiligung an der Entwicklung des Grafikprogrammes Cyrus mehr als bewiesen, dass dieser Mann die digitale Ära revolutionieren wird.

8. März 2006

Cyrus, das bisher leistungsstärkste Grafikprogramm, ist ab heute endlich auf der ganzen Welt erhältlich.

2. Mai 2013

Das von Professor Markus Göran und seiner Verlobten Rachel Bauman geleitete Unternehmen ArtCom wird zum dritten Mal in Folge mit dem internationalen GSI-Award ausgezeichnet.

20. August 2014

Ist die Glückssträhne des großen Markus Göran zu Ende? Mehrere Klienten verlassen das Unternehmen.

Nachdem ich etwa hundert Fotos von diesem Halbgott mit den grünen Augen gesehen hatte, schlief ich tief und fest auf meinem alten Sofa. Zur Abwechslung war es diesmal ein Anruf von Karim, der mich am nächsten Morgen aus dem Schlaf riss.

»Junge, mach die Tür auf! Ich bin schon fast tiefgefroren!«

»Aber, Karim, Moment mal? Welche Tür meinst du?«

Ich war sicher, dass es in meiner Pariser Mansarde nicht geklingelt hatte.

»Na, deine Haustür, du Schnarchnase, welche sonst?«

»Meine Haustür in Mont des Fleurs?«

»Mach endlich auf! Es schneit!«

»Es tut mir leid, Karim, ich bin in Paris. Ich habe hier übernachtet.«

»Scheiße! Ich muss dir unbedingt etwas erzählen!«

»Gut, wenn du es nicht eilig hast, kannst du im Haus auf mich warten. Ich mache mich gleich auf den Weg.«

»Klar, in deinem Haus. Und wie komme ich da rein, du Genie?«

»Man merkt dir an, dass du durch und durch Pariser bist. Mein Haus ist offen, Junge. Mach die Tür auf und den Kamin an. Du kannst schon mal eine heiße Schokolade vorbereiten, ich bin so gut wie unterwegs. In dem Glas auf der Anrichte in der Küche findest du Croissants.«

Ich ging zu meinem Fiat-Cabrio hinüber, doch schon von Weitem sah ich, dass es bis obenhin zugeschneit war. Ich hatte also keine andere Wahl, als den Zug zu nehmen. Zwei Stunden später war ich zu Hause und fand Karim schlafend auf dem Sofa vor, während Dylan es sich schnurrend auf seiner Brust bequem gemacht hatte.

»Hey, Dornröschen, aufwachen!«

Es war bereits Mittag, und ich hatte seit dem Vorabend nichts Richtiges mehr gegessen. Während mein Freund sich reckte und streckte, machte ich mich daran, ein üppiges Essen zuzubereiten: Makkaroni mit Hackfleisch und Gemüse, Blätterteigtaschen mit Lachs, ein Geschenk von Carol, und Koriander-Honig-Kekse. Anschließend setzten wir uns an den alten Tisch in der Küche und schlemmten, bis wir nicht mehr konnten.

»Wieso hattest du es denn so eilig heute Morgen?«, fragte ich Karim, während ich zwei große Tassen Kaffee servierte.

»Und du? Wieso bist du, nachdem du bei Fanny und Zachary zum Abendessen warst, nachher nicht noch bei mir vorbeigekommen?«

»Woher weißt du denn davon?«

»Nachdem du aufgebrochen warst, hat Fanny Zoe angerufen und ihr erzählt, dass du bei ihnen gewesen bist, um über Judith zu reden. Daraufhin sind Zoe und ich ewig wach geblieben, weil wir dachten, du kämst noch vorbei, aber du bist nicht aufgetaucht. Wir dachten, dass du auch uns fragen würdest.«

»Was fragen?«

»Na, nach Judith, du Blödmann. Um was geht's denn gerade?«

»Und was wisst ihr über sie?«

»So ein paar Dinge. Ich habe erst gestern davon erfahren, also sei nicht sauer auf mich!«

»Was meinst du? Sauer? Wieso?«

»Nun ja, weißt du … Zoe und Judith haben sich auf der Beerdigung deiner Mutter wohl unterhalten.« Er schluckte, und eine Hitzewelle, die von meinem Bauch aufstieg, sagte mir, dass das noch nicht alles war. »Zoe war nämlich dabei, als Judith einen Anruf bekam, der sie offenbar ziemlich aus der Fassung gebracht hat. So sehr, dass sie in Tränen ausgebrochen ist und Zoe in diesem Moment ihr Herz ausgeschüttet hat.«

»Was?! Und das erfahre ich erst jetzt?«

»Beruhige dich, bitte!« Karim hob beschwichtigend die Hand. »Das Erste, was du wissen musst, ist, dass Zoe es dir nicht früher erzählt hat, weil sie Judith versprechen musste, es nicht zu tun, okay? Judith meinte damals, dass sie selbst es dir erklären würde, sobald es möglich wäre.«

»Alles klar. Und weiter?«

»Gut … also. Nach der Beerdigung waren wir mit den anderen Freunden und Bekannten noch hier bei dir, wenn du dich erinnerst.«

Ich nickte nur.

»Gut, irgendwann am Nachmittag ist Zoe dann nach hinten in den Garten gegangen und hat sich auf einen der alten Stühle gesetzt, nicht auf einen kaputten, sondern auf einen von den anderen …«

»Bitte, Karim, komm zum Punkt. Laber nicht rum!«

»Ja, ja, hör zu: Als Zoe dort saß, hörte sie, wie Judith näher kam und dabei telefonierte. Zoe meinte, dass sie sehr aufgeregt war, beunruhigt, kurz davor, in Tränen auszubrechen. Sie konnte nicht sagen, ob sie wütend oder traurig war, aber auf jeden Fall war sie fertig mit den Nerven.«

»Und was dann?«

Als Judith Zoe dort im Garten sitzen sah, machte sie ihr ein Zeichen, dass sie nicht weggehen solle. Denn Zoe wollte nicht stören und war, als sie Judith so gesehen hatte, aufgestanden, um sie allein zu lassen. So blieb sie also sitzen, und nachdem Judith das Gespräch beendet hatte, fragte Zoe sie dann, ob alles in Ordnung sei. Judith verneinte und meinte, dass es schlimmer nicht mehr kommen könne. Dass immer, wenn sie dachte, dass sich endlich alles zum Guten gewendet hätte, es plötzlich wieder schwierig werde. Zoe fragte vorsichtig nach, was sie damit meine. Sie wollte natürlich wissen, was los war, aber nicht zu sehr in sie dringen. Jedenfalls meinte Judith dann, dass sie mit ihrem Chef gesprochen hätte. Dass er in Paris gewesen sei und dass sie ein paar Dinge klären konnten, dass sich aber nun ein noch viel größeres Problem ergeben habe.«

Dass sie ein paar Dinge klären konnten? Hatte Judith damit die Dokumente gemeint, die sie unterzeichnen musste, oder ihre private Beziehung?

»Hat sie das mit dem neuen Problem irgendwie erklärt?«

»Nein, dazu hat sie nichts gesagt. Nur dass es eines der schlimmsten Dinge sei, die ihr je passiert wären. Aber, Nico, wir haben echt keine Ahnung, was sie damit gemeint haben könnte. Auch nicht, nachdem wir x-mal darüber nachgedacht haben.«

»Ich habe auch keine Ahnung. Bis jetzt weiß ich nur, dass sie mit diesem Typen während des Studiums eine Affäre hatte und dass er ihr den Job bei ArtCom verschafft hat. Danach hat er eine gewisse Rachel geheiratet, die Miteigentümerin des Unternehmens ist, und Judith hat daraufhin das Unternehmen verlassen. Aber, Karim, was ich mir bei Judith überhaupt nicht vorstellen kann, ist, dass sie hinter dem Rücken ihrer Chefin die Affäre fortgeführt hat.«

»Zwischen ihnen war wohl alles klar, denn Judith hat Zoe erklärt, wie die ganze Geschichte gelaufen ist, und daraus konnte man schließen, dass es nicht um eine dieser typischen leidenschaftlichen Liebesaffären ging. Judith hat Zoe erzählt, dass sie sich in den letzten Jahren höchstens drei oder vier Mal gesehen haben, dass sie aber sehr an diesem Mann hing und die ganze Zeit über auf ihn gewartet hat. Sie hat sich entschieden zu gehen, als – und das ist ziemlich heftig –, als sie erfahren hat, dass seine Frau von der Sache wusste.«

»Ach, komm, Karim, das klingt ja nach einer südamerikanischen Telenovela.«

»Nein, im Ernst. Judith hat Zoe erzählt, dass die Frau auf ihrer eigenen Hochzeit zu Judith gekommen und sie beiseitegenommen hat, um sich für das Verhalten ihres Mannes zu entschuldigen und ihr zu sagen, dass sie sie nicht gehen lassen könnten, weil dann das Unternehmen vor die Hunde gehen würde. Sie meinte, dass zu viele Jobs auf dem Spiel stünden und dass, wenn sie kündigen würde, alles den Bach runtergehen würde und sie nachher alle Leute entlassen müssten. Judith hat Zoe versichert, dass ihre Chefin ein toller Mensch sei, dass sie sie in den vielen gemeinsamen Jahren zu schätzen gelernt habe und dass sie, was diesen Mann anging, einfach mit Blindheit geschlagen war. Und, Nico, das ist das Wichtigste: dass sie alles, was sie nun zurücklassen müsse, nur ihr zuliebe aufgebe und nicht für ihn.«

Karim brach am späten Nachmittag auf, kurz bevor sich ein heftiges Gewitter entlud. Im Wind peitschten die kahlen Äste der Bäume immer wieder gegen die Fenster. Dazu regnete es anhaltend und heftig. Das Wetter machte Mont des Fleurs zu einer derart düsteren Kulisse, dass man keine zwei Meter weit gucken konnte. Ich schürte das Feuer im Kamin und machte es mir mit Dylan auf dem Sofa gemütlich.

Während ich in das Feuer starrte, konnte ich allmählich das Bild, das sich mir am Ende bieten würde, erahnen, wenn mir auch noch ein paar wichtige Teile des Puzzles fehlten.

Judith hatte sich als junges Mädchen in ihren Professor verliebt. Die Beziehung war locker bestehen geblieben, auch nachdem dieser sich mit seiner jetzigen Ehefrau Rachel Bauman verlobt hatte, was Judith zunächst nicht wusste.

Judith mochte diese Frau sehr. So sehr, dass sie, nach dem, was sie Zoe erzählt hatte, dafür unsere Beziehung aufgegeben hatte.

Oder …

Die böse Stimme in mir schnappte sich den Taktstock, der meine Gedanken dirigierte.

… Markus und Rachel hatten sich nach Judiths Kündigung getrennt. Es wäre nicht das erste Mal, dass ein Paar kurz nach der Hochzeit auseinandergeht. Vielleicht war diesem Kerl mit den grünen Schlangenaugen erst klargeworden, was er verloren hatte, nachdem Judith nicht mehr da war. Vielleicht war er nach Paris gekommen, um Judith zurückzuholen, und sie hatte einfach zwischen uns abgewogen: ihre erste große Liebe oder ihre Sommerliebe. Und dabei wogen die vielen gemeinsamen Jahre schwerer, und ich zog den Kürzeren.

Ich hörte, dass jemand ans Küchenfenster klopfte, und als ich mich umdrehte und Carols Gesicht sah, schreckte ich auf. Ich beeilte mich, ihr die Tür zu öffnen, und klatschnass ließ sie das Gewitter und die Dunkelheit hinter sich und trat ein, um mir die letzten Teile meines Puzzles zu schenken.

»Gütiger Himmel! Was machst du denn hier? Wie bist du hergekommen? Komm, zieh die nassen Sachen aus! Ich gebe dir etwas Trockenes!«

Ich umarmte meine Freundin, um sie ein wenig zu wärmen. Ihre Zähne klapperten, obwohl sie direkt am Feuer stand, und sie war trotz heldenhafter Versuche nicht in der Lage, auch nur zwei zusammenhängende Worte zu sagen. Ich brachte ihr eine Tasse heiße Schokolade, und wir setzten uns auf den dicken Teppich, wo Carol nach einer Weile mit den letzten Teilen des Puzzles herausrückte.

»Nico.« Sie bibberte immer noch. »Die anderen haben mich angerufen …«

»Was du mir auch sagen willst, Carol, es kann sicher noch eine Weile warten. Keine Eile, du musst dich erst mal aufwärmen.«

»Nein, ich will nicht mehr warten. Ich habe schon viel zu lange gewartet. Ich habe mir so oft auf die Zunge gebissen, wenn ich dich gesehen habe. Es gibt da etwas über Judith, was ich dir unbedingt erzählen muss.«

»Und warum ausgerechnet jetzt? Und so dringend? Hast du nicht gesehen, dass ein Gewitter heraufgezogen ist? Das war ja lebensgefährlich!«

»Ich bin sofort hergefahren, nachdem Zoe mich angerufen hat. Als ich wusste, dass du endlich angefangen hast, eins und eins zusammenzuzählen, wollte ich nicht bis morgen warten. Ich musste einfach kommen.«

»In Ordnung. Dann fang an.«

Schon wieder diese Hitzewelle, die sich vom Bauch aus in meinem ganzen Körper ausbreitete. Ich atmete tief durch.

»Erinnerst du dich noch an den Tag, an dem du Charlotte und mich besucht und uns gesagt hast, dass du Paris verlassen und wieder in Mont des Fleurs leben willst?«

»Sicher erinnere ich mich. Wie könnte ich eure Standpauke und die Tränen vergessen? Alle deine Gäste im Bistro haben zu uns herübergesehen.«

»Sei nicht gemein, Nico. Hör zu. An jenem Tag hast du mich nach Judith gefragt.« Ich nickte. »Und ich habe dir gesagt, dass sie jeden Abend in der Bar war und nach dir gefragt hat. Das stimmte auch, es war aber nicht die ganze Wahrheit. Denn am letzten Abend, an dem sie da war, hat sie mir erzählt, dass sie gehen würde. Und mir auch erklärt, warum.«

Da war es. Das Warum! Und da war ich: auf der Kippe. Alles konnte noch gut werden oder ich würde gleich in den Abgrund stürzen.

»Und warum hast du mir das an jenem furchtbaren Abend nicht erzählt? Himmelherrgott, seid ihr denn alle verrückt geworden?«

Ein Schauder lief mir den Rücken hinunter, als direkt über uns der Donner krachte. Wäre ich gläubig, hätte ich in diesem Moment gebetet, dass dieses Gewitter nicht der Vorbote meines zukünftigen Lebens war – *nachdem* ich das gehört hatte, was Carol mir erzählen wollte.

»Sie hat mich schwören lassen, es dir nicht zu sagen. Sie wusste nicht, wie sie es erklären sollte, wie sie dir all das beibringen könnte, was geschehen war, ohne dir wehzutun. Sie meinte, sie habe es einmal versucht, und es sei vollkommen in die Hose gegangen; dass du so traurig gewesen seist, dass sie sich geschworen habe, nie wieder von ihrem früheren Leben zu sprechen. Sie war der Meinung gewesen, das Richtige zu tun, als sie all das hinter sich gelassen hat. Versucht hat, all die Jahre zu vergessen, in denen sie so unglücklich war, womit sie dich nicht belasten wollte. Sie wollte ein neues Leben an deiner Seite beginnen, ohne an ihre Vergangenheit erinnert zu werden. Und wenn sie es dir erzählt hätte, wäre es ein Teil von euch beiden gewesen, und sie hätte es nie hinter sich lassen können.«

»Ihr Frauen seid dermaßen kompliziert …«

»Bitte lass mich ausreden. Sie war vollkommen verwirrt, Nico. Du musst verstehen, dass die Liebe, die sie für diesen Mann empfand, sehr stark war und sie viele Jahre begleitet hat. Jahre, in denen sie öfter unglücklich als glücklich gewesen ist. Und dann bist du plötzlich in ihrem Leben aufgetaucht, und auf äußerst seltsame Art war alles gut. Du bist in ihr Leben getreten und hast das Glück angeknipst. Und du hast sie spüren lassen, dass alles, was sie mit diesem Typen erlebt hat, nur eine Vorübung für das war, was sie für dich empfunden hat.«

»Das hat sie gesagt?« Dann gab es ja noch Hoffnung.

»Ja, das hat sie gesagt, so gut wie wortwörtlich. Sie meinte, dass die wahre erste Liebe einen die ›erste Liebe‹ vergessen lässt. Nico, du musst verstehen, dass Judith in diesem Sommer auf einen Schlag mit den unterschiedlichsten Gefühlen klarkommen musste: Sie hat ihr Leben in die Hand genommen und das Unternehmen hinter sich gelassen, dem sie ihrer Meinung nach alles verdankte, wobei es in Wirklichkeit genau andersherum war. Sie hat beschlossen, endlich diese Pseudoliebesgeschichte zu vergessen, die von Anfang an zum Scheitern verurteilt gewesen ist. Und das Letzte, was sie brauchen konnte, war, erneut ihr Herz zu verlieren. Doch dann kamst du und hast jedes Mal, wenn du sie zum Lächeln gebracht hast, ein Feuerwerk der Liebe in ihr entzündet.«

»Aber … warum ist sie dann gegangen? Warum habe ich nichts mehr von ihr gehört? Warum ist sie einfach so verschwunden?«

»Sie ist gegangen, um sich von ihrer Chefin zu verabschieden.«

»Zu verabschieden?«

»An dem Tag, an dem deine Mutter gestorben ist, ist Markus Göran hergekommen, um Judith zu erzählen, dass Rachel im Krankenhaus liegt. Sie lag sogar auf der Intensivstation und hätte beinahe das Kind verloren, das die beiden erwarteten. Und da hat Judith gewusst, dass sie sie noch einmal wiedersehen muss. Dass sie sich nie verzeihen würde, sich nicht von ihr verabschiedet zu haben. Versetz dich in ihre Lage, Nico. Ist es uns mit Charlotte nicht ähnlich ergangen? Du müsstest sie eigentlich verstehen können.«

XIII

WAS WIR AUS ANGST VERLIEREN

1

Ich begann den ersten Wintermonat genauso schlau, wie ich war, als ich mich vom Herbst verabschiedet hatte. Meine Freunde hatten innerhalb weniger Stunden eine derart komplexe und gleichzeitig simple Geschichte gestrickt, dass sie mich, anstatt mich zu beruhigen und mir zu ermöglichen, voranzukommen, in noch tiefere Zweifel stürzte.

Es tat mir nun zutiefst leid, dass ich Judiths E-Mail nicht gelesen hatte. Hätte ich mich nicht im ersten Zorn dazu hinreißen lassen, sie zu löschen, hätte ich sie später gelesen, und alles wäre vielleicht anders gekommen.

Doch je länger ich über die ganze Sache nachdachte, desto klarer wurde mir alles.

Ein für alle Mal verbannte ich die böse Stimme aus meinem Inneren, die mir das Leben mit Angst und Zweifeln vergällte, und war endlich in der Lage, das, was passiert war, in Ruhe zu überdenken.

Nico, bist du endlich aufgewacht! Du bist kein schlechter Mensch, aber einer der starrsinnigsten, die es auf der Erde gibt.

Du hast deine Freunde aus deinem Leben verbannt, als du sie am nötigsten gebraucht hast. Und nachher hast du es bereut.

Und höchstwahrscheinlich hast du diesem unsicheren Mädchen, das sein ganzes Leben lang im Schatten der Liebe gelebt hat, das Herz gebrochen. Aber immerhin dämmert dir allmählich, dass du einen Fehler gemacht hast.

2

An diesem Morgen entdeckte ich, dass der Garten zu Kristall erstarrt war. Jeder Stein, jedes Möbelstück, jeder Ast, jedes Blatt und jede Blume waren eisbedeckt, starr und glänzend. Die farbigen Gedanken warteten darauf, mit der Morgensonne zu erwachen. Vorsichtig schnitt ich ein paar Christsterne ab und band daraus einen Strauß, den ich zum Grab meiner Eltern bringen wollte.

Dann ging ich langsam durch die Straßen von Mont des Fleurs, die noch nicht zum Leben erwacht waren. Später würde hier auf dem Platz der Markt aufmachen und die Dorfbewohner aus den Häusern locken. Doch in diesem Moment war der kleine Ort, in dem es so viele Farben und so viel Vertrauen gab, allein der meine. Ich durchquerte das Dorf, ging den alten Weg, der zum Friedhof führte, entlang und betrat ihn, zitternd vor Kälte.

Ich entfernte ein paar welke Blätter vom Marmor und setzte mich dem Grab meiner Eltern gegenüber auf eine Bank.

»Mama, was soll ich tun?«

Ich weiß deine Antwort schon. Du wirst mir sagen, dass ich das nächste Flugzeug nach New York nehmen, Judith suchen und endlich mit ihr reden soll. Ich weiß, dass du sie sehr gemocht hast. Ich wusste es bereits, bevor du sie kennengelernt hast. Denn ich erinnere mich, dass dir schon, bevor ich sie dir vorgestellt habe, klar war, dass sie ein

Teil meines Lebens ist ... Du hast mir gesagt, dass ich glücklich wirke. Deshalb weiß ich, dass du mir raten wirst, nach ihr zu suchen.

Und du, Papa? Was wirst du mir sagen?

Auch deine Antwort kenne ich schon, Papa. Du wirst mir sagen, dass ich meine Angst überwinden und zu ihr eilen soll, damit ich mein Lächeln wiederfinde. Du wirst sagen, dass ich meinen Gefühlen folgen und mein Glück suchen soll.

Mama, Papa, es ist so seltsam. Wenn ich bei euch bin, um mit euch jeden Erfolg, jeden Preis oder jeden Glückwunsch zu feiern, dann erst bin ich wirklich glücklich. Bevor ich ein Ereignis nicht mit euch geteilt habe, hat es keine Bedeutung. Bis dahin besteht es nur aus Worten. Doch wenn ich sie euch sage, erwachen sie zum Leben und werden Wirklichkeit.

Ich bin nicht für das Alleinsein gemacht. Ich bin dafür gemacht, mein Leben mit anderen Menschen zu teilen. Und Judith war besonders. Sie ist der Mensch, mit dem ich bisher am glücklichsten war. Judith ist für mich der Inbegriff des Glücks.

Ich hörte ein Geräusch in meinem Rücken, und als ich mich umdrehte, sah ich Suzanne näher kommen, die im Seniorenheim am Empfang arbeitete. Sie hielt einen riesigen Strauß weißer Margeriten im Arm.

»Guten Tag, Nico«, sagte sie leise.

»Suzanne, was machen Sie denn so früh am Morgen schon hier?«

»Ich nehme an, das Gleiche wie du. Aber schau mal«, sagte sie und zeigte mir den Strauß, »ich besuche eindeutig mehr Leute als du.«

Mir fiel auf, dass auf vielen der umliegenden Gräber ein paar weiße Margeriten lagen.

»Sie alle sind mir ans Herz gewachsen, weißt du? Das ist so, wenn man mit alten Leuten arbeitet. Der Abschied ist an der Tagesordnung.«

»Oje, darüber habe ich noch nie nachgedacht. Das ist ziemlich hart.« Ich stand auf, und wir gingen ein Stück nebeneinander. Ich half ihr, die Margeriten auf weiteren Gräbern zu verteilen.

»Ja, das ist es. Aber es ist das Gesetz des Lebens. Ach, wem sage ich das. Früher oder später gelangen wir alle an denselben Ort. Und solange die Reise dauert, solange wir hier sind, meine ich, sind wir zu dem Versuch verpflichtet, glücklich zu sein. Und natürlich dazu, die anderen zum Lachen zu bringen.«

»Weise Worte. Ich werde sie in meinem nächsten Buch zitieren.«

»Um Gottes willen, Nico, bloß nicht! Wenn du das den Kindern erzählst, werden sie noch ganz traurig.« Sie lachte. »Lass sie, sie werden genug Zeit haben, das alles selbst zu entdecken. Hast du Lust auf einen Kaffee? Ich würde dir gern etwas erzählen …«

Und so kam es, dass ich bei Suzanne landete und endlich alles verstand.

Suzanne wohnt in einem kleinen einstöckigen Haus aus Naturstein. Ihre Fensterläden sind violett gestrichen, eine sehr gefühlvolle Farbe, die gut zu ihr passt. An jenem Morgen brannte im Kamin ein Feuer, und es war gemütlich warm. Ein großes blaues Sofa nahm den zentralen Platz in der Mitte des Raumes ein. Nachdem ich ein kleines Heer an roten Kissen zur Seite geschoben hatte, nahm ich darauf Platz, während sie den Kaffee zubereitete.

Ein paar Minuten später erschien sie mit einem Tablett, auf dem Baguette, Käse, Honig, frische Milch und frisch gebrauter Kaffee standen. Mir war noch nie aufgefallen, dass Suzanne selbst bereits ein beträchtliches Alter erreicht hatte. Als sie den Kaffee eingoss, zitterten ihre Hände ein kleines bisschen, und ich sah die braunen Flecken auf ihrer Haut. Sie erzählte mir, dass sie einmal verheiratet gewesen war, sich dann aber von ihrem Mann getrennt hatte. Und da sie schon seit vielen Jahren in Mont des Fleurs arbeitete, war sie gern geblieben. Sie war liebevoll, geduldig und fleißig – genau die Person, die das Seniorenheim damals gesucht hatte.

»Suzanne, Sie haben gesagt, dass Sie mir etwas erzählen wollten …?«

»Richtig. Weißt du, es ist so eine Sache, der man zunächst keine große Bedeutung zuschreibt, und die Tage vergehen, ohne dass man noch groß darüber nachdenkt. Doch seit einiger Zeit geht es mir immer wieder durch den Kopf. Ich habe dich neulich gesehen, als du auf dem Dorfplatz zum Einkaufen warst, und automatisch habe ich dein strahlendes Gesicht im Sommer mit dem verglichen, das du jetzt machst.« Ich verstand nicht wirklich, wohin dieses Gespräch führen sollte, lächelte aber und ließ sie reden. »Ich weiß, dass das mit deiner Mutter furchtbar für dich war. So nah, wie ihr euch gewesen seid, und ich bin froh, dass es dir jetzt wieder besser geht. So etwas tut furchtbar weh, aber mit der Zeit kommt man darüber hinweg. Aber man sieht dir an, dass du irgendwie unglücklich bist, und ich habe mich natürlich gefragt, was aus Judith geworden ist. Und dabei wurde mir klar, dass sie nicht mal am Tag der Beerdigung an deiner Seite war. Sie stand ganz abseits, und ihr habt nicht miteinander gesprochen. Ich habe ein paar Leute gefragt und erfahren, dass du sie seitdem nicht mehr wiedergesehen hast. Du weißt ja, Junge, auf dem Dorf wissen alle ganz genau über die anderen Bescheid. Und in dem Moment ist mir wieder eingefallen, was ich dir erzählen wollte. Ich hoffe, du hältst mich nicht für aufdringlich.«

»Natürlich nicht, Suzanne, machen Sie sich keine Sorgen. Sagen Sie es mir.«

»An dem Tag, als du das Haus für Judith mit all den schönen Blumen geschmückt hast, war sie eine Weile allein mit deiner Mutter, erinnerst du dich?« Ich nickte. »Sie waren im Garten, und ich habe ihr Gespräch zufällig mitbekommen. Besser gesagt habe ich gehört, was deine Mutter zu Judith gesagt hat.«

Meine Mutter im Gespräch mit Judith? War es möglich, dass sie während meiner Abwesenheit einen lichten Moment gehabt hatte? Judith hatte es gar nicht erwähnt.

»Was hat sie ihr gesagt, Suzanne?«

»Sie sagte, dass sie Judith für einen guten Menschen halte, dass sie ihre Güte und ihre freundliche Art spüre, wenn sie ihr Lächeln sehe. Dann aber meinte sie, dass sie sich Sorgen um dich mache und dass sie erst beruhigt wäre, wenn Judith ihr schwören würde, dir niemals wehzutun. Dass sie, bevor sie dich auch nur für einen Tag traurig mache, aus deinem Leben verschwinden würde. Sie sagte ihr, dass du sehr sensibel seist und die Seele eines Kindes habest, und wenn Judith nicht sicher sei, dich glücklich machen zu können, solle sie sich lieber zurückziehen.«

»Und was hat Judith geantwortet?«

»Dass sie noch nie jemanden so geliebt habe, wie sie dich liebe. Dass sie dich vor allem beschützen wolle, was dir wehtun könne. Und dass sie sich niemand anderen vorstellen könne, mit dem sie lieber den Rest ihres Lebens verbringen wolle. Ach, Nico, ich erinnere mich, dass ich, als ich sie das sagen hörte, vor Freude fast verrückt geworden bin. Mir war schon aufgefallen, wie du sie manchmal angesehen hast: mit der Furcht, dass sie deine Gefühle nicht erwidern könnte. Ach, wie dumm seid ihr Männer eigentlich? Sie war verrückt nach dir, Nico, man musste nur sehen, wie sie dich angeschaut hat. Und als ich ihre Worte hörte, war ich so froh, mein Vorgefühl bestätigt zu sehen, und glücklich über die wunderbare Geschichte, an deren Beginn ihr beide standet.«

Kurz darauf verabschiedete ich mich von Suzanne. Als ich nach Hause ging, wirbelten die Gedanken durch meinen Kopf. Ich erinnerte mich an Judiths kalte Hände, als ich sie an jenem Sommertag aus dem Seniorenheim abgeholt und in meine Mansarde gebracht hatte. Ich hatte gemerkt, dass sie sehr aufgewühlt war, mir den Grund dafür jedoch nie erklären können. Nun aber war ich mir sicher, dass auch sie kurz davorgestanden hatte, mir ihr Herz zu öffnen. Wenn ich damals nicht all das für sie vorbereitet hätte, die Blumen und die Kerzen, hätte sicher sie, meine Judith, den ersten Schritt getan. Sie erwiderte meine Gefühle. Und an dem Tag, als meine Mutter starb, verließ uns das Glück: Ich verlor den Menschen, der ein Leben lang für mich da gewesen war, und Judith musste sich dem endgültigen Abschied von ihrem früheren Leben stellen. Dem Leben, das von Angst, Unsicherheit und falschen Hoffnungen geprägt war. Und ich hatte sie in diesem Moment von mir gestoßen. Ohne ein Wort.

3

Als ich durch die Tür trat, traf ich die Entscheidung: Ich würde nach New York reisen, um Judith zu sehen.

Ich packte nur das ein, was ich unbedingt brauchte: Waschbeutel, Unterwäsche, Hemden, zwei Wollpullover, zwei Jeans und ein paar Schals. Und während ich all das zusammensuchte, stellte ich mir vor, wie New York wohl an Weihnachten war.

Ich hatte Bilder von der Stadt gesehen, auf denen sie wie ein einziger riesiger Weihnachtsbaum erstrahlte. Und nun träumte ich davon, das Rockefeller Center mit all seinen blinkenden Lichtern zu sehen, die schneebedeckte Brooklyn Bridge und St. Patrick's Cathedral, aus der die Weihnachtslieder schallten. Doch das Erste, was ich machen musste, war, ein Flugticket zu buchen und ein Hotelzimmer zu reservieren.

Mit dem Blick auf dem Bildschirm überprüfte ich das Datum. Wenn ich noch am selben Abend fliegen würde, wäre ich nur einen Tag später dort. Außerdem würde ich am Morgen ankommen, sodass ich keine Zeit verlor und Judith gleich bei der Arbeit aufsuchen konnte. Ich wählte den Flug, gab die Daten meiner Kreditkarte ein, und als ich gerade den Kauf bestätigen wollte, hielt ich inne.

Nico, du kannst da nicht einfach so aufkreuzen. Nach all der Zeit, die inzwischen vergangen ist. Vielleicht will sie dich ja gar nicht sehen. Vielleicht ist ihr klargeworden, dass du nur ein roher Klotz bist, ein Neandertaler ohne jegliches Taktgefühl, und sie hat beschlossen, dich zu vergessen …

Vielleicht wäre es vernünftiger, sie erst einmal anzurufen.

Und das tat ich, Freunde. Ich nahm all meinen Mut zusammen, griff zum Handy und suchte die Telefonnummer ihres Unternehmens im Internet, gab die Nummer ein und wartete darauf, mein Schicksal sprechen zu hören.

»Herzlich willkommen bei ArtCom-Manhattan. Wenn Sie ein Klient sind, drücken Sie bitte die Eins. Wenn Sie ein Grafiker sind, drücken Sie bitte die Zwei. Wenn Sie ein Journalist sind, drücken Sie bitte die Drei. Wenn keine der Optionen auf Sie zutrifft, warten Sie einen Augenblick, und Sie werden mit der Zentrale verbunden.«

Ich wartete ein paar Sekunden und hörte dabei eine Musik, die mir in den Ohren wehtat, bis es endlich klappte: »Guten Tag, was kann ich für Sie tun?«

»Guten Tag, ich würde gern mit Miss Arlington sprechen.«

»Mit Judith Arlington?«

»Ja, genau, Judith ...«

»Es tut mir leid, mein Herr, aber Judith arbeitet nicht mehr hier.«

Wie, sie arbeitete nicht mehr dort?

»Was meinen Sie?«

»Judith hat das Unternehmen vor ein paar Tagen verlassen, mein Herr. Aber wenn Sie möchten, verbinde ich Sie mit dem Kollegen, der sich nun um ihre Projekte kümmert. Wenn Sie mir Ihren Namen sagen ...«

»Nein, warten Sie. Wissen Sie, wo Judith jetzt ist? Könnten Sie mir ihre Nummer geben? Ich muss sie unbedingt finden!«

»Es tut mir leid, aber dazu bin ich leider nicht autorisiert.«

»Aber ich verstehe das nicht ... Bitte, ich muss unbedingt mit ihr sprechen!«

Für eine Sekunde war es still. Zwei. Ein Seufzer und drei Sekunden. Die junge Frau überlegte.

»Eigentlich darf ich darüber keine Auskunft geben. Aber soviel ich weiß, wollte Miss Arlington, nachdem sie das Unternehmen verlassen hat, erst einmal einen langen, wohlverdienten Urlaub machen.«

»Vielen Dank.«

Verwirrt beendete ich das Gespräch. Das bedeutete wohl, dass Judith nach ihrer tollen Beförderung gekündigt hatte. Nun verstand ich gar nichts mehr. Ich kratzte mich am Kopf und versuchte, irgendwie aus der Sache schlau zu werden, als Karim anrief.

»Bist zu Hause?«

»Äh … ja.« Aber ich wäre lieber allein, hätte ich am liebsten gesagt. Das Letzte, was ich jetzt brauchen konnte, war, Karim oder sonst jemanden im Haus zu haben, der mir auf die Nerven ging. Aber das behielt ich lieber für mich.

»Okay, ich muss auflegen.«

»Wolltest du vorbeikommen?«

»Was?«

»Ob du herkommst. Deswegen hast du doch angerufen, oder nicht?«

»Nein, ich meine, ja, aber sorry, ich kann doch nicht kommen. Zoe ruft gerade nach mir. Bis demnächst, ciao.« Seine Stimme klang seltsam gepresst. Im nächsten Augenblick hatte er aufgelegt. Was sollte das nun wieder?

Ob Zoe gerade in verführerischen Dessous im Schlafzimmer erschienen war? Ich lächelte versonnen, und meine Gedanken wanderten wieder zu Judith.

Judith. An welchem weit entfernten Ort der Welt mochte sie wohl gerade sein? Ob ich sie wohl jemals finden würde?

4

Ich legte die Kleidungsstücke, die ich nach New York mitnehmen wollte, wieder in den Schrank und packte den improvisierten Waschbeutel aus. Während ich damit beschäftigt war, fiel mir auf, dass die Katze gar nicht da war. Sie hatte sich in der letzten Zeit angewöhnt, aus irgendeinem Fenster im Erdgeschoss auszubüxen, einen Spaziergang durchs Dorf zu machen und, wenn es anfing zu frieren, zurückzukehren. Doch nun war es bereits dunkel, sodass ich begann, mir Sorgen zu machen. Ich beugte mich aus dem Küchenfenster und rief nach ihr, doch sie kam nicht. Also beschloss ich, mir etwas überzuziehen und draußen nach ihr zu suchen, doch in diesem Moment hörte ich, dass vor dem Haus ein Auto hielt. Ich betete, dass es nicht Karim war. Vorsichtig spähte ich aus dem Fenster: Er war's!

Resigniert öffnete ich die Tür.

Und auf einmal, Freunde, blickte ich in Judiths hübsches Gesicht. Das Gesicht meiner großen Liebe, von einem großen grauen Schal umwickelt. Offenbar sah ich Gespenster.

Eine Halluzination, ja, das muss es sein, denn sie kann nicht hier vor mir stehen!

Doch das Gespenst hielt Dylan im Arm.

»Nico!« Sie schien ganz außer Atem. »Aber … Und dein Rollstuhl?«, fragte sie beunruhigt und warf einen Blick ins Haus.

Als ich ihre Stimme hörte und wusste, dass sie tatsächlich da war, begann ich zu zittern wie Espenlaub.

»Nico, wo ist dein Rollstuhl?«

»Wieso hast du Dylan auf dem Arm?«, brachte ich heraus.

»Sie war an der Tür und wollte rein, nehme ich an.«

»Ja, wir leben jetzt zusammen.«

»Okay, genug jetzt. Du kannst doch nicht einfach … Bitte setz dich wieder in den Rollstuhl!«

»Wovon redest du, Judith?«

»Deine Freunde haben mir eine Mail geschickt, in der stand, dass ich sofort kommen soll. Dass du einen Unfall hattest und von der Taille an abwärts so gut wie gelähmt seist.«

»Oh … Dann …« Ich schwankte. »Es ist wohl besser, du kommst erst mal rein …«

»Gut, aber setz dich bitte hin. Ich will nicht daran schuld sein, dass es noch schlimmer wird.«

»Ich hatte keinen Unfall, Judith.«

»Wie? Und die E-Mail?« Sie holte ein paar computerbeschriebene Blätter aus ihrer Handtasche. Ich erkannte Charlottes Absender.

»Wieso hat Charlotte dir geschrieben?«

»Na ja, um mir das von deinem Unfall mitzuteilen. Mein Gott, ich wäre vor Angst fast gestorben, Nico! Also geht es dir gut? Hast du nicht im Schnee die Kontrolle über dein Auto verloren?«

»Nein, wegen des schlechten Wetters bin ich schon seit Tagen nicht mehr mit dem Auto gefahren.«

»Aber … Und das Foto? Wem gehört denn dieses Auto? Wer hatte denn dann den Unfall?«

Sie zeigte mir ein Bild meines Autos voller Schnee und mit dem kaputten Verdeck. Einer meiner Freunde hatte es wohl an der Stelle, wo ich es vor ein paar Tagen in Paris stehen gelassen hatte, fotografiert und das Bild Judith geschickt, zusammen mit der Mail.

»Das ist mein Auto, aber so habe ich es bekommen.«

»Diesen Schrotthaufen hast du gekauft?«

»Wenn du es sehen könntest, würde es dir sicher gefallen. Aber so, mit dem ganzen Schnee, sieht es natürlich furchtbar aus.«

»Nico, geht es dir wirklich gut?«

»Sicher. Es ging mir nie besser, Judith. Komm erst mal rein. Und dürfte ich diese Mail mal lesen?«

Von: Charlotte
An: Judith
Betreff: Nico hatte schlimmen Unfall

Liebe Judith,
es tut mir furchtbar leid, Dir diese schlechte Nachricht übermitteln zu müssen, aber ich fühle mich verpflichtet, es zu tun. Nico hatte

einen schrecklichen Autounfall. So schlimm, dass es möglich ist, dass er nie wieder gehen kann, wenn er überhaupt durchkommt. Die Ärzte sagen, dass er nach den ersten achtundvierzig Stunden vielleicht gute Chancen hat, wenn er auch an einen Rollstuhl gefesselt sein wird.

Der Dummkopf ist, obwohl es geschneit hat, mit viel zu hoher Geschwindigkeit gefahren. In einer Kurve hat er die Kontrolle verloren und einen Unfall gebaut. Anbei findest Du ein Foto, damit Du siehst, wie das Auto zugerichtet wurde. Bitte komm, bevor es zu spät ist …

Wir, seine Freunde, bitten Dich inständig, nach Paris zu kommen. Er hat Dich die ganze Zeit über vermisst, wenn er auch davon abgelenkt hat, indem er uns alle unterstützt hat. Aber er ist nicht mehr derselbe, seit Du gegangen bist. Deshalb glauben wir, dass er glücklich wäre, Dich zu sehen.

Wenn Du Dich entscheiden solltest zu kommen, Judith, dann ruf bitte Karim an. Nur Karim, er bringt Dich dann zu Nico.

Alles Liebe
Charlotte, Karim und Carol

Während ich die E-Mail meiner Freunde las, konnte ich die Sätze, die jeder von ihnen beigesteuert hatte, regelrecht hören. Ich unterdrückte ein Lachen und riss mich zusammen, um mich nicht gleich auf Judith zu stürzen und sie mit meiner Liebe zu erdrücken.

»Meine Freunde haben dich also hergelotst.«

»Na ja, eigentlich haben sie die Sache nur ein wenig beschleunigt. Ich hatte mir schon vor einer Weile ein Flugticket besorgt. In drei Tagen wäre ich sowieso zu dir gekommen. Aber als ich diese Mail gelesen habe, habe ich es nicht mehr länger ausgehalten, zumal es hieß, dass dein Leben in Gefahr wäre.

Also habe ich umgebucht und, nachdem ich gelandet war, Karim angerufen, weil es so in der E-Mail stand. Er hat mich sofort abgeholt und hergebracht.« Deshalb also dieser merkwürdige Anruf. Karim wollte nur sichergehen, dass ich zu Hause war. »Und als ich dich dann ohne Rollstuhl an der Tür gesehen habe …«

Judith begann zu weinen, während ich versuchte, nicht vor Glück zu zerspringen. Meine Freunde, denen ich mit Freude viele Stunden meines Lebens gewidmet hatte, damit sie ihr Glück fanden, hatten sich zusammengetan, um die Liebe meines Lebens zu mir zu bringen, direkt vor meine Haustür. Dafür hatten sie den absurdesten Plan geschmiedet, der mir je untergekommen war. Aber es hatte geklappt. Judith war hier.

Ich atmete tief ein, ganz langsam, um jeden Partikel, der uns umgab, zu genießen: das flackernde Feuer hinter mir im Wohnzimmer, die Schneeflocken, die auf die Fensterbank fielen, Dylan, die im Sessel meines Vaters lag und uns neugierig beobachtete, der feine Duft nach heißer Schokolade. Die Kälte. Und die Wärme, die immer intensiver wurde …

Ich sah Judith an und wusste, dass ich sie nie wieder gehen lassen würde.

»Du weißt nicht, wie sehr ich es bereut habe, dich damals weggestoßen zu haben, Judith. Wenn ich es nur rückgängig machen könnte …«, fing ich an.

»Nein, bitte lass mich reden, Nico. Ich muss dir so vieles erklären. Aber ich will mit dem Wichtigsten beginnen: Ich liebe dich und möchte für immer bei dir sein. Von nun an wirst du mich Tag und Nacht ertragen müssen. Wenn du willst, natürlich …«

Freunde, ich weiß nicht, warum ich gemacht habe, was ich in diesem Moment tat. Jedenfalls war es so. Und das Seltsamste und Wunderbarste von allem war, dass sie es mir nachtat. Ich stand auf, und ohne ein Wort zu sagen, begann ich mich auszuziehen. Schließlich stand ich vor ihr, wie Gott mich schuf, und eine Minute später machte Judith genau das Gleiche.

Langsam gingen wir aufeinander zu, und das Kaminfeuer umhüllte uns mit seiner flackernden Wärme. Wir küssten uns, als ob es kein Morgen gäbe, als wollten wir all die Küsse aufholen, die wir seit unserer Trennung verpasst hatten. Ich strich mit den Händen über ihren Körper, von ihren Fußknöcheln bis zu ihren Brüsten. Ich zeichnete eine Spur von Küssen von ihren Fingerspitzen bis zu ihrer Nase. Ich nahm ihren Duft war und betrachtete sie schweigend, während sie sich auf mich setzte. Und ich betrachtete sie, als wir uns liebten und Millionen Sterne explodierten.

Genau so begannen wir, uns das zurückzuholen, was wir aus Angst verloren hatten.

5

Erst nach einigen Tagen schalteten wir unsere Handys wieder ein. Jede Menge Nachrichten und Anrufe unserer Freunde waren eingegangen. Wir beschlossen, nur zu antworten, dass alles in Ordnung sei. Sie würden wieder von uns hören, wenn wir uns ausreichend geliebt hatten.

Judith hatte einen Beutel mit Erde aus Washington mitgebracht. Darin befanden sich Tulpenzwiebeln von roten Tulpen, die ihre Großmutter ihr mitgegeben hatte. Sie hatte ihr erklärt, dass sie äußerst widerstandsfähig seien und sich leicht vermehrten. Sie war sicher, dass sie auch in meinem Garten wachsen würden. Und nachdem Judith ganzen fünf Sicherheitsleuten auf dem Flughafen erklärt hatte, dass diese Erde nur ein paar ungefährliche Blumenzwiebeln enthielt, durfte sie sie vom LaGuardia Airport in New York bis zum Aéroport Roissy Charles de Gaulle nach Paris mitnehmen. So pflanzten wir die Tulpenzwiebeln an einem sonnigen Dezembermorgen in meinen Garten.

Auf unseren vielen Spaziergängen bestätigte Judith, was ich in ihrer Abwesenheit herausgefunden hatte: Seit Markus Göran zu ihren Studienzeiten in ihr Leben getreten war, hatte sie die Hoffnung nicht aufgegeben, eines Tages mit ihm zusammenzuleben, eine Familie mit ihm zu gründen und glücklich mit dem Mann zu sein, den sie für die Liebe ihres Lebens hielt.

Doch die Jahre vergingen im Schatten der glücklichen Beziehung zwischen Markus und Rachel, seiner Unternehmer-Freundin. Judith erklärte mir, dass sie und Rachel gegen jede Vorhersage gute Freundinnen wurden. Diese Tatsache führte dazu, dass Judith jegliches Selbstvertrauen verlor, denn sie wusste nicht, wie sie damit umgehen sollte, den Mann einer anderen Frau zu lieben, die ihr ihr gesamtes Unternehmen anvertraute und ihr darüber hinaus auch noch ihre Freundschaft bot.

Markus war ein Schlitzohr. Das war mir von Anfang an klar gewesen, und Judith bestätigte es nun. Auch wenn sie keine wirkliche Beziehung führten, zeigte er sich doch hin und wieder so an Judith interessiert, dass sie ihn nicht verließ.

»Er hat dich am langen Arm verhungern lassen, wie man hier sagt.«

Wir hatten gerade gegessen und uns nun jeder mit einer Tasse heißer Schokolade auf den Teppich ans Feuer gesetzt.

»Ja, genau so ist es. Es waren seltsame Jahre, in denen ich ständig mit mir gekämpft habe. Denn den Mann zu verlassen, der dafür sorgte, dass ich mir selbst nicht mehr in die Augen sehen konnte, hätte gleichzeitig bedeutet, meinen Traumjob aufzugeben und eine wunderbare Chefin zu verlieren. Als ich dann erfahren habe, dass Rachel von der Sache zwischen mir und Markus wusste, habe ich mir gedacht: So, jetzt reicht's! Das war der Tropfen, der das Fass zum Überlaufen gebracht hat. Ich war mit meiner Geduld am Ende. Und mit meiner Liebe auch. Es war zu viel, und so bin ich gegangen.«

»Judith, ich würde dich gern etwas fragen: Als er hier in Paris war, wollte er da wieder etwas mit dir anfangen?« Ich rutschte näher an sie heran und versenkte mein Gesicht in ihr Haar.

»Nein, Nico, ich schwöre es dir. Zum ersten Mal in seinem Leben hat er sich mir gegenüber anständig verhalten. Er hat sich für alles, was ich seinetwegen durchmachen musste, entschuldigt. Ich weiß nicht, wann ihm bewusst geworden ist, was er getan hat, aber es schien ihm aufrichtig leidzutun. Als er mir sagte, dass er kommen würde, wollte ich zuerst nichts davon wissen. Aber dann habe ich doch eingewilligt. Und nachdem ich mit ihm geredet hatte, habe ich begriffen, dass all das ein Teil von mir ist und es immer sein wird. Es ist etwas, was mich hat leiden lassen, aber ich kann es nicht auslöschen. Ich wollte dich aus all dem raushalten, doch die Vergangenheit holt einen immer ein. Wir haben nur die Möglichkeit, in Frieden mit ihr zu leben. Und weißt du was? Ich glaube, dass die Tatsache, dass er eine kleine Tochter erwartete, Markus verändert hatte. Er hat mir eine Aufnahme des Ultraschalls gezeigt und vor Rührung mitten auf der Place des Vosges geweint. Da wusste ich, dass er nun sein Leben lebt und dass auch ich endlich nach vorn schauen kann, weil er mir nichts mehr bedeutet. Wir waren einfach nicht füreinander geschaffen.«

»Aber wir sind füreinander geschaffen!«

Sie wandte sich mir zu, unsere Lippen berührten sich, und wir küssten uns, ohne an irgendetwas anderes zu denken.

»Nico, ich bin nicht früher zurückgekommen, weil ich Angst hatte, dass du mich nicht mehr willst. So wie die Sache mit uns geendet ist, war ich mir sicher, dass du mich nie mehr wiedersehen möchtest. Du hast geglaubt, dass ich dich hintergangen hätte. Außerdem hatte ich deiner Mutter versprochen, dir niemals wehzutun und fortzugehen, wenn es doch einmal dazu kommen sollte. Und deine Freunde sagten mir, dass du allein sein willst, dass du, wie du ihnen gesagt hattest, Abstand brauchst. Und so verging die Zeit. Ich habe Rachel im Unternehmen vertreten, als sie im Krankenhaus lag. Das war ich unserer Freundschaft schuldig. Sie ist ein großartiger Mensch. Zum Glück wurde nach dem Kaiserschnitt alles rasch wieder besser, und als sie sich gesund fühlte, hat sie wieder zu arbeiten begonnen. Das war erst vor ein paar Tagen. Ich habe den Moment genutzt, um zu dir zurückzukehren, denn die Zeit unserer Trennung hat mich gelehrt, dass ich handeln musste. Ich liebe dich, du hast mir gefehlt, und ich musste einfach wissen, ob du mich noch willst.«

6

Liebe Freunde, bisher habt ihr Judith so kennengelernt, wie ich sie sehe, durch meine Worte. Aber das ist nur die halbe Geschichte. Denn Judith hatte es verdient, auch ihre Version zu erzählen. Nun konnte ich die Geschichte von unserer dummen Trennung endlich zu den Akten legen.

Letztendlich sind wir alle nur Teile von Geschichten, die wir erlebt und hinter uns gelassen haben. Sosehr wir uns auch bemühen, unsere Vergangenheit zu vergessen, ist sie doch da und der Ort, an dem die Weichen für unsere Gegenwart gestellt werden.

Unsere Entscheidungen treffen wir nicht im Hier und Jetzt, sondern jeder unserer gelebten Momente, jede überwundene Situation, jeder Mensch, den wir kennenlernen, jeder Teil unserer Vergangenheit, jede Erinnerung beeinflussen unsere Entscheidungen.

Meine Erinnerungen und ich haben beschlossen, Judith zu lieben.

So wie Judith und ihre Erinnerungen beschlossen haben, mich zu lieben.

Ich weiß nicht, was uns in der Zukunft erwartet, aber eins weiß ich ganz genau: Wir werden wie die Löwen darum kämpfen zusammenzubleiben. Um zusammen über das Leben zu lachen. Um zu lernen und das zu meistern, was uns Sorgen macht. Um ein gemeinsames Leben voller Erinnerungen zu erschaffen, die wir in Kisten aufbewahren werden, bis jemand sie irgendwann, viele Jahre später, längst vergessen, in einer staubigen Mansarde entdeckt.

XIV

KIRSCHEN SIND SO ROT WIE TULPEN

Liebe Freunde, es würde mir keine Ruhe lassen, wenn ich euch nicht erzähle, was aus dem Rest unseres Freundeskreises geworden ist. Falls ihr noch ein klein wenig neugierig seid, möchte ich euch kurz berichten, was mit all den Menschen geschehen ist, die in diesem Märchen, das nun mein Leben ist, eine Rolle gespielt haben. Ich werde mit dem Einfachsten anfangen und schließlich zum krönenden Abschluss gelangen.

Céline und Didier haben nach zwei Söhnen nun endlich eine Tochter. Sie kam ein paar Monate, nachdem sie während des Fests in meinem Garten über eine mögliche dritte Schwangerschaft gescherzt hatten, zur Welt und soll angeblich in einer ruhigen Herbstnacht, als beide zusammen Dienst hatten, in der Kontrollzentrale der Metro gezeugt worden sein.

Die Hochzeit von Fanny und Zachary war fast perfekt. *Fast*, weil Fanny, die befürchtet hatte, mit den schwindelerregend hohen Schuhen, die sie trug, um neben dem Bräutigam nicht ganz so klein zu wirken, zu stolpern, zusehen musste, wie ihre Befürchtungen sich erfüllten – jedoch traf es ihren frisch angetrauten Gatten. Der arme Zachary fiel die Treppe vor der Sacré-Cœur am Montmartre hinunter, nachdem eine seiner wohlbeleibten

Tanten ihm auf den Fuß getreten war. Als er spürte, wie der spitze Absatz seinen Schuh regelrecht durchbohrte, hatte er vor Schreck und Schmerz das Gleichgewicht verloren und war unter den aufmerksamen Blicken von mehr als hundert Gästen, fünf Fotografen und der üblichen Schar von neugierigen Touristen, die ihre Handys zückten, um Fotos zu machen, Stufe für Stufe die Treppe hinuntergerollt. Vielleicht war ja einer von euch, liebe Freunde, Zeuge dieses Ereignisses.

Abgesehen von diesem Zwischenfall verlief jedoch alles so, wie die beiden es seit Monaten geplant hatten. Im Moment befinden sie sich auf einer äußerst untypischen Hochzeitsreise. Keine weißen Sandstrände, keine bis in den Himmel reichenden Wolkenkratzer, keine All-inclusive-Hotels. Sie haben sich entschieden, mitten im Winter mit einem Hundeschlitten Alaska zu durchqueren.

Mein geliebter Freund Karim und seine Zoe sind immer noch glücklich in ihrer Wohnung am Montmartre. Daran kann man sehen, dass es sich manchmal doch lohnt, um eine Beziehung zu kämpfen, so wie es Karim getan hat.

Pauline, die jeden Tag größer und hübscher wird, wünscht sich ein Brüderchen, genauso wie ich in ihrem Alter. Ihre Eltern arbeiten jeden Tag daran, und so wie ich die Sache sehe, wird Paulines Wunsch wohl bald erfüllt werden.

Gerade haben sie die Wohnung nebenan dazugemietet, und da beide Wohnungen demselben Eigentümer gehören, haben sie die Erlaubnis erhalten, durch eine Verbindungstür eine einzige, größere Wohnung daraus zu machen.

Mein neues Buch *Als die Bäume zu tanzen lernten* liegt auf Paulines Bett. Karim muss es ihr jeden Abend vorlesen, und es ist schon ziemlich abgegriffen.

Alois Le Brun und Corentin Briand leben inzwischen zusammen. Ein paar Monate nachdem sie sich kennengelernt hatten, hat Alois Le Brun seine Wohnung aufgegeben, um bei Monsieur Briand einzuziehen. Auch wenn dies nicht offiziell gefeiert wurde, gaben sie dennoch ein kleines Fest im engsten Kreis, was in unseren Augen mindestens genauso schön war wie die prächtigste Hochzeit. Wir waren natürlich alle dabei, weil wir Monsieur Briands Familie sind. Und er hat niemals herausgefunden, was damals vor dem Aufzug der Metro wirklich passiert ist.

Mein Verleger ist immer noch auf der Suche nach dem nächsten Bestseller. Jeden Tag trifft er sich mit möglichen Autoren, in der Hoffnung, dass er einen von ihnen zum großen Star machen kann.

Er raucht immer noch Zigarren und ruft mich weiterhin jeden Monat an, um mich zu fragen, wie ich mit meinem neuen Projekt weiterkomme.

Catherine, seine aufdringliche Schwester, lässt mich Carols Patisserie-Kurs nun voll bezahlen. Sie hat zwei weitere Kochschulen eröffnet, eine in London und eine in Kopenhagen. In der Klatschpresse war zu lesen, dass sie nacheinander mit einem amerikanischen Schauspieler, einem holländischen Prinzen und einem Personal Trainer zusammen war.

Suzanne, die noch immer am Empfang des Seniorenheims in Mont des Fleurs arbeitet, redet auch weiterhin laut und deutlich mit den Angehörigen der Heimbewohner. Sie hat ihr herzliches Lächeln nicht verloren und verteilt nach wie vor jeden Sonntag weiße Margeriten auf den Gräbern ihrer verstorbenen Freunde. Mindestens einmal in der Woche essen wir zusammen.

Charlotte geht es nach wie vor gut. Der Krebs lässt sie in Ruhe, und sie lebt ihr Leben auch weiter so intensiv wie vorher. Inzwischen ist ihr Haar so lang, dass sie es zum Pferdeschwanz zusammenbinden kann, und auch wenn sich immer wieder einzelne Strähnen daraus lösen, was sie ziemlich nervt, ist sie mehr als glücklich darüber.

Sie hat beschlossen, ihr Studium wiederaufzunehmen, und versucht nun, die Abendkurse an der Fakultät für Sportwissenschaften mit ihrer täglichen Arbeit im Kontrollzentrum der Metro in Einklang zu bringen.

Außerdem hat sie zur großen Freude ihrer Mutter gestanden, dass sie den Assistenzarzt, den sie während ihrer Krankheit bei der Visite kennengelernt hatte, um seine Telefonnummer gebeten hat.

Sie war noch nie so verliebt!

Und ihre Mutter war noch nie so glücklich!

Und nun kommen wir zu meiner allerliebsten Carol. Sie hat gerade ihre eigene Patisserie eröffnet, und zwar lustigerweise dort, wo sich vorher das schäbige Bistro befand, in dem sie gearbeitet hat, nahe der Rue Sainte-Anne und dem Marché St. Honoré, mitten in Paris. Ihr ehemaliger Chef hatte genug vom Arbeiten und hat es ihr für eine moderate Miete überlassen. Und nun ist daraus ein entzückendes Café geworden.

Und natürlich ist sie in meine ehemalige Mansarde gezogen, die man nicht mehr wiedererkennen würde, so schön und geschmackvoll hat sie alles eingerichtet.

Nachdem sie den anfänglichen Widerstand aufgegeben hat, habe ich ihr zwei Öfen gekauft, damit sie ihre Köstlichkeiten zaubern kann, dazu ein paar weitere Küchengeräte und ein paar Möbel für draußen, denn sie hatte die geniale Idee, eine kleine Terrasse zu eröffnen. Den Innenraum der Patisserie haben wir, wie wir es uns ausgemalt hatten, mit den alten Möbeln aus dem Geschäft meiner Eltern eingerichtet. Die schäbigen, dunklen Holzpaneelen an den Wänden wurden entfernt, der Boden mit Eichendielen erneuert und der alte Stuck an der Decke freigelegt.

Das Ergebnis all dessen ist, dass Carol nun die Herrin einer der hübschesten, gemütlichsten Patisserien der Stadt ist. Und natürlich der Patisserie, in der es das köstlichste Gebäck gibt: Blätterteighäppchen mit Zitronenschaum, Zimt-Kardamom-Teilchen, Clafoutis mit wilden Brombeeren und Madeleines mit Orangenblütenessenz, um nur ein paar ihrer Spezialitäten aufzuzählen.

Auf der Terrasse finden sechs bunte Metalltische Platz und dazu jeweils vier pastellfarbene Stühle. An der Seite stehen Töpfe mit bunten Blumen, und eine gestreifte Markise schützt die Gäste vor der Sonne. Darauf ist ein Name zu lesen: *Carol & Co Pâtisserie*.

Bereits drei Wochen nach der Eröffnung musste Carol zwei Leute einstellen, weil sie den Ansturm der Kunden allein nicht bewältigen konnte. Sie erhielt jede Menge Bestellungen, und die hübsche, immer mit frischen Blumen geschmückte Terrasse ist immer voll besetzt.

Und nun, liebe Freunde, kommt zum Abschluss mit Pauken und Trompeten die Krönung des Ganzen. Seht zu, dass ihr nichts verpasst!

Gerade bin ich mit dem Zug unterwegs nach Paris. Judith hat auf diesem Ausflug bestanden, will mir jedoch nicht sagen, warum.

Der Frühling ist eingekehrt, und wir haben die ganze Zeit über in Mont des Fleurs gewohnt. Die Landschaft erstrahlt in einem bunt besprenkelten satten Grün, und in den Wäldern vermitteln die frischen Knospen an den Bäumen und das Trillern der Vögel den Eindruck, dass meine Geschichte Wirklichkeit geworden ist. Nach dem harten Winter ist das in den Wurzeln der Bäume verborgene Leben zu neuer Pracht erblüht.

Ich sehe zu Judith hinüber, die mir gegenübersitzt, und versuche erneut, in Erfahrung zu bringen, was sie vorhat, doch es ist kein Wort aus ihr herauszubekommen. Jedes Mal, wenn ich sie fragen will, gibt sie mir einen Kuss und lächelt geheimnisvoll. Und nun sind wir in Paris angekommen.

Judith sagt, dass wir in die Metro umsteigen müssen, weil es die einzige Möglichkeit sei, unser Ziel zu erreichen.

Nach einem kurzen Spaziergang durch die belebten Straßen kommen wir zur Metrostation Opéra und gehen die Treppen zum Bahnsteig hinunter. Dort steigen wir in den nächsten Zug. Judith scheint sehr aufgeregt zu sein.

An der Haltestelle Saint-Lazare steigen wir in die grüne Metrolinie um, die uns zum Montmartre bringt. Dorthin, wo alles begann.

Nachdem wir zwanzig Minuten gefahren sind, steigen wir an der Haltestelle Abbesses aus. Judith hält mich zurück, verhindert, dass wir weitergehen, bis wir allein sind.

Sie steht vor mir mitten auf dem Bahnsteig, und in derselben Sekunde gehen die Lichter aus, und ich stelle überrascht fest, dass der Teil des Bahnsteigs, auf dem wir uns befinden, mit brennenden Kerzen übersät ist. Wobei ich mich des Verdachts nicht erwehren kann, dass meine Freunde etwas damit zu tun haben …

Judith sieht mich unverwandt an.

»Nico, als ich dich hier zum ersten Mal sah, habe ich mich im ersten Moment in dich verliebt. Auch wenn ich da noch gedacht habe, dass du vielleicht ein Dieb bist. Ich hätte mich vielleicht sogar von dir bestehlen lassen. Denn als wir uns zum ersten Mal in die Augen gesehen haben, wusste ich, dass an deiner Seite die Welt wunderbar sein könnte. Deswegen möchte ich dich, Nicolas Cambril, heute fragen, ob du mich heiraten willst.«

»Was?!« Mein Herz machte einen Satz. Mein Mädchen aus der Metro hat mich gerade gefragt, ob ich sie heiraten will! »Judith! Bist du verrückt geworden?«

»Überhaupt nicht! Es ist das Vernünftigste, was ich in meinem ganzen Leben getan habe. Ich möchte, dass die ganze Welt weiß, dass ich dich liebe, dass du die große Liebe meines Lebens bist und dass ich immer an deiner Seite sein werde. Und zu heiraten besagt genau das.«

»Aber, Judith … Bist du dir sicher, dass du mich heiraten willst? Ich bin furchtbar eifersüchtig, habe dir nicht vertraut und mich mein ganzes Leben lang unsicher gefühlt. Man könnte sogar sagen, dass ich die besten Jahre meines Lebens damit vergeudet habe zuzulassen, dass es mir zwischen den Fingern zerrinnt. Willst du diesen Dummkopf, der hier vor dir steht, wirklich heiraten?«

»Ja, ich will! Alles, was du von dir gesagt hast, trifft auch auf mich zu. Niemand ist perfekt, aber wir sind füreinander bestimmt. Und für mich trägt das Glück deinen Namen. Also, was sagst du? Willst du die Zeit, die uns auf Erden noch bleibt, damit verbringen, mit mir zusammen Geschichten für Kinder zu erfinden? Willst du, dass wir uns nie wieder trennen? Willst du mich heiraten?«

Ich sehe mich um. Versuche mir diesen Augenblick einzuprägen, um ihn für immer im Gedächtnis zu behalten: die flackernden Kerzen, den von der abfahrenden Metro aufgewirbelten Staub, den Wind in den Gängen, der über unsere Haut streicht, Judiths Lächeln, ihre leuchtenden Augen, mein Herz, das den Takt des Lebens vorgibt.

In diesem Moment gehen die Lichter wieder an, und ich merke, dass die sechs über den Bahnsteig verteilten Kameras auf mich gerichtet sind. Ich schließe die Augen und sehe alle meine Freunde vor mir, wie sie vor den Monitoren stehen und uns zusehen. Ich kann ihre aufgeregten Schreie hören, während sie auf meine Antwort warten. Dann muss ich laut lachen, ich schaue zu den Kameras hoch, die mein Gesicht in diesem Moment vervielfältigen, und sage: »Ja, ich will.«

Glücklich hebe ich Judith hoch und wirbele sie unzählige Male herum. Und bevor unsere Münder sich finden, sage ich mit heiserer Stimme:

»Judith Arlington, ich liebe dich schon immer und für immer. Das heißt, ja, ich will die Geschichten schreiben, die du zeichnest, und ich will dich heiraten. Und ich will für den Rest meines Lebens an deiner Seite sein.«

PS: Die roten Tulpen, die wir gepflanzt haben, sind übrigens tatsächlich erblüht. Wir haben Mama ein paar davon auf ihr Grab gebracht. Und von da an hat es in dem Garten hinter meinem Haus, das jetzt unser Haus ist, immer rote Tulpen gegeben.

EIN BRIEF DER AUTORIN

Ich möchte diese abschließenden Seiten damit beginnen, meinen Lesern ein wenig näherzukommen, und Dich mit »Liebe Leserin, lieber Leser« anreden. Das mag ein wenig seltsam klingen, denn schließlich kennen wir uns nicht, stimmt's?

Dennoch möchte ich Dich so nennen, denn heute ist etwas geschehen, was uns für immer miteinander verbindet: Dadurch, dass Du all die Seiten gelesen hast, die dieser vorausgehen, bist Du in meinen Kopf und in mein Herz gelangt.

Stephen King sagt, dass Lesen eine Art von Telepathie sei; er meint, dass ein Buch ein Bewusstsein mit einem anderen verbindet, das des Autors und das des Lesers. Und genau so ist es. Wir, die Autoren, lassen dank der Worte eine neue Welt in Deinem Bewusstsein entstehen.

Die Welt, in der Nico lebt, hat bisher nur in meinem Kopf existiert, doch wenn Du bis hierher gelangt bist, wird Nico Dich – genau wie mich – für immer begleiten. Deshalb, weil uns jetzt etwas ganz Besonderes miteinander verbindet, möchte ich das Ende des Buches damit beginnen, Dich mit »Liebe Leserin, lieber Leser« anzureden. Also:

Liebe Leserin, lieber Leser!

Wir alle sind Nico.

Jeder von uns hat eine lange und ereignisreiche Geschichte hinter sich. Eine Geschichte voller Bitterkeit, Tränen, Beerdigungen,

Krankheiten … aber auch voller Lachen, Freude, Hoffnung, voller Bücher, die ihre Spuren hinterlassen, voller bewegender Filme, wunderbarer Lieder, die beim Hören Gänsehaut erzeugen, voller Menschen, die Zärtlichkeit in uns wecken, Lächeln, Leidenschaft …

Du und ich und alle, die uns umgeben, sind ein Teil des Lebens. Und zum Glück sind wir unbegrenzt. Jeden Tag sind wir größer und weiser, denn Stein für Stein erschaffen wir unseren Weg (einige Steine bringen Gutes mit sich, andere Schlechtes), bis wir zu dem werden, was wir in diesem Augenblick sind.

Vor neun Jahren habe ich meine Berufsausbildung abgeschlossen, die ich selbst gewählt habe und für die ich mich immer wieder entscheiden würde. Damals habe ich beschlossen, zusammen mit meinem Mann das Unternehmen zu gründen, für das wir beide seitdem arbeiten. Und all diese Zeit über habe ich dort viel Kraft hineingesteckt und meine Hoffnungen darauf gesetzt. Dennoch habe ich gespürt, dass in mir etwas unvollständig ist. Genau wie Nico. Und wie Judith.

Und vielleicht hast auch du irgendwann einmal etwas Derartiges empfunden.

In meiner Klinik zu arbeiten machte mich stolz und glücklich, aber ich habe gemerkt, dass da »noch etwas« war. Und so kam es eines Tages dazu, dass ich mit dem Laptop auf dem Schoß ein paar Buchstaben tippte, aus denen Wörter wurden, die eine Welt voller Möglichkeiten erschufen.

So habe ich Julia kennengelernt, Nico und viele andere, die darauf warten, in deinen Kopf und dein Herz zu gelangen. Sie leben mit ihren Freuden und Hoffnungen in mir und wünschen sich, endlich das Licht der Sonne sehen und dich kennenlernen zu dürfen.

Unser Weg auf dieser Welt ist keine vorgeschriebene Geschichte. Wir selbst schreiben unser Schicksal, Tag für Tag, Schritt für Schritt, Lachen für Lachen, Träne für Träne.

Vergiss nicht, dass du immer einen Weg finden kannst, der dich erfüllt und zum Lächeln bringt. Sieh mich an – ich bin nur ein weiterer Mensch auf dieser Erde, und mir ist es gelungen. Und auch du kannst es, du weißt, dass du es kannst.

Die ersten Worte in diesem Buch sind ein Zitat aus einem Film von Terrence Malick:

»Ihr müsst an einen Baum denken. Wie er um seine Wunden herumwächst: Wenn ein Ast abbricht, hört er nicht auf zu wachsen, sondern reckt sich weiter zum Licht.«

Genau wie Judith es gesagt hat: Wir sind so stark wie ein Baum. Unsere Wurzeln sind groß und stark und wachsen jeden Tag.

Und nun möchte ich noch einen kleinen Absatz der Stadt Paris widmen, jener Stadt, zu der ich mich, ohne zu wissen, warum, seit dem ersten Tag, an dem ich einen Fuß hineingesetzt habe, zugehörig fühle. Sie inspiriert mich wie keine andere.

Dieser Roman ist eine Hommage an ihre Straßen, ihre Menschen, ihre Restaurants, ihre Terrassen, ihre Patisserien, ihre Parks und ihre Gärten …

Bevor ich mich nun verabschiede, möchte ich aus ganzem Herzen meiner Agentin Antonia Kerrigan für das Vertrauen danken, das sie in mich gesetzt hat.

Ich erinnere mich noch gut an den Tag, an dem wir zum ersten Mal miteinander gesprochen haben. Nachdem ich die erste Nervosität überwunden hatte (ist es wirklich wahr, dass Antonia Kerrigan mich auf dem Handy anruft, nachdem sie Nicos Geschichte gelesen hat?), habe ich in ihr eine intelligente und starke Frau gefunden, deren feste und schützende Hand mich hoffentlich noch viele Jahre begleiten wird.

Dank ihr habe ich meine Lektorin Lola Gulias kennengelernt, die für mich und viele andere Autoren bereits zur Legende geworden ist. Vielen Dank, Lola, für deine Ratschläge, deine Sensibilität und deinen Einsatz, dank dir ist Nico gewachsen. Vielen Dank auch für jedes Buch, das du mir empfohlen hast, denn ich habe seit Jahren keine so schönen Geschichten mehr gelesen. Mit dir zusammenzuarbeiten war eine Freude, die ich gern wiederholen würde.

Liebe Leserin, liebe Leser, wir werden bei meinem nächsten Roman wieder voneinander hören, bis dahin

eine feste Umarmung